OETINGER TASCHENBUCH

Grit Poppe wurde 1964 in Boltenhagen an der Ostsee geboren. Sie studierte am Literaturinstitut in Leipzig. In den Jahren 1989 bis 1992 war sie Landesgeschäftsführerin Brandenburg für »Demokratie Jetzt«. Grit Poppe schreibt Bücher für Kinder und Erwachsene. Sie wohnt in Potsdam und hat zwei Kinder.

Grit Poppe

WEGGESPERRT

Oetinger Taschenbuch

Das für dieses Buch verwendete FSC®-zertifizierte
Papier Danube liefert Salzer Papier, St. Pölten, Austria.
Der FSC® ist eine nicht staatliche, gemeinnützige Organisation,
die sich für eine ökologische und sozialverantwortliche
Nutzung unserer Wälder einsetzt.

6. Auflage 2015
Oetinger Taschenbuch GmbH, Hamburg
April 2011
Alle Rechte dieser Ausgabe vorbehalten
© Originalausgabe: Dressler Verlag GmbH, Hamburg 2009
Umschlaggestaltung: Hauptmann & Kompanie Werbeagentur,
München-Zürich, Hanna Hörl
© Titelbild: Shutterstock
Druck: GGP Media GmbH, Pößneck
ISBN 978-3-8415-0056-4

www.oetinger-taschenbuch.de

Für Stefan Lauter und für Kerstin Kuzia

# Erster Teil: Sonst wohin

1

Anja wandte den Kopf ganz leicht nach hinten und erhaschte aus den Augenwinkeln einen Blick auf einen ihrer Verfolger. Es war der kleine Dicke mit der karierten Jacke und dem merkwürdigen Täschchen, das an seinem Handgelenk hin und her baumelte. Sein Gesicht war rot angelaufen und schweißnass, das konnte sie noch erkennen. Dann hörte sie, wie ihre Mutter, die neben ihr lief, nervös Luft holte. »Dreh dich nicht um«, sagte sie schroff.

»Wieso nicht?«, fragte Anja leicht gereizt zurück.

Ihre Mutter hatte vor dem Schulgebäude auf sie gewartet, das war ungewöhnlich. Wer holte schon seine vierzehnjährige Tochter von der Schule ab? Oder ahnte sie etwa, dass Anja in den letzten Wochen hin und wieder schwänzte? Wollte sie prüfen, ob ihre Tochter den Unterricht überhaupt noch besuchte? Wohl kaum. Ihre Mutter interessierte sich nur wenig für die Schule. Im Vergleich zu anderen Müttern verhielt sie sich oft ungewöhnlich. Ungewöhnlich, verrückt, wagemutig, widerspenstig, leichtsinnig … Anja flogen die Worte zu wie kleine Vögel. Wie kleine schwarze Vögel mit scharfen spitzen Schnäbeln und scharfen spitzen Krallen.

Ein schlammfarbener Wartburg fuhr langsam an ihnen vorbei.

Anja versuchte nicht hinzusehen. Sie starrte geradeaus. Menschen kamen ihnen entgegen. Anja blickte durch sie hindurch, als wären sie Geister.

»Die spinnen doch«, sagte die Mutter so leise, als würde sie mit sich selbst sprechen.

Anja spürte eine merkwürdige Kälte in ihrem Mund. Konnte es sein, dass ihre Zunge eiskalt war? Sie schob den Zeigefinger zwischen die Lippen. Nein, die Zunge war warm und feucht. Alles normal also.

»Solange wir beide zusammen sind, werden sie es nicht wagen«, hörte sie die Mutter murmeln. »Mach dir also keine Sorgen.«

Anja schluckte. Das Kalte rutschte ihr die Kehle hinunter. »*Was* wagen?«, fragte sie. »*Was* werden sie nicht wagen?«

»Wenn sie uns anfassen, schreien wir um Hilfe«, sagte ihre Mutter bestimmt. »Schrei einfach, so laut du kannst.«

Anja schwieg. Thea, eine Freundin ihrer Mutter, war erst vor ein paar Tagen von der Staatssicherheit abgeholt worden. Hatte Thea geschrien? Sich irgendwie gewehrt? Anja hatte jedenfalls nichts davon gehört.

Der braune Wartburg parkte am Straßenrand. Anja tat so, als würde sie die Blicke aus dem Wagen nicht bemerken.

Ihre Mutter wurde also beschattet. Wieder einmal. Hoffentlich bemerkte niemand aus ihrer Klasse das seltsame Geschehen.

»Warum gehen wir nicht einfach nach Hause?«, fragte Anja. Sie hörte sich an wie ein quengeliges Kleinkind.

Die Mutter seufzte. »Vielleicht ist es ja das, was sie wollen«, murmelte sie.

Anja hielt den Blick gesenkt. *Das, was sie wollen, das, was sie wollen*, echote es in ihrem Kopf. Aber *was* wollen sie? Warum rannten die Männer hinter ihnen her? Sie hatten doch nichts verbrochen! Am liebsten hätte sie sich umgedreht und den

Männern ihre Frage ins Gesicht geschrien: *Was zum Teufel wollt ihr von uns?!* »Ist es wegen dem Trommeln?«, fragte sie.

Ihre Mutter zuckte mit den Achseln. »Möglich«, antwortete sie knapp.

Anja warf ihr einen forschenden Blick zu. Die Mutter sah blass aus. Die Falte lag tief zwischen ihren Augenbrauen, wie eine Narbe oder Wunde.

»Oder wegen den Zetteln?«, fragte Anja.

Ihre Mutter hatte getrommelt. Und Zettel verteilt. Aus Protest. Für Thea. Sie nannte den Aufruhr, den sie veranstaltete, eine *Mahnwache.*

Anja war nicht ganz klar, was ein getrommelter Protest auf dem Marktplatz nützen sollte. Vielleicht wusste das ihre Mutter ja auch nicht so genau. Vielleicht wollte sie nur irgendetwas tun. Und nun bekamen sie die Quittung. Die Herren von der Staatssicherheit mochten es ganz und gar nicht, wenn man aus Protest trommelte und Zettelchen verteilte.

Das Kalte steckte jetzt in Anjas Hals. Sie konnte es nicht herunterschlucken.

»Wie war es in der Schule?«, wechselte ihre Mutter das Thema.

Anja zuckte mit den Schultern. »Wie immer«, brachte sie heraus.

In Staatsbürgerkunde hatten sie über Ausreiseanträge gesprochen. Es war eine merkwürdige Stunde gewesen. Eigentlich gar nicht *wie immer.* Ihre Stabilehrerin wirkte nervös, als Ronny das Thema plötzlich ansprach; sie lief auf und ab, redete hastig und einmal schlug sie sogar mit der Faust gegen die Tafel. Sie zuckte zusammen, als wäre sie selbst erschrocken, und betrachtete einen Moment verwundert ihre Hand. Dann huschte ihr Blick durch die Klasse und blieb an Anja hängen. »Wo kommen wir da hin, wenn alle einfach davonlaufen? Unsere Heimat muss doch ... *verteidigt* werden. Das versteht ihr doch, oder?« Natürlich antwortete niemand. Nur ein leises verächtliches Prusten war zu hören. »*Oder?*« Die Stimme der Lehrerin klang dünn und atemlos, als hätte sie vergessen Luft zu holen. Anja dachte daran, den Kopf zu schütteln. Aber sie überlegte zu lange. Eigentlich mochte sie Frau Falkner. Die Lehrerin drückte sich nicht vor schwierigen Themen, ließ Diskussionen zu, auch kritische Fragen, und wenn jemand seine eigene Meinung vertrat, bekam er deshalb keine schlechte Zensur wie bei manch anderem Lehrer. Sogar als Ronny, der Klassenclown, einmal mitten im Unterricht seine Strümpfe auszog und damit quer durch den Raum zum Papierkorb lief, blieb Frau Falkner erstaunlich gelassen. »Was machst du da, wenn ich fragen darf?«

»Das sehen Sie doch«, meinte Ronny. »Ich schmeiße meine roten Socken weg. Sie sind dreckig und haben Löcher. Die roten Socken sind ganz einfach im Arsch.«

Die ganze Klasse hatte gelacht. Nur Anja nicht. Sie starrte gespannt ihre Lehrerin an. Bei anderen Lehrern hätte Ronny dafür mindestens einen Tadel bekommen. Und es wäre nicht sein erster. Wenn er so weitermachte, würde er bald von der Schule fliegen. Frau Falkner wedelte mit der Hand vor ihrer Nase herum. »Vielleicht würdest du die Güte besitzen und den duftenden Eimer in der Pause zur Mülltonne bringen?« Ronny grinste und deutete eine Verbeugung an. »Es ist mir eine Ehre«, behauptete er.

Weil Anja Frau Falkner mochte, schüttelte sie nicht den Kopf. Aber natürlich nickte sie auch nicht. Sie verstand nicht, warum Leute ihre Arbeit verloren oder verhaftet wurden, nur weil sie nicht in diesem Land leben wollten, und warum das für den Sozialismus nötig sein sollte. Nicken wäre eine Lüge gewesen.

Als das Schweigen im Klassenzimmer zu lange dauerte, sagte Frau Falkner: »Zettel raus. Leistungskontrolle. Zehn Vorzüge des Sozialismus. In Stichworten. Ihr habt fünf Minuten.«

In der Klasse wurde gestöhnt und geseufzt. Blätter raschelten, Stifte fielen zu Boden und wurden wieder aufgehoben. Anja hatte kein Problem mit der Aufgabe. *Keine Arbeitslosigkeit, geringe Mieten, keine Obdachlosen, keine Rauschgifttoten*, schrieb sie, und als sie nach zwei oder drei Minuten fertig war, meldete sie sich. »Bekommt man Zusatzpunkte, wenn man auch die Nachteile aufschreibt?« Sie lauschte dem Gekicher der anderen und tauschte einen schnellen Blick mit Ronny, der das Gesicht zu einem anerkennenden Grinsen verzog. Seit einiger Zeit lieferten sie sich eine Art Wettstreit: Wem eine Provokation gelang, rückte ein Feld vor. Auch wenn das Spielfeld unsichtbar und das Ziel unbekannt war. Natürlich versuchten sie sich gegenseitig zu übertrumpfen. Das Schwänzen gehörte seit einiger Zeit dazu: Statt sich mit Russisch zu quälen, schlenderte Anja die Einkaufsstraße entlang, kaufte billigen Modeschmuck oder Süßigkeiten, eine *Bambina*-Tafel oder, wenn sie knapp bei Kasse war, wenigstens ein paar Pfeffis. Einmal verabredete sie sich mit Ronny. Statt im Sportunterricht Runden zu rennen, saßen sie gemütlich in der Milchbar und leisteten sich zur Feier des Tages zwei Schwedeneisbecher.

Ein angedrohtes Elterngespräch umging Anja, indem sie ihrem Klassenlehrer einen falschen Termin mitteilte – ihre Mutter war nicht zu Hause und natürlich öffnete Anja nicht. Während ihr Lehrer klingelte, klopfte und rief, lauerte sie hinter der Tür und presste sich die Hand auf den Mund, um nicht laut zu lachen. Sie besaßen kein Telefon und den Beschwerdebrief aus dem Büro des Schuldirektors fischte sie aus dem klapprigen Briefkasten und zerriss ihn. Die Schnipsel warf sie in den Ofen und sah zu, wie sie verbrannten.

Frau Falkner ignorierte ihre Frage und Anja zuckte unschuldig lächelnd mit den Schultern. »Keine Meinungsfreiheit, keine Sarotti-Schokolade, keine Reisen nach Paris, London oder San Francisco ...«, diktierte sie sich selbst und tat so, als würde sie schreiben. Tote an der Mauer, dachte sie. Thea im Gefängnis. Als Anja von ihrem Blatt aufsah, stand die Lehrerin an ihrem Tisch. Frau Falkner nahm den Zettel in die Hand und betrachtete ihn stumm. Wie in Zeitlupe legte sie das Papier zurück. Sie beugte sich über ihre Schülerin und flüsterte ein Wort, ein einziges, es war mehr ein Zischen als ein Sprechen: »*Vorsicht!*«

Hatte Anja sich verhört? Frau Falkner schob ein Buch, das über die Tischkante ragte, ein Stück zurück, als sorgte sie sich nur darum, dass es hinunterfallen könnte.

»Wohin gehen wir eigentlich?«, fragte Anja.

Ihre Mutter zuckte mit den Schultern. »Hast du Hunger?«, fragte sie zurück.

Die Eckkneipe, die sie betraten, roch nach Zigarettenqualm und gebratenen Zwiebeln. Es war eine von den Gaststätten, in denen die Blumen und Tischdecken aus Plastik waren und die Gardinen so aussahen, als wären sie vor zwanzig Jahren einmal weiß gewesen. Aber hier schmeckten die Schnitzel am besten. Sie waren groß und schön braun und nicht zu zäh. Anja hatte heute auf das Mittagessen verzichtet und ihre Marke verschenkt. Sie mochte nun mal keine Milchnudeln. Glibberige Nudeln, die in warmer süßer Milch schwammen – schon von dem Geruch wurde ihr speiübel. Der Gestank in der Kneipe kam ihr dagegen paradiesisch vor.

Zwei ihrer Verfolger setzten sich an einen freien Tisch neben der Tür. Sie musterten die Leute, die hereinkamen und hinausgingen.

Anja beschloss, die Männer zu ignorieren. Aber dann hob sie doch den Kopf. Der kleine Dicke zog gerade seine karierte Jacke aus und hängte sie an einen Kleiderhaken. Anja spürte etwas in ihrem Magen, als würde sie Milchnudeln riechen. Sie sah ihre Mutter an, die immer noch auf die Karte starrte, obwohl es nur fünf Gerichte zur Auswahl gab.

Es dauerte fast eine Stunde, ehe das Essen gebracht wurde. Anja räumte ihren Mathehefter in die Mappe zurück. Immerhin hatte sie jetzt schon die Hausaufgaben für morgen erledigt. Trotz der geschwänzten Stunden kam sie in Mathe noch ganz gut mit. Vielleicht konnte sie sogar ihre Zwei auf dem Zeugnis halten. Die Blechzinken ihrer Gabel waren etwas verbogen, aber Anja störte sich nicht daran. Sie pikte sie in das Spiegelei und ein gelber Fluss strömte über das Schnitzel und die Bratkartoffeln. Was für ein herrlicher Anblick! Sie schob sich ein Stück Fleisch in den Mund und kaute gierig. Auch die Bratkartoffeln mit den gerösteten Zwiebeln waren so lecker, dass sie die Kerle von der Staatssicherheit einen Moment vergaß. Ihre Mutter rührte mit dem Löffel in ihrer Soljanka herum. Sie schien keinen Appetit zu haben.

Doch nach dem Essen mussten sie bezahlen und nach dem

Bezahlen gab es keinen Grund mehr zu bleiben. Sie zogen ihre Jacken an und ihre Mutter schien ihren Ärmel nicht gleich zu finden.

»Musst du noch aufs Klo?«

Anja schüttelte den Kopf. Ihre Mutter warf ihr einen merkwürdigen Blick zu. »Gehen wir mal lieber noch.« Ihre Stimme klang, als müsste sie ganz dringend. Aber da war noch etwas anderes. In dem hölzernen Ton, in dem sie redete, schwang eine Anspannung mit, die Anja nicht an ihr kannte.

Der Flur war schmal, lang und dunkel. Die einzige Glühbirne flackerte lustlos vor sich hin. Die Tür zur Toilette stand einen Spaltbreit offen und die Spülung plätscherte, aber zu Anjas Verwunderung lief ihre Mutter an ihr vorbei und steuerte auf eine Tür am Ende des Gangs zu.

»Wohin willst du?«, fragte Anja überrascht.

»Abhauen«, antwortete ihre Mutter. »Durch den Hinterausgang.«

Anja spürte wieder die Kälte auf ihrer Zunge. Ihre Mutter brauchte nur ein paar Sekunden, um das Schloss zu öffnen. Sie trug immer einen Dietrich in ihrer Tasche mit sich herum – für den Dachboden, auf dem sie die Wäsche zum Trocknen aufhängte und für den sie den einzigen Schlüssel verloren hatte.

Plötzlich standen sie an einer Straße und Anja sog die nach Abgasen stinkende Luft in sich ein, als würde sie den Duft von Blumen riechen. Wie durch ein Wunder hielt ein Bus wie ein Walross schnaufend direkt vor ihnen und stieß dabei eine schwarze Wolke aus. Mit einem Ächzen klappten die Türen auf. Die Menschen standen dicht gedrängt aneinander, wie die Heringe, dachte Anja, vielleicht war der Bus davor ja ausgefallen. Die Mutter griff nach der Hand ihrer Tochter, als wäre Anja ein kleines Kind, und zog sie mit sich, mitten hinein in den schützenden Wall aus Leibern. Das ideale Versteck, für ein Weilchen jedenfalls. Mutter und Tochter lächelten sich zu. Anja stand so eng an ihre Mutter gepresst, dass sie ihr Parfüm wahrnahm und den blumigen Duft ihres Haarshampoos, der sich mit dem Dunst des Zigarettenqualms aus der Kneipe mischte, und außerdem roch sie noch etwas anderes, eine Spur von einem säuerlich salzigen Duft. Schweiß? War das *Angst*schweiß? Na, egal, sie waren ihnen entkommen.

Anja kicherte, als sie sich vorstellte, was die Männer in dem Lokal für Gesichter machen würden, wenn sie merkten, dass sie vergeblich warteten. Auch ihre Mutter lachte leise, als könnte sie ihre Gedanken lesen.

An diesen kurzen trügerischen Moment der Erleichterung würde Anja noch denken – später. Später, als sie allein war, mutterseelenallein. *Dort*.

2

Sie schalteten kein Licht an, als sie die Wohnung betraten. Sie hatten den Hintereingang benutzt, der durch den Keller führte. Anja lief zum Fenster und schob die Lamellen der Jalousie ein Stück auseinander. Sie spähte auf die Straße hinab und kam sich vor wie in einem Gangsterfilm. Es dämmerte bereits. Eine Laterne glimmte auf und warf ein ockergelbes Licht auf das Kopfsteinpflaster. Eine Katze mit einem dicken Hängebauch trippelte den Gehweg entlang. Sonst war nichts zu sehen. Nichts Auffälliges jedenfalls. Kein Wartburg. Keine Bewacher. Anja überlegte kurz, ob die Katze vielleicht trächtig war, drehte sich um und wollte etwas sagen, aber ihre Mutter legte den Finger auf den Mund und schüttelte den Kopf.

Anja runzelte verständnislos die Stirn, sagte aber nichts. Die Sorge ihrer Mutter kam ihr übertrieben vor. Sie durfte kein Licht anschalten und nicht sprechen, weil ihre Mutter Angst vor einer Hausdurchsuchung hatte. Doch auch die Stasi musste ja mal Feierabend machen.

Anja hätte sich jetzt gern auf das Sofa geworfen und den Fernseher eingeschaltet. Aber ein Blick in das Gesicht ihrer Mutter genügte, um zu wissen, dass sie das vergessen konnte. Ihre Wangen sahen immer noch so weiß aus, als wären sie aus Papier. Aus einem dünnen Papier, das leicht reißen konnte.

Anja verstand nicht ganz, wovor ihre Mutter so viel Angst hatte. Vielleicht wurde sie ja verrückt? Oder ... Wie hieß das Wort noch gleich? Para... Para... Para*normal*? Nein, so ähnlich. Para*noid*?

Bei einem Spaziergang im Park hatte ihre Mutter ihr einmal erklärt, dass es in ihrem Wohnzimmer möglicherweise Wanzen gab. Anja hatte erst an die Krabbeltiere gedacht und »Igitt!« gerufen, aber dann hörte sie erstaunt, dass ihre Mutter glaubte, sie würden vielleicht abgehört.

»*Was?* Wieso das denn? Das ist doch vollkommen idiotisch!« Anja erinnerte sich an ihr ungläubiges Lachen, an ihr Kopfschütteln. Wieso sollte sich jemand die Mühe machen?

Idiotisch, idiotisch, pochte es auch jetzt in ihrem Kopf. Diese ganze Situation ist einfach ein idiotischer Witz! Einer von den blöden Witzen, über die man nicht lachen kann und die deshalb auch traurig sind, irgendwie.

Anja zog sich in ihr Zimmer zurück und warf sich aufs Bett. Sie schloss die Augen und dachte an die schwangere Katze.

Vielleicht konnte sie ja bald ein kleines verwahrlostes Straßenkätzchen zu sich nehmen? Würde ihre Mutter das erlauben? Sie mochte keine Haustiere. Aber wenn Anja den richtigen Moment abwartete ... Ein Kätzchen, das man streicheln konnte, wäre jetzt genau das Richtige.

Es klopfte leise an der Tür. Ihre Mutter trat ein, in der Hand einen Teller mit Schmalzstullen. »Abendbrot«, flüsterte sie und lächelte. Das Lächeln sah komisch aus, seltsam verrutscht.

Ihre Mutter holte noch eine Kanne Tee und zwei Tassen aus der Küche. Sie stellte das Tablett auf den Fußboden und setzte sich auf den Rand des Betts. »Ich habe vielleicht einen Fehler gemacht«, sagte sie leise.

»Was für einen Fehler?« Anja sprach ebenfalls mit gedämpfter Stimme. Sie griff nach einem Brot.

Ihre Mutter seufzte. Sie strich Anja das Haar aus dem Gesicht. »Hör zu, falls ich mal ... falls ich mal für längere Zeit nicht da bin ... Es gibt eine Verfügung ... Also ich meine, du kannst dann zu Onkel Olaf und Tante Simone gehen. Vorübergehend. Das ist alles abgesprochen ... vorsichtshalber.«

Olaf und Simone lebten in einem Dorf im Thüringer Wald und hatten einen Sohn in Anjas Alter und eine kleine Tochter. Was sollte sie da?

Sie knabberte an der Brotrinde herum. »Kapier ich nicht«, sagte sie gereizt. »Von welchem Fehler redest du?«

»Eigentlich ist es ... kein Fehler. Also, ich habe etwas geschrieben«, stammelte ihre Mutter.

»Wieder so einen Beschwerdebrief?«, fragte Anja. »Eine Eingabe?« Alle paar Wochen schrieb ihre Mutter eine Eingabe und beschwerte sich. Meist nützten ihre Beschwerden überhaupt nichts. Aber das hielt sie nicht davon ab, sich weiterhin zu beklagen: darüber, dass die bestellten Kohlen nicht kamen oder dass es auf dem Dachboden seit Jahren durchregnete oder darüber, dass ihr nicht erlaubt wurde, ihre Eltern im Westen zu besuchen.

»Ja, nein, so etwas Ähnliches«, antwortete ihre Mutter. »Aber ich war wütend, als ich ihn schrieb. Gleich nach der Verhaftung von Thea. Extrem wütend.« Sie holte tief Luft. »Ich hab einen Antrag gestellt.«

»Antrag?« Anja verstand nur Bahnhof.

»Einen Ausreiseantrag.« Ihre Mutter stieß ein Lachen aus, das auch ein Schluchzen hätte sein können. »Ich will hier nur noch weg«, flüsterte sie. »Weg aus diesem Land.«

Anja legte das Brot auf den Teller zurück. Ihr war der Appetit vergangen. Ihre Mutter hatte also Scheiße gebaut, so viel verstand sie. Ausreiseantrag? Sie fühlte ihre Hände eiskalt werden und legte sie auf die heiße Teekanne. Die Hitze schoss ihr durch die Arme, jagte ihr den Hals hinauf ins Gesicht. Es fühlte sich an, als hätte sie plötzlich Fieber bekommen. Fieber mit Schüttelfrost.

»Das ist nicht dein Ernst, oder?«, fragte Anja. Sie ließ die Kanne nicht los. Trotzdem zitterte sie einen Moment.

»Hör mal, es würde uns dort besser gehen. Es würde *dir* dort besser gehen. Du bist noch jung, du kannst ... sozusagen neu anfangen. Meine Eltern ... Oma und Opa werden uns helfen. Sicher könnten wir sogar fürs Erste bei ihnen in Hamburg wohnen.«

Anja schüttelte ungläubig den Kopf. Ihre Mutter hatte ihr nichts gesagt und sie nicht um ihre Meinung gebeten. Sie hatte einfach über ihren Kopf hinweg entschieden! »Warum?«

»*Warum?*« Ihre Mutter lachte. »Du siehst doch, was hier los

ist. Was meinst du, weshalb diese Kerle hinter uns her sind?«
Ihre Stimme klang eine Spur zu schrill.

Anja zuckte mit den Achseln.

»Damit wir wissen, dass sie die Macht haben und wir nichts«, sagte ihre Mutter.

3

Anja erwachte davon, dass sie Stimmen hörte. Schlaftrunken richtete sie sich in ihrem Bett auf und blickte sich um. Es war stockfinster. Im Ofen prasselte noch kein Feuer. Ihre Mutter kam jeden Morgen um sechs Uhr früh in ihr Zimmer und heizte. Das Erste, was Anja sonst sah, wenn sie aufwachte, waren Funken. Manchmal roch es nach Qualm, besonders dann, wenn irgendetwas den Schornstein verstopfte oder der Wind ungünstig stand. Vielleicht redete ihre Mutter ja mit dem Schornsteinfeger? Der Schornsteinfeger kam manchmal zu den unmöglichsten Zeiten. Vielleicht gab es ja einen Notfall. Einmal hatte der Blitz in den Schornstein eingeschlagen und war aus dem Ofen in der Küche wieder herausgekommen. Der Raum sah schwarz aus, *höllisch* verkohlt; auf der hübschen blau gemusterten Tapete klebte eine dicke Schicht Ruß. Sie brauchten einen neuen Ofen und mussten die Küche renovieren.

Anja lauschte und fühlte, dass ihr Herz heftig pochte. Die Stimme da draußen klang schneidend und befehlend, fast wie lautes Gebell. Dann nahm sie noch eine zweite Männerstimme wahr, die dunkel knarrte. Ihre Mutter konnte Anja nicht hören. *Einbrecher!*, dachte sie. Es sind *Einbrecher!* Was sollte sie tun?

Anja schob sich aus dem Bett und lief barfuß über die Dielen, bis sie den kalten Ofen berührte. Sie tastete nach dem Schürhaken, und als sie ihn auf dem Schutzblech, das vor dem Ofen lag, fand, umschloss sie ihn fest.

Die Tür öffnete sich und Anja hob ihre Waffe über den Kopf – bereit zum Schlag.

»Anja?« Die Stimme ihrer Mutter klang kläglich, zittrig, als hätte sie geweint.

Das Mädchen ließ den Schürhaken fallen. Hinter ihrer Mutter standen vier Männer in hässlichen Anzügen. Anja fragte sich, ob das vielleicht bloß ein schlechter Traum war.

»Mach dir ... mach dir keine Sorgen«, stammelte ihre Mutter. »Das geht vorüber. Sie wollen mich mitnehmen. Aber es wird nicht lange dauern. Nicht länger als vierundzwanzig Stunden.«

»Anja Sander?«, hörte Anja eine fremde Stimme fragen.

Sie nickte.

»Wir müssen auch Ihre Tochter bitten mitzukommen«, sagte der Mann mit der knarrenden Stimme. Er drängte sich in das Zimmer und schaltete Licht an.

Anja erkannte ihn wieder. Es war einer ihrer Verfolger; der kleine Dicke, dem sie gestern entkommen waren.

»Wieso?«, fragte sie.

»Zur Klärung eines Sachverhalts«, sagte ein anderer. Er war groß und kräftig und der Ton, in dem er sprach, zerschnitt die Luft.

Anjas Mutter schüttelte den Kopf. »Lassen Sie meine Tochter. Sie muss zur Schule. Sie hat nichts mit der Sache zu tun. Nicht das *Geringste*. Sie ist *unschuldig*.«

»Machen Sie hier kein Theater!«, stieß der mit der schneidenden Stimme hervor.

»Ich komme mit«, sagte Anja schnell. Keinesfalls wollte sie ihre Mutter allein mit diesen Männern gehen lassen. Erst jetzt fiel ihr auf, dass sie im Schlafanzug vor den Fremden stand, und sie wurde rot. »Ich muss mich nur ... umziehen.«

»Beeilen Sie sich!«, befahl der Große. Er ließ die Tür einen Spalt offen. Anja sammelte rasch ihre Sachen ein, die auf dem Boden verstreut lagen, und verzog sich hinter den Kachelofen, der ihr einigermaßen Sichtschutz bot. Die kalte Stimme sprach mit ihrer Mutter und Anja nahm wahr, dass er etwas forderte. Sie glaubte die Worte »Ausweis, auch den von Ihrer Tochter!« zu verstehen, aber vor allem beunruhigte sie der Ton, der herablassend und barsch zugleich klang. Nie zuvor hatte jemand so zu ihnen gesprochen. Sie fühlte eine Gänsehaut auf ihrem Rücken. Und noch etwas fiel ihr auf: Das erste Mal hatte jemand *Sie* zu ihr gesagt. Hieß das, dass sie jetzt erwachsen war? Würde man sie behandeln wie eine Erwachsene?

In ihrem Kopf hämmerte es: *Klärung eines Sachverhalts.* Was sollte das bedeuten? Es klang harmlos. Vielleicht wollten sie ja nur ein paar Fragen stellen?

4 Anja saß auf einem unbequemen Stuhl in einem hässlichen Raum. Eingerahmt und hinter Glas lächelte der Staatsratsvorsitzende Erich Honecker sein nichtssagendes Lächeln. Es kam ihr vor, als würde er sie beobachten, als würden diese kalten Fischaugen sie unablässig anstarren.

Die Männer hatten ihre Mutter und sie getrennt voneinander in zwei Wagen hierher gebracht. Beim Aussteigen erhaschte sie noch einen Blick von ihrer Mutter, die sich nach ihr umsah.

Anja wollte nach ihr rufen, aber als sie ihr Gesicht sah, blieb ihr einen Moment die Luft weg. Ihre Wimperntusche war verschmiert; es sah aus, als weinte sie schwarze Tränen.

Das Gebäude, das sie betraten, war ein grauer Klotz. Ihre Mutter wurde in die eine Richtung geführt und sie in die andere.

Wo befand sie sich hier? Was passierte jetzt mit ihr? Und vor allem: *wieso*?

Anja zog die Ärmel ihres Pullovers über ihre eiskalten Hände. Hinter ihrem Rücken war die Tür, eine dicke gepolsterte Tür, durch die war sie gekommen und durch die würde sie wieder gehen.

»Sie tun sich keinen Gefallen, wenn Sie hier nichts sagen«, meinte der größere der beiden Männer. Er war kräftig und breitschultrig und stützte sich über Anja gebeugt auf dem Tisch ab. Sein Gesicht war so nah, dass sie seinen nach Zigaretten stinkenden Atem riechen konnte. »Wir wissen ohnehin, dass Sie von den Hetzflugblättern und der staatsfeindlichen Aktion Ihrer Mutter Kenntnis hatten.«

Anja schwieg. Sie hielt den Blick gesenkt.

»Ihre Mutter hat sowohl in den Hetzflugblättern als auch in ihrem Ausreiseantrag Formulierungen verwendet, die den Straftatbestand der Öffentlichen Herabwürdigung, Paragraf 220 des Strafgesetzbuches der Deutschen Demokratischen Republik, erfüllen. Wenn Sie sich nicht selbst belasten wollen, sind Sie *verpflichtet*, mit uns zu kooperieren. Was wissen Sie über das feindlich-negative Verhalten Ihrer Mutter? Hat Ihre Mutter die Hetzschrift allein verfasst? Wissen Sie von den Kontakten Ihrer Mutter? Äußern Sie sich dazu! Nennen Sie uns die

Namen, damit zeigen Sie uns Ihren guten Willen. Oder wollen Sie, dass wir glauben, hier säße eine *Staatsfeindin? Wollen Sie das?!*«

Den letzten Satz brüllte der Mann.

Anja hob trotzig den Kopf. »Meine Mutter hat nichts Schlimmes getan«, sagte sie leise, aber bestimmt. Ihre Stimme hörte sich fremd an, rau und heiser, als hätte sie tagelang nichts getrunken.

»*Wir* entscheiden, ob sie eine Straftat begangen hat«, entgegnete der Mann.

Anja sah ihm in die Augen. Sie waren klein und grau, beinahe ohne Wimpern. Das Gesicht erschien ihr irgendwie aufgedunsen. Auf den geröteten Wangen zeigten sich winzige Äderchen.

Der andere Mann, es war der Dicke in der karierten Jacke, seufzte tief. »Mädel, sei doch nicht so stur. Deine Mutti wird uns schon sagen, was sie getan hat. Wir wissen ja sowieso alles. Einfach wegrennen und uns verschaukeln – habt ihr gedacht, ihr kommt damit durch? Du hältst dich wohl für besonders schlau, wenn du hier die stumme Ahnungslose spielst, was?«

Anja reagierte nicht. Der Mann trommelte mit dem Kugelschreiber auf dem Tisch herum.

»Mädel, dir gibt niemand die Schuld. Du kannst ja schließlich nichts für deine Mutter. Aber sie übt einen negativen Einfluss auf dich aus, das wirst du doch wohl einsehen. Deine Mutter ist einfach unfähig, dich zu erziehen. Sie verhält sich gesetzeswidrig und schadet damit deiner Entwicklung zu einer allseitig entwickelten sozialistischen Persönlichkeit.«

Anja versuchte nicht mehr hinzuhören. Sie dachte an Ronny. Wenn sie ihm das morgen in der Schule erzählte, würde er sich wohl totlachen. *Allseitig entwickelte sozialistische Persönlichkeit* – sollte das ein Witz sein? So ein Schwachsinn! Morgen ... Spätestens morgen musste dieser Albtraum vorbei sein. Vierundzwanzig Stunden, hatte ihre Mutter gesagt. *Nicht länger als vierundzwanzig Stunden.*

Plötzlich knallte der Größere etwas auf den Tisch. Anja zuckte zusammen. »Gehört das Ihnen?«, wurde sie gefragt.

Zu ihrer Überraschung sah sie ihren ESP-Hefter vor sich liegen. *Anja Sander, Klasse 9 b, Einführung in die sozialistische Produktion.* Darunter hatte sie ein Foto aus einer Filmzeitschrift geklebt, eine Szene aus einem Stummfilm. Buster Keaton, der auf den Trümmern eines auseinandergebrochenen Autos saß. Mit unbewegter Miene hielt er noch das Lenkrad in der Hand.

Ein harmloser Scherz, fand Anja. Aber Herr Busse, ihr ESP-Lehrer, den alle nur Bussi-Bär nannten, hatte ihr den Hefter wutschnaubend abgenommen. Sie bekam ihn nach dem Unterricht nicht zurück. Darüber wunderte sie sich nur flüchtig. Meist wurden die Eltern zum Schuljahresende aufgefordert, konfiszierte Dinge aus dem Sekretariat des Schuldirektors abzuholen. Aber wie kam die Mappe *hierher*?

»Findest du, dass die Arbeiter unserer *Volkseigenen Betriebe* Schrott produzieren?«, fragte der Dicke. Wie Anja feststellte, trug er immer noch seine karierte Jacke, als lohnte es sich nicht, sie auszuziehen. Anja hoffte, dass dieses »Gespräch« bald vorbei sein würde.

Sie schüttelte den Kopf. »Es sollte nur ein Spaß sein«, murmelte sie.

»Offensichtlich ist Ihnen nicht bewusst, wie sehr Sie von den Errungenschaften des Sozialismus profitieren«, sagte der mit der schneidenden Stimme.

Anja hätte ihm gern eine patzige Antwort gegeben. Aber sie hielt sich zurück. Sie wollte nichts wie weg von hier. Wenn sie nach Hause kam, würde sie einen Apfelkuchen backen und auf ihre Mutter warten. Sie stellte sich die Äpfel vor, die im Gelb des Teiges versanken. Sie stellte sich den Duft vor, wenn sie den Backofen öffnete. Und sie stellte sich die Freude ihrer Mutter vor, wenn sie nach Hause kam und mit einer Überraschung empfangen wurde.

So lange konnte das Kaspertheater hier doch nicht mehr dauern. Oder?

Der größere der Männer quasselte jetzt von Erziehung. Erst redete er von Anjas Schulbummelei und sie fragte sich, was das diesen Fremden überhaupt anging. Schließlich war er kein Lehrer und überhaupt – er kannte sie doch gar nicht. Dann wurden die Ausführungen und Vorhaltungen immer allgemeiner und Anja hörte nicht mehr zu. Erst als das Wort »Heim« fiel, horchte sie auf. Aber sie glaubte immer noch nicht, dass die Männer es ernst meinten. Schließlich hatte sie ja nichts Schlimmes getan. Sie drohten ihr, sie schüchterten sie ein – aber am Ende würden sie Anja doch gehen lassen, nicht wahr?

Irgendwann griff der Kleinere zum Telefonhörer, wählte und sagte: »Kann abgeholt werden.«

Anja atmete auf. Vielleicht ließen sie jetzt ja auch ihre Mutter gehen und sie fuhren zusammen nach Hause. Sie konnten den Apfelkuchen ja auch gemeinsam backen.

5 Der Fahrer sprach kein Wort mit ihr.

Anja saß auf der Rückbank des Wagens und starrte aus dem Fenster hinaus.

Sie nagte an ihrem Daumennagel. Es ging nicht nach Hause, so viel stand fest.

Sie fuhren den falschen Weg, die falschen Straßen entlang, an den falschen Häusern vorbei. Sie verließen die Stadt, in der Anja wohnte.

»Wohin bringen Sie mich?«

Der Fahrer antwortete nicht. Vielleicht war er schwerhörig?

»Wohin fahren wir?«, fragte sie lauter.

Der Mann wandte nicht einmal den Kopf zu ihr.

Anja sah einem Schwarm Krähen hinterher, die über ein Feld flogen. Wie gut sie es hatten! Sie waren frei, konnten fliegen, wohin sie wollten. Sogar ins *nichtsozialistische Ausland*. Über die *Mauer*, über den *antifaschistischen Schutzwall*, in den bösen Westen. Anja grinste ein bisschen. Dann kam ihr eine komische Idee. Vielleicht fuhr man sie ja an die Grenze? Vielleicht wartete dort ihre Mutter auf sie? Wie lange dauerte es, bis ein Ausreiseantrag genehmigt wurde? Soviel sie wusste, dauerte es oft sehr lange, manchmal sogar einige Jahre. Bei anderen ging es wiederum ganz schnell. Bei denen, die sie loswerden wollten. Und ihre Mutter wollten sie bestimmt loswerden. Vielleicht lebten sie ja in ein paar Tagen in Hamburg bei Oma und Opa und aßen den ganzen Tag Sarotti-Schokolade. Unwillkürlich lief ihr das Wasser im Mund zusammen. Aber dann fielen ihr Jana und Doris ein, ihre besten Freundinnen. Sie würde sie nie wiedersehen, und auch Ronny nicht, ihre ganze Klasse nicht! Sie würde nie wieder mit ihren Freundinnen in die Milchbar gehen oder ins Kino oder in die Disco.

Anja biss auf ihrem Daumennagel herum. Sie betrachtete den Hinterkopf des Fahrers, musterte den kräftigen geröteten Nacken. Wer war dieser Mann? Er trug keine Uniform, er war kein Polizist. Also fuhr er sie nicht ins Gefängnis. So viel schien sicher. Oder? Wenn der Mann zur Stasi gehörte, konnte er sie sonst wohin bringen. Sicher war nur, dass nichts sicher war. Brachte man ihre Mutter ins Gefängnis? Würde man sie einsperren für das, was sie getan hatte? Aber was hatte sie denn getan?

Nichts. Scheiße noch mal! *Nichts!*

»Wir sind keine Verbrecher«, murmelte Anja, ohne ihren Daumen aus dem Mund zu nehmen. Von dem Nagel war nicht mehr viel übrig. Trotzdem knabberte sie weiter. Draußen sah sie jetzt Häuser. Sie fuhren durch eine Stadt. Als sie den Fernsehturm erblickte, so klein, als wäre er nur ein Spielzeug, schmeckte sie Blut.

Es war ein rostroter Backsteinbau und Anja kam es so vor, als hätte das Haus Zähne. Ihr Herz setzte einen Moment aus, dann schlug es in rasendem Tempo weiter. *Gitter!* Vor jedem Fenster *Gitter!* Anja wandte den Blick ab.

Also doch, dachte sie. *Also doch.* Als sie aus dem Wagen stieg, strauchelte sie und taumelte ein Stück zur Seite. Ihr war plötzlich schwindlig. Der Fahrer griff nach ihrem Arm. Um ihr zu helfen? Um zu verhindern, dass sie davonlief? Er packte hart zu, so hart, dass das Rot der Ziegelsteinmauer vor ihrem Blick verschwamm. Sie hörte einen Schlüssel, der sich im Schloss drehte. Kam sie jetzt in den Knast? Sie betrachtete ihre Füße, die mit ihr Schritt für Schritt liefen. Wohin? Was passierte hier mit ihr? Braunes abgeschabtes Wildleder. Ich brauche neue

Schuhe, Mama, dachte sie verwirrt. Die großen Zehen stießen schon vorne an und beulten das Leder aus.

Der Fahrer schob sie stumm vor sich her, einen Flur entlang. Vor einer der Türen blieben sie stehen. Der Mann klopfte. Eine Stimme antwortete und die Tür öffnete sich.

»Neuzugang: Anja Sander.« Der Fahrer knallte ihren Personalausweis und ihr Sozialversicherungsheft auf den Tisch. Eine Frau mit strohblonden Locken nickte flüchtig und nahm die Papiere, ohne aufzusehen.

»Wieso?«, fragte Anja.

Die Frau streifte Anja mit einem gleichgültigen Blick. »Wieso *was*?«

»Wieso bin ich hier?«

Die Frau zog die Augenbrauen hoch. Dann schnaubte sie wie ein Pferd. Anja war sich nicht sicher, ob das ein Lachen sein sollte.

Der Fahrer murmelte etwas und zog die Tür hinter sich zu.

»Mädchen, das wirst du wohl besser wissen als ich, weshalb du hier stehst«, sagte die Frau vorwurfsvoll.

Anja schüttelte zögernd den Kopf.

Die Frau seufzte. Sie legte eine leere Plastiktüte auf den Tisch. »Da kommen jetzt erst mal deine persönlichen Sachen hinein«, sagte sie.

Anja rührte sich nicht. Sie starrte die Frau ungläubig an. Sie war blass, so blass, als hätte sie das letzte halbe Jahr keinen einzigen Sonnenstrahl abbekommen.

»Nun mach schon! Uhr, Schlüssel, Kette, Portemonnaie ... Das brauchst du hier alles nicht.«

Anja blickte auf das Zifferblatt. Sie sah den Sekundenzeiger im Kreis herumwandern. »Wieso?«, fragte sie wieder.

Die Frau schnaufte. »Ist das zu fassen? Willst du gleich am Anfang Ärger machen? Du weißt wohl nicht, wo du hier bist?!«

Anja schüttelte den Kopf. »Wo bin ich?«, fragte sie.

Die Frau legte den Hals schief wie ein Vogel, der auf Futter wartet, und musterte Anja. »Du weißt es wirklich nicht, stimmt's? Ist wohl das erste Mal, was? Du bist in einem *D-Heim*, Mädel. In einem Durchgangsheim der Jugendhilfe. Keine Sorge, das ist nur eine Übergangsstation. Wie der Name schon sagt. Von hier geht es bald weiter für dich. Hier wirst du nur zwischengelagert.« Die Frau lachte.

»Wohin …?«, fragte Anja und schluckte. »Wohin soll ich gebracht werden?«

Die Frau zuckte mit den Schultern. »Das habe ich nicht zu entscheiden.« Sie beugte sich plötzlich über Anja und löste mit einer schnellen geschickten Bewegung das Armband ihrer Uhr. »Siehst du, so geht das. Und jetzt mach weiter. Du bist hier nicht im Kindergarten!«

Anja blickte ein letztes Mal auf den Zeiger, der von einer Sekunde zur nächsten zuckte. Die Uhr hatte sie von ihrer Mutter zum vierzehnten Geburtstag bekommen. Sie schob sie so langsam wie möglich in die Tüte und spürte, dass sie noch warm war.

6

»Mitkommen!«, sagte die Frau.

Sie ging eilig einen Flur entlang und Anja folgte ihr. Es roch nach Chemie und der Boden glänzte feucht, als wäre er gerade geputzt worden. Von irgendwo hörte sie Kinderstimmen. Gäbe es die Gitter nicht, könnte man denken, es wäre ein Ferienlager, versuchte Anja sich zu beruhigen. Aber ihr Herz sprach eine andere Sprache. Es wummerte in einem nervösen Takt. Sie presste die Sachen an sich, die ihr die merkwürdige Frau gegeben hatte: Nachthemd, Bettzeug und Arbeitsanzug. Der Duft nach frischer Wäsche beruhigte sie etwas.

Die Frau blieb stehen, klimperte mit dem Schlüsselbund und schloss eine Tür auf. Mit einem Nicken bedeutete sie Anja einzutreten.

Es war ein Schlafsaal. Anja blickte von einem Doppelstockbett zum nächsten. In einer der Schlafstätten sah sie ein Mädchen. Sie lag von ihnen abgewandt, mit dem Gesicht zur Wand, und bewegte sich nicht. Nur ihr Kopf war zu sehen, braune lockige Strähnen. Ansonsten gab es in dem Zimmer nicht viel zu entdecken: Schränke, ein Eimer nahe der Tür.

Die Frau rüttelte an einem der Metallgestelle, als wollte sie prüfen, ob es stabil genug sei. »Hier wirst du schlafen. Untere Etage. Bau schon mal dein Bett. Aber ordentlich, ja? Schluderei dulden wir hier nicht!« Die Frau wandte sich zum Gehen. »Frau Gabler, deine zuständige Erzieherin, wird gleich kommen und dich einweisen.«

Anja nickte. Sie konnte es kaum erwarten, die komische Frau von hinten zu sehen. Der Schlüssel drehte sich im Schloss. Anja stand einen Moment einfach nur still da und hörte zu, wie sie eingeschlossen wurde. Wie ein Tier, das ausbrechen kann, dachte sie. Wie ein Raubtier. Durch das vergitterte Fenster fiel etwas Licht. Der Tag verabschiedete sich bereits. Anja war froh allein zu sein und fühlte sich gleichzeitig alleingelassen. Wo war ihre Mutter jetzt? Wieso konnte sie nicht kommen und sie abholen? Jemand würde ihr doch sagen, wohin man Anja gebracht hatte, oder? Sicher war das alles nur ein Missverständnis. Ein vollkommen *idiotisches Missverständnis*. Ihre Mutter würde spätestens nach vierundzwanzig Stunden entlassen werden und sie abholen. Sie würde nicht zulassen, dass man ihre Tochter in einem Heim einsperrte. Sie ließ sich nichts gefallen und schon gar nicht eine Sauerei wie diese. Sobald wir zu Hause sind, wird sie eine Flut von Eingaben schreiben, dachte Anja und lächelte in sich hinein. Sie konnte das Blatt Papier schon vor sich sehen. *Betreff: Einspruch gegen Freiheitsberaubung.* Vielleicht schrieb sie die Beschwerde sogar an Honecker persönlich oder an seine Frau Margot. Immerhin war die ja Minister für Volksbildung, soweit Anja wusste.

Anja trat ans Fenster und blickte hinaus, auf den Hof hinunter. Fast kam es ihr so vor, als müsste ihre Mutter schon da unten stehen und mit den Erziehern diskutieren. Sie lauschte. Hörte sie nicht irgendwo eine weibliche Stimme? Anja stellte sich auf die Zehenspitzen. Plötzlich öffnete sich das Tor und ein Polizeiwagen kam auf den Hof gefahren.

Ein Uniformierter stieg aus, riss die hintere Tür auf und zerrte einen Jungen von der Rückbank. Der Junge hatte pechschwarze Haare und war ungefähr in ihrem Alter. Es fing bereits zu dämmern an und sie konnte nicht alles genau erkennen, aber konnte es sein, dass der Junge *Handschellen* trug? Der Junge blickte zu den Fenstern hinauf und Anja kam es vor, als würde er sie direkt ansehen. Hatte er etwas verbrochen? Er sah nicht gerade aus wie ein Ganove. Ohne darüber nachzudenken, hob sie die Hand und winkte ihm zu. Wenn sie sich nicht täuschte, nickte er leicht.

Anja hörte ein Geräusch hinter sich und drehte sich erschrocken um. Das Mädchen, das eben noch geschlafen hatte, saß auf dem Bett und presste sich die Hand auf den Mund. Ohne auf Anja zu achten, sprang sie auf und rannte quer durch den Raum. Sie riss den Deckel von dem Eimer und erbrach sich.

Hilflos lauschte Anja dem Würgen und Plätschern. »Geht es dir nicht gut?«, fragte sie und kam sich etwas dämlich vor. Schließlich kotzte das Mädchen nicht aus Spaß. Anja lief zu ihr. Vorsichtig legte sie die Hand auf den gebeugten Rücken. »Kann ich dir irgendwie helfen?«

Sie erhielt keine Antwort, das Mädchen keuchte nur. Dann schoss wieder eine gelbe Flüssigkeit aus ihrem Mund und platschte in den Eimer. Anja unterdrückte den Impuls zurückzuweichen und tätschelte den fremden Rücken. »Was ist mit dir los?«, fragte sie und bemühte sich, nicht so genau in den Kübel zu sehen. Trotzdem bemerkte sie, dass der übel riechende Inhalt merkwürdig schaumige Blasen warf.

Das Mädchen hob den Kopf. »Was geht dich das an?«, fauchte sie. Ihre Augen schillerten grün wie bei einer Katze.

»Ich ... ich wollte bloß ...« Anja ließ ihren Arm sinken und trat einen Schritt zurück. »Ich dachte ...« Sie schluckte und kam sich kläglich vor. Das Mädchen war stämmig, aber kleiner als sie; ihr Gesicht war mit Erbrochenem beschmiert und sie zitterte. Dennoch schien sie keine Hilfe zu erwarten.

Vielleicht ist sie nur so krötig, weil ihr schlecht ist, dachte Anja.

Das Mädchen wischte sich den Mund mit dem Handrücken ab und wankte zu ihrem Bett zurück.

Anja versuchte den Gestank, der ihr jetzt in die Nase stieg, zu ignorieren. Sie nahm den Deckel vom Boden auf und legte ihn auf den Eimer. Dann fiel ihr ein, dass sie ja das Bett beziehen sollte.

»Also ich bin Anja«, sagte sie im Vorbeigehen.

Das Mädchen rülpste laut.

Anja zuckte mit den Schultern. Rülpser konnten sie nun nicht gerade schocken. Die Jungen ihrer Klasse veranstalteten manchmal in den Pausen regelrechte Rülpskonzerte. Dabei wollte einer den anderen übertrumpfen. Es klang beinahe so, als würden Frösche in einem Teich vor sich hin quaken.

»Und wer bist du?«, fragte Anja und fummelte an dem Bettbezug herum. Betten beziehen war nicht gerade ihr Hobby. »Halloho. Wie heißt du?« Sie hörte selbst, dass es ein bisschen trotzig klang, fast wütend. Eigentlich erwartete sie keine Antwort. Das Mädchen wirkte irgendwie verdreht. Vielleicht war sie auch einfach nur zu sehr mit sich selbst beschäftigt.

»Ich hab keinen Namen«, hörte Anja die ins Kissen gemurmelte Antwort. »Aber du kannst mich Gonzo nennen.«

Anja grinste schief. »Wie der Gonzo aus der Sesamstraße?«

»Mm, nee. Aus der Muppet Show.«

»Dabei ist deine Nase gar nicht so lang und blau bist du auch nicht.«

»Stimmt«, murmelte das Mädchen. »Jedenfalls im Moment nicht.«

Anja lachte. »Also Ähnlichkeiten kann ich nicht feststellen.«

»Darum geht es nicht. Gonzo ist ein Irgendwas – so wie ich.«

»Was meinst du damit, du hast keinen Namen?«

»Na, meine Alte hat mich ins Heim gesteckt, bevor sie irgendjemandem sagen konnte, wie ich heiße.«

»Verstehe«, sagte Anja verwirrt. Aber eigentlich war das gelogen. Sie kannte niemanden, der in einem Heim aufgewachsen war. Anja senkte den Blick. Sie wollte nicht, dass das verdrehte Mädchen ihre Neugier bemerkte.

»An deiner Stelle würd ich mich beeilen«, sagte Gonzo. »Mit der Gabler ist nicht zu spaßen. Die ist hier so was wie der Oberfeldwebel, wenn du verstehst, was ich meine.«

Anja zuckte mit den Achseln. »Ich bleib sowieso nicht lange. Meine Mutter wird kommen und mich hier rausholen.«

Gonzo schnaubte amüsiert. »Hast du 'ne Kippe?«

Anja schüttelte den Kopf. »Ich rauche nicht.«

»Deine Mami wird also kommen und dich abholen?«, fragte Gonzo mit verstellter Stimme. »Wie niedlich. Is bloß kein verdammter Kindergarten.«

»Hab ich irgendwie schon mal gehört heute.« Anja deutete mit dem Kinn auf das vergitterte Fenster. »Was ist das für ein beschissener Laden hier?«

»Na ja, so was wie 'ne Kindersammelstelle. Die Kinder werden hier gesammelt und dann verschickt, wie Pakete. Der eine kommt nach da, der andere nach dort. Die, die abgehauen sind, transportiert man wieder genau dahin zurück, von wo sie weggerannt sind. Wenn du neu bist, tja ... kannst Glück haben oder Pech, je nachdem.«

Anja runzelte die Stirn. Sollte sie zugeben, dass sie nicht verstand, wovon die Rede war? Doch bevor sie etwas sagen konnte, hörte sie das Schloss klicken. Gonzo verschwand blitzschnell unter ihrer Decke, wie eine Maus, die in ihr Mauseloch huschte.

Die Frau, die eintrat, war groß und stämmig und sah auf den ersten Blick fast wie ein Mann aus. Anja klopfte geschäftig auf ihrem Kissen herum. Als sie sich aufrichtete, verzog sie die Lippen zu einem höflichen Lächeln. Sie wollte keinen Ärger – mit wem auch immer. Sie wollte so schnell wie möglich von hier verschwinden.

Frau Gabler sah irgendwie tatsächlich so aus, als hätte sie

eine Gabel verschluckt. Sie starrte Anja an wie ein Insekt, das sich in ihre Wohnung verirrt hatte und jetzt verbotenerweise auf ihrem flauschigen Teppich herumkrabbelte. Anja kam es so vor, als würde die fremde Frau am liebsten zutreten.

Sie versuchte den Blick zu übersehen und streckte ihre Hand vor. »Mein Name ist …« Die Frau ignorierte die Geste und ging wortlos an ihr vorbei. Verblüfft wandte Anja sich um und sah zu, wie die Erzieherin das Kissen und die Decke samt Laken von ihrem Bett riss und auf den Boden warf. »Das machst du noch mal!«, befahl sie. »Und zwar ordentlich, Kante auf Kante und ruck, zuck, alles glatt und keine Falten, verstanden?!«

Anja antwortete nicht. Sie stand da wie erstarrt. Das war also ihre Erzieherin, na wunderbar.

»Oder willst du auf dein Abendbrot verzichten?«

Anja bückte sich und nahm das Bettzeug vom Boden auf.

»Nicole, du Simulantin, beweg deinen faulen Hintern! Bring den Eimer raus, aber dalli! Das stinkt ja hier schlimmer als wie im Schweinestall!«

Gonzo kam aus ihrem Mauseloch und stapfte an Anja vorbei, ohne ihr einen Blick zuzuwerfen. Frau Gabler folgte ihr fluchend, und als sie den Raum verließen, zog sie die Tür mit einem Knall hinter sich zu. Anja zerrte das Laken hin und her, bis keine einzige Falte mehr zu erkennen war. Aber was bedeutete Kante auf Kante?

Als Gonzo mit dem Eimer zurückkam, sah die Bettdecke so ähnlich wie ein Iglu aus. Frau Gabler war zum Glück draußen geblieben und schloss schon wieder die Tür ab. Offenbar hatte sie im Moment nicht genügend Zeit, um Anja anzuschnauzen.

7

»So und so ... und schon ... fertig«, sagte Gonzo gelangweilt. Sie hatte keine Minute gebraucht, um Anjas Bett auf die Art zu bauen, wie es vorgeschrieben war. »Also merk dir, wie's geht, und ich hab jetzt was gut bei dir.«

Anja nickte. Gonzo hatte ihr schon gezeigt, wie sie ihre Fächer im Schrank einräumen musste, um keine Probleme mit der Gabler zu bekommen. Für jedes Kleidungsstück gab es irgendeine idiotische Vorschrift. Sogar Unterwäsche durfte man nicht einfach in eine Schublade pfeffern, wie Anja das zu Hause machte. Gonzo hatte nun schon so einiges gut bei ihr.

»Danke«, sagte Anja.

»Danke am Arsch«, antwortete Gonzo. »Besorg mir Kippen. Und vom Abendbrot bringst du mir erst mal was zu futtern mit.«

»Wieso gehst du nicht selbst was essen?«

»Na, offiziell hab ich Magen-Darm-Grippe und bin auf Diät, sozusagen.«

»Offiziell?«

Gonzo zwinkerte ihr nur zu, statt zu antworten.

»Sah aber ziemlich echt aus die Kotzerei vorhin.«

»War ja auch echt. Schlürf du mal von so 'nem eklig ätzenden Putzmittel.«

Anja sah Gonzo entgeistert an. »Willst du damit sagen ...«

Das Mädchen zuckte mit den Schultern. »Gar nichts will ich damit sagen.« Sie schlüpfte in ihr Bett, zog die Decke bis zum Kinn hoch und warf Anja einen misstrauischen Blick zu. »Du wirst mich doch nicht anscheißen, oder?«, fragte sie drohend.

Anja schüttelte heftig den Kopf.

»Würde dir auch nicht bekommen«, meinte Gonzo und drehte sich zur Wand.

Anja hätte gern weiter mit ihr gesprochen. Solange sie mit dem verdrehten Mädchen sprach, musste sie nicht über ihre Lage nachdenken. Außerdem verstand sie nicht, wie man freiwillig eine seifige giftige Chemikalie trinken konnte. Allein der Gedanke erzeugte einen Würgereiz in ihr.

Aber Gonzo sah nicht so aus, als wollte sie sich noch unterhalten. Sie sah eher so aus, als wollte sie sich vor der Welt verstecken.

»Na also, geht doch«, sagte Frau Gabler ein paar Minuten später zufrieden und musterte die Bettdecke, die steif wie ein Brett dalag. »Dann bringe ich dich jetzt mal in den Speisesaal zu den anderen Mädchen aus deiner Gruppe.«

Anja nickte. Sie hatte den ganzen Tag noch nichts gegessen. Aber erst jetzt spürte sie den Hunger. In ihrem Bauch knurrte es.

Sie folgte der Gabler, die schnurstracks wie ein General vorauslief. Nur einmal drehte die Frau sich nach Anja um. »Im Speisesaal herrscht Sprechverbot«, teilte sie ihr mit.

Und wieso?, lag es Anja schon wieder auf der Zunge. Aber sie lief wortlos weiter. Die Frage lag ihr schwer wie ein Stein im Magen. All das hier fühlte sich verkehrt an. Sogar der lange Weg durch den kahlen kalten Flur kam ihr vor, als würde sie auf einem unbekannten Planeten herumspazieren. Es war eisig auf diesem Planeten, eisig, leer und tot. Sie war hier fehl am Platz, gehörte nicht hierher. Aber außer ihr schien das niemandem aufzufallen.

Als sie den Speisesaal betraten und Anja die vielen Augenpaare wahrnahm, die sie musterten, verstärkte sich der Druck in ihrem Magen. Es waren fremde Gesichter, traurige, gleichgültige und müde Gesichter. In der einen oder anderen Miene meinte Anja ein gewisses Interesse an ihr aufflammen zu sehen. Aber niemand sagte ein Wort. Sogar Frau Gabler wies ihr nur stumm und ohne sie anzublicken einen Platz zu.

Anja setzte sich und schaute sich um. Auf der anderen Seite des Saals waren die Jungen. Anja sah *ihn* sofort. Den Jungen mit den schwarzen Locken. Er hob den Kopf und ihre Blicke trafen sich. Sie sah etwas Trotziges und Ernstes in seinem Gesicht – etwas, das ihr vorkam wie eine Aufforderung oder eine Frage. Aber sie wagte nicht länger als eine Sekunde zu ihm hinüberzustarren. Mädchen und Jungen saßen hier so weit voneinander getrennt, als könnten sie sich bei bloßer Berührung tödliche Krankheiten zuziehen.

An einigen Tischen hockten auch jüngere Kinder müde herum. Manche von ihnen schienen nicht älter zu sein als sechs oder sieben. Was suchten die hier?

Ein Mädchen in einem weißen Kittel brachte ihr einen Teller, Besteck und eine Plastiktasse. »Danke«, rutschte es Anja heraus. Es kam ihr vor, als hätte sie das Wort in den Raum geschrien, dabei hatte sie leise gesprochen. Ein paar Kinder drehten sich zu ihr um. Frau Gabler, die am Ende des langen Tischs saß, runzelte die Stirn, sagte aber nichts. Anja nahm eine Kanne vom Tisch und goss sich eine bräunliche Flüssigkeit in den Becher, die wohl Tee sein sollte. Das Getränk war lauwarm und schmeckte wässrig-süß und leicht modrig. Sie griff nach einem Brot, beschmierte es mit etwas Butter und aß es hastig. Die grünlich schimmernde Wurst rührte sie nicht an.

Die anderen Mädchen waren schon fertig mit dem Abendbrot und sahen ihr stumm beim Essen zu. Anja rutschte unbehaglich auf ihrem Stuhl herum. Dieses Angestarrtwerden gefiel ihr ganz und gar nicht. Sie kaute noch ein bisschen schneller und überlegte, wie sie es anstellen sollte, Gonzo etwas mitzubringen.

Einen unbeobachteten Moment abzuwarten brachte wohl nichts, denn wie es aussah, würde es keinen unbeobachteten Moment geben. Doch sie *musste* Gonzo etwas mitbringen, schließlich hatte sie ihr diesen idiotischen Bettenbau abgenommen und ihre Kleidungsstücke in genormte Päckchen verwandelt. Vor Aufregung vergaß sie zu kauen und schluckte einen großen Brocken hinunter. Sie trank etwas und fühlte, wie das Brot langsam und schwerfällig durch ihre Speiseröhre wanderte und dann plötzlich stecken blieb. Panik durchflutete ihren Körper. Wenn sie jetzt nicht hustete, würde sie wohl ersticken. Aber sich hier die Blöße geben? Vor all diesen Fremden? Vor der Gabler? Das kam nicht infrage. Nun reiß dich mal zusammen, Anja, dachte sie, in der Schule giltst du als eine, die sich nicht die Butter vom Brot nehmen lässt, und jetzt lässt du dich von einem Stück Stulle besiegen? Sie trank noch ein paar Schlucke von dem widerlichen Gesöff und der Klumpen in ihrem Hals setzte seinen Weg endlich fort.

Anja starrte das Brot in dem Plastikkorb auf dem Tisch an. Sie musste nur hinlangen, es nehmen, es irgendwo am Körper verstauen und später dann Gonzo überreichen. Was war daran so schwer? Es handelte sich ja nicht mal um Diebstahl. Plötzlich schepperte es auf der Seite der Jungen und alle Blicke wanderten hinüber zu ihnen. Offenbar war ein Teller zu Bruch gegangen.

Blitzschnell holte sich Anja, was sie haben wollte, und stopfte die Brotscheiben in ihren Hosenbund. Drüben meckerte ein Erzieher herum und Anja nutzte die Zeit, um ihren Pullover unauffällig über ihre Beute zu ziehen.

Als sie den Blick hob, bemerkte sie, dass sie beobachtet wurde.

Das Mädchen, das ihr gegenübersaß, starrte sie aus schmalen Augen an. Sie wirkte älter als Anja und sogar im Sitzen sah sie groß aus. Ihr breites Gesicht glänzte, als würde sie schwitzen oder als hätte sie sich Butter auf die Wangen und die Lippen geschmiert. Ihr dickes, dunkelblondes Haar trug sie nach hinten gekämmt und zu einem Zopf gebunden. Ihre Lider hingen so tief über ihren Augen, als würden sie ihr jeden Moment zufallen. Aber unter den Wimpern saß unverkennbar ein Lauern. Anja setzte ein Lächeln auf, kein freches Grinsen, sondern ein unverbindliches freundliches Lächeln. Normalerweise hätte sie jetzt irgendetwas Belangloses zu der Unbekannten gesagt und eine harmlose Plauderei angefangen. In dem verordneten Schweigen fühlte sie sich wie in einem Käfig aus Glas. Sie konnte nicht hinaus, sie durfte nicht sprechen, sie stand unter Beobachtung und Blicke konnten alles Mögliche bedeuten.

Die Miene des Mädchens blieb starr, gleichmütig, fast gelangweilt und Anja hörte auf zu lächeln.

8

Warum? Warum? Warum war sie hier?

Das gelbe Licht im Flur ließ die Mädchen blass, fast kränklich aussehen.

Anja stand mit ihnen in einer Linie mit dem Rücken zur Wand, hinter der sich der Schlafsaal befand.

»Wie ihr bereits bemerkt haben dürftet, haben wir einen Neuzugang.« Frau Gabler, die vor ihnen stand, musterte Anja. »Sander, Anja, beehrt uns mit ihrer Anwesenheit.«

Die Erzieherin trug einen rosafarbenen Pullover und Anja starrte schweigend in das Rosa hinein. Muscheln, dachte sie. Manche Muscheln sind rosa. Sie versuchte, nicht hinzuhören, was die Frau sagte. Sie stellte sich Muscheln vor. Strand. Wellen. Wenn sie sich ein bisschen Mühe gab, hörte sie das Meer rauschen. Die Brüste der Gabler verwandelten sich in Ohrenquallen. Anja wandte schnell den Blick ab und hielt Ausschau nach Gonzo, die ganz am Ende der Reihe stand. »Trocken Brot färbt Wangen rot«, hatte sie Anja zugemurmelt und die mitgebrachten Stullen heimlich unter der Bettdecke gegessen. Gonzo sah auch nach dem kärglichen Mahl blass, verdrießlich und müde aus. Keine Spur von roten Wangen.

Die Gabler quasselte jetzt über die Eingliederung ins Kollektiv und die Einhaltung der Hausordnung. Anja tat so, als würde sie zuhören.

»Neuzugang Sander, irgendwelche Fragen?«

Wieso bin ich hier?, dachte Anja, aber ihr war klar, dass sie von der Frau keine Erklärung bekommen würde. Sie schüttelte den Kopf.

»Also schön, Mädels, wer seine Regel hat und Hygieneartikel benötigt, einen Schritt vortreten.«

Anja spürte das Unbehagen in sich aufsteigen wie eine Welle. Ungläubig blickte sie sich um. Zwei Mädchen mit rot angelaufenen Gesichtern huschten vor, nahmen die Binden in Empfang und sprangen in die Reihe zurück.

»Wer braucht für morgen frische Unterwäsche?« Frau Gabler wedelte jetzt mit Schlüpfern in der Hand herum.

Anja starrte wieder in das Rosa hinein. Diesmal sah sie keine Muscheln. Sie sah einen Tintenfisch mit Tentakeln und Saugnäpfen. Um ihn herum schwammen Meerjungfrauen und der

Tintenfisch streckte seine Arme nach ihnen aus und versuchte sie am Hals zu packen.

»Jugendliche vom Dienst! Vortreten!«, befahl die Erzieherin.

Das große Mädchen mit dem ölig glänzenden Gesicht trat vor.

»Hast du irgendwelche besonderen Vorkommnisse zu melden, Daniela?«

Das Mädchen warf Anja einen schläfrigen Blick zu. »Die Neue hat Brot geschmuggelt«, teilte sie der Erzieherin gleichmütig mit.

»Was?«, entfuhr es Anja entgeistert. Was sollte das denn nun wieder heißen: Brot *geschmuggelt*?

»Hab's genau gesehen«, sagte Daniela. »Die Neue hat sich zwei Stullen unter den Pullover gesteckt.«

»Na ja, ich hatte eben noch Hunger«, sagte Anja empört. »Den ganzen Tag hab ich nichts zwischen die Zähne bekommen.«

Frau Gabler starrte sie an. »Ich habe dich nicht um deine Meinung gebeten.«

»Aber ...«

»Du redest hier nur, wenn du gefragt wirst! Also: Was hast du mit dem Brot gemacht?«

»Gegessen, was sonst«, sagte Anja schnell.

»Hör mal zu, Fräulein, ich halte dir heute nur zugute, dass du neu bist und noch nicht weißt, wo der Hase langläuft. Beim nächsten Fehlverhalten bist du dran, verstanden?«

Anja schwieg. Dann nickte sie vorsichtshalber.

»Hast du verstanden?«, fragte die Frau.

»Ja«, antwortete Anja. »Ich habe verstanden.« Du blöde

Kuh, fügte sie in Gedanken hinzu. Am liebsten hätte sie die Worte laut herausgeschrien. Aber was würde dann passieren? Offenbar herrschten hier Regeln, die mit der Welt da draußen nichts zu tun hatten. Anja musste vernünftig bleiben. In ein paar Stunden, spätestens in ein paar Tagen würde ihre Mutter sie hier herausholen. Bis dahin musste sie durchhalten. Einfach nur durchhalten. Es dauert nicht mehr lange, dachte sie. Es *kann* gar nicht mehr lange dauern.

Scheiße – *und wenn doch?*

9 Anja setzte sich auf ihr Bett. Sie war erschöpft und müde, aber wie sollte sie in diesem engen, muffigen Affenstall schlafen? Frau Gabler hatte »Gute Nacht« in den Raum gerufen, als wären sie im Ferienlager, und die Tür zugeschlossen. Anja saß in der Falle. Sie versuchte die vergitterten Fenster zu ignorieren, aber sie schaute immer wieder zu ihnen hin. In der Ferne sah sie den Mond. Ein Gitterstab teilte ihn in zwei Hälften. Beinahe sah es so aus, als wäre auch der Mond ein Gefangener.

Um sie herum wurde geflüstert. Nur das Mädchen, das auf der Matratze über ihr lag, war stumm. Anja hatte die Kleine nach ihrem Namen gefragt, als sie die Leiter hinaufgeklettert war. Sie sah so klein und mager und jung aus! Sie konnte kaum älter als acht sein.

»Steff«, hatte sie kaum hörbar gemurmelt, als wäre es ihr zu anstrengend zu sprechen.

»Steffi?«, hatte Anja nachgefragt.

Das Mädchen hatte ihr flüchtig mit unbewegtem Gesicht zugenickt und war weiter hinaufgestiegen.

»Schlaf schön«, sagte Anja jetzt leise. Aber sie bekam keine Antwort. Über ihr war kein Laut zu hören und nichts regte sich.

»Die spricht nicht viel«, sagte Gonzo, die sich plötzlich neben Anja warf, dass das Bettgestell knarrte. »Eigentlich gar nicht. Die Kleine scheint irgendwie unter Schock zu stehen.«

»Warum?«

Gonzo zuckte mit den Schultern. »Das weiß hier keiner. Interessiert auch niemanden.« Sie gähnte. »Hier hat jeder mit sich selbst zu tun. Ist nun mal so«, ergänzte sie, als sie Anjas verwunderten Blick bemerkte. »Tja, wollt' auch nur sagen ... Ähm, also danke, dass du mich nicht verpfiffen hast, wegen dem Brot.«

»Schon gut«, sagte Anja schnell. »Ist doch selbstverständlich.«

»Selbstverständlich?« Gonzo schnaubte. »Selbstverständlich ist hier nix, kannst mir glauben.«

»Geht's dir wieder besser?«, fragte Anja.

»Mm.«

»Wieso ... wieso hast du das überhaupt gemacht ... mit diesem Putzzeug?«

»Na ja, ich wollt' mich eben innerlich reinigen, verstehst du?«

Anja schüttelte den Kopf.

»Behandelt wirst du hier wie der letzte Dreck und gegen Dreck hilft nur Seife, oder nicht?« Gonzo grinste. »Mein Gott, guck nicht so ernst, das war 'n Scherz!«

Anja nickte unsicher. »Aber du hättest im Krankenhaus landen können.«

»Eben«, sagte Gonzo. »Das war mein Plan. Kommst du rein, kommst du raus. Hat bloß nicht geklappt.«

Anja verstand nicht ganz, was ihr das verdrehte Mädchen damit sagen wollte. Vielleicht war sie noch verdrehter, als Anja bisher angenommen hatte. Sie blickte zu Daniela hinüber, die auf dem Bett am Fenster saß und sich mit einer großen hageren Jugendlichen unterhielt.

»Vor Dani musst du dich hüten«, sagte Gonzo leise. »Die ist ein Biest.«

»Schon gemerkt«, sagte Anja wütend. Wie kam diese Dani dazu, sie zu verpfeifen? Einen Moment ballte sie die Fäuste, doch dann wusste sie nicht, wohin mit dem Gefühl. In ihrem normalen Leben hätte sie Daniela zur Rede gestellt und Klartext mit ihr gesprochen. Aber ihr normales Leben war vorbei. *Ein für alle Mal vorbei*, wie ihr plötzlich klar wurde. Selbst wenn sie hier morgen wieder herauskam, würde nichts sein wie vorher. Sie war verschleppt worden, einfach so, entführt aus der eigenen Wohnung und der Stadt, in der sie lebte. Verfrachtet in einen Käfig. Wo war ihre Mutter jetzt? Wie ging es ihr? Was musste sie durchstehen? Sie fühlte Tränen aufsteigen, aber sie unterdrückte sie, denn sie wollte vor Gonzo nicht heulen wie ein Baby.

In der Nacht wurde sie von einem Geräusch geweckt. Ein Schlüsselbund klimperte. Dann wurde die Tür aufgerissen und das Licht angeschaltet. Anja schreckte hoch, setzte sich auf und sah eine kleine ältere Frau, die von Bett zu Bett ging.

»Hinlegen! Weiterschlafen!«, sagte sie zu Anja. Ihre Stimme klang heiser und gelangweilt.

Zwei Minuten später war die Frau wieder verschwunden und der Raum dunkel.

Anja lag mit offenen Augen da und lauschte. Nebenan

schnarchte Gonzo leise vor sich hin. Eine Weile hörte sie ihr zu. Es war ein fast tröstliches Geräusch. Wenigstens war sie nicht allein. Auch wenn es sich anfühlte, als wäre sie der einzige Mensch auf einem fremden Planeten. Ausgesetzt. Verlassen. Vergessen.

Nein, vergessen stimmte nicht! Stimmte ganz und gar nicht! Wahrscheinlich lag ihre Mutter jetzt irgendwo wach und dachte an sie. Und machte sich Sorgen. Anja spürte die Tränen wieder, die kommen wollten. Diesmal hielt sie sie nicht zurück.

Sie weinte lautlos. Trotzdem hörte sie ein Schluchzen. Sie brauchte eine Weile, ehe sie begriff, dass das Mädchen über ihr heulte.

Nein, sie war nicht allein ...

Anja wischte sich die Tränen aus dem Gesicht. »He«, flüsterte sie. »He, Steffi. Was ist los?« Sie schlich die Leiter hinauf, streckte die Hand aus und streichelte den Kopf des Mädchens.

Die Kleine antwortete nicht. Sie schluchzte nur in ihr Kissen hinein.

»Ja, ich weiß«, sagte Anja. »Du bist traurig und fühlst dich allein. Wein nur, das hilft. Wenigstens ein bisschen. Und weißt du was? Das Gute an dem Schlimmen ist, dass es irgendwann vorbei ist.« Anja wunderte sich ein bisschen, als sie sich reden hörte. Das Gute an dem Schlimmen? Was redete sie da für einen Blödsinn? Aber es schien zu wirken. Steffi hörte schließlich auf zu schluchzen und schlief ein.

Anja blieb noch einen Moment bei ihr, dann zog sie ihre Hand vorsichtig zurück und schlich in ihr Bett.

Sie schloss die Augen, aber der Schlaf ließ sie im Stich. Sie begann zu zählen. Schafe. Ein Schaf, zwei Schafe, drei Schafe. Sie sah eine ganze Herde vor sich und zählte bis dreihundert.

Aber irgendwie geriet ihr ein Wolf dazwischen. Er war schwarz, hatte lange Zähne und fraß die Schafe einfach auf.

Keine Schafe mehr da, die sie zählen konnte. Anja seufzte.

Sie hörte den Eimer klappern. Offenbar wurde der Deckel abgenommen. Eines der Mädchen pinkelte.

Anja vernahm das Plätschern des Urins und versuchte an einen Bach zu denken. Strömendes klares Wasser, Sonnenfunken, Kieselsteine, ein kleiner Fisch … Sie wurde selbst zum Fisch, ließ sich treiben, das Wasser nahm sie einfach mit sich. Wohin ging die Reise? Vielleicht zum Meer? Sie stellte sich vor von Meer zu Meer zu schwimmen. Einmal um die ganze Welt.

Sie erwachte von einem Kichern. Jemand stand prustend neben ihrem Bett. Anja lag ohne Decke da, ungeschützt. Ehe sie noch ganz zu sich kam, spürte sie, dass sie nass war. Von oben bis unten nass. Sie hörte Metall auf Metall klappern, roch den Urin. Sah Daniela mit dem Eimer in der Hand.

»Du blöde Sau!«, brachte sie heraus.

Anja sprang auf, das Nachthemd tropfte und Daniela wich lachend vor ihr zurück. »Iiiieee, eine Bettnässerin! Bäh! Wie die stinkt!« Sie stellte den Eimer ab und rannte davon. Ohne darüber nachzudenken, lief Anja ihr nach. Ihr war klar, dass Daniela größer und stärker war als sie, aber sie sah nur noch rot. »Bleib stehen, du Feigling! Ich erwisch dich sowieso!«, schrie sie.

Die anderen Mädchen erwachten, rieben sich den Schlaf aus den Augen und verfolgten das seltsame Schauspiel.

Daniela lachte, spottete, zeigte mit dem Finger auf sie. »Komm mir nicht zu nahe, du stinkst!«, brüllte sie. »Die Neue hat eingepisst! Schon in der ersten Nacht! *Ein-ge-pin-kelt! Baby!*« Einige Mädchen kicherten jetzt. Anja achtete nicht auf sie. Daniela hatte sich in eine Ecke zurückgezogen – *die* Gelegenheit zum Angriff! Anja nahm Anlauf und sprang wie eine Raubkatze auf sie zu. Sie packte die dicken Pferdehaare, die zu einem Zopf gebunden waren, und zog sie so heftig nach unten, dass Daniela kreischend aufschrie. Anja hob ihr Knie und rammte es ihrer Gegnerin erbarmungslos ins Gesicht. Sie wusste, wie man kämpfte. Flüchtig dachte sie an Ronny aus ihrer Klasse. Bevor sie Freunde wurden, hatten sie sich manchmal auf dem Schulhof geprügelt. Später hatte er ihr ein paar Judotricks gezeigt. Das lag schon eine ganze Weile zurück, doch sie war noch nicht aus der Übung, wie sie nun grimmig feststellte. Dass die Mädchen um sie herum jetzt johlten und klatschten, nahm sie kaum wahr. Sie konzentrierte sich auf ihre Gegnerin. Blut sickerte aus Danielas Nase. Alle Schläfrigkeit war aus ihrem Blick gewichen, da loderte nur noch Hass. Mit der einen Hand ergriff sie Anjas Arm, mit der anderen verpasste sie ihr einen Fausthieb ins Gesicht und dann noch einen in den Magen. Anja japste nach Luft, ließ aber den Haarschopf nicht los und zerrte mit aller Kraft. Daniela schlug jetzt wild um sich. Aber sie zielte schlecht, die meisten Schläge trafen nicht. »Lass los!«, schrie sie. »Lass los!« Anja dachte nicht daran, ihren Griff zu lockern. Sie riss sie nach hinten und stellte ihr gleichzeitig ein Bein. Daniela fiel rückwärts auf den Boden und Anja sprang ihr sofort nach und kniete sich auf ihre Oberarme. »Gib auf!«, forderte sie und verpasste ihr links und rechts Ohrfeigen. »Gib auf, du Feigling!« Es kam ihr vor, als würde sie nicht nur Daniela schlagen, die den stinkenden Eimer über sie gekippt hatte, sondern als würde sie dem Heim hier die Prügel verabreichen, dem Haus, in dem sie eingesperrt war, der Gabler, die aussah, als hätte sie eine Gabel verschluckt, und der Frau in der Kleiderkammer, die ihr die Uhr abgenommen hatte.

»Aufhören!« Plötzlich schoss Licht in den Raum und die Mädchen stoben auseinander und flüchteten in ihre Betten. »Verdammt noch mal, seid ihr verrückt geworden? Auseinander!«

Anja hockte auf ihrer Gegnerin und hielt Danielas Handgelenke umklammert. Sie warf der Erwachsenen, die die Tür jetzt mit einem Knall zuschlug, einen unschlüssigen Blick zu. So ohne Weiteres wollte sie nicht loslassen. Aber die Frau fackelte nicht lange, kam zu ihr und packte sie hart am Arm. »Komm hoch! Schluss jetzt! Was fällt dir ein? Wer bist du überhaupt?« Anja erhob sich widerwillig und sorgte dafür, dass ein paar Tropfen aus ihrem Nachthemd direkt in Danielas Gesicht klatschten. Dann musterte sie die unbekannte Erzieherin. Sie war viel jünger als die Gabler. Obwohl sie vor Wut rot angelaufen war, sah ihr Gesicht einigermaßen sympathisch aus.

Anja nannte ihren Namen und überlegte kurz, ob sie erzählen sollte, was vorgefallen war. Sie streifte den Eimer mit einem Blick und verwarf die Idee. Petzen war nun mal nicht ihr Stil. Sie musste aufpassen, dass sie sich nicht auf das gleiche schäbige Niveau dieser Daniela herabließ. Außerdem saß sie mit ihr im selben Boot – ob sie nun wollte oder nicht.

»Du bist also der Neuzugang und prügelst dich schon in der ersten Nacht?«

Anja senkte den Kopf und blickte auf ihre nackten Füße hinab. Aus ihrem Nachthemd tropfte es immer noch. Sie versuchte die Zehen einzuziehen.

»Die ist völlig irre!«, kreischte Daniela, die sich Blut und Urin mit der Hand aus dem Gesicht wischte. »Hat sich einfach auf mich geschmissen und zugeschlagen!«

»Und du bist völlig unschuldig, ja?« Die Erzieherin warf Daniela einen ungnädigen Blick zu. »Vielleicht kannst du mir ja erklären, warum das Nachthemd der Neuen klitschnass ist?«

»Die hat eingepinkelt!«, behauptete Daniela.

Anja hörte das Glucksen und Gekicher der anderen und roch jetzt wieder den Urin. Vor Scham stieg ihr das Blut ins Gesicht. Sie konnte nichts dafür, dass sie so stank, aber sie schämte sich trotzdem. Alle sahen sie an. Alle Augen waren auf sie gerichtet. Auch die Erwachsene musterte sie von oben bis unten.

»So. Und wieso ist das Nachthemd dann von der Schulter bis zum Bauch nass und nicht hinten?«, fragte die Frau.

»Woher soll ich das wissen?« Daniela schob die Unterlippe vor und verschränkte die Arme. Aus ihrem rechten Nasenloch sickerte ein rotes Rinnsal. Wenigstens war ihr das Grinsen vergangen.

»Als Jugendliche vom Dienst musst du verantwortlich handeln und für Ordnung sorgen, das weißt du. Und Anja – hier werden Konflikte nicht mit Gewalt gelöst, verstanden?«

Anja antwortete nicht. Sie spürte nur das Nachthemd, das ihr eklig an der Haut klebte. So schnell wie möglich wollte sie das Ding loswerden. Sie wollte hier *weg*. Sie wollte nach Hause. Sie konnte kaum glauben, dass all das wirklich passierte, all das ... *Erbärmliche*.

»Wenn du ein Problem hast, kannst du dich an mich wenden – mein Name ist Frau Wieland. Für eure Prügelei muss ich euch eine Verwarnung aussprechen und eine Vergünstigung streichen, damit ihr merkt, dass es so nicht geht. Ihr werdet beide heute auf den Freigang verzichten und stattdessen zusätzliche Reinigungsarbeiten übernehmen, ist das klar?«

Anja nickte wie betäubt. *Freigang?* Hatte sie richtig gehört? Freigang klang zwar nach Knast, aber bedeutete es nicht *im*

Freien gehen? Konnte man hier also raus? Wenn das so war, musste es doch eine Möglichkeit geben abzuhauen.

»Und jetzt stellt ihr euch erst mal unter die Dusche! Und wehe, ich höre auch nur einen Mucks von euch! Und in zehn Minuten steht die ganze Gruppe zum Frühsport auf dem Flur!« Beim letzten Satz war die Stimme der Erzieherin laut geworden. Aber Anja hörte auch noch einen Unterton in dem Befehl. Wenn sie sich nicht täuschte, schwang da so etwas wie Verzweiflung mit.

10

Nach dem Frühsport mussten sie die Betten in Ordnung bringen und den Schlafsaal putzen, aber Frau Wieland kontrollierte weder die Laken, Kissen und Decken noch den Fußboden. Auch der Frühsport war eher locker gewesen. Ein paar Kniebeugen, etwas Armkreisen vorwärts und rückwärts und beim Hampelmann sah sie darüber hinweg, dass zwei, drei Mädchen die Übungen mehr andeuteten als ausführten. Anja beobachtete Frau Wieland. Einmal fing sie ihren Blick auf und lächelte ihr zu. Aber die Erzieherin reagierte nicht darauf.

Vielleicht stand Lächeln ja hier auch unter Strafe?

Beim Frühstück saß Frau Wieland im Speisesaal mit am Tisch. Dicht neben ihr hockte Steffi, die wie eine Maus an ihrem Brot knabberte und sich immer wieder zu einem Tisch umsah, an dem jüngere Kinder frühstückten. Anja fiel ein kleiner Junge auf, der Steffi ähnlich sah. War das ihr Bruder? Er wirkte so, als würde er am liebsten vom Stuhl rutschen und sich verstecken.

Gegessen wurde die meiste Zeit schweigend. Hin und wieder tuschelten die Mädchen miteinander, aber Frau Wieland tat so, als würde sie es nicht bemerken. Anja schob das Brot behutsam über ihre geschwollene Lippe. Der Schmerz pochte unangenehm. Aber Daniela hatte es schlimmer erwischt. Ihre giftigen Blicke konnte sie im Moment nur mit einem Auge verschießen. Das andere ähnelte eher einer überreifen Pflaume, so dick und blau sah es aus. Unter ihrer Nase klebte noch ein Rest blutiger Schorf.

Anja spürte, dass sie verstohlen gemustert wurde. Die Neugier in den Augen der Mädchen verwunderte sie etwas. Was sie getan hatte, war doch nichts Besonderes. Wagte es denn sonst niemand, sich gegen Schikanen zu wehren? Sie hörte Gonzo neben sich kichern. »Dani sieht aus wie ein Zyklon«, flüsterte sie.

»Du meinst wie ein Zyklop«, flüsterte Anja zurück.

»Na, sag ich doch!«

»Und wie seh ich aus?«

»Tja, wie eine, die 'ne dicke Lippe riskiert hat.«

Anja lächelte vorsichtig. Wenn sie nur mit einem Mundwinkel lächelte, tat es nicht so weh.

»Du kannst von Glück reden, dass die Gabler heut früh keinen Dienst hatte«, murmelte Gonzo. »Wenn die dich dabei erwischt hätte, wie du ihren Liebling verprügelst ...«

»Was dann?«

Gonzo zuckte mit den Achseln. »Bunker. Was sonst. Arrest.«

Anja versuchte zu begreifen, was die Worte bedeuten sollten. »Du meinst, die sperren hier Kinder in *Zellen* ein?«

»Für die Gabler bist du kein Kind. Für die bist du ein Stück Dreck.« Gonzos Stimme war so leise geworden, dass sie kaum noch zu verstehen war.

»Warum bist du eigentlich hier?«, fragte Anja.

»Entweichung«, flüsterte Gonzo. »Aus dem Jugendwerkhof. Und nun iss!«

»Kein Hunger«, murmelte Anja. Irgendetwas schien ihr quer im Magen zu liegen. Die Fragen, die sie Gonzo stellte, warfen nur neue Fragen auf. Entweichung? Jugendwerkhof? Wieso war sie da gelandet? Hatte sie etwas angestellt? Wann war sie von dort getürmt? Und wer hatte sie erwischt und hierher gebracht? Vielleicht konnte ihr Gonzo sagen, wie man hier rauskam?

In Anjas Kopf drehte es sich und in ihrer Lippe pulsierte der Schmerz.

Kaum zwanzig Minuten später stand Anja mit einem blauen Arbeitsanzug bekleidet an einem Tisch in einer großen Halle und steckte kleine Plastikteile zusammen. Sie kam sich lächerlich vor in dem Aufzug. Die Ärmel waren zu lang, die Schultern zu breit. Sicher sah sie aus wie eine Vogelscheuche. Auch wenn sich vermutlich sogar die Vögel kaputtlachen würden über ihr komisches Aussehen.

Die Arbeit war ermüdend öde und Anja wunderte sich über die Eile, mit der Gonzo ihre Diarahmen zusammenbastelte.

»Wenn du die Norm schaffst, darfst du drei Zigaretten pro Tag rauchen«, erklärte sie.

Anja starrte auf ihre Finger, während sie arbeitete, und versuchte sich die Urlaubsbilder vorzustellen, die einmal in den Rahmen stecken würden: Sonne und Strand, Wiesen und Berge, ein Park mit düsteren Teichen … Für jedes fertige Teil dachte sie sich ein neues Bild aus. Erst dann schob sie es in den Karton zu den anderen Rahmen. Aber die Ferienlandschaften langweilten sie schnell. Was konnte sie sonst nehmen?

Menschen? Lieber nicht. Lieber nicht an Gesichter denken, an Leute, die sie vermisste. Tiere? Schon besser. Tiere waren unschuldig. Und sie grinsten nicht so verkrampft in die Kamera. Anja konzentrierte sich auf das erste Bild. Eine Meerschweinchenfamilie. Sie kuschelten sich aneinander und mümmelten an ihren Löwenzahnblättern. Dann folgten schnell hintereinander ein Hund mit abstehenden Ohren, schnäbelnde Papageien, im Schlamm badende Nilpferde, ein dicker Gorilla, ein lachender Schimpanse, eine kauende Kuh, ein Milch schleckendes Kätzchen ... Sie sah einen Raubvogel, der über einem Feld kreiste. Was war das wohl für einer? Ein Mäusebussard? Nein, ein Adler mit mächtigen Schwingen. Die Norm würde sie so wohl nicht schaffen, aber das war ihr egal. Sie rauchte ja sowieso nicht. Gab es eine Strafe, wenn sie zu langsam arbeitete? Vielleicht war es ja besser, als Tier geboren zu werden? In der Steppe zu leben oder im Gebirge, immer den freien Himmel über dem Kopf ...

»Na, sind wir hier zum Träumen oder zum Arbeiten?«, schnarrte eine Stimme.

Anja zuckte zusammen. Der bärtige Mann im grauen Kittel musterte sie mit einem spöttischen Grinsen. »Vielleicht möchten wir ja auf unsere Mittagspause verzichten, um die Norm doch noch zu schaffen?«

Anja antwortete nicht. Sie steckte den grauen Mann in das Maul eines riesigen Krokodils. So, fertig, nächster Rahmen.

»Herr Engel, nun sei'n Sie mal nicht so streng. Die ist noch neu hier«, meinte Gonzo, ohne von ihrer Arbeit aufzublicken. Sie füllte gerade ihren zwanzigsten oder einundzwanzigsten Karton, während Anja den fünften Kasten bestückte.

Der graue Engel grummelte etwas in seinen Bart hinein und

lief quer durch die Halle, hinüber zu den Tischen, an denen die Jungs arbeiteten.

Anja sah ihm nach. Von wegen Engel! Sie hätte ihm gern die Zunge herausgestreckt, aber es war anzunehmen, dass Daniela sie mit ihrem einen Auge beobachtete und jede Gelegenheit nutzen würde sie zu verpetzen und in Schwierigkeiten zu bringen.

»Herr Engel ist gar nicht so griesgrämig, wie er tut«, meinte Gonzo. »Der lässt sogar mal 'ne Kippe springen oder bringt Bonbons mit, wenn er 'nen guten Tag hat.«

Anja nickte und versuchte schneller zu arbeiten. Aber die Plastikteile glitten ihr aus der Hand. Sie bückte sich und hob sie auf und spürte einen Blick auf sich ruhen. Jemand beobachtete sie. Das fühlte sie plötzlich deutlich. Aber es war nicht Daniela. Es war der Junge. In seinem Gesicht zeigte sich die Neugier ganz offen. Anja spürte, dass sie rot wurde, und senkte den Blick. Aber schon im nächsten Moment sah sie ihn wieder an. Er hielt sich zwei Diarahmen vor die Augen und schnitt eine Grimasse. Anja lachte.

Gonzo schnaubte leise. »Das ist Tom«, murmelte sie. »Von den Erziehern wird er allerdings nur Zigeuner genannt.«

»Wieso das?«, fragte Anja betont beiläufig. Sie steckte den nächsten Rahmen zusammen. Das wird ein Floh, dachte sie. Doch das Ungeziefer sprang auf und ab und wollte sich nicht zwischen die Plastikteile zwängen lassen.

»Warum wohl«, antwortete Gonzo. »Weil er immer wieder abhaut. Der hat Zigeunerblut in den Adern, sagen die Erzieher. Kaum ist er da, schon ist er wieder weg.«

Schön, dachte Anja. Dann weiß er ja, wie es geht. Dann weiß er ja, wie man hier rauskommt.

Der eingebildete Floh hüpfte davon. Und Anja steckte nun doch ein Gesicht in den Rahmen. Tom heißt du also, dachte sie.

Kurz vor der Mittagspause verschwand Herr Engel kurz aus der Halle. Gonzo schob Anja drei ihrer fertig bepackten Kartons über den Tisch.

»Danke«, murmelte Anja.

»Geht aufs Haus«, sagte Gonzo.

Das Putzmittel, das sie benutzten, stank nach einer giftigen, ätzenden Chemikalie. Anja spürte ein Kratzen im Hals und die Augen tränten ihr. Bei dem Gedanken daran, dass Gonzo das Zeug getrunken hatte, drehte sich ihr der Magen um. *Besser nicht daran denken.*

Daniela wischte am anderen Ende des Flurs. Wenigstens war der Korridor lang und sie konnten so tun, als würden sie einander nicht bemerken. Anja kam es trotzdem so vor, als würde ein kalter Wind zu ihr herüberwehen.

Besser nicht aufblicken.

Alle drei Minuten schaute Frau Wieland nach ihnen. Sie schien jedes Mal erleichtert, dass sie sich nicht ineinander verbissen auf dem Gang wälzten.

Sie redete nicht mit ihnen, tauchte nur auf, räusperte sich oder hustete trocken und verschwand wieder. Anja hätte sie gern gefragt, wozu das Wischen gut sein sollte. Schließlich war der Fußboden schon sauber gewesen. Hier wurde ständig geputzt. Aber sie sagte nichts und beobachtete die Erzieherin aus den Augenwinkeln heraus.

Besser keine Fragen stellen.

Nach dem Korridor kamen die Treppen dran. Stufen fegen und wischen und das Geländer putzen, jede einen anderen Treppenabsatz. Frau Wieland schloss die Türen zwischen den Etagen auf und wieder zu. Anja hörte das Geräusch nicht nur, sie spürte es. Es war fast so, als würde der Schlüssel zu ihr sprechen: Du wirst eingeschlossen, klick, du kommst hier nicht raus, klack. Der Schlüssel lachte klimpernd. Anja versuchte sich auf ihre Strafarbeit zu konzentrieren. Der Geruch des Putzmittels setzte sich in ihrer Nase fest und stieg in ihren Kopf. Zwischen ihren Schläfen hämmerte es. Was für eine chemische Keule benutzten die bloß?

Besser nicht zu tief einatmen.

Anja hielt die Luft an. Probierte aus, wie lange sie durchhielt.

Sie zählte langsam bis sechzig. Sechzig Sekunden etwa. Sechzig vergeudete Sekunden. Und die nächsten sechzig ... und die nächsten ... Wo blieb ihre Mutter? Anja lauschte auf Schritte im Treppenhaus. Wieso kam sie nicht?

Sie war sich ziemlich sicher, dass sie hören würde, wenn ihre Mutter dieses Haus betrat. Sie würde laut auftreten und vermutlich nach ihr rufen, dass es zwischen den Wänden nur so schallte. Anja horchte auf jeden verdächtigen Ton, auf jedes Klirren und Quietschen, das bedeuten konnte, dass sich eine Tür öffnete.

Nichts. Niemand kam.

Besser nicht lauschen.
Besser nicht warten.
Besser nicht hoffen. Nicht allzu sehr jedenfalls.

Als Frau Wieland das nächste Mal auftauchte, war die Arbeit erledigt. Daniela stand stramm wie ein Soldat und meldete, dass sie fertig waren. Die Erzieherin nickte bloß. Anja schniefte und fuhr sich mit dem Handrücken über die Stirn. Sie dachte daran, dass die anderen jetzt Freigang hatten – was immer das bedeutete. Es kam ihr vor, als würde die Erwachsene sie mustern. Sie musste es versuchen. Sie musste es einfach ausprobieren.

»Entschuldigung, aber mir ist irgendwie schwindlig«, sagte Anja. Das war nicht einmal gelogen. Die chemischen Dämpfe hatten sie benebelt und ihre Augen tränten immer noch.

Frau Wieland starrte sie unschlüssig an.

»Ich brauche nur ein bisschen frische Luft«, murmelte Anja.

»Euch ist jetzt hoffentlich klar, was ihr falsch gemacht habt?«

Anja kaute auf ihrer Unterlippe herum. Was sollte sie darauf antworten? Sie bereute nicht, dass sie sich gewehrt hatte. Sie würde es wieder tun.

Auch von Daniela kam nur ein Schweigen. Anja sah nicht zu ihr hinüber. Vielleicht nickte sie ja.

»Also schön«, sagte Frau Wieland nach einer Weile. »Ihr habt zehn Minuten. Ihr könnt zehn Minuten an die frische Luft.«

Statt eine Treppe hinabzugehen, stiegen sie Stufen hinauf. Anja wagte nicht zu fragen warum.

Es sah nach Regen aus. Der Himmel wölbte sich grau über ihnen. Aber immerhin war es *der Himmel*. Und er ist mir näher, als mir lieb ist, dachte Anja und versuchte gegen das Gefühl der Enttäuschung anzukämpfen.

Sie stand auf einem Dach: eine rechteckige, mit Dachpappe ausgelegte Fläche, um die eine Mauer verlief. Auf der Mauer befand sich ein Zaun aus Gitterstäben. Wer von hier zu fliehen versuchte, musste ein Akrobat sein oder lebensmüde. Anja betrachtete die Dächer der anderen Häuser. Aus einigen Schornsteinen kringelte Rauch. Die Leute waren am Morgen aufgestanden, hatten ihre Öfen geheizt, bevor sie die Wohnung verließen – sie lebten ihr ganz normales Leben gleich nebenan. In der Ferne konnte sie Wasser erkennen. Das musste die Spree sein. Ein Frachtschiff tuckerte den Fluss entlang. Ein paar Möwen kreisten über ihm.

Anja schluckte und schluckte noch einmal. Der Kloß in ihrer Kehle ließ sich nicht hinunterwürgen.

»He!«, rief Gonzo und winkte. »Was stehst du da wie bestellt und nicht abgeholt?« Anja bemerkte erst jetzt, dass sie nicht allein war. Die anderen liefen auf und ab, unterhielten sich, manche hockten zusammen und spielten Spiele.

Anja gab sich einen Ruck und setzte eine beinahe fröhliche Miene auf. Gonzo saß mit Steffi und ihrem kleinen Bruder auf dem Boden des Flachdachs. »Na, los, mach schon. Der Platz neben mir ist noch frei! Eine Runde geht noch! Mensch, ärger dich nicht!«

Anja wusste nicht, ob Gonzo das Spiel meinte oder ob sie ahnte, was mit ihr los war. »Ist ja fast gemütlich hier«, sagte sie und versuchte das Lächeln in ihrem Gesicht zu halten.

Der kleine Junge nickte. »Frau Wieland ist nett. Sie lässt uns meistens hier oben spielen. Mit Frau Gabler müssen wir immer marschieren üben.«

Anja betrachtete das Geschwisterpaar nachdenklich. Sie sahen sich tatsächlich ziemlich ähnlich: blond, blasse Haut, Sommersprossen, leicht abstehende Ohren. Warum seid ihr hier?, dachte sie. Aber sie sprach die Frage nicht aus. Stattdessen rieb sie den Würfel zwischen den Händen. »Hokuspokus«, sagte sie.

»Fidibus«, sagte der Junge.

Anja würfelte. Eine Sechs. Na also.

Der Kleine klatschte ihr Beifall.

Am Nachmittag verschwand Frau Wieland, ohne sich zu verabschieden, und Frau Gabler tauchte wieder auf. In einem Raum mit Stühlen, Tischen und einer riesigen Schrankwand las sie mit monotoner Stimme einen Zeitungsbericht aus dem *Neuen Deutschland* vor. Anja starrte gelangweilt in die Schrankwand hinein, in der es eigentlich nichts zu sehen gab. Kein Buch, kein Glas, keine Vase mit Blumen oder was man sonst so in den Fächern erwarten konnte. In einer Ecke grinste eine Matroschka dümmlich vor sich hin und Anja fragte sich, wie viele Püppchen sie wohl so im Bauch hatte.

Frau Gabler hörte auf zu lesen und sah prüfend in die Runde. Anja senkte den Blick, zog den Kopf ein und versuchte sich unsichtbar zu machen. In der Schule funktionierte das manchmal.

»Den Inhalt des Artikels wiederholt heute …« Frau Gabler machte eine Pause und einen Moment herrschte Totenstille. Zu ihrer Überraschung bemerkte Anja, dass sich erst zwei, dann drei Mädchen meldeten. Aber die Erzieherin sah an ihnen vorbei und deutete auf Gonzo. »Nicole Pätzold.«

Ein Schweigen war die Antwort.

»Ich höre!« Die Gabler legte eine Hand hinter ihr Ohr, als wäre sie schwerhörig.

»Also der Bericht in der Zeitung, den Sie vorgelesen haben«, begann Gonzo zögernd. »Also der handelt von der Planerfüllung und so.«

Frau Gabler hob die Augenbrauen. »Und weiter?«

»Also im Sozialismus im Allgemeinen und in unserem Land, also der DDR, im Besonderen ist die Planerfüllung besonders wichtig für das Volk«, behauptete Gonzo.

Es hörte sich an wie ein Witz. Anja presste die Lippen zusammen, um nicht zu lachen.

»Tja, das wollten wir jetzt leider gerade überhaupt nicht von dir hören«, meinte die Erzieherin. »Deine Meinung interessiert nämlich hier niemanden, Nicole. Wiederhole einfach das, was ich vorgelesen habe. Oder ist das schon zu viel verlangt?«

Gonzo schüttelte den Kopf. »Also ... durch die Planerfüllung ... des ... Wohnungsbauprogramms ... konnte ... den verdienten Werktätigen des Volkes ... Also konnten denen ... *Millionen* neue Wohnungen übergeben werden.«

Die Erzieherin seufzte. »Na, das wollen wir mal gelten lassen, Nicole. Verglichen zu deinen sonstigen Aussagen ist das ja schon fast ein Fortschritt.«

Gonzo sagte nichts dazu.

Zum Abendbrot übergab Frau Gabler der Jugendlichen vom Dienst das Kommando und Daniela ließ die Mädchen *in Reihe zu einem Glied antreten*, bevor sie Richtung Speisesaal marschierten.

Anja stampfte wütend auf dem Boden herum, den sie vorhin gewischt hatte. Sie dachte darüber nach, dass Frau Wieland einfach so hinausspazieren konnte aus dieser vergitterten Festung. Sie konnte in den nächsten Bus oder in die Straßenbahn steigen, gleich nach Hause fahren oder erst noch zum Alex, einkaufen oder Eis essen oder den Fernsehturm besichtigen, wenn sie wollte. Für sie war das hier bloß ein kleiner mieser Job. Den sie vermutlich hasste. Sie musste ihn einfach hassen, sonst stimmte etwas nicht mit ihr. Fast hoffte Anja, dass die Frau ihre Arbeit verabscheute. Dann bestand vielleicht doch noch Hoffnung ... Hoffnung *worauf?*

»Im Gleichschritt!«, brüllte Daniela ihr unvermittelt ins Ohr. »Das Kommando lautet im Gleichschritt!«

Anja zuckte zusammen. Sie würdigte Daniela keines Blickes und marschierte jetzt übertrieben zackig. Große Klappe und nichts dahinter, dachte Anja voll Zorn. Beim nächsten Mal schlag ich dir beide Augen blau!

Während des Abendessens tauschte Anja über die Tische hinweg nur zwei kurze Blicke mit Tom. In der sterilen Atmosphäre des Speisesaals kam es ihr vor, als wäre er kilometerweit von ihr entfernt. Sie wagte nicht, ihn länger anzusehen oder sein flüchtiges Lächeln zu erwidern. Sie hatte das Gefühl, dass Frau Gabler und Daniela sie ununterbrochen beobachteten. Oder sah Anja schon Gespenster?

Nein, sie beobachteten sie, da war sie sicher. Sie suchten nach einer Schwäche, warteten auf einen Fehler. Anja wollte ihnen keinen Anlass zur Schikane bieten. Sollten sie sich doch ein anderes Opfer suchen.

Mechanisch aß sie das pappige Brot. Die meiste Zeit hielt sie die Lider gesenkt. Einmal hörte sie, dass Steffi angeschnauzt wurde. »Guck auf deinen Teller und iss!«, sagte die Gabler barsch. Wahrscheinlich hatte sich das Mädchen zu seinem Bruder umgedreht.

Anja spürte eine Gänsehaut vor lauter Unbehagen. Aber sie schwieg. Sie konnte Steffi sowieso nicht helfen. Jedenfalls nicht jetzt.

In der Nacht lag Anja lange wach. Sie hörte Steffi, die sich unruhig hin und her wälzte und einmal leise aufschluchzte. Aber diesmal schien sie schneller einzuschlafen. »Träum was Schönes«, flüsterte Anja ihr noch zu.

11

Anja stand an dem großen Tisch in der Werkhalle und dachte sich Lebensmittel aus, die sie in die Diarahmen steckte. Zuerst waren es noch Schnitzel, Spiegeleier, Broiler und Wiener Würstchen mit Kartoffelsalat, doch dann folgten Katzenzungen, Puffreis, Pralinen, Weihnachtsplätzchen, Kalter Hund, Lakritzstangen und die Nüsse mit der roten Zuckerglasur, die sie so mochte.

Es war Nachmittag, Kaffeezeit, und Anja sehnte sich nach einem Stück Schokolade oder wenigstens einem Keks. Herr Engel brummte nur unzufrieden, wenn er an ihren Platz kam und ihre halb leeren Kartons sah, aber wie durch ein Wunder schaffte sie die Norm zum Arbeitsschluss immer gerade noch so. Sie war nun die dritte Woche hier, doch es kam ihr vor wie der dritte Monat. Die Zeit schien sich zu dehnen wie Kaugummi. Sie vermied es indessen zu oft an ihre Mutter zu denken und sie vermied es zu oft die vergitterten Fenster anzustarren. Sie musste abwarten, sich in Geduld üben. Es konnte nicht mehr lange dauern, bis sie hier rauskam.

Vor einer Woche war Gonzo abgeholt worden. Nach dem Frühstück sagte Frau Gabler nur in ihrem üblichen Ton: »Daniela Herrmann und Nicole Pätzold, Sachen holen! Ihr geht auf Transport.« Daniela verzog keine Miene. Ihr Gesicht blieb völlig ausdruckslos. Gonzo lächelte Anja schief zu und murmelte im Vorbeigehen: »Man sieht sich.« Anja nickte und brachte ein leichtes Lächeln zustande. »Irgendwann und irgendwo«, sagte sie leise. »Lass dich nicht unterkriegen«, meinte Gonzo noch und dann war sie weg. Vermutlich wurde sie zurückgebracht in den Jugendwerkhof, aus dem sie ausgerissen war. Vielleicht auch in einen anderen.

In der Nacht fand Anja einen klebrigen Himbeerbonbon unter ihrem Kopfkissen. Sie klemmte ihn zwischen Zunge und Gaumen und versuchte möglichst nicht zu lutschen. Bis zum Morgen behielt sie den süßen Himbeergeschmack im Mund.

Schon eine Nacht später war Gonzos Bett wieder belegt. Das Mädchen hatte einen blutigen Kratzer auf der Stirn. Sie war schon sechzehn und nicht das erste Mal hier. Die Polizei hatte sie spätabends auf der Straße aufgegriffen – so viel erzählte sie Anja noch. Die Wunde stammte von ihrem Fluchtversuch. »Ich hab die Bullen kommen sehen. Da bin ich wogegengerannt«, erklärte sie ausweichend. Ansonsten gab sie sich nicht mit Anja und dem anderen »jungen Gemüse« ab.

Herr Engel lief nervös um die Tische herum und murmelte wütend vor sich hin.

Wenn er sich in diesem Zustand befand, brauchte er eine Zigarette und würde gleich für fünf Minuten verschwinden, so viel wusste Anja. Sie wartete beinahe ebenso ungeduldig auf diesen Moment wie Herr Engel selbst. Ihre Finger arbeiteten schnell und routiniert und sie musste nicht mehr über die einzelnen Schritte nachdenken. Trotzdem leistete sie sich den Luxus, Bilder in ihrem Kopf zu entwerfen. Es lenkte sie ab und manchmal schaffte sie es sogar, die Aufnahmen so deutlich vor sich zu sehen, als würde ein Diaprojektor sie an die Wand werfen. Nach den Süßigkeiten entschied sie sich für Märchen.

Dornröschen mit blutendem Finger, Schneewittchen im gläsernen Sarg, Hänsel und Gretel, die ganz allein durch den dunklen Wald irrten.

Die Tür fiel klackend hinter Herrn Engel ins Schloss und Anja hob den Kopf. Tom lief quer durch die Halle auf sie zu. Seit Daniela sie nicht mehr belauerte, traute sie sich, hin und wieder mit ihm zu reden. Der Kontakt zu den Jungen war verboten, *strengstens* verboten. Verhielt sie sich zu leichtsinnig? Sollte sie jetzt Angst haben? Tom lächelte und in seinen Augen saß das trotzige Leuchten, das sie so mochte. Nein, sie fürchtete sich nicht. Es fühlte sich einfach nur gut an, dass er *zu ihr* kam, dass er sie anschaute und mit ihr sprach. Er schob einen Karton beiseite und setzte sich auf die Kante des Tisches. »Hallo, Anja, hast du heute schon was vor?«

Sie lachte über diesen Satz, obwohl sie ihn nicht zum ersten Mal von ihm hörte. »Nein, und du?« Anja kam sich etwas blöd vor, dass ihr keine bessere Antwort einfiel. Wie peinlich, dass sie so schüchtern und verlegen klang! Ihr wurde plötzlich warm und die Hitze stieg ihr ins Gesicht.

Tom fuhr sich durch seine pechschwarzen lockigen Haare, die sich sofort wieder aufrichteten und so widerspenstig wirkten wie er selbst. Er zuckte mit den Schultern. »Wie wär's mit Kino?«

»Kommt denn was Gutes?« Anja sah, wie er seine Hand auf den Tisch sinken ließ, nur ein paar Zentimeter von ihrer Hand entfernt. Ihr Herz klopfte schneller. Sie wusste, dass sie von den anderen beobachtet wurden, aber das machte ihr nichts aus.

»Tja, ich weiß nicht so recht. Bin noch nicht so richtig dazu gekommen, nachzusehen. Irgendwas wird schon laufen.«

Sie spürte seine leichte Berührung. Es war fast ein Kitzeln.

Sein kleiner Finger streichelte zaghaft ihren kleinen Finger. Einen Moment sprachen sie nicht und sahen sich nur an. Anja dachte nicht mehr daran, dass sie etwas Verbotenes tat. Sie sah das Funkeln in seinen Augen und die warme Welle durchströmte sie wieder. Aber diesmal lag es nicht daran, dass sie sich schämte.

Zum ersten Mal, seit sie hier war, fühlte sie sich wohl, ja fast glücklich.

»Also, was ist?«, fragte er schließlich leise. »Kommst du mit?«

Anja nickte. Einen Moment vergaß sie, wo sie sich befand. Sie sah sich mit ihm im Kino sitzen; letzte Reihe selbstverständlich, sein Arm lag hinter ihr auf der Lehne, seine Finger zupften vorsichtig an ihrem Haar. Was flimmerte auf der Leinwand? War das wichtig?

Als die Tür aufschlug, zuckte Anja nur leicht zusammen. Alles in allem war Herr Engel ein harmloser alter Mann. Er fluchte ganz gern und drohte auch mal mit einer Strafe und für einen Augenblick ließ man sich von ihm einschüchtern.

Eine Minute später schien alles wenn nicht vergeben, dann doch vergessen.

Aber diesmal war es anders. Herr Engel kam nicht allein. Toms Finger berührten noch ihre Hand, als Frau Gabler plötzlich hinter ihrem Kollegen erschien. Das Gesicht der Frau lief feuerrot an, ihre Halsschlagader pulsierte, sie holte tief Luft und dann schrie sie. Und schrie. »Was fällt euch ein …?!« Die Beschimpfungen, die folgten, versuchte Anja auszublenden. Sie sah Tom an, blickte in seine dunklen Augen. Er ließ sie nicht sofort los. Streichelte mit dem Daumen ihre Hand, als wollte er ihr noch etwas mitteilen, für das es in diesem Raum keine Worte gab. Sie spürte seine Berührung, die wie ein Schutz war.

Egal, was sie sagen, egal, was sie tun, dachte Anja, diesen Moment können sie uns nicht mehr nehmen.

Die Worte der Erzieherin rauschten wie ein stürmischer Wind in ihren Ohren. Sie hörte ihren Namen und begriff, dass sie etwas gefragt worden war. Aber was? Mechanisch schüttelte sie den Kopf. Die Antwort konnte nur Nein lauten. Nein, Anja hatte nichts Unrechtes getan. Nein, sie würde nichts zugeben. Nein, sie verdiente keine Strafe. Nein, sie gehörte auf keinen Fall hierher.

»Du machst alles nur viel schlimmer, Mädchen«, sagte eine Stimme. »Also beweg dich und komm mit mir mit.«

Anja wandte den Kopf und sah Herrn Engel groß an. »Wohin?«

Aber der Mann antwortete nicht. Er packte sie am Oberarm und zog sie einfach mit sich.

»Es ist nicht ihre Schuld«, hörte sie Tom noch sagen. Das Gebrüll der Gabler, das darauf folgte, war noch im Treppenhaus zu hören.

Herr Engel führte sie, als könnte sie nicht allein gehen, und fluchte vor sich hin.

Es ging abwärts. Wie in einem Traum hatte Anja das Gefühl jeden Moment ins Leere treten zu können. In die Tiefe zu fallen. Abzustürzen in ein pechschwarzes Loch. Beinahe war sie froh, dass der graue Engel bei ihr war. Er passte auf sie auf, nicht wahr?

Natürlich: *der Keller*. Was hatte sie denn gedacht?

»Wenn ein Erzieher eintritt, musst du gerade stehen und Meldung machen«, sagte Herr Engel. Er sprach ihr die Worte, die sie zu sagen hatte, geduldig vor.

»Danke«, murmelte Anja verwirrt.

Herr Engel seufzte. »Mädchen«, sagte er heiser und räusperte sich. Er wandte den Blick von ihr ab.

Anja wollte noch etwas fragen. *Wie lange?*, dachte sie. Ihr Mund blieb geschlossen, als hätte er einen eigenen Willen.

Die Tür schlug mit einem Krachen zu. Das Geräusch, das folgte, spürte sie auf ihrer Haut. *Was war das?* Verwirrt dachte sie an ein Stück Kreide, das quietschend über die Tafel fuhr. In ihrer Klasse hatten immer alle gestöhnt, wenn sie diesen Ton hörten.

Sie dachte an den Bohrer des Zahnarztes, an das Surren, das sich in ihre Nerven drehte. *Es wird schon nicht wehtun, oder? Und wenn doch?*

Der Riegel. Natürlich. Der hatte dieses Geräusch gemacht. Sie saß jetzt *hinter Schloss und Riegel*.

Jetzt war es also so weit.

Arrest.

Das Wort pochte in ihrem Kopf.

Anja sah sich in der Zelle um.

Mitten im Nichts stand sie.

Und sie war allein.

12

Und wieso?, dachte Anja wieder.

Sie fand keine Antwort.

Die Frage hockte in ihr wie eine Spinne im Netz.

Die Spinne fing jeden klaren Gedanken und wickelte ihn in klebrige Fäden.

Und wieso?

Es musste einen Grund geben …

Einen vernünftigen Grund.

Nein, mit Vernunft hatte das hier nichts zu tun. Eher mit Irrsinn.

Aber auch für den Irrsinn musste es einen Grund geben. Oder?

Kein Stuhl. Kein Tisch. Kein Bett. Kein Irgendwas.

Keine Toilette.

Ein winziges vergittertes Kellerfenster. Eher eine Art Luke, durch die ein gedämpfter Streifen Licht fiel.

Ein Lüftungsschacht. Immerhin bekam sie Luft. Immerhin konnte sie atmen. Modrige Kellerluft.

Eine Ecke aus Stein, ein Stück Mauer. Sollte das eine Bank sein?

Anja stand ratlos davor.

Sie lief eine Runde, zwei Runden, drei Runden. Setzte sich. Fuhr mit der Hand über die lackierte Fläche. Beige. Die Farbe des Nichts.

War da nicht ein Geräusch? Sie erhob sich. Lauschte. Ging hin und her. Von einer Wand zur nächsten. Her und hin. Von Wand zu Wand.

Da. Wieder. Schritte. Schlüsselklimpern. Jemand kam.

Sicher holten sie sie jetzt wieder raus. Die Gabler wollte ihr nur Angst machen. Bestimmt. Sie wollte, dass sie sah, was passieren konnte, wenn sie sich nicht an die Regeln hielt. Gleich würde sie vor ihr stehen und auf ihre Art grinsen und Anja würde es ertragen und so tun als ob. So tun, als ob sie bereute.

Sie stellte sich gerade hin. Hände an die Hosennaht. Welche Worte sollte sie sagen? Sie versuchte sich an das zu erinnern, was Herr Engel ihr erklärt hatte.

Aber sie fand nichts. Kein einziges Wort. Meldung machen. Aber wie?

Sie spürte ihre Hände feucht werden.

Ein Riegel wurde zurückgeschoben. Eine Tür geöffnet.

Aber es war nicht ihre Tür.

Anja wusste nicht, ob sie lachen oder weinen sollte.

Sie lachte nicht. Und sie weinte nicht. Sie stand nur still da.

Die Schritte entfernten sich.

»Anja?«

Das musste ein Traum sein, oder? Diese Stimme ... so dicht ...

»Anja? Hörst du mich? Ich bin's.«

Ihr stockte der Atem. »Tom?«, brachte sie heraus.

»Ja. Wer sonst.« Er lachte. »Geht's dir gut? Bist du in Ordnung?«

»Mm.«

»Tut mir leid«, sagte Tom, »... dass ich dir diesen Ärger eingebrockt hab.«

»Ist nicht deine Schuld«, sagte Anja schnell. »Bist du's wirklich?«, rutschte ihr heraus. »Ich meine, wie kommt es ... dass ich dich so gut höre?«

»Die beiden Arrestzellen hier unten sind durch einen Luftschacht verbunden«, antwortete Tom. »Und offenbar haben die da oben noch nicht begriffen, dass man sich über den wunderbar unterhalten kann.«

»Du warst also schon häufiger ... *hier*?«

»Das dritte Mal jetzt.«

Anja nickte vor sich hin. Tom klang nicht besonders traurig oder beunruhigt.

»Ich hatte noch nie so eine nette Nachbarin«, sagte er.

Anja verzog angestrengt ihre Lippen. Aber ihre Mundwinkel zitterten bloß. Vielleicht kam das Lachen ja später. Wenn alles vorbei war. *Ich bin so froh, dass du da bist,* dachte sie.

Sie bekam den Satz nicht heraus.

»Schade, dass es mit dem Kino nicht klappt«, meinte Tom. »Vielleicht ein anderes Mal, ja?«

»Ja.« Ihre Stimme klang, als wäre sie am Ersticken. Das hörte sie selbst. Jetzt bloß nicht heulen. *Bloß nicht!*

»Ich schau gerne Filme«, plauderte Tom weiter, als würden sie sich ganz normal unterhalten. Anja legte ihre Hände an die Mauer, hinter der er sich befand.

»Hast du E. T. gesehen?«, fragte er. »Der lief im Kino, als ich gerade auf Trebe war. Ich hab mich reingeschmuggelt, aber der Saal war schon voll und ich bekam nur noch einen Platz in der ersten Reihe, mit der Nase an der Leinwand sozusagen. Also, kennst du den Streifen?«

»Muss ich irgendwie verpasst haben.« Sie erinnerte sich dunkel, dass Ronny ihr von dem Film erzählt hatte. Wo waren sie da gewesen? Auf dem Schulhof? In der Eisdiele? Das war doch erst ein paar Wochen her, oder? Ihr anderes Leben ... ihr richtiges Leben ...

»Na, stell dir einfach mal einen Typen vor: so einen komischen Kobold ... total runzlige Haut, riesig große Augen und Glatze.«

»Bäh«, machte Anja.

»Der war gar nicht so hässlich, doch, war er schon, aber für einen Alien auch wieder ganz niedlich.«

»Ach so.« Anja versuchte sich ihn vorzustellen. Einen Kobold, hässlich und niedlich – also so ähnlich wie Pittiplatsch? Wohl kaum. Runzlig, irgendwie gruselig wahrscheinlich.

»Soll ich dir die Geschichte erzählen? Ich hab gerade sonst nichts zu tun, weißt du?«

»Okay.«

»Sag mir einfach Bescheid, wenn du Schritte hörst.«

»Mach ich.«

»Also stell dir ein Raumschiff vor. Es ist im Wald gelandet, es ist Nacht und die Außerirdischen erkunden die Erde. Aber plötzlich werden sie von Menschen gestört und müssen ganz schnell abhauen. Leider haben sie einen der Ihren bei der Flucht vergessen: E. T.! Er irrt also umher, total verängstigt, und versteckt sich in einem Schuppen.« Tom schwieg einen Moment. »Siehst du's vor dir?«

Anja schloss die Augen und sah Gerümpel, ausrangierte Möbel und alte Reifen vor sich. Unter einem Tisch hockte der arme kleine Kerl und zitterte.

»Ja, ich sehe ihn.«

»Gut. Da kommt der Junge ins Spiel. Neun oder zehn Jahre alt. Er heißt, glaub ich, Elias oder so ähnlich. Nein, Elliot. Genau. Also dieser Junge entdeckt durch einen Zufall unseren Alien und am Anfang ist er total erschrocken ...«

Anja lehnte halb an der Wand und hörte Tom zu. Zwischen den einzelnen Szenen legte er Pausen ein, damit sie sich die Bilder vorstellen konnte.

Als der kleine Alien anfing zu sprechen und das erste Mal »nach Hause telefonieren« wollte, lachte sie leise. Ein komisches Lachen, das kurz davor war zu kippen und zu einem Schluchzen zu werden. Ihre Gefühle wirbelten durcheinander. Es war so merkwürdig, was sie empfand. Sie fühlte sich gleichzeitig unglücklich und froh, ängstlich und zuversichtlich.

Tom verstellte seine Stimme, wenn er in die Rolle des Außerirdischen schlüpfte.

Anja beschloss, dass es eher lustig als traurig war, was E. T. sagte. *Bloß nicht heulen!* Aber am Ende der Geschichte, als E. T. sich von Elliot verabschiedete, konnte sie die Tränen nicht mehr zurückhalten.

»Macht nichts«, sagte Tom. »An der Stelle heulen immer alle. Das gehört dazu.«

Einen Moment war es still. Anja wischte sich die Nässe aus dem Gesicht.

Dann waren Schritte zu hören. Es waren schnelle Schritte und sie kamen die Treppe hinunter.

13

Es knallte laut, als der Riegel zurückgezogen wurde, und Anja zuckte zusammen. Sie stand da wie ein Matrose, der einer Sturmbö widerstehen muss. Frau Gabler trat ein und fixierte sie stumm und vorwurfsvoll. Unter der niedrigen Decke der Zelle wirkte sie noch größer als sonst.

»Anja ... Anja Sander ... im Arrest wegen ... wegen ...«

»Unerlaubter Kontaktaufnahme«, half Frau Gabler nach. »Und jetzt raustreten!« Sie winkte ungeduldig mit der Hand.

Anja nickte, als wäre sie gebeten oder gefragt worden, und folgte der Aufforderung. Kam sie jetzt zurück in ihre Gruppe?

Als sie im Gang stand, wies die Erzieherin auf einen offenen Verschlag. »Ein bisschen schneller, wenn ich bitten darf! Matratze aufnehmen! Zwei Decken, ein Kopfkissen!«

Die Decken, die sie unter den Arm schob, rochen nach Keller und kratzten. Das kleine Kissen klemmte sie unter das Kinn, damit sie die Hände frei hatte. Sie nahm die obere Matratze von dem Stapel und hob sie gerade so hoch, dass sie nicht auf dem Boden schleifte. Nur nichts fallen lassen, dachte sie. Nur nicht diese gereizte Frau noch zusätzlich reizen.

Sie legte die Matratze so sorgfältig wie sie konnte auf den Boden ihrer Zelle. Als sie sich umdrehte, sah sie, wie Frau Gabler mit dem Fuß einen Metalleimer in ihre Richtung schob. Dabei verzog sie kurz ihre Mundwinkel und blickte Anja an, als wüsste sie etwas, was Anja nicht wusste. Ohne ein weiteres Wort knallte sie die Tür zu.

Anja starrte den Kübel an und merkte erst jetzt, dass ihre Blase schon eine ganze Weile drückte. Aber sie wollte nicht in den Eimer pinkeln, solange sich die Gabler hier unten aufhielt. Konnte ja sein, dass sie die Tür noch einmal aufriss. Dass sie mit einem Nachthemd oder frischen Schlüpfer herumwedelte, wie mit einem Fähnchen beim ersten Mai.

Anja setzte sich auf die Steinbank, schlug die Beine übereinander und wartete ab. Nebenan hörte sie Toms Stimme. Sie klang jetzt anders als vorhin. Sie klang verstellt. Vielleicht war es Absicht. Eine andere Rolle, die er spielte, aus einem anderen Film. Und Frau Gabler war der Alien. Nicht klein und schrumplig, sondern groß und böse, ein Alien aus einem Horrorstreifen.

Anja hörte Tom auf den Gang hinaustreten. Er redete. Diesmal war es seine echte Stimme. Er schien sich über irgendetwas zu beschweren. Worum ging es? Sie lauschte.

»Das dürfen Sie nicht!«, sagte er. »Ich bestehe darauf, dass ich mein Abendbrot bekomme! Das ist mein gutes Recht!«

Frau Gabler schnaufte geräuschvoll. »Du *bestehst* darauf? Dein gutes *Recht*? Was bildest du dir ein, Bengel? Was glaubst du, wo du hier bist – in einem Hotel? Du bist nichts als ein

Unruhestifter mit einer großen Klappe. Und wo Leute deines Schlages landen, weißt du ja sicherlich. Und genau dort wirst du auch hinkommen, das verspreche ich dir!«

Wovon redete die Frau? Anja wartete auf Toms Antwort. Aber er blieb stumm. Auch die Gabler hörte mit dem Geschimpfe auf, als hätte sie genug gesagt. Was passierte da draußen? Wieso schwiegen sie?

Beunruhigt begann Anja hin und her zu laufen. Sie dachte über die Drohung nach. Was hatte die zu bedeuten? Außerdem musste sie jetzt wirklich dringend. Sie bekam mit, dass Tom in seine Zelle zurückkehrte und seine Tür verriegelt wurde. Als endlich die schweren Schritte die Treppe hinaufstapften, setzte sie sich auf den Eimer. Das Geräusch, das sie machte, war ihr unangenehm. Sie wusste, dass Tom sie hörte. Aber einen kurzen Augenblick später nahm sie wahr, dass es auch in der anderen Zelle plätscherte.

Anja verschloss den Pinkelpott mit dem Deckel. Nebenan war es still. Sie wartete eine Weile darauf, dass sie Toms Stimme hörte, dass er etwas sagte, *irgendetwas*. Dann hielt sie es nicht mehr aus. Sie trat an die Wand, schlug die Fäuste dagegen und rief seinen Namen.

»Was ist?«, knurrte er.

»Alles in Ordnung?«

Er antwortete nicht.

Sein Schweigen beunruhigte sie. »Du hast Hunger, oder?« Fast hoffte sie, dass es nur das war, dass er schlechte Laune bekommen hatte, weil sein Magen knurrte.

»Ja, logisch. Du nicht?«

»Ein bisschen«, antwortete Anja. Wahrscheinlich würde sie im Moment sowieso nichts herunterkriegen. Nicht hier unten.

»Tom?«

»Ja.«

»Was hat die Gabler gemeint? … Wo du hinkommst, mein ich.«

»Ist besser, wenn du jetzt schläfst«, sagte er. »Wir reden morgen weiter.«

Anja drehte sich um und betrachtete die Matratze. Normalerweise machte es ihr nichts aus auf dem Boden zu schlafen. Aber hier war das etwas anderes. Im Keller. In der Zelle.

»Von welchem Ort hat sie gesprochen?«, fragte sie hartnäckig.

Sie hörte, dass Tom tief Luft holte und sie wieder ausstieß. »Torgau«, sagte er. »Sie hat von Torgau gesprochen.«

Anja wollte ihn fragen, was es mit diesem Ort auf sich hatte, aber irgendetwas in seiner Stimme hielt sie davon ab.

»Gute Nacht, Anja«, sagte er bestimmt.

»Gute Nacht.«

Anja ging zu ihrer Schlafstätte und breitete eine Decke auf der Matratze aus. Sie beschloss den Arbeitsanzug, den sie trug, nicht auszuziehen. Nur in Unterwäsche würde sie sich noch schutzloser fühlen. Sie legte sich hin und deckte sich mit der zweiten Decke zu. Dann starrte sie in die Dunkelheit hinein. Irgendwann hörte sie ein leises Schnarchen und sie lauschte dem Geräusch, bis ihr die Augen zufielen.

»Anja? Mädchen, wach auf!«

Erschrocken fuhr sie aus dem Schlaf und sprang auf die Beine. Beinahe wäre sie mit Frau Wieland zusammengestoßen. »Ach, Sie sind's«, murmelte sie erleichtert.

»Du musst dich beeilen!«, sagte die Frau nervös. »Du gehst

auf Transport. Der Barkas steht schon auf dem Hof. In einer halben Stunde geht es los!«

Anja rieb sich die Augen. Dann blinzelte sie verständnislos. »Wohin denn?«

»Für Fragen bleibt jetzt keine Zeit. Komm, ich helfe dir hier Ordnung zu schaffen!«

Benommen sah sie zu, wie die Erzieherin die Decken zusammenlegte. »Wie spät ist es?«

Frau Wieland schien sie nicht zu hören. Sie nahm die Matratze hoch. »Pack mal mit an!«, befahl sie.

Als Anja die Zelle verließ, schaute sie sich zögernd um, als könnte sie etwas vergessen haben. *Tom*, dachte sie. Sie wollte seinen Namen rufen oder wenigstens laut aussprechen. Und das tat sie auch. Zumindest in ihrem Kopf. *Tom! Hörst du mich?*

»Wieso bleibst du stehen?«, fragte Frau Wieland ungeduldig.

»Ich ... Ich will mich verabschieden. Von ... *von ihm*.«

Die Frau schüttelte den Kopf. »So viel Zeit haben wir nicht.«

»Bitte.« Anja blickte ihr direkt in die Augen. »Eine Minute.«

»Also ... also gut. Aber wirklich nicht länger.«

Frau Wieland sah sich nach allen Seiten um, ehe sie den Riegel erstaunlich leise zurückzog. »Mach schnell«, flüsterte sie.

Tom stand auf dem steinernen Podest, der als Bank diente, und starrte Richtung Fenster, als Anja in seine Zelle trat.

Erschrocken sprang er ihr vor die Füße. »Mensch, hast du mich erschreckt!«

»Tut mir leid. Ich wollte mich nur verabschieden. Sie bringen mich ...« Ja, wohin verdammt noch mal?, durchzuckte es Anja. »... woandershin.«

»Ich weiß«, sagte Tom. »Hab's mitgekriegt.«

Sie nickte. Schweigend standen sie sich gegenüber. Was sollte sie sagen? Was sollte sie tun? »Also dann ...« Sie spürte einen Kloß im Hals. »Mach's gut.« Zögernd streckte sie die Hand aus.

Tom ergriff sie und zog Anja an sich. »Du auch. Und glaub mir, irgendwann ist das alles vorbei. Irgendwann wird das Raumschiff kommen und uns abholen. Du wirst schon sehen. Du darfst nur die Hoffnung nicht verlieren. Denk an E. T. – der hat es auch geschafft.«

Anja lachte leise. »Ja, okay.« Mehr brachte sie nicht heraus.

Einen Moment spürte sie seine Wange an ihrer Wange.

14

Benommen schaute Anja aus dem Fenster des Wagens. Längst hatten sie die Stadt verlassen, fuhren an Dörfern, Nadelwäldern und kahlen Feldern vorbei. Aber Anja achtete nicht auf die Umgebung und nicht auf das Geflüster der beiden Kinder auf der Bank hinter ihr. Frau Wieland, die neben dem Fahrer saß, drehte sich immer wieder zu ihnen um, als wollte sie sich vergewissern, dass Anja, Steffi und ihr kleiner Bruder noch da waren. Als könnten sie aus dem fahrenden Auto einfach so verschwinden.

Anja registrierte die Sorge im Blick der Erzieherin, aber in ihren Gedanken war sie bei Tom, der wohl immer noch in seiner Zelle schmorte. So allein wie E. T., der von seinem Raumschiff vergessen wurde.

Ob er wohl an sie dachte? Wünschte er sich, sie wäre bei ihm? Würden sie sich je wiedersehen?

»Frau Wieland, Daniel muss mal!«, rief Steffi auf einmal.

»Hat das nicht noch ein bisschen Zeit? Wir sind bald da!« Die Erzieherin wedelte sich nervös mit einer Straßenkarte Luft zu.

»Es ist dringend, ehrlich!«

Anja drehte sich zu Daniel um, der im Sitzen auf und ab hüpfte. »Sieht ganz so aus«, meinte sie.

»Piss mir hier ja nicht den Wagen voll, Kleiner!«, brummte der Fahrer. Anja sah seinen griesgrämigen Blick im Rückspiegel. Der Mann hatte ein breites, aufgedunsenes Gesicht und trug eine speckige Schiebermütze. Anja hielt zu ihm so viel Abstand wie möglich, trotzdem konnte sie riechen, dass er nach Schweiß und Zigarettenqualm stank. Frau Wieland, die es neben dem Kerl aushalten musste, tat ihr fast ein bisschen leid.

Zehn Minuten später hielten sie auf einem Parkplatz. Frau Wieland ging mit den zwei kleineren Kindern über eine Wiese und verschwand mit ihnen hinter einem Busch. Anja stand neben dem Barkas und stocherte mit ihrer Schuhspitze in der Erde herum. Der Fahrer steckte sich eine Zigarette an. Er hielt sich ganz in ihrer Nähe auf, aber er schien sie nicht groß zu beachten.

Warum nicht jetzt?, dachte Anja und sah sich heimlich in der Gegend um. Kein einziges Haus war zu sehen. Und außer ihnen keine Menschen. In einiger Entfernung begann ein Wald mit Kiefern und ein paar Laubbäumen. Leider hatte sie nicht die geringste Ahnung, wo sie sich befanden. Sie hätte auf die Ortsschilder achten sollen!

»Komm nicht auf falsche Gedanken, Mädel«, brummte der Fahrer da. »Ich hab schon ganz andere Kaliber wie dich wieder eingefangen. Und glaub nicht, dass ich mit Entweichern zimperlich umgehe. Besonders nicht mit Entweicherinnen!« Er stieß ein kurzes Lachen aus und musterte sie. Genauer gesagt starrte er auf ihre Brust. Anja wandte sich ab. Dieser blöde Wichser!

»Hast du eigentlich schon 'nen Kerl?«, fragte der Mann. »Eh, sieh mich an, wenn ich mit dir rede!«

»Frau Wieland!«, rief Anja. »Ich muss auch mal.«

»Wie wär's, wenn ich mitkomme?«, meinte der Fahrer spöttisch.

Anja ignorierte ihn und ging zwei Schritte von ihm weg.

»Komme gleich!«, rief die Frau. »Warte mal da, bitte!«

Bitte – das Wort hatte sie schon lange nicht mehr gehört. Jedenfalls nicht von einem Erwachsenen. Trotzdem fiel es ihr schwer stehen zu bleiben.

»Hältst dich wohl für was Besseres?«, brummte der Mann hinter ihrem Rücken.

Anja bohrte wieder mit dem Fuß in der hellen sandigen Erde herum. Ein glatter, bläulich schimmernder Kiesel kam zum Vorschein, der auf einer Seite glitzerte. Sie betrachtete ihn erstaunt. Dann tat sie so, als würde sie ihren Schuh zubinden, nahm den Stein und steckte ihn schnell in die Hosentasche.

Hand in Hand kamen die Geschwister angerannt und stiegen in den Wagen.

»Na, dann komm!« Frau Wieland winkte.

Erleichtert lief Anja zu ihr.

»Ich hoffe, du verstehst, dass ich dich nicht allein lassen kann«, sagte die Erzieherin etwas verlegen. »Das hat nichts mit dir zu tun. Ich habe meine Vorschriften, an die ich mich halten muss.« Anja dachte daran ihr zu raten, den Fahrer nicht allein zu lassen, jedenfalls nicht mit Kindern, aber sie unterließ es.

Wenigstens wandte sich ihre Aufseherin von ihr ab, als sie sich hinhockte. Anja sah Richtung Wald. Die Gelegenheit zum Abhauen war immer noch günstig. Sie glaubte nicht, dass der pummlige Fahrer eine Chance hatte sie einzuholen. Aber was war mit Frau Wieland? Würde sie ihr nachlaufen? Und wenn Anjas Flucht glückte, bekam sie dann Probleme? Anja pinkelte auf die vertrockneten Grashalme und kaute auf ihrer Unterlippe herum. Wie es schien, war es der falsche Zeitpunkt. Sie musste es ein anderes Mal versuchen.

Anja knöpfte sich die Jeans zu und warf einen letzten Blick zum Wald hinüber.

»Alles in Ordnung?«, fragte Frau Wieland.

Anja nickte und prustete sarkastisch. »Ja, sicher, alles bestens.«

»Hör zu, Anja, es tut mir leid, dass ihr in den Ze… im Keller gelandet seid. Das war absolut überflüssig, meiner Meinung nach.«

Anja lächelte. Sie war jetzt froh, dass sie nicht abgehauen war und Frau Wieland in Schwierigkeiten gebracht hatte.

Kurze Zeit später hielten sie vor einem flachen, hufeisenförmigen Gebäude. Auf dem Hof gab es ein paar Spielgeräte, Klettergerüste, eine Wippe und eine Schaukel. Hinter dem Maschendrahtzaun spielten Kinder Fußball. Frauen in weißen Kitteln beaufsichtigten sie.

Frau Wieland stieg aus und schob die hintere Tür auf. »Daniel, du kommst mit«, sagte sie und streckte die Hand nach dem Jungen aus.

»Und ich?«, fragte Steffi ängstlich.

»Du wartest bitte«, sagte Frau Wieland eine Spur zu höflich.

Steffi starrte sie aus weit aufgerissenen Augen an. Dann nickte sie.

Frau Wieland zog die Tür des Wagens zu und führte den kleinen Jungen an der Hand, der sich immer wieder nach seiner Schwester umsah. Steffi rutschte unruhig auf der Bank hin und her.

Anja hätte ihr gern etwas Tröstliches gesagt, aber sie war genauso verwirrt wie Steffi. Wieso brachte Frau Wieland die beiden nicht zusammen in das Haus? Warum verhielt sie sich so merkwürdig? Anja betrachtete die spielenden Kinder jetzt genauer. Sie waren alle jünger als Steffi.

»Ich möchte zu meinem Bruder!« Das Mädchen trommelte plötzlich mit der Faust gegen die verschlossene Tür.

»He!«, brüllte der Fahrer. »Hör auf damit, du Rotzgöre!«

»Frau Wieland kommt gleich«, sagte Anja zögernd. »Sieht doch gar nicht so übel aus hier, oder?«

Steffi schwieg. Sie steckte den Daumen in den Mund.

Als Frau Wieland zurückkam, wirkte ihr Gesicht ernst und irgendwie müde. Sie öffnete die Beifahrertür und stieg in den Wagen.

»Was ist mit mir?«, fragte Steffi mit dünner Stimme. »Wieso bringen Sie mich nicht rein?«

»Tut mir leid«, sagte die Frau. Sie drehte sich um, sah das Kind aber nicht an. »Du kommst in ein anderes Heim.«

Einen Moment war es still. Nur Steffis Atem war zu hören, der plötzlich schneller und lauter wurde. Sie schüttelte den Kopf. »*Nein!*«, schrie sie. »Nein! Ich will nicht! Nein! Ich will zu meinem Bruder!«

»Sie können die beiden doch nicht trennen!«, entfuhr es Anja empört.

»Es geht leider nicht anders.«

Der Wagen fuhr los. Steffi schrie gellend. Während der Barkas wendete, kletterte sie plötzlich über die Lehne, rutschte ab und Anja fing sie auf.

»Daniel! Nein, das könnt ihr nicht machen! *Nein!*«

Anja hielt sie fest. Frau Wieland griff nach Steffis Hand.

»Kind ... bitte ... Beruhige dich! Bitte beruhige dich doch!«

Das nächste Heim, vor dem sie hielten, war ein mehrstöckiger grauer Klotz, von dem der Putz abblätterte. Steffi hatte aufgehört zu weinen. Seit über einer Stunde lag sie erschöpft in Anjas Armen. Anja entdeckte Kindergesichter hinter den Fenstern des Hauses.

»Hör zu«, flüsterte sie in Steffis Ohr. »Ich habe was für dich.« Sie holte den glatten Kiesel aus ihrer Hosentasche. »Da, sieh ihn dir an. Er gehört dir!«

Steffi blinzelte nur müde.

»Es ist kein gewöhnlicher Stein«, sagte Anja. »Schau, wie er leuchtet!«

Steffi nahm ihn in die Hand. »Er ist schön.«

Anja nickte. »Und er hat besondere Kräfte. Hast du schon mal was von Wunschsteinen gehört?«

Das Mädchen schüttelte den Kopf.

»Nun, jetzt besitzt du einen.«

»Du meinst, das ist ... ein Zauberstein?«

»Ja«, antwortete Anja. »Pass gut auf ihn auf.«

»Das werde ich«, flüsterte Steffi.

15 Anja saß zusammengekauert auf der hinteren Bank des Barkas. Sie fühlte einen Druck im Magen, als hätte sie etwas Übles gegessen. Frau Wieland hatte Steffi in das hässliche Haus gebracht und war mit verheulten Augen wieder herausgekommen. Seitdem herrschte ein frostiges Schweigen im Wagen.

Anja starrte auf ihre Uhr. Der Sekundenzeiger zuckte vorwärts, als wäre auch er nervös. *Wo-hin? Wo-hin? Wo-hin?* Der Takt der Uhr kam ihr wie ihr Herzschlag vor. Sicher, sie hätte Frau Wieland fragen können, wohin sie gebracht wurde, aber sie wusste nicht genau, ob sie die Antwort tatsächlich hören wollte. Ihr Schicksal war ohnehin besiegelt; über ihr Leben bestimmten Leute, die sie nicht kannte und die sie nicht kannten. Wozu sollte sie also fragen? Die einzige Antwort, die den Schmerz in ihrem Bauch vertreiben könnte, wäre: »Wir fahren dich zu deiner Mutter, Anja. Ihr werdet beide frei sein und so leben wie früher.« Aber niemand würde das zu ihr sagen, *niemand*.

Irgendwann bogen sie in eine Landstraße ein und fuhren über holpriges Kopfsteinpflaster. Die Gegend sah einsam und verlassen aus. Dichter Wald umgab sie. An Häusern kamen sie selten vorbei. Anja hielt nach Menschen Ausschau. Einmal sah sie einen kleinen verhutzelten Mann, der in seinem Garten das Laub zusammenharkte. Seine Gartenzwerge sahen ihm merkwürdig ähnlich. Sie grinsten vor sich hin, als hätten sie einen teuflischen Plan, von dem niemand etwas ahnte. Ein bisschen sind Gartenzwerge wie Aliens, dachte Anja. Man kann ihnen einfach nicht trauen. Einen Moment stellte sie sich vor, dass sie Tom ihren komischen Gedanken mitteilte. Einen Moment stellte sie sich sein Lachen vor. Wahrscheinlich würde er die Gartenzwerge verteidigen. Und die Außerirdischen sowieso.

Er fehlte ihr.

Er fehlte ihr!

Sie vermisste auch Steffi und ihren kleinen Bruder, sie vermisste Gonzo und ihre lässige Art und vor allem vermisste sie ihre Mutter.

Sie brachten sie immer weiter weg von ihr. Das fühlte sie deutlich. Immer weiter weg.

Sie fuhren jetzt einen Berg hinauf, die Straße wand sich in einer Spirale höher und höher. Anja konnte etwas wie eine Burg erkennen, die aus dem Grün herausragte. Na toll, dachte sie. Sie schleppten sie auf eine Ritterburg. Wie hübsch! Aber was sollte sie da?

»Landschaftlich ist es schön«, brach Frau Wieland das Schweigen. »Die richtige Gegend zum Wandern.« Sie drehte sich zu Anja um und lächelte fröhlich wie ein Gartenzwerg.

Schon gut, geben Sie sich keine Mühe. Ich weiß, dass sie es hassen. Sie hassen, was Sie hier tun, nicht wahr? – Natürlich sprach Anja nicht aus, was sie dachte. Sie erwiderte nur das Lächeln nicht.

Früher oder später würde sie auf Wanderschaft gehen, da konnte Frau Wieland Gift drauf nehmen.

Die Burg hatte keine Gitter, das bemerkte Anja sofort. Sie atmete auf.

Frau Wieland öffnete das Tor; es war schwer und hölzern und quietschte in den Angeln. Nicht abgeschlossen, registrierte Anja.

Als sie eintraten, hörte sie Stimmen, junge Stimmen. Eine

Schar Mädchen lief an ihnen vorbei, sie unterhielten sich leise und trugen Kittelschürzen. Keine Aufsicht, stellte Anja fest.

»Macht doch einen netten Eindruck, oder?«, meinte Frau Wieland erleichtert. Anja sah das Flehen in ihrem Gesicht und tat ihr den Gefallen: Sie nickte. Ihre Mundwinkel verzogen sich zu einem höflichen kleinen Lächeln. Das musste genügen.

Der Korridor, den sie betraten, wirkte düster wie ein Grab und Anja hielt Ausschau nach Ritterrüstungen und langen gekreuzten Lanzen. Aber natürlich gab es weder das eine noch das andere. Die Wände waren nackt. So nackt, als hätte man die Gemälde mit den kreidebleichen, verstorbenen Adligen gerade erst entfernt. Vielleicht spukte es ja in dem Haus um Mitternacht? Jedenfalls konnte man sich kettenrasselnde Geister in diesen Gemäuern gut vorstellen.

Anja fragte sich, ob das jetzt *die* Gelegenheit war, um nach dem Verbleib ihrer Mutter zu fragen. Aber die Erzieherin sah irgendwie seltsam aus, verwirrt und blass, mit roten Flecken im Gesicht. Sie wirkte, als wäre sie nicht ganz bei sich. Anja bekam plötzlich das Gefühl, dass sie Frau Wieland trösten musste. Aber wie? »Passen Sie auf sich auf«, sagte sie. Mehr fiel ihr nicht ein.

»Du auch, Anja. Pass gut auf dich auf. Hörst du? Du musst *vorsichtig* sein.« Einen Moment sah es so aus, als wollte Frau Wieland noch etwas hinzufügen. Aber sie schien die richtigen Worte nicht zu finden.

»Und hüten Sie sich vor dem Fahrer«, warnte Anja. »Der Kerl hat Matsch in der Birne.«

Frau Wieland seufzte. »Ich weiß.« Sie strich Anja eine Strähne aus dem Gesicht. »Nett, dass du dir Sorgen machst. Und versprich mir, dass du auf dich aufpasst.«

»Okay, versprochen. Ich bin ...« Anja biss sich auf die Zunge. Beinahe hätte sie gesagt: Ich bin sowieso nicht lange hier. »Ich bin froh, dass ich Sie kennengelernt habe.« Und das war noch nicht einmal eine Notlüge. Das meinte sie wirklich.

16 Anja saß erschöpft von der Fahrt und den vielen Abschieden in einem Büro auf einem weichen, wackligen Sessel ohne Armlehnen und betrachtete die Blümchenmustertapete. Wie kleine Stromstöße jagten die Wellen der Furcht vor dem, was hier auf sie zukommen mochte, durch ihren Körper.

Der Mann hinter dem Schreibtisch blätterte in irgendwelchen Unterlagen. Er wirkte klein hinter dem klobigen Möbelstück, wahrscheinlich war er nicht größer als Anja. Sein Haar war in der Mitte ordentlich gescheitelt; an dem Jackett, das er aufgeknöpft trug, steckte ein Parteiabzeichen. Anja starrte in das Vanillegelb seines Rollkragenpullovers hinein, das beinahe beruhigend auf sie wirkte. Er hatte ihr zur Begrüßung die Hand gegeben, seinen Namen genannt und ihr einen Platz angeboten – immerhin. Aber Anja wollte sich von seinem Auftreten nicht täuschen lassen. Der Direktor dieses Jugendwerkhofs würde von jetzt an über sie bestimmen, da machte sie sich nichts vor.

Nach einer Weile hob er den Kopf und sah sie an. Er musterte sie, nicht streng, eher abschätzend. Sie spürte ihr Herz dumpf in ihrer Brust pochen.

»Nun, Anja, du wirst dich sicher fragen, was dich hier erwartet?«

Sie nickte zögernd und ohne zu lächeln. Angespannt saß sie

auf dem gepolsterten Stuhl. Was bedeutete dieser Blick? Was bedeutete sein Taxieren? Was wollte er von ihr hören?

»Ich kann dir sagen, du hast wirklich Glück gehabt: Du bist hier in einer ganz besonderen Einrichtung. Damit meine ich nicht nur das schöne alte Gebäude, die wunderbare Lage und die frische Luft, sondern auch die Möglichkeiten, die dir hier offenstehen.«

Anja reagierte nicht. Ihr Blick fuhr den Schreibtisch auf und ab. Es gab nichts zu sehen, mit Ausnahme von einem Telefon und einer blassgrünen Nullachtfünfzehn-Pflanze, die in einem weißen Plastiktopf steckte.

»Dabei liegt es ganz allein an dir, wie du diese Chancen nutzt. Du wirst hier in den nächsten Monaten eine Teilfacharbeiterausbildung im Bereich Wirtschaftshilfe absolvieren. Du hast die Wahl zwischen der Arbeit in der Küche, der Hausreinigung oder in der Wäscherei. Mit dem Abschluss kannst du dann später zum Beispiel in Gaststätten als Hilfsköchin arbeiten oder auch in öffentlichen Einrichtungen als Reinigungskraft tätig werden oder im Textilbereich als Wäscherin.«

Anja schluckte. Sie war sich nicht sicher, ob sie richtig gehört hatte. Vielleicht verwechselte er sie ja mit einem anderen Mädchen?

»Sie meinen eine Ausbildung? Also ... Ich soll hier ... *arbeiten*? Ich bin doch noch Schülerin.«

Der Mann lächelte schief. »Ach, *jetzt auf einmal* sehnst du dich nach der Schule? Und wie kommt es, dass in deiner Akte vermerkt wurde, du hättest dich für Stunden, ja sogar Tage vom Unterricht ferngehalten?«

Anja antwortete nicht. Daher wehte also der Wind. Aber das Schwänzen konnte ja wohl kaum der Grund sein, warum man sie hierher verfrachtete, oder? Und überhaupt: Wovon redete der Mann da? Wieso legten sie eine *Akte* über sie an?

»Über eines musst du dir im Klaren sein, mein Fräulein: Du kommst hier nicht für zwei Wochen ins Ferienlager, sondern du lebst ab heute in einer Einrichtung, in der du zu einem vollwertigen Mitglied unserer sozialistischen Gesellschaft erzogen wirst. Natürlich gehört auch die Schulausbildung dazu, aber vor allem wirst du lernen dich in ein Kollektiv einzufügen und den Anweisungen deiner Erzieher zu folgen.« Der Direktor sprach immer noch im gleichen gelassenen Tonfall. Wahrscheinlich hatte er solche Worte schon oft gesagt. »Es liegt an dir, wie schnell du dich hier zurechtfindest. Wenn du dich bemühst und anpasst, ordentlich und fleißig bist, kannst du hier eine gute Zeit verleben. Anderenfalls ...« Er beendete den Satz nicht, sondern schwieg einen Moment. Anja hörte die stumme Drohung so deutlich, als hätte er sie ausgesprochen. »Zuerst musst du dich jetzt mal entscheiden, in welchem Bereich du arbeiten möchtest.«

Anja überlegte nicht lange. »Küche«, sagte sie knapp. Sie musste jetzt praktisch denken. Für ihre Flucht konnte sie ein paar Lebensmittel gebrauchen.

Der Mann nickte und schrieb etwas in ihre Akte. Dann klappte er den Hefter zu. Es kam ihr vor, als würde er dabei aufatmen. Was hatte er befürchtet? Dass sie ihm Schwierigkeiten machte? Dass sie nach ihrer Mutter fragte? Dass sie sich umdrehte, das gitterlose Fenster aufriss und türmte?

Einen Moment fand sie den letzten Gedanken gar nicht so schlecht. Einfach diesen Quatsch beenden. *Sofort.* Aber der Herr Direktor würde ihr dann auch *sofort* die Polizei auf den Hals hetzen.

Abwarten und Tee trinken. Wenn es sein musste, auch Tee kochen.

Der Mann griff zum Telefon, wählte und Anja hörte, wie er mit jemandem sprach und ihren Namen nannte.

Wo bin ich hier eigentlich?, dachte sie und starrte auf die fleischigen Blüten der Tapete, in die weit geöffneten Kelche, die wie hungrige Mäuler aussahen. *Und wieso ...? Verdammt noch mal, wieso?*

Er räusperte sich und sah sie an, als hätte er etwas zu ihr gesagt. Anja fiel es schwer, den Blick von den hässlichen Blumen abzuwenden. Die Insekten, dachte sie, immer fehlen die Insekten auf der Blümchenmustertapete. »Wie bitte?«, fragte sie und zwang sich zu einem Lächeln, das sicher nicht sehr überzeugend ausfiel.

Der Direktor machte sich nicht die Mühe zurückzulächeln. »Frau Dobel, deine Erzieherin, wird dich gleich abholen«, wiederholte er geduldig.

Frau Dobel war eine lange schlanke Person mit Dauerwelle und einem kantigen, hungrig wirkenden Gesicht. Auf den zweiten Blick bemerkte Anja, dass sie auf einem Auge leicht schielte. »Guten Tag«, sagte Anja hölzern.

Aber Frau Dobel achtete nicht darauf. Hektisch blätterte sie in der Akte herum, die der Direktor ihr vorlegte. Der Mann tippte mit dem Zeigefinger auf eine Seite und Frau Dobel nickte und seufzte unüberhörbar. Es war kein mitleidiges Seufzen, sondern eher eines, das ziemlich genervt klang.

Anja hätte wirklich gern gewusst, was hier eigentlich los war und was es über sie zu seufzen gab. Aber was Anja wollte, interessierte hier niemanden. Frau Dobel ging zur Tür und drehte sich zu ihr um. »Worauf wartest du? Möchtest du eine schriftliche Einladung?«

Anja spürte eine eiskalte Welle durch ihren Körper laufen. Für den Bruchteil einer Sekunde blieb sie auf dem Stuhl sitzen. Dann erhob sie sich ohne Eile.

Frau Dobel zeigte ihr die Räume im Schnelldurchlauf. Das Zimmer mit den Betten und Schränken, die Toiletten und Duschen, den Speisesaal, einen Raum mit einem Fernseher und vielleicht zwanzig Stühlen, eine Sporthalle, in der gerade eine Gruppe von Mädchen an Schwebebalken und Stufenbarren turnte und in der es nach Schweiß stank.

In keinem der Räume hielten sie sich länger als eine Minute auf. »Das Schulgebäude lernst du nächste Woche kennen. Es befindet sich in einer Baracke auf dem Gelände«, erklärte die Frau. »Außerdem gibt es dort noch einen Sportplatz, eine Krankenbaracke, die Tischlerei, die Wäscherei – aber das wirst du ja dann alles früher oder später sehen.« Während sie im Eiltempo einen langen Flur entlangliefen, redete Frau Dobel beinahe ununterbrochen auf Anja ein: »Ich zeige dir jetzt noch die Küche. Du wirst in Früh- und Spätschicht arbeiten und außerdem die achte Klasse absolvieren. Das bedeutet eine Woche Arbeit, eine Woche Schule. Es gibt hier fünf Mädchen- und fünf Jungengruppen. Kontakt ist nicht erwünscht. Von Ausnahmen abgesehen. Also ich meine jetzt die Arbeitsgemeinschaften und ab und zu gibt es auch mal eine Disco hier. Du kommst in die Gruppe mit Namen *Jenny Marx*. Die anderen Mädchengruppen heißen *Käthe Kollwitz*, *Sophie Scholl*, *Lilo Herrmann* und *Clara Zetkin*. Wenn du dich gut führst, das heißt ordentlich lernst und arbeitest und keinen Ärger machst, erhältst du auch Ausgang. Natürlich nicht gleich, du bist ja noch neu und musst dich erst eingewöhnen.« Frau Dobel stieß ein kurzes, seltsames Lachen aus. »Da du unter sechzehn bist, ist das Rauchen für dich verboten. Das Trinken sowieso, also Alkohol, meine ich, ist *strengstens* verboten, versteht sich ja von selbst, nicht wahr?« Sie warf Anja einen prüfenden Blick zu, wartete aber die Antwort nicht ab. »Wenn du dich nicht an die Regeln hältst, wirst du bestraft. Das sage ich jetzt mal ganz direkt. Bei ungenügenden Leistungen wird dir das Taschengeld gekürzt. Bei leichteren Vergehen wird dir der Ausgang gestrichen. Bei einer strengen Rüge gibt es ein halbes Jahr Urlaubssperre. Ich erwähne das nur, damit du dich darauf einstellen kannst. Ich rede gern Klartext, da gibt es dann weniger böse Überraschungen. Unsere Türen stehen hier offen, wie du vielleicht schon bemerkt hast. Bei Entweichungen schalten wir unsere Genossen der Volkspolizei ein, das heißt, der Ausreißer wird polizeilich gesucht, und glaub mir, bisher ist noch jeder Entweicher wieder eingefangen worden. Für einen Fluchtversuch kommst du dann in den Arrest. Aber weiter wollen wir das mal heute noch nicht vertiefen. Zum Weglaufen gibt es hier auch keinen Grund. Du musst dich einfach nur an die Vorschriften halten, also an die Hausordnung und an das, was die Erzieher dir sagen. Dazu gehört, dass du dich beim Erzieher abmeldest, wenn du irgendwohin willst, auch wenn du aufs Klo musst. Sobald du zurück bist, meldest du, dass du zurück bist. Ist das klar?«

Anja machte eine unbestimmte Geste mit der Hand. Sie fragte sich, ob die Frau ernst meinte, was sie sagte, oder ob sie nur etwas abspulte, was sie immer abspulte. Aber sie meinte es wohl ernst – da lag so ein hektischer Eifer in ihren Worten.

Also sollte Anja jetzt jedes Mal Bescheid sagen, wenn sie pinkeln musste?

Die Frau holte kurz Luft, dann redete sie weiter: »Deine persönlichen Sachen darfst du behalten, also deinen Schmuck, deine Uhr, deine Anziehsachen. Du bekommst als Küchenmädel eine Kittelschürze und ansonsten das Übliche, also Sportzeug, Nachthemd und so weiter. Du bist verpflichtet, das Heimeigentum pfleglich zu behandeln, für Schäden musst du geradestehen, das ist Beschädigung von Volkseigentum. Die Sachen holst du dir in der Kleiderkammer ab. Verboten sind Sprays aller Art, Klebstoff, Rasierklingen, Schundliteratur, Zigaretten und Alkohol. Solltest du solche Dinge besitzen, musst du sie abgeben und sie kommen unter Verschluss, bis zum Tag deiner Entlassung. Und verboten heißt auch verboten. Haben wir uns da verstanden?«

Anja nickte. Sie ließ den Redeschwall wie einen Regenguss über sich ergehen. Frau Dobel stolzierte neben ihr her wie ein Storch auf der Suche nach etwas Essbarem, das er mit seinem spitzen Schnabel aufspießen konnte. Anja war bloß froh, dass sie kein Frosch war.

»Geweckt werdet ihr um fünf Uhr, es sei denn, du hast Frühschicht, dann musst du natürlich früher raus. Am Wochenende dürft ihr etwas länger schlafen. Am Samstag wird das ganze Haus gründlich geputzt. Frühsport wird jeden Morgen getrieben. Nach dem Frühsport geht ihr euch waschen, dann erledigt ihr eure Ämter, also alles, was so anfällt: Das Bett wird ordentlich gemacht, das Zimmer aufgeräumt und gefegt. Wir achten hier auf Ordnung, Sauberkeit und Disziplin. Erst wenn alles tipptopp ist, rückt die Gruppe zum Frühstück aus. Anschließend werdet ihr in eure Arbeitsbereiche überführt, also für dich heißt das in die Küche, wenn du nicht gerade Unterrichtswoche hast. In der Schule wirst du die achte Klasse absolvieren, habe ich das schon erwähnt?«

Anja starrte die Erzieherin an und überlegte, ob sie Einspruch erheben sollte. Anja war in der Neunten. Aber wie es aussah, spielte das hier keine Rolle. Es spielte keine Rolle, was sie konnte und wer sie war. Sie musste sich eine Strategie zurechtlegen, sich möglichst unauffällig verhalten – und dann abhauen in einem unbeobachteten Moment.

Als sie die Küche betraten, unterbrachen das Klappern und Klirren von Geschirr und Besteck die Erklärungen von Frau Dobel. Die Mädchen wuschen Teller, Tassen und Töpfe ab und blickten so teilnahmslos drein, als wären sie in Gedanken weit, weit weg. An einem anderen Ort. In einem anderen Land. In einem anderen Leben.

17

»Und ein bisschen schneller, wenn ich bitten darf! Hebt die Beine, hopp, hopp!«

Frau Dobel pfiff ein paarmal. Einmal lief Anja direkt an ihr vorbei, als sie in ihre Trillerpfeife blies. War das Absicht? Oder nur Gedankenlosigkeit? In ihren Ohren schrillte es noch ein paar Minuten.

Anja rannte mit den anderen Mädchen ihrer Gruppe die fünfte Runde auf dem Trampelpfad um die Burg herum. Immer wenn sie außer Sichtweite der Erzieherin war, ging sie im Schritttempo weiter. So wie die anderen auch. Frau Dobel rief und pfiff beinahe ununterbrochen. Aber hinter der Burg war hinter der Burg und die Frau hatte keine Röntgenaugen.

Es hatte zu schneien begonnen. Anja registrierte es mit Sorge. Konnte sie es wagen, im Schneegestöber davonzulaufen? Sie beschloss noch etwas zu warten, zwei oder drei Tage. Bis das Gerieseln aufhörte. Und bis sie nicht mehr so neu hier war, dass jeder sie beobachtete.

Frau Dobel blickte jetzt schon durch sie hindurch. Wenn sie nicht wegen irgendeiner Kleinigkeit auffiel jedenfalls. Seit Anjas Ankunft vor drei Tagen und dem regengussartigen Einweisungsgeplapper hatte sie kaum noch einen zusammenhängenden Satz zu Anja gesagt. Die Erzieherin redete mit der Gruppe, erteilte Befehle, scheuchte sie hierhin und dorthin. Aus dem Bett mit dem Ruf »Aufstehen!«, zum Frühsport, zu den Duschen, zum Frühstück, zur Arbeit, in Zweierreihen zum Mittagessen … »Hopp, hopp!« war einer ihrer Lieblingsschlachtrufe. Die Mädchen in Anjas Gruppe äfften ihre Erzieherin, die sie »Dobby« nannten, heimlich nach, imitierten ihren zackigen Gang, lachten über sie, schnitten Grimassen und schielten. Anja hielt sich heraus aus den Albernheiten. Nicht auffallen. Nicht provozieren. So tun als ob.

Einfach weiterrennen. Auch mit Seitenstichen. Sie hielt sich die Hüfte nur, wenn es die Dobel nicht sah. Sie atmete stoßweise, die kalte Luft fuhr ihr in die Lungen, doch sie schwitzte trotz der Kälte. Vernahm das Keuchen der anderen, manchmal ein Stöhnen, manchmal einen Fluch.

Sie wusste, dass die Mädchen auch über sie tuschelten. Über die Neue, die kaum mit jemandem sprach. Anja hörte ihr Geflüster, es war nicht zu vermeiden, dass sie es mitbekam. Tag und Nacht waren sie zusammen, immer die gleichen Gesichter, die gleichen Sprüche, der gleiche Tratsch, die gleichen kleinen Gehässigkeiten. Die eine und die andere hatten versucht sich ihr zu nähern. Wer bist du, wo kommst du her, wieso bist du hier – und sie hatte höflich geantwortet und sie gleichzeitig abgewimmelt. »Ich habe keine Ahnung, warum ich hier bin. Weißt du, warum du hier bist?« Anja hörte sich die Gründe an, die keine Gründe waren: Aus dem Kinderheim entwichen. Die Arbeit »gebummelt«. Die Schule geschwänzt. Süßigkeiten geklaut.

Ja, und? Und dafür lasst ihr euch die Freiheit rauben? Aber sie sprach es nicht aus. Natürlich nicht. Sie redete auch nicht über ihre Mutter. Nicht über den Ausreiseantrag, nicht über die Verhaftung. In jeder Gruppe gab es sie: Spitzel, Zuträger, auch »Anscheißer« genannt. Verpetzt wurde abends bei den Gruppenversammlungen jede Kleinigkeit: heimliches Rauchen, geschwänzter Frühsport, ein Witz über Erich Honecker. Frau Wieland hatte sie zum Abschied gemahnt, vorsichtig zu sein, und sie war vorsichtig. Kein Wort zu viel. Keine Schwachstelle preisgeben.

»Die Neue ist maulfaul«, hieß es bald.

Anja war es egal. Sie würde nicht hierbleiben. Nicht länger als nötig.

Manchmal stellte sie sich ihre Seele als Igel vor: zusammengerollt, Stachel nach außen, innen ein wummerndes Herz.

Nachts erwachte sie davon: von ihrem eigenen rasenden Herzschlag.

Während sie rannte, versuchte sie die Umgebung zu erkunden. Das Gelände war weitläufig. Auf dem Sportplatz sprinteten die Jungen. Einige machten im Schnee Liegestütze. Befehle schallten zu ihr herüber. Automatisch hielt sie nach einem schwarzen Lockenschopf Ausschau. Aber natürlich: Er war nicht hier. Er saß in Berlin hinter Gittern oder war schon weggeschafft worden. Wohin? Das Wort *Torgau* spukte in ihrem Kopf herum. Was bedeutete es? Was bedeutete es *dort* zu sein?

Hinter den Baracken begann der Wald. Dicht an dicht standen die Bäume. Gab es hier Wanderwege? Bisher hatte sie keinen entdeckt. *Wanderwege*. Während sie lief, dachte sie über dieses Wort nach. Ein Wort aus einer anderen Zeit.

Sie atmete tief durch die Nase ein und langsam durch den Mund aus. Die Seitenstiche verschwanden allmählich.

In der Küche roch es nach Spülmittel und auch nach dem süßen, undefinierbaren Kräutertee, den es bei den Mahlzeiten zu trinken gab. Anja trug eine blau-weiß karierte Kittelschürze, die ihr viel zu groß war. Es kam ihr vor, als würde sie in einer Tischdecke herumlaufen. An den Geruch in der Küche hatte sie sich noch nicht gewöhnt. Sie spürte eine leichte Übelkeit, wenn sie ihn einatmete. Der Anblick der nackten Margarinewürfel auf dem Tisch schlug ihr erst recht auf den Magen. Ein Berg ausgewickelte Sonja-Margarine auf der einen und ein Berg von Konsum-Brotscheiben auf der anderen Seite. Anja hasste Margarine, ihren Geruch, den Geschmack, die seifige Konsistenz; sie ekelte sich, wenn sie mit dem Messer durch die Fettmasse schnitt. Zusammen mit drei Mädchen aus ihrer Gruppe hatte sie die Aufgabe, die Brote für das zweite Frühstück zu schmieren. Auf die Margarinestullen kam dann noch etwas Teewurst. Anja arbeitete so schnell sie konnte. Doch der Turm der weißen fettigen Würfel wollte und wollte nicht kleiner werden. Sie versuchte gegen das Ekelgefühl anzukämpfen und malte sich aus, wie es sein würde von hier wegzulaufen. Eigentlich musste sie ja erst mal nur bergab rennen. Weiter und weiter und dabei aufpassen nicht erwischt zu werden. Wie lange würde es dauern, bis sie die Polizei informierten und die Fahndung nach ihr einleiteten? Wahrscheinlich würde das passieren, sobald sie merkten, dass sie weg war. Also blieb nur die Nacht. Sie musste die Nachtruhe nutzen, die Dunkelheit. Im Dunkeln durch den Wald rennen? Ja, was blieb ihr anderes übrig? Vielleicht konnte sie irgendwann, wenn es hell wurde, ein Auto anhalten. Früher war sie oft getrampt. Mit ihrer Mutter im Sommer an die Ostsee. Seit ihrem zwölften Geburtstag ab und zu auch mit ihren Freundinnen. Keine langen Strecken und niemals allein ... Sie kannte die Geschichten, die Geschichten über Lkw-Fahrer, die dann irgendwo abbogen. Aber mit einem Lkw würde sie sowieso nicht fahren. Sie musste ja nicht einsteigen, wenn der Fahrer komisch aussah, wenn er sie komisch *ansah*. So blöd würde sie nicht sein.

Die kleine dicke Küchenfrau watschelte heran und schaute Anja bei der Arbeit zu. »Na, Mädel, mit der Margarine musst du aber nicht sparen«, sagte sie. »Davon haben wir ja genug. Ordentlich drauf und bis zum Rand, bis zur Rinde.«

Die Frau nahm eine Scheibe Brot und bestrich sie schnell und vollständig. »Siehst du? So wird das gemacht. Na, wirst es schon noch lernen, bist ja noch lang genug hier. So, fertig, und jetzt du!«

Anja gab sich Mühe, zu tun, was von ihr verlangt wurde. Aber ihre Finger fühlten sich steif an, seltsam fremd. Als wollten sie ihrem Willen nicht gehorchen. Sie fuhr mit dem Messer ungeschickt hin und her; ihre Hand zitterte. Eine Flocke Fett landete auf der Kuppe ihres Daumens. Sie fühlte, wie die Welt langsam wegkippte. Wie in Zeitlupe. Wie ein Baum, der gefällt wurde.

»Ich bitte um Erlaubnis ... Ich muss ...«, stammelte sie.

»Kindchen, was ist denn? Du bist so blass. Geht's dir nicht gut?«

Anja hörte die Stimme, als hätte sie Watte in den Ohren. Sie wusste nicht, wie sie antworten sollte. Mit einem Kopfschütteln? Mit einem Nicken? Mit einem Satz? Mit welchem? Sie taumelte, hielt sich an der Tischkante fest, das Messer entglitt ihr und scheppterte auf den Boden.

Die Frau redete weiter, in einem erschrockenen Ton, aber für Anja hörte es sich wie ein Summen an. Sie fühlte den Griff um ihren Arm. Mit weichen Knien folgte sie dem sanften Ziehen. Ein Stuhl, ein geöffnetes Fenster. Frische Luft. Anja atmete gierig. Feuchte kalte Winterluft. Es gab sie also noch: die Welt da draußen. Allmählich verstand sie die Worte wieder, die zu ihr gesagt wurden. Nur ein leises Rauschen begleitete die Stimme.

»Weißt du was? Ich mach dir jetzt erst mal einen schönen Kaffee. Richtigen Bohnenkaffee, ja? Der bringt den Kreislauf wieder in Schwung.«

Anja nickte und schaute durch das Fenster zum Himmel hinauf. So nah. So weit weg. Die Wolken sahen schon wieder nach Schnee aus.

Der Kaffee war schwarz und heiß und dampfte sogar. Anja nahm einen Schluck aus der Porzellantasse. Ein herber, leicht bitterer Geschmack legte sich auf ihre Zunge. Die Tasse in ihren Händen war heiß, aber sie mochte sie nicht abstellen. Sie hielt sich an der Wärme fest, roch an dem Getränk. Es war der erste Kaffee, der erste richtige Kaffee, den sie in ihrem Leben trank. Zu Hause gab es nur Tee, Pfefferminztee ... *Zu Hause* ... Nicht dran denken, nicht jetzt. *Zu Hause* wurde nur Erwachsenen Kaffee eingeschenkt. Ihre Mutter mit der Kanne in der Hand ... Blumen auf dem Tisch, Kerzen – ein Geburtstag?

Sie lächelte, redete, aber irgendjemand hatte den Ton abgedreht. Anja schob das Bild beiseite, nippte den Kaffee, pustete, betrachtete die winzigen Wellen auf der schwarzen Flüssigkeit. Erst als die Tasse leer war, blickte sie auf, sah in das rundliche Gesicht der Frau, in kleine blasse, verwundert dreinblickende Augen. »Danke.«

»Schon gut, Mädchen. Hast mir ja einen schönen Schrecken eingejagt. Geht's jetzt besser?«

Anja nickte und bemerkte, dass sie angestarrt wurde. Die Mädchen in den blau-weiß karierten Kittelschürzen schmierten die Brote und sahen zu ihr hinüber. Es waren keine freundlichen Blicke.

Als sie in Zweierreihen zum Speisesaal marschierten, spürte sie einen Tritt in den Hacken. »Na, Simulantin, ist dir wieder schlecht? Brauchst du noch ein Tässchen Kaffee?«

Anja drehte sich nicht um. Sie hörte das Gekicher der anderen. Sie wusste nicht einmal genau, wer sie getreten hatte. Und sie wollte es nicht wissen. Der Schmerz war kein richtiger Schmerz, nichts, was sich zu beachten lohnte. Sie verzog das Gesicht nicht, aber insgeheim lächelte sie in sich hinein. Ich werde gehen und ihr werdet bleiben, dachte sie. Jeder zweite Gedanke galt ihrer Flucht. Sie wusste sogar schon, welche Stullen sie sich schmieren würde, natürlich ohne diese widerliche Margarine. Und immer wieder kam ihr das Küchenfenster in den Sinn. Seit sie dort hinausgesehen hatte, ging es ihr nicht mehr aus dem Kopf. Die Küche lag ebenerdig und nach hinten hinaus. Sie hoffte nur, dass die Räume über Nacht nicht zugeschlossen wurden.

»In Reihe antreten!« Die Gruppenleiterin war ein schlaksiges Mädchen mit einer krummen Nase und haselnussbraunen Augen. Anja reihte sich in die Schlange vor der Tür des Speisesaals ein und hielt die Lider gesenkt. Ohne direkten Blickkontakt wurde sie seltener angesprochen. Aber diesmal funktionierte die Taktik nicht.

»Die Neue da!«, hörte sie. »Zopf richtig binden! Wir sind hier nicht beim Kaffeeklatsch!« Anja fummelte in ihren Haaren herum und zog das Gummiband fester. Für die Mädchen mit den längeren Haaren war das Zopfbinden Vorschrift. Sie versuchte die Wut, die in ihren Adern pochte, zu ignorieren. Wie es aussah, war sie heute *dran*. Wegen einer Tasse Kaffee, die sie bekommen hatte – und die anderen nicht. Wie komisch. Wie traurig. Wie peinlich.

Anja schämte sich für ihr struppiges Haar, das sich nicht bändigen lassen wollte. Sie schämte sich für die Ermahnung, sie schämte sich, dass sie den Befehl ohne Widerstand, ja ohne ein Zögern, ausführte, und besonders schämte sie sich für das Mädchen, das hier den General spielte. Sie war doch eine von ihnen. Warum führte sie sich so auf? Es hieß, die krumme Nase wäre ein Souvenir ihres Stiefvaters, der sie regelmäßig verprügelt hatte. Vielleicht lag es daran, irgendwie. Die Geschichte von der zertrümmerten Nase war nur eine von vielen, die sie nachts im Schlafsaal gehört hatte. Und es gab schlimmere. Kaum auszuhalten waren die Geschichten über die Mütter. Mütter, die ihre Kinder weggaben in ein Heim, trinkende Mütter, die sich um nichts kümmerten, nicht einmal ums Essen. Mütter, die ihre Töchter nicht besuchten, ihre Geburtstage vergaßen, zu Weihnachten kein Päckchen schickten, ja, nicht einmal eine Karte. Lebenslänglich abwesende Mütter. Von den Vätern ganz zu schweigen. Anja mischte sich in die

Gespräche nicht ein. Sie erzählte nichts von sich, niemandem. Sie wollte keine Freundschaft und sie wollte keine Feindschaft. Sie wollte bloß weg von hier, das war alles.

18 In den nächsten Nächten und frühen Morgenstunden gab es Frost. Das Außenthermometer, das sie vom Küchenfenster aus sehen konnte, zeigte minus 15 Grad an. Anja musste ihre Flucht verschieben.

Frau Dobel trat in den Gruppenraum und verteilte die Post. Die Briefe waren bereits geöffnet. »Na, wie die Schrift aussieht, hat deine Mutti mal wieder ein Gläschen über den Durst getrunken«, sagte Frau Dobel zu einer langen Dünnen mit kurzen Haaren und lachte. »Sei mal froh, dass du bei uns bist.«

Anja wartete die Prozedur geduldig ab. Sie hoffte nicht auf einen Brief. Sie *wollte* nicht auf einen Brief hoffen. Trotzdem wartete sie. Vielleicht hatte ihre Mutter ja indessen herausgefunden, wo sie steckte. Frau Dobel ging an ihr vorbei; sie hielt noch einen einzigen Brief in der Hand. Sie drehte sich um, schwang sich auf dem Absatz herum – es sah fast wie ein Tanzschritt aus, den sie einstudiert hatte. »Ach, Anja?« Die Frau holte tief Luft. Ihr Gesicht glänzte, als hätte sie es frisch eingecremt. Ihre dünnen Lippen waren rosa bemalt. Sie reckte ihren Hals, wedelte mit dem Papier herum. Dann pustete sie die Luft geräuschvoll aus. »Für dich ist wieder nichts dabei.«

Anja nickte nur. Dass ihr Herz wild pochte, konnte die blöde Kuh ja zum Glück nicht sehen.

Wie immer, wenn die anderen lasen, meldete sich Anja bei Frau Dobel ab und verschwand auf die Toilette. Sie schloss sich ein, setzte sich auf den Toilettendeckel und knabberte an ihren Fingernägeln. In dem engen Raum roch es nach Chemie; kein noch so kleines Flöckchen Staub lag auf dem Boden. Natürlich wurde Anja besonders häufig zum Kloputzen eingeteilt. Sie war neu und sie war unbeliebt, was konnte sie da erwarten. Anja beugte sich vor und schlug mit dem Kopf gegen die Tür.

Vielleicht sollte sie ihren Fluchtplan ändern. Sie rechnete jetzt damit, dass sie bald ihren ersten Ausgang bekam. Die Mädchen, die Ausgang erhielten, durften hinunter ins Dorf. Außer einem kleinen Konsum, in dem man Lebensmittel, Zigaretten und Süßigkeiten kaufen konnte, existierte dort nichts, was den weiten Weg lohnen würde. Aber durch den Ort führte eine Straße und dort fuhren Autos. Und in den Autos saßen Menschen. Ganz normale Menschen, die sie mitnehmen würden – wohin auch immer. Seit ihrer Einweisung in den Jugendwerkhof hatte sie sich noch nichts zuschulden kommen lassen. Sie arbeitete in der Küche ohne Probleme; schlecht wurde ihr jetzt nicht mehr. Die Handgriffe, die nötig waren, hatte sie schnell gelernt. Sie ließ sich möglichst oft zum Abwaschen einteilen, damit sie den Margarinewürfelturm nicht sehen musste. In der Schule war die größte Anstrengung für Anja nicht einzuschlafen. Die achte Klasse hatte sie ja schon längst hinter sich. Es kam ihr vor, als wäre sie nachträglich ohne Grund sitzen geblieben. Natürlich fühlte sie sich ungerecht behandelt; sie lernte nichts Neues, sie langweilte sich, sie vergeudete ihre Zeit. Aber immerhin: Sie musste sich kaum Mühe geben und bekam gute Noten. Und das war es, was für die Erzieherinnen zählte: dass sie nicht aufmuckte, dass sie tat, was von ihr erwartet wurde, und natürlich, dass sie die geforderten Leistungen erfüllte. Zu den anderen Mädchen war Anja höflich. Sie half ihnen bei den Hausaufgaben, wenn sie darum gebeten wurde. Aber das kam kaum vor. Man ließ sie links liegen, weil sie sich auf niemanden einließ, und hinter ihrem Rücken wurde über sie getratscht. Anja ignorierte die Blicke, das Grinsen und das Geflüster. Wenn sie von hier türmte, würde man höchstwahrscheinlich ihre Gruppe bestrafen. Aber das war ihr egal.

Anja erhob sich von der Toilette, spülte, obwohl es nichts herunterzuspülen gab. Die Hände wusch sie sich länger als nötig. Ihr Spiegelbild streifte sie mit einem kurzen Blick. Dunkle Augenringe, hohle Wangen, spitzes Kinn, ihre Ohren sahen irgendwie nackt und zu groß aus. Anja ballte die Faust. Sie hatte Lust den Spiegel zu zerschlagen. Stattdessen drehte sie noch einmal den Hahn auf, ließ den kalten Strahl über ihre Arme laufen, benetzte ihr Gesicht und versuchte ruhig zu werden.

Bei ihrer Rückkehr hockte ein Mädchen zusammengekrümmt auf dem Fußboden und heulte.

»Was ist passiert?«, fragte Anja.

»Doreens Oma ist gestorben«, sagte eine Rothaarige, die Sabine hieß.

Anja nickte. Sollte sie zu Doreen gehen, ihr die Hand auf den Rücken legen, irgendetwas Tröstendes sagen? Aber wozu? Wozu sollte das gut sein? Trost nützte ja doch nichts. Wahrscheinlich würde man das Mädchen nicht einmal zur Beerdigung ihrer Großmutter fahren lassen.

Anja warf einen Blick in die Runde. Die anderen plauderten immer noch über die Post, die sie bekommen hatten. Doreen war nicht besonders beliebt – ein kleines pummliges Mädchen, das aussah wie zwölf und sich zu viel gefallen ließ. Man konnte sie über den Tisch ziehen, ihr die Wurst vom Brot stehlen, ohne dass sie sich beschwerte. Sie war Kummer gewöhnt. Wieso sollte jemand sie trösten?

Soweit Anja wusste, war Doreen bei ihrer Oma aufgewachsen.

Um 19.30 Uhr sahen sie die *Aktuelle Kamera*. Es war die langweiligste Fernsehsendung, die Anja kannte. Zu Hause wäre sie nicht im Traum auf die Idee gekommen, sich diesen Schwachsinn anzusehen. Mit ihrer Mutter schaute sie fast nur Westfernsehen. Die Nachrichten dauerten eine halbe Stunde und über die Hälfte der Zeit ging es meist um irgendwelche Betriebe, die angeblich irgendwelche Pläne erfüllt oder übererfüllt hatten. Nichts, was einen vernunftbegabten Menschen ernsthaft interessieren konnte. Die Mädchen hockten mit einem glasigen Ausdruck in den Augen vor dem flimmernden Bildschirm. Eine halbe Stunde Schlaf mit offenen Lidern.

Dumm war nur, dass Frau Dobel hinterher wissen wollte, welche Neuigkeiten es zu vermelden gab. Widerwillig versuchte Anja sich also Namen und Orte einzuprägen. *Wer* hatte noch mal *wen* in der Mongolischen Volksrepublik getroffen? Es war, als hätte sie eine Schranke im Kopf, die solche belanglosen Nachrichten einfach nicht durchließ. Sie musste sich zwingen, die Schranke zu öffnen. Also: In welchem Betrieb hatte Erich Honecker als Bauarbeiter verkleidet Hände geschüttelt?

Im VEB *Scheißegal*, dachte Anja. Im Innern lachte sie über ihren Einfall, aber äußerlich ließ sie sich natürlich nichts anmerken. Ein Grinsen wäre Frau Dobel sofort aufgefallen, mit Sicherheit.

Als sie klein war, hatte sie gern Verstecken gespielt. Es gefiel ihr, mit pochendem Herzen hinter einem Busch zu hocken und den anderen zu sehen, ohne selbst gesehen zu werden. Hier zu leben war ein ewiges Versteckspiel, nur dass es keinen Busch mehr gab, sondern nur das eigene Gesicht, hinter dem man sein Ich verbergen musste. Maske aufsetzen, unbeteiligt schauen, und wenn es sein musste, höflich lächeln. Hinter der Maske lachte sie, heulte sie, hasste sie. Aber natürlich saß die Hülle nicht sehr fest. Anja wusste das. Sie versuchte sich auf den Moment vorzubereiten, in dem die Maske brechen würde. Aber als der Augenblick dann kam, konnte sie nicht anders. Sie konnte einfach ihre Klappe nicht halten.

»Doreen«, sagte Frau Dobel, »in einem der Berichte, die wir eben gesehen haben, ging es um ein Kollektiv, das für seine hervorragende Arbeit geehrt wurde. Wiederhole bitte, worum es in dem Beitrag ging, und sage uns, welche Auszeichnung das Kollektiv erhalten hat.«

Doreen schwieg. Sie schaute von der Frau weg. Ihre Augen sahen immer noch verheult aus und Anja bezweifelte, dass sie überhaupt wusste, wovon Frau Dobel sprach.

»Also, Doreen, ich gebe dir mal ein paar Stichworte. Dazu fällt dir sicher etwas ein. Die Partei ehrt verdiente Werktätige des Volkes im Sozialismus mit ... na?«

Anja lachte wütend. Es war ein heiserer komischer Laut, der plötzlich aus ihrer Kehle kam und sie selbst überraschte. »Das ist jetzt nicht Ihr Ernst, oder?«, hörte sie sich fragen. »Sie wissen doch genau, dass Doreens Oma gestorben ist! Und da fragen Sie so einen gequirlten Scheiß?«

Frau Dobel legte den Kopf schief, als könnte sie nicht glauben, was sie da eben gehört hatte. »Nun, Anja«, sagte sie schließlich,

»wenigstens zeigst du uns mal dein wahres Gesicht, nicht wahr? So denkst du also über die Sozialistische Einheitspartei und die Errungenschaften der Arbeiterklasse! Wirklich sehr aufschlussreich. Allerdings erteile ich dir für dein Verhalten eine Rüge! Das heißt für dich die Streichung von sämtlichen Vergünstigungen für die nächste Zeit. Eigentlich wollte ich dich ja diesen Samstag in den Ausgang schicken, aber das kannst du natürlich jetzt vergessen und das hast du ganz allein dir selbst zuzuschreiben!«

Anja setzte ihre Maske augenblicklich wieder auf. Sie konnte es sogar spüren: Ihre Gesichtszüge froren ein, ihre Lider senkten sich, ihre Lippen zogen sich zusammen. Aber es war zu spät.

19

In der Nacht lag Anja wach in ihrem Bett und wartete. Es war kalt in dem Schlafsaal. Trotzdem schwitzte sie. Sie hielt sich unter der Decke verborgen und lauerte auf den richtigen Augenblick. In ihrem Magen spürte sie einen sanften Schmerz, ein leichtes Stechen. Sie versuchte ruhig zu atmen. Gegen die Angst zu atmen. Ja, sie hatte Angst. Sie starrte in die Dunkelheit hinein und fürchtete sich. Die Finsternis war ihre einzige Verbündete – aber sie hatte Angst vor ihr.

Allein? Hinaus? In die Nacht? In die Kälte?

Sie sah keine andere Möglichkeit. Sie musste es einfach versuchen.

Wieso war sie hier? Wie konnte ihr das passieren?

Es *war* ihr passiert. Einfach so.

Die anderen Mädchen schliefen. Sie hörte ihre gleichmäßigen Atemzüge.

Die Tür öffnete sich. Die Nachtwache kam hereingeschlichen. Eine alte Frau, mindestens sechzig. Anja lächelte grimmig unter ihrer Bettdecke. Sie wusste nicht, wie die Frau hieß, aber sie nannte sie in Gedanken *Letzte Hürde*. Frau Letzte Hürde kam herein, schaute sich um und verschwand wieder. Kein Schlüsselgeräusch.

Anja erhob sich mit klopfendem Herzen. Nicht eine Minute wollte sie länger warten. Sie wollte *frei* sein.

Ihre Finger zitterten, als sie die Knöpfe durch die Löcher schob, den Reißverschluss hochzog und ihre Schnürsenkel zuband. Die Schleifen gelangen ihr nicht. Sie stopfte die Bänder einfach in ihre Schuhe hinein.

Die Bettdecke bauschte sie hastig auf, sodass es auf den ersten Blick aussah, als würde jemand darunter liegen. Sie zog einen Zipfel ihres Nachthemdes hervor. Fertig. Und jetzt nichts wie weg!

Schritt für Schritt. Der endlose Weg zur Tür. Ihr Atem kam ihr zu laut vor, aber sie konnte ihn nicht anhalten.

Und dann ... passierte es doch. Aus den Augenwinkeln heraus bemerkte sie die Bewegung. Eine von ihnen erwachte. Anja blieb stehen. Ihr Herz hämmerte, klopfte bis in ihre Ohren hinein.

Das Mädchen richtete sich halb auf und blickte sie an. Das blasse Mondlicht fiel auf ein rundes Kindergesicht. Doreen. Einen Moment dachte Anja daran, sie mitzunehmen. Aber Doreen ließ sich langsam, wie in Zeitlupe, zurücksinken.

Anja nickte ihr zu, drückte die Türklinke so vorsichtig hinunter, als könnte sie in ihrer Hand explodieren.

Auf dem Korridor war es dunkel und totenstill. Sie schaltete kein Licht ein, natürlich nicht. Frau Letzte Hürde musste noch irgendwo in der Nähe sein. Klappte da nicht eine Tür? Anja lauschte. Was würden sie mit ihr anstellen, wenn sie sie erwischten? Nicht darüber nachdenken. Nicht jetzt. Sie tappte vorwärts und fühlte sich wie ein Mensch, der versehentlich auf dem Mars gelandet ist. Ein bisschen schwerelos und ziemlich verwirrt.

Geh einfach weiter. Sieh dich nicht um. Du kennst den Weg. In ihrem Kopf sprach jemand so zu ihr. Bloß wer? Ihre Mutter? Oder sie selbst? Sie wusste es nicht. Die Dielen unter ihren Füßen knarrten leise. Sonst war nichts zu hören.

Sie lief die Treppe auf Zehenspitzen hinunter, drückte eine Klinke, aber die Tür war verschlossen. Durch das Küchenfenster konnte sie also nicht türmen. Wenigstens trug sie in einem kleinen Beutel etwas zu essen bei sich. Drei Stullen mit Teewurst, zwei Äpfel, ein paar Kekse. Anja hatte die Kekse, die ihr die Frau in der Küche gelegentlich zugesteckt hatte, gesammelt, statt sie gleich zu essen. Jetzt musste sie nur noch den Weg hinaus finden. Sie tastete sich mit den Fingerspitzen an der Wand entlang, lief von Tür zu Tür. Aus irgendeinem Grund dachte sie dabei an den blauen glitzernden Wunschstein, den sie Steffi geschenkt hatte. So ein Zauberstein in dieser Ritterburg des Grauens wäre jetzt nicht verkehrt. Da endlich! Die Tür zum Speisesaal war nicht abgeschlossen. Sie schob sich in den Raum und lauschte. Es war still. Niemand da. Sogar im Dunkeln sah sie, dass die Stühle ordentlich an den Tischen standen. Es kam ihr merkwürdig vor, durch den menschenleeren Saal zu schleichen. Das ist bestimmt verboten, dachte sie und grinste nervös. Plötzlich hörte sie Schritte, die den Flur entlang näher kamen. Sie starrte die Tür an und tastete nach dem Fenstergriff. Sie drehte ihn mit zitternden Fingern, aber das Fenster ließ sich nicht öffnen. Verdammt! Die Schritte wurden lauter. Anja zog mit aller Kraft. Das Fenster bewegte sich, es klemmte nur! Dann gab es nach, mit einem ächzenden Ton. Ein kalter Wind schlug ihr entgegen. Der Mond schien. Sein Licht kam ihr fast zu hell vor. Sie kletterte hektisch über die Brüstung, landete mit den Händen voran auf der Erde, sprang auf die Füße und rannte.

Anja hatte die Turnschuhe für ihren Ausbruch gewählt, damit niemand ihre Schritte hören konnte. Natürlich war es kalt, sie sah ihren Atem wie eine Wolke vor ihrem Mund schweben. Aber sie spürte die Kälte nicht. Sie wollte nichts als rennen, weiter und weiter. *Ihnen entkommen.* Sie lief am Rand der Straße entlang. Durch den Wald traute sie sich nicht. Die Gefahr sich zu verirren war zu groß. An einigen Stellen war das Kopfsteinpflaster glatt. Einmal rutschte sie zur Seite, Eis knackte unter ihr und sie stützte sich an einem Baum ab. Sie musste aufpassen. Sie durfte nicht fallen. Wenn sie sich den Fuß verstauchte oder Schlimmeres, konnte sie ihre Flucht vergessen. Wenigstens lag kein Schnee mehr. Sie lief den Hang abwärts und kam gut voran. Nur der Mond beleuchtete ihren Weg. Laternen gab es hier nicht.

Immer weiter. Einfach immer weiter ... Anja keuchte. Trotz der Turnschuhe erschienen ihr ihre Schritte zu laut.

Wann würden sie ihr Fehlen bemerken? Wenn sie Pech hatte, entdeckte Frau Letzte Hürde das offene Fenster im Speisesaal. Aber die Nachtwache war eine alte Frau, die sich nur um das Nötigste kümmerte. Vielleicht würde sie das Fenster einfach schließen und sich nichts dabei denken. Wenn Anja Glück hatte, wurde ihre Abwesenheit erst beim Antreten zum Frühstück bemerkt. Und ... bis dahin ... würde sie ... weit ... weit ... weg ... sein ... Ihr Atem ging jetzt stoßweise.

In ihrer Lunge fühlte sie Stiche. Sie brauchte eine Pause. Aber sie rannte weiter.

Als sie das Haus mit den Gartenzwergen erreichte, wechselte sie die Straßenseite und tauchte ins Dunkel des Waldrandes. Die Zwerge starrten stumm zu ihr hinüber. Anja wurde plötzlich unsicher. Sollte sie wirklich ins Dorf rennen? Würde sie da nicht sofort auffallen? Aber wo sollte sie sonst hin? Sie musste doch auf die Straße und ein Auto anhalten. Ein ganz normales Auto mit einem ganz normalen Menschen, der sie zurückbrachte in ein ganz normales Leben …

Das Dorf wirkte wie ausgestorben. Hinter keinem der Fenster brannte Licht. Straßenlaternen glimmten müde vor sich hin. Anja drückte sich an den Hauswänden entlang, von denen der Putz bröckelte, duckte sich unter den Fenstern. Sie verhielt sich nicht gerade unauffällig. Als sie sich fragte, ob es einen Polizisten in diesem Nest gab, einen Dorfsheriff, bellte plötzlich direkt neben ihr ein Hund. Das Geräusch zerriss die Stille der Nacht und Anja sprang erschrocken zur Seite. Unter dem Bretterzaun sah sie eine Schäferhundschnauze. Lange, spitze, erstaunlich weiße Zähne.

Würde jetzt jemand aus dem Fenster spähen? Anja ging schneller, getrieben von dem Gebell, und hielt nach einem Auto Ausschau. Vergeblich. Wie sollte sie auf einer leeren Straße trampen? Sie lief einfach immer weiter. Sie kam an dem Dorfkonsum vorbei, und als ihr der Geruch von frischen Brötchen in die Nase stieg, ging sie um das Haus herum zum Hintereingang. Zögernd stieg sie ein paar Stufen hinauf und fand auf dem Treppenabsatz eine Blechkiste mit der Ware, die noch warm war. Sie griff sich zwei Brötchen und beeilte sich, dass sie weiterkam.

Jetzt hatte sie also geklaut, aber ein schlechtes Gewissen spürte sie deshalb nicht. Eher im Gegenteil, das Diebesgut wärmte ihre kalten Hände – nicht lange allerdings, so eine Flucht machte hungrig.

Anja wanderte die Landstraße entlang bis zum Ortsausgang. Dann sah sie sich ratlos um. Ihr Blick fiel auf die letzte Laterne. Die Straße verlor sich in der Dunkelheit. Selbst wenn ein Wagen dort entlangfuhr, würde der Fahrer nicht anhalten, schon allein deshalb, weil er sie nicht rechtzeitig sehen konnte. Das nächste Dorf war sechzehn Kilometer entfernt, wie ihr ein Schild verriet. Unschlüssig blieb Anja stehen und wartete auf ein bisschen Glück.

20

Die Straße schimmerte orangerot im Licht der Laterne. Die Kälte zog durch Anjas Stoffturnschuhe und kletterte ihre Beine hinauf. Sie hielt den rechten Arm ausgestreckt und schob einen Fuß auf die Fahrbahn. Zwei Autos waren bereits an ihr vorbeigezogen. Wieder näherten sich Scheinwerfer, aber als sie einen klapprigen Lieferwagen erkannte, mit Schrott auf der Ladefläche, ließ sie den Arm sinken. Das Gefährt sah aus, als hätte es jemand zusammengebastelt. Der Fahrer kurbelte das Fenster hinunter und rief ihr etwas zu, aber sie verstand ihn nicht. Der Mann war dick und unrasiert. Anja winkte ab und schüttelte den Kopf. Nur nicht leichtsinnig werden, dachte sie und versuchte zu ignorieren, dass sie vor Kälte zitterte. Es wurde Zeit, dass sie endlich hier wegkam.

»Was ist denn nun, Mädel!?«, brüllte der Mann. »Kannst dich nicht entscheiden?« Seine Stimme klang rau und freundlich. Aber gerade das machte sie irgendwie noch misstrauischer. Worauf wartete sie eigentlich?

Der Lieferwagen fuhr davon. Die Straße sah plötzlich dunkel und trostlos aus, wie ein schmutziger Kanal.

Zu allem Überfluss zogen Wolken auf. Dicke Schneewolken schoben sich vor den Mond. Es wird schneien, sicher wird es gleich anfangen zu schneien …

Anja winkte verzweifelt. Etwas rauschte an ihr vorbei. Bremsen quietschten. Sie rannte auf die offene Tür zu, fiel auf den Beifahrersitz. Gerettet.

»Nicht so stürmisch, junges Fräulein.« Sie sah in das nette Gesicht eines älteren Herrn und zeigte auf die Frontscheibe, auf die jetzt Schnee fiel. »Glück gehabt«, japste sie.

Die Lippen des Fahrers verzogen sich leicht. Anja versuchte das Lächeln zu ergründen. Sie beschloss, dass der alte Mann harmlos war.

Er brachte sie hier weg, das musste genügen.

»Wo soll's denn hingehen?«

»Erst mal einfach geradeaus und dann …« Sie nannte den Namen der nächstgelegenen Stadt. Von da aus würde sie schon weiterkommen.

Der Wagen fuhr mit einem Ruck an. Anja lachte, als würde sie das lustig finden. Und es war ja auch lustig: Er half ihr bei der Flucht – ob er nun wollte oder nicht. Sein Fahrstil kam ihr etwas merkwürdig vor. Er trat aufs Gas, raste, dann bremste er plötzlich ohne Grund. Nach einer Weile quittierte der Scheibenwischer auf seiner Seite den Dienst. Aber das schien ihn nicht zu beeindrucken. Er beugte sich nur ein bisschen weiter vor. Anja hielt ihn für mindestens siebzig, vielleicht auch achtzig. Sie konnte es schlecht einschätzen. Er kniff die Augen zusammen, um das, was vor ihm lag, zu erkennen. Anja lächelte darüber. Das war doch witzig, oder?

»Ich hoffe, Sie sind kein Flittchen«, sagte er unvermittelt.

Anja hatte ja schon beschlossen, ihn für einen Mann mit Humor zu halten, also lachte sie und sagte: »Da hätte meine Mama was dagegen.«

»Und Ihr Vater hoffentlich auch«, erwiderte er streng.

»Mein Vater ist tot«, sagte sie.

»Oh«, sagte der Mann. Er fuhr weiter geradeaus, aber sie war sich nicht sicher, ob sie sich noch auf der Straße befanden. Der Wagen jedenfalls holperte, als wären sie auf einem Feldweg gelandet. Die Wolken schienen heruntergesackt zu sein; mit ihren schneeflockenschwangeren Bäuchen hingen sie direkt über ihnen.

Anja versuchte sich zu entkrampfen, aber das Wort *Flittchen* schwirrte in ihrem Kopf herum. Was genau war ein Flittchen? Ein leichtes Mädchen, hatte sie einmal gehört. Leicht wie ein Engel?

»Nichts für ungut«, sagte der Mann. »Oberhalb unseres Dorfes gibt es eine Besserungsanstalt, müssen Sie wissen. Eine Besserungsanstalt für Flittchen, Kleinkriminelle und anderes asoziales Gesindel. Sie sind doch nicht etwa dort ausgerissen, oder?«

Anja blieb die Luft weg. Trotzdem gelang es ihr, den Kopf zu schütteln.

»Flittchen aus der Burg nehme ich grundsätzlich nicht mit«, erklärte der nette alte Herr. »Flittchen schmeiße ich aus dem Wagen. Ich packe sie an ihren langen fettigen Haaren und schmeiße sie aus dem Wagen.« Er grinste, als hätte er nur einen derben Scherz gemacht.

Anja sah ihn an: Unter seinen wässrig blauen Augen lagen tiefe Ringe und er lächelte sein dünnes Lächeln.

»Sie fahren ein schönes Auto«, wechselte sie hölzern das Thema.

Der Mann schwieg. Sie fuhren weiter durch das Schneetreiben.

Er ist ein bisschen verrückt, dachte Anja. Lass ihn erzählen, höre nicht hin.

Der Wagen bumste zurück auf die Straße.

»Wenn du kein Flittchen von dieser Burg da oben bist, was machst du dann so allein hier draußen?«

Der Fahrer des Lieferwagens wird sich an mich erinnern, dachte Anja. Er wird das Foto von mir in der Zeitung sehen, während er mit seiner Frau und seinen Kindern frühstückt. Er wird sich nachdenklich die Marmelade vom Kinn wischen und sagen: »Unbekannte weibliche Leiche, sieh mal einer an. Schade um sie. Wäre sie besser mit mir gefahren.« Vielleicht wäre er auch ein bisschen schadenfroh.

»Ich will meine Großmutter besuchen«, sagte Anja mit Rotkäppchenstimme. »Sie wartet schon und freut sich, dass ich komme.«

»Wann ist denn dein Vater gestorben?«, fragte der Alte.

»Ach, das ist schon lange her«, antwortete Anja. »Er starb kurz vor meiner Geburt. Bei einem Unfall.«

»Mädchen, die ohne Vater aufwachsen, werden Flittchen«, sagte der Alte.

»Nicht alle«, wagte Anja zu entgegnen.

Der Wagen raste. Wenn der Greis sie nicht erdolchte, dann nur, weil sie vorher an einem Baum landeten.

»Ich würde jetzt gerne aussteigen«, sagte Anja.

Der Alte reagierte nicht. Er fuhr weiter.

Schöne Scheiße, dachte Anja. Etwas nahm ihr die Sicht. Sie brauchte einen Moment, um zu begreifen, dass es ihre Tränen waren. Na schön, dann heulte sie eben. Sie heulte wie eine Siebenjährige.

Den Mann schien das nicht zu stören.

Das Weinen befreite allmählich ihren Kopf. Die Angst floss aus ihr heraus.

Irgendwann wird er anhalten müssen, dachte sie ruhig. Bereite dich darauf vor.

Während sie ihn beobachtete, löste sie vorsichtig ihren Gurt. Er schien es nicht zu bemerken. Mit seinem weißen Haar und seinen blassblauen Augen sah er immer noch wie ein Gentleman aus.

»Was ist das denn da?!«, schrie er unvermittelt.

»Eine Schranke!«, brüllte Anja erschrocken zurück.

Der Wagen stoppte abrupt. Anja knallte mit dem Kopf gegen die Scheibe. Im Zurückfallen riss sie die Tür auf, stürzte hinaus, verlor das Gleichgewicht, rappelte sich auf. Und machte, dass sie davonkam.

21

Wo eine Schranke ist, wird wohl auch ein Bahnhof in der Nähe sein, überlegte Anja. An den alten Mann wollte sie nicht länger denken. Immerhin hatte er sie ein Stück mitgenommen. Würde er zur Polizei gehen? Vielleicht. Vielleicht auch nicht. Sie musste schleunigst hier weg – so oder so.

Sie fühlte ein Pochen in der Stirn, aber sie beachtete den Schmerz nicht weiter. Sie würde eine Beule bekommen, na und?

Es schneite immer noch. Ein nasser Schnee, der sich sofort in Wasser verwandelte, wenn er in ihrem Gesicht landete. Sie lief einen Trampelpfad an den Gleisen entlang. Wenn eine Bahn kam, verbarg sie sich hinter einem Busch.

Nach einer Dreiviertelstunde erreichte sie tatsächlich einen kleinen Bahnhof. Zwei Stunden später fuhr ein Zug nach Erfurt. Von dort aus war es nicht mehr weit bis zu ihrer Verwandtschaft. Mit ein bisschen Glück würde sie zum Kaffee vor der Tür ihrer Tante und ihres Onkels stehen. Und Glück bedeutete: Sie durfte sich nicht vom Schaffner erwischen lassen. Aber wie sollte sie das anstellen?

Im Jugendwerkhof hatte sie etwas Taschengeld erhalten und sich von den Mädchen, die Ausgang hatten, Süßigkeiten aus dem Dorfkonsum mitbringen lassen. Die paar Mark, die übrig waren, reichten nicht für die Fahrkarte.

Anja bestieg den Zug, lief durch die Waggons und spähte in die Abteile hinein. Sie brauchte dringend ein Versteck. Im dritten Wagen stieß sie auf eine Schulklasse. Anja wollte schon weitergehen, als ihr auffiel, wie ungewöhnlich still die Schüler waren. Zwei Jungen, die im Gang standen, verständigten sich mit den Fingern. Der eine öffnete zwar den Mund, sagte aber nichts. Das ist Gebärdensprache, dachte Anja. Die Jungen mussten etwa in ihrem Alter sein. Sie musterten Anja, lächelten und zeigten auf einen leeren Platz in ihrem Abteil.

Sie lächelte zurück. Dann nickte sie. Ein taubstummes Mädchen, das mit ihrer Klasse unterwegs war, würde der Schaffner bestimmt nicht aus dem Zug werfen.

Die beiden Jungen folgten ihr und deuteten immer wieder auf den leeren Platz. Anja setzte sich. Sie streifte ihre durchweichten Turnschuhe von den Füßen und schob sie unter die Heizung.

Anja schaute aus dem Fenster. Sie fuhren an Häusern vorbei, einem Wald, einem Feld. In der Ferne sah sie Berge und sogar eine Burg. Aber es war nicht *ihre* Burg. Der Himmel war grau, und sie lächelte den Wolken zu. Zum ersten Mal seit langer Zeit fühlte sie sich leicht, erleichtert, frei wie ein Vogel. Sie durfte sich nur nicht wieder einfangen lassen. Sie schloss die Augen. Unterhalten konnte sie sich mit den Jungs ja doch nicht. Das gleichmäßige Rattern des Zuges ließ sie schläfrig werden. Sie spürte ihre Erschöpfung wie ein Gewicht, das auf ihr lag.

Als sie erwachte, spürte sie eine Hand auf ihrem Knie. Irritiert blickte sie auf.

Der Junge, der ihr gegenübersaß, reichte ihr ein Stück Papier.

»*Ich heiße Michael*«, las sie. »*Und du?*«

Sie schaute fragend in sein schmales Gesicht und er bedeutete ihr, es aufzuschreiben. Gehorsam nahm sie den Stift, den er ihr gab, zögerte kurz, schrieb *Annika*, ohne zu wissen, warum sie log, und reichte den Zettel zurück. Seit sie als kleines Kind *Pippi Langstrumpf* im Fernsehen gesehen hatte, mochte sie den Namen.

Der Junge machte dem anderen Zeichen mit den Händen; seine Lippen verformten sich beinahe lautlos, nur ein leises Zischeln war zu hören.

Sechzehn waren die beiden und gehörlos, teilten sie ihr schriftlich mit.

Die Abteiltür wurde aufgerissen und das Licht angeschaltet. Plötzlich stand ein Mann in Uniform vor Anja und schaute streng auf sie herab. Sie erwiderte den Blick und lächelte unschuldig.

»Alles in Ordnung?«, fragte er betont deutlich.

Anja nickte und versuchte ruhig zu bleiben. Der Mann war kein Polizist, er war nicht hier, um sie zu verhaften. Als ihr einfiel, dass sie ja taubstumm war, gestikulierte sie eifrig mit den Fingern. Es sah irgendwie so aus, als wollte sie auf die Schnelle einen Schal aus Luft häkeln. Sie biss sich auf die Unterlippe, um kein Wort entkommen zu lassen.

Der Schaffner musterte sie misstrauisch und deutete auf ihre Schuhe. »Zieh die mal an, Mädel. Wir sind gleich in Erfurt. Eure Klasse muss jetzt aussteigen.«

Als der Schaffner die Tür schloss, fingen die Jungen an zu kichern und ahmten ihre Häkelbewegungen nach. Natürlich fragten sie mit Gesten nach dem Grund für ihre Lüge. Aber Anja zuckte mit den Achseln und tat so, als würde sie nichts verstehen. Widerwillig schlüpfte sie in ihre Schuhe. Sie waren noch nass.

Eine halbe Stunde später stieg Anja in einen Bus und bezahlte beim Fahrer. Sie suchte sich einen Platz in den hinteren Reihen. Der Sitz neben ihr war frei und sie hoffte, dass er es auch blieb. Sie wollte mit niemandem reden, der sich später eventuell an sie erinnern konnte. Wahrscheinlich hatte der Direktor des Werkhofs die Fahndung nach ihr längst veranlasst. Was das genau bedeutete, wusste sie nicht. Die Polizei würde nach ihr suchen, so viel stand wohl fest. Aber wann? Und wo überall? Und wozu eigentlich? Sie gehörte nicht in diesen Werkhof. Sie gehörte in ihr altes Leben zurück.

War es klug ausgerechnet zu ihrer Verwandtschaft zu fliehen? Aber wo sollte sie sonst hin? Außerdem hoffte sie, etwas über ihre Mutter zu erfahren. Sie dachte an ihren Cousin und ihre Cousine. Das Mädchen hieß Sylvi, war noch klein und ging in den Kindergarten; der Junge, Kilian, war ein bisschen älter als sie und musste jetzt fünfzehn sein. Sie versuchte sich sein Gesicht in Erinnerung zu rufen. Es war ein verträumtes, abwesendes Gesicht. Manchmal saß er einfach mit geschlossenen Augen da. Aber er schlief nicht. Er träumte nur. Sie fragte sich, ob er in der Schule auch so war und deswegen von den anderen Jungen gehänselt wurde. In ihrer Klasse hätte er womöglich Probleme bekommen. Aber in dem Nest, in dem er mit seiner Familie lebte, tickten die Uhren vielleicht anders. Sie mochte ihn. Wenn die Erwachsenen abends zusammensaßen und Wein tranken, erzählte er ihr im Dunkel seines Zimmers Gruselgeschichten. Aber das war im Sommer vor zweieinhalb Jahren gewesen. Damals waren sie noch Kinder, richtige Kinder. Anja hoffte plötzlich, dass er sich nicht zu sehr verändert hatte.

Eine Zeit lang lief sie in einem schnellen Schritttempo am Straßenrand entlang, aber ein paar Kilometer vor ihrem Ziel bog sie in den Wald ein. Vielleicht stand ja die Polizei schon vor der Tür? Sie wollte lieber vorsichtig sein. Außerdem wäre es ihr am liebsten, wenn niemand ihre Ankunft bemerkte. In einem Dorf wurde sicher jeder Besucher neugierig beäugt.

Die Waldwege waren vollkommen menschenleer. Hier lag noch etwas Schnee und sie entdeckte ein paar Tierspuren. Zum Glück gab es an jeder Weggabelung Hinweisschilder, sonst hätte sie sich mit Sicherheit verlaufen. Sie musste aufpassen, dass sie auf dem halb gefrorenen, glitschigen Laub nicht ausrutschte. Ihre Schuhe waren jetzt so klitschnass, dass sie befürchtete, sie würden ihr jeden Augenblick von den Füßen fallen. Ihre Zehen fühlten sich wie Eisklumpen an.

Sie kam zügig voran und versuchte sich zu freuen: auf die bekannten Gesichter ihrer Tante und ihres Onkels, auf ihre neugierige kleine Cousine und ihren stillen Cousin und auf eine Tasse heißen Tee. Aber je näher sie dem Haus mit den vier Menschen kam, in die sie jetzt ihre ganze Hoffnung setzte, desto nervöser wurde sie. Und wenn gerade niemand zu Hause war? Oder wenn Sylvi die Tür öffnete und sie nicht wiedererkannte? Vielleicht waren sie ja auch umgezogen oder das Haus war abgebrannt?

Anja schüttelte über sich selbst den Kopf und gab sich Mühe an etwas Schönes zu denken. Sie stellte sich vor, wie sie mit Sylvi einen Schneemann baute: schwarze Kohleaugen, eine krumme Mohrrübennase, ein Grinsemund aus kleinen Steinen ... Aber die Angst schmiss den dicken Schneemann einfach um, warf mit Kohlestücken, der Möhre und den Steinchen nach ihr.

Vielleicht hätte sie woandershin gehen sollen? Dahin, wo sie keiner kannte, wo sie niemandem zur Last fiel. Aber wohin?

Mit jedem Atemzug spürte sie die Kälte tiefer in ihre Brust eindringen.

Schließlich stand sie zitternd vor einer verschlossenen Tür. Das Haus gab es noch. Der Name auf dem Schild war der richtige. Trotzdem hatte sie plötzlich den Wunsch umzudrehen und davonzulaufen.

Sie gab sich einen Ruck und klingelte.

22

Es war ihr Cousin Kilian, der öffnete.

Er sah sie groß an, sagte aber nichts, sondern nahm sie an die Hand und zog sie in den Flur hinein.

Im nächsten Moment fühlte sie seine Arme, die sie umschlangen. Darauf war sie nicht gefasst. Das hatte er noch nie getan.

Sie brach in Tränen aus.

Sie schwankte leicht, spürte mit einem Schlag die Erschöpfung. Aber er hielt sie fest.

Eine Zeit lang standen sie einfach so da. Hinterher hätte sie nicht sagen können, ob es nur ein paar Sekunden oder einige Minuten waren oder länger.

Er weiß also Bescheid, dachte sie verwirrt. Aber woher?

»Mensch, Anja! Es ist gut, dass du da bist!« Kilian löste sich sanft von ihr und führte sie wie eine Kranke vorwärts, nahm ihr die durchweichte Jacke ab und band ihr die tropfenden Schnürsenkel auf. Sogar die nassen Strümpfe zog er von ihren Füßen und warf sie auf ihre Schuhe. »Meine Eltern werden auch bald ... Ich hab sie sofort angerufen, als ... Aber komm doch erst mal ... Ich hab gehofft, dass du ... Du bist ja völlig durchgefro... Willst du ein heißes Bad?« Er schien genauso konfus zu sein wie sie.

Sie schlüpfte in die gefütterten Hausschuhe, die er ihr hinstellte. »Ein Tee? Ein heißer Tee wäre schön.«

Kilian nickte. Er brachte sie ins Wohnzimmer und schob sie auf das Sofa.

»Mach's dir gemütlich, bin sofort wieder ...«

Anja sah sich um. Die altmodischen Möbel waren die gleichen wie bei ihrem letzten Besuch. An der Wand hingen Bilder mit Berglandschaften und röhrenden Hirschen, die sie früher kitschig gefunden hatte. Im Moment war sie glücklich sie zu sehen.

In ihren Zehen begann es zu kribbeln. Langsam kehrte das Leben in sie zurück.

Der Tee schwappte über die Tasse, die Kilian ihr brachte. Seine Hände flatterten.

Beinahe wollte sie ihn fragen, was mit ihm los war. Dann fiel ihr der Grund wieder ein.

»Hör zu, Anja, ich kann mir denken, dass du jetzt keine schlechten Nachrichten hören willst, aber ... *Sie suchen dich.*«

Sie nickte.

»Jemand von der Jugendhilfe, oder wie das heißt, hat vorhin angerufen und gefragt, ob du hier bist.«

»Ach ja«, sagte Anja langsam. »Ihr habt ja Telefon.« Sie war gar nicht auf den Gedanken gekommen in eine Telefonzelle zu gehen und anzurufen, denn die wenigsten Leute, die sie kannte, besaßen einen Anschluss.

Kilian blickte sie verwirrt an. »Ja, wenn meine Mutter Bereitschaft hat, muss sie erreichbar sein. Sie wird manchmal mitten in der Nacht aus dem Bett geklingelt, wegen irgendwelcher Medikamente ... Aber trink mal deinen Tee. Mach dir keine Sorgen, ja?«

Anja nickte. Das Wort *Mutter* flatterte in ihrem Kopf herum. »Sie ist im Knast, oder, meine Mutter, meine ich.« Es war keine Frage. Sie hörte selbst, dass es keine Frage war.

Kilian sah sie eine Weile stumm an. Dann senkte er den Blick. »Sie sitzt in U-Haft, Anja«, sagte er leise. »In Untersuchungshaft der Staatssicherheit.« Er machte eine unbeholfene Geste. »Vielleicht wird sie ja bald entlassen.«

»Sie hat nichts verbrochen«, sagte Anja.

»Ich weiß. Sie wollte nur weg, oder? Tausende wollen weg. Mein Vater versucht ihr einen Anwalt zu besorgen. Er kümmert sich um seine Schwester, mach dir keine ... Rauchst du eigentlich?« Kilian fummelte eine halb zerdrückte Schachtel F6 aus seiner Hosentasche.

»Hilft das?« Anja kicherte komisch und nahm sich eine Zigarette.

Kilian gab ihr mit einem Streichholz Feuer und sie bemerkte, dass seine Hand noch immer zitterte.

»So sieht man sich wieder«, sagte sie lakonisch und saugte den Rauch in ihren Mund. Sie pustete ihn gleich wieder aus, weil sie nicht wusste, wohin damit.

Plötzlich sprang die Tür auf. Anja zuckte zusammen. Dann sah sie ein Mädchen mit Zöpfen vor sich. »Ihr dürft hier nicht rauchen«, sagte Sylvi.

»Halt die Klappe«, entgegnete Kilian.

»Du darfst *überhaupt nicht* rauchen«, fauchte das Mädchen empört.

»Sylvi ... bist aber groß geworden«, stellte Anja fest und ärgerte sich, dass sie so etwas Peinliches zu ihrer Cousine sagte.

Sylvi zuckte mit den Schultern. »Ich bin so groß, wie ich bin. Wo ist Tante Karin? Habt ihr mir was mitgebracht? Bleibst du jetzt länger? Spielst du mit mir? Möchtest du, dass ich ein Bild für dich male?«

»Ich spiele ... nachher mit dir«, antwortete Anja. Ihr schwirrte der Kopf von dem Geplapper. »Aber ... ein Bild wäre schön.«

»Lass Anja mal in Ruhe. Sie muss sich ausruhen.« Kilian stupste seine Schwester in den Bauch. »*Nachher* spielen wir mit dir.«

»Verstecken«, sagte Anja und lachte bitter.

Kilian warf ihr einen besorgten Blick zu.

»Ja, Verstecken, jippiee!« Sylvi rannte aus dem Zimmer.

»Tut mir leid, sie ist manchmal eine kleine Nervensäge ...«

»Ich bin so froh, dass ich hier bin«, sagte Anja.

»Ich auch«, sagte Kilian schnell. »Also, ich meine, dass du hergekommen bist.«

Sie nickte ihm zu und versuchte darauf zu achten, was er mit seiner Zigarette anstellte. Er hielt sie lässig zwischen Daumen und Zeigefinger, steckte sie zwischen die Lippen und inhalierte mit einem geräuschvollen Atemzug. Der Rauch kam erst nach einer Weile wieder aus ihm heraus.

»Das ist richtig schön schädlich, oder?« Sie grinste.

»Was?«

»Das Rauchen.«

»Ach so. Klar. Ziemlich schädlich. Das ist doch nicht etwa deine Erste?«

Sie schüttelte schnell den Kopf. Dann nickte sie.

Er lachte.

Einen Moment stellte sie sich vor, dass er ein x-beliebiger Junge war, den sie auf einer Party getroffen hatte und der ihr zeigte, wie man richtig rauchte. Aber das Gefühl der Erleichterung wollte sich nicht einstellen. Sie konnte nicht vergessen, warum sie hier saß.

Die Zigarette kratzte im Hals und schmeckte eklig. Ihr wurde ein bisschen schwindlig davon. Sie drückte sie in den gläsernen Aschenbecher.

»Möchtest du was essen?«, fragte Kilian. »Ich könnte Spaghetti ...«

Ein Schlüssel drehte sich im Schloss. Anja fuhr zusammen bei diesem Geräusch.

Ihr fiel ein Stein vom Herzen, als sie durch den Türspalt ihren Onkel und ihre Tante erkannte. Wen hatte sie erwartet? Kilian sprang auf und lief seinen Eltern entgegen. Anja erhob sich unschlüssig, wartete und legte sich Worte zurecht. »Schön, euch zu sehen ...« Wie sollte sie erklären, weshalb sie hier war? Sie fühlte sich fremd. Wie ein Eindringling. Sie war auf der Flucht. Sie wurde gesucht. Sie musste sich verstecken. *Aber wieso?*

»Wir helfen dir, dass alles wieder in Ordnung kommt«, sagte ihr Onkel Olaf eine Stunde später. Sie saßen an einem klobigen Holztisch auf klobigen Holzstühlen in einer riesigen Wohnküche und aßen Spaghetti mit irgendeiner Soße. Anja kaute mechanisch und schmeckte nichts. Sie starrte ihren Onkel an, wartete darauf, dass er erklärte, wie er das meinte. Aber er sagte nur: »Du musst Geduld haben. Wir kümmern uns, doch das braucht seine Zeit. Wir müssen uns an die Regeln halten, wenn wir etwas erreichen wollen. Das verstehst du doch, nicht wahr?«

Anja schwieg. Welche Regeln? Wovon redete er?

Er gab sich Mühe mit ihr, das spürte sie, aber er kam ihr fremd vor. Zum ersten Mal fiel ihr auf, dass er ihrer Mutter überhaupt nicht ähnlich sah. Er hatte eine stämmige, untersetzte Figur; eine Igelfrisur, die seinem Gesicht etwas Strenges verlieh. Seine Augen, über denen sich dunkle buschige Brauen wölbten, hatten die gleiche Farbe wie die ihrer Mutter, aber es lag ein anderer Ausdruck in ihnen. Irgendetwas fehlte ... Sie wandte den Blick ab.

»Es bleibt uns nichts anderes übrig, als offizielle Wege zu beschreiten. Alles andere bringt nur Probleme mit sich«, hörte sie ihn sagen. Es klang vernünftig, aber sie brachte es nicht fertig zu nicken. Irgendein offizieller Weg hatte sie direkt in die Sackgasse geführt.

»Nun lass sie doch in Ruhe essen!« Tante Simone lächelte ihr zu und strich ihr über die Wange. Anja roch den Seifenduft ihrer Hand. Alles an ihr glänzte und duftete. Ihre Tante wirkte hager wie eine hungrige Maus, aber ihre Wangen glänzten perlmuttfarben. Sogar ihr kurzes schwarzes Haar schimmerte. »Und nachher nimmst du ein schönes warmes Bad mit extra viel Schaum, ja? Du wirst sehen, wie gut dir das tut. Heute Nacht kannst du erst mal in Sylvis Zimmer schlafen. Morgen sehen wir dann weiter.«

Von ihrer Mutter sprachen sie nicht.

Anja blickte unsicher zu Kilian hinüber. Er saß mit gesenkten Lidern vor seinem halb gefüllten Teller und stocherte mit der Gabel in den Spaghetti herum. Sie wusste nicht, ob er nachdachte oder nur vor sich hin döste. Nach einer Weile hob er den Kopf und ihre Blicke trafen sich.

Wer bist du, Kilian? Hilfst du mir?

Sie schickte ihm ein vorsichtiges Lächeln.

23

Anja lebte nun schon eine Woche bei ihrer Tante und ihrem Onkel.

Sie durfte nicht einen Schritt aus dem Haus hinaus; sie durfte nicht ans Telefon gehen. Auch am Fenster durfte sie sich nicht blicken lassen.

Am Tage, wenn niemand sonst da war, schaute sie Fernsehen, wusch das Geschirr ab, hörte Kilians Musikkassetten – er mochte Mozart, Elvis und Depeche Mode – und sie versuchte die Bücher zu lesen, die ihr Cousin ihr gab: Hermann Hesses *Steppenwolf*, Truman Capotes *Grasharfe* und ein ziemlich zerfleddertes Reclam-Taschenbuch, *Unterwegs* von Jack Kerouac. Aber sie konnte sich nicht richtig konzentrieren. Sie blätterte mal in dem einen, mal in dem anderen Buch. Doch die Schrift verrutschte und sie erinnerte sich nicht an das, was sie gerade gelesen hatte. Schließlich griff sie nach einem Stapel Zeitschriften: ein paar *Magazin*-Illustrierte vom letzten Jahr. Irgendjemand hatte den nackten Frauen BHs und Schlüpfer mit Kugelschreiber gemalt. Leicht vergilbte *Mosaik*-Hefte mit den Abenteuern der Digedags im Dschungel und in der Wüste. Die aktuelle Ausgabe vom Jugendmagazin *Neues Leben*, das man meist nur unter dem Ladentisch kaufen konnte.

Ihre Tante nahm sich einen Tag frei, führte sie durchs Haus, zeigte ihr jeden Winkel, sogar den Keller und eine kleine versteckte Kammer im Schlafzimmer, in der Federbetten aufbewahrt wurden. »Man kann ja nie wissen«, sagte sie. Anja fragte nicht nach, was sie damit meinte. Sie wollte einfach ihre Ruhe, sich eine Weile *ausruhen*, aber geduldig ließ sie sich vorführen, wie man strickte und häkelte. »Da hast du was zu tun.« Simone lächelte fröhlich, während sie hektisch die glänzenden Nadeln bewegte. »Siehst du? Ist gar nicht so schwer.«

Anja gab sich Mühe und häkelte ein Paar Topflappen, die sie selbst ziemlich scheußlich fand, aber ihre Tante lobte sie.

Eines frühen Abends rief eine Frau von der Jugendhilfe an und ihre Tante redete mit ihr und versicherte, dass Anja nicht bei ihnen sei und dass sie nichts von ihr gehört hätten. »Falls sie hier auftaucht, informieren wir Sie«, versprach Simone, ohne mit der Wimper zu zucken. »Ja, wir fahren sie dann zurück in den Werkhof. Das ist doch selbstverständlich.« Sie zwinkerte Anja zu, die zusammengekauert auf dem Sofa saß und an den Fingernägeln knabberte.

»Du bringst uns noch in Schwierigkeiten«, meinte Onkel Olaf. Er sagte das zu seiner Frau, aber er streifte Anja mit einem düsteren Blick. Anja verließ hastig das Wohnzimmer, aber sie hörte trotzdem, wie der Streit weiterging. Zuerst lief sie ins Bad, aber da blieb sie nicht lange; dann stand sie ratlos in der Küche – nicht zu dicht am Fenster – und schließlich erinnerte sie sich, dass Sylvi wieder mal Verstecken mit ihr spielen wollte.

»Weißt du eine Lösung?«, fragte Simone. »Wo soll sie denn hin?«

»Wir können sie nicht ewig hierbehalten«, sagte Olaf. »Sie wird von der Polizei gesucht.«

»Der Dieter ist doch in deiner Skatrunde, kannst du da nicht mal …?«

»Hab ich doch schon längst. Seine Frau lässt übrigens schöne Grüße bestellen, danke für den Rotkäppchen-Sekt, aber der Dieter ist ja nicht der Einzige …«

»Deine Schwester wollte, dass Anja zu uns kommt«, unterbrach ihn Simone, »solange sie … Solange sie sich nicht um das Mädchen kümmern kann.«

»Meine Schwester hat schon immer mit dem Feuer gespielt«, brummte er. »Schon als wir noch Kinder waren. Sie musste ständig allen widersprechen – den Lehrern, unseren Eltern, mir … Einfach allen. Bei den Klingelstreichen hat sie auf die Klingel gedrückt, ist weggerannt und ich bin ihr hinterhergelaufen. Und rat mal, wen sie erwischt haben.«

»Dich«, sagte Simone und lachte.

»Genau«, sagte Olaf.

»Aber jetzt hat es deine Schwester böse erwischt.«

»Es war nur eine Frage der Zeit, wann Karin sich mal so richtig die Finger verbrennt.«

»Vielleicht. Aber du musst bedenken, was sie durchmachen musste. Wenn ihr Mann damals nicht verunglückt wäre ... Sie hätten einfach eine glückliche Familie sein können.« Einen Moment war es still. »In ein paar Tagen ist Weihnachten«, hörte Anja ihre Tante schließlich sagen.

»Ja, und was ist dann?«, fragte Olaf. »Was ist danach?«

Die Antwort konnte sie nicht verstehen. Sylvi lief herum und rief: »Mäuschen, Mäuschen, piep einmal!«

Anja lag unter Sylvis Bett, mit dem Ohr auf dem Dielenboden, und lauschte auf die Stimmen der Erwachsenen, aber es war nichts mehr zu hören.

Was ist dann? Was ist danach?, echote es in ihr. Vielleicht gab es keine Antwort. Sie nagte an ihrem Daumennagel und wartete darauf, dass sie gefunden wurde.

Am Abend, nachdem Sylvi eingeschlafen war, rappelte sich Anja von ihrer Luftmatratze hoch und schlich sich in Kilians Zimmer. Leise klopfte sie an, wartete aber nicht auf ein »Herein«.

Er saß an seinem Schreibtisch, unter dem Lichtkegel der Lampe, und schrieb. »Machst du noch Hausaufgaben?«, fragte sie ihn.

Er schüttelte den Kopf und schlug das Heft, vor dem er saß, zu.

»Soll ich wieder gehen?«

»Nein, schon gut, setz dich.«

Auf dem einzigen Sessel stapelten sich Bücher. Anja warf sich auf sein Bett.

»Du schreibst doch nicht etwa Tagebuch?« Sie wollte es nicht wirklich wissen. Sie wollte nur reden mit ihm, das war alles.

Kilian antwortete nicht gleich. Wurde er etwa rot? Anja konnte es in dem diffusen Licht nicht genau erkennen. »Magst du Lyrik?«, fragte er zurück.

»Du meinst Gedichte? Also ... na ja ... Es fällt mir nicht schwer sie zu lernen.«

»Das mein ich nicht.« Seine Stimme klang leicht verärgert.

»Du schreibst also Gedichte«, stellte Anja fest. »Liest du mir eins vor?«

»Nein«, sagte er schroff.

»Ich störe dich.« Anja erhob sich. »Dich und deine Familie«, rutschte ihr heraus. Sie ging zur Tür, aber er war schneller als sie und versperrte ihr den Weg.

»Mensch, nun sei nicht gleich beleidigt. Ich zeige *niemandem*, was ich schreibe.« Kilian hielt die Tür zu und deutete auf sein Bett. »Setz dich!«

Anja blieb zögernd stehen. »Deine Eltern streiten sich wegen mir«, brach es aus ihr heraus. »Dein Vater will, dass ich verschwinde. Dass ich zurückgehe.«

Kilian schüttelte den Kopf. »Das ist doch nicht ... Nimm das nicht ... Anja, ich verspreche dir, dass ...« Er schlug sich mit der flachen Hand an die Stirn. »Ich weiß nicht. Ich kann dir gar nichts versprechen«, sagte er hilflos.

Etwas später saßen sie auf seinem Bett und hörten Mozart.

»Diese Musik ist wie Lyrik«, sagte Kilian. »Wenn du dich hineinbegibst, löst es etwas in dir. Du veränderst dich ... im Innern ...«

Anja nickte höflich. Sie wusste nicht, wovon er sprach und was sie dazu sagen sollte. Die Musik beruhigte sie ein bisschen, aber das war wohl nicht das, was er meinte.

»Ich weiß, das klingt jetzt pathetisch, aber ... Irgendein Dichter hat mal gesagt, Poesie kann dich retten, kann deine *Seele* retten.« Er lachte, als er ihren ratlosen Gesichtsausdruck sah. »Und Gedichte haben einen Vorteil«, ergänzte er. »Du kannst sie überallhin mitnehmen, egal wo du bist.«

»Wenn das Buch klein genug ist, meinst du?«

Er tippte sich an die Stirn und einen Moment dachte sie, er wollte ihr einen Vogel zeigen. »Du kannst sie in deinem Kopf mitnehmen«, sagte er. »Und in deinem ...« Er schlug sich auf die Brust.

»Ach so«, sagte Anja. »Das ist ... äh ... praktisch.«

»Ziemlich praktisch.«

Eine Weile schwiegen sie und hörten der Musik zu. Anja schloss die Augen und versuchte in die Melodie hineinzufinden. Aber sie kam nicht zurecht. In ihrem Innern befand sich ein Labyrinth, sie irrte umher und fand den Ausgang nicht.

»Nimm nicht so ernst, was mein Vater sagt.« Kilian seufzte. »Er ist ein korrekter Mensch. Er versucht sich an die Regeln zu halten, wie sie nun einmal sind. Er ist nicht umsonst Buchhalter geworden. Mit Situationen, die ihn aus dem Konzept bringen, kann er schlecht umgehen.«

»Deine Mutter ist anders.«

»Ja.« Er lächelte. »Sie ist eher an vernünftigen Lösungen interessiert. Sie wägt ab, was geht, was geht nicht ... In ihrer Apotheke rät sie den Leuten, die mit einer Grippe kommen, oft dazu, lieber Wadenwickel zu machen, statt das Fieber mit Tabletten zu stoppen. Wenn du verstehst, was ich meine.«

»Nicht ganz«, gab Anja zu und unterdrückte ein Gähnen.

»Na, Fieber ist auch nur der Ausdruck für irgendwas, was in dir drin passiert. Sie meint, es ist falsch, es einfach nur zu bekämpfen. Es ist besser, wenn du versuchst zu verstehen, was in dir passiert und wieso.«

Anja fragte sich, was er ihr damit sagen wollte. Sie spürte, dass ihre Lider schwer wurden. »Kannst du mir nicht eine Gruselgeschichte erzählen, so wie früher?«

Kilian grinste. »Ich weiß nicht, ob ich das noch kann«, meinte er verlegen. »Was für Gruselgestalten sollen denn vorkommen?«

Anja zuckte mit den Schultern. »Außerirdische«, schlug sie vor. »Das Raumschiff landet auf der Erde und einer von ihnen bleibt zurück.«

»Du meinst E. T.?«

Anja schwieg. Sie dachte an Tom. Wo mochte er jetzt sein? Wie erging es ihm gerade? »Nein«, sagte sie dann. »Nicht E. T. Keine Außerirdischen. Blöde Idee von mir. Erzähl lieber was anderes. Oder erzähl es mir morgen.« Sie erhob sich. »Ich glaub, ich muss jetzt mal schlafen.«

»Okay.«

Kilian brachte sie zur Tür.

»Danke«, sagte sie leise beim Hinausgehen.

24

Sylvi schenkte ihr eine Zeichnung mit Mutter, Vater, Kind – und Anja.

»Hübsch«, bedankte sie sich. »Aber wo ist Kilian auf deinem Bild?«

»Der sitzt in seinem Zimmer und grübelt über die Welt nach«, sagte Sylvi.

Anja lächelte. Es war Heiligabend und sie versuchte möglichst viel zu lächeln. Eine Schallplatte drehte sich auf dem Plattenspieler und ein Kinderchor trällerte »O du fröhliche«. Am Weihnachtsbaum blinkte die Lichterkette. Offenbar hatte sie einen Wackelkontakt. Zu Hause benutzten sie richtige Kerzen.

»Und das ist für dich«, sagte Anja. Sie schob Sylvi das Geschenk über den Tisch. Das mit Sternchen bedruckte Papier hatte sie lose darübergelegt.

»Oh, so riesig!« Sylvi riss die Verpackung mit einem Ruck herunter. »Eine Ritterburg! Toll!«

Diesmal lächelte Anja richtig. Sie hatte ein paar Stunden investiert, Kartons aneinandergeleimt und angemalt, Fähnchen gebastelt und sogar eine Zugbrücke, die man mit einer Kurbel aus Streichhölzern und einer Büroklammerkette hochziehen konnte. Die Ritter kamen aus einer verstaubten Kiste im Keller und standen jetzt geputzt und kampfbereit im Hof der Burg.

Sylvi ließ sofort zwei schwer bewaffnete Ritter gegeneinander antreten; zischend und ächzend wälzten sie sich zwischen den Türmen.

Anja war froh, dass Sylvi das gebastelte Geschenk freudestrahlend annahm. Schließlich hatte die Kleine auch noch einen Kaufmannsladen, einen Puppenwagen und eine Puppe mit Klimperaugen bekommen.

Nach Sylvi wurde Anja beschenkt. Eine Jeans, ein Pullover, Unterwäsche, ein dunkelblauer Mantel und Wildlederstiefel. Die Sachen waren hübsch, passten und wirkten ziemlich edel, als wären sie aus dem *Exquisit* oder dem *Intershop*. Anja bedankte sich. »Wunderschön, wunderschön«, brachte sie heraus. Das mit dem Lächeln wurde immer schwieriger, aber sie hielt durch. Es war ihr peinlich, als ihre Tante und ihr Onkel die gehäkelten Schals auspackten, die ihr noch schlimmer vorkamen als die Topflappen. Immerhin waren sie schön bunt.

»Mein Gott, Anja«, sagte Simone begeistert. »Du hast dir *solche* Mühe gegeben.«

Onkel Olaf wickelte seinen Schal um den Hals. Aber er war zu kurz, fast wie ein Kinderschal. Er fummelte an den Enden herum, versuchte die Wolle ein Stück in die Länge zu ziehen. Die Maschen wurden noch breiter, als sie ohnehin schon waren, und sahen jetzt wie riesige Löcher aus. »Donnerwetter«, sagte er matt. »Hätte ich dir gar nicht zugetraut.«

Anja lächelte ihm zu und fragte sich einen Moment, ob er das ironisch meinte. Aber Onkel Olaf war kein Typ für Ironie. Wahrscheinlich versuchte er nur nett zu sein und sich korrekt zu verhalten. Wie es dem Anlass entsprach.

»Für dich«, sagte sie und reichte Kilian hastig und verlegen ein kleines Päckchen. »Vielen Dank, Anja«, sagte er höflich und ihr fiel auf, dass er nicht so fröhlich tat wie die anderen. Er zog nur einen Mundwinkel leicht in die Höhe. Sie musste sich zurückhalten, um sich nicht zu entschuldigen für das Notizbuch, das sie ihm gebastelt hatte. Eine rote Kordel hielt die leeren Seiten zusammen und auf das Deckblatt hatte sie mit schwarzer Tinte das Wort *Lyrik* geschrieben. »Schön«, sagte er und gab ihr einen schmalen Band, der reichlich vergilbt aussah. »Ich hab es nicht so mit dem Einpacken«, murmelte er.

Anja schlug das Buch, das eher ein Heft war, auf und sah, dass es Verse enthielt. Sie sagte »Danke« und lächelte und versuchte ihre Enttäuschung zu verbergen. Eigentlich hätte sie eher auf einen Krimi gehofft oder auf einen dicken Abenteuerroman. »Gedichte.« Es klang ein bisschen zweifelnd, wie eine Frage.

»Von Rilke. Hab ich im Antiquariat bekommen. Die kannst du überallhin mitnehmen«, sagte Kilian.

Ein würziger Duft nach Gänsebraten zog jetzt durch das Zimmer und Anja sprang auf, um beim Tischdecken zu helfen.

Die Gans lag schon in der Küche, gebraten, groß und fett.

Simone schnitt sie mit einer Geflügelschere auf. Die Knochen knackten leise.

Zögernd stand Anja vor dem Weihnachtsbraten. »Ihr habt nichts gehört, oder?«, fragte sie schnell. »Von meiner Mutter, meine ich. Kein Brief ...?«

»Nein, Anja, nichts. Ich dachte ja auch, Weihnachten ... Aber ... Tut mir leid«, sagte Simone ebenso schnell. »Tut mir wirklich leid.«

Anja nickte und betrachtete die tote Gans. Man hat dir den Kopf abgeschlagen, dachte sie. Dir die Eingeweide herausgerissen. Dich mit Backpflaumen und Äpfeln vollgestopft. Hast du das so gewollt?

Sie lächelte ihre Tante an, während sie die Teller aus dem Schrank holte.

»Frohes Fest«, sagte Anja, als sie aus der Küche ging.

Später am Abend saßen sie im Wohnzimmer einträchtig zusammen und sahen *Die Weihnachtsgans Auguste* im DDR-Fernsehen. Sylvi hockte auf dem Sofa und rutschte immer dichter an Anja heran. »Wir haben sie aufgegessen«, flüsterte sie entsetzt, als würden sie einen Horrorstreifen gucken. »Wir haben die Auguste aufgegessen.«

Anja wollte den Kopf schütteln, stattdessen sagte sie: »Kann schon sein.«

Tante Simone warf ihr einen schockierten Blick zu und redete beruhigend auf ihre Tochter ein. Sylvi begann zu weinen. Zum Glück saß Onkel Olaf auf dem Klo und bekam von dem Drama im Wohnzimmer nichts mit.

25

Es passierte kurz nach den Weihnachtsfeiertagen.

Simone und Olaf waren einkaufen gefahren. Kilian hockte in seinem Zimmer und hörte Musik.

Anja hatte eine Weile mit Sylvi Vater, Mutter, Kind gespielt. Anja sollte der Vater sein und sie hatte sich extra einen Schnurrbart aus Buntpapier über die Lippe geklebt. Eine Weile war alles gut gegangen. Gemeinsam kochten sie; Anja rührte in einem Plastiktopf mit einem Löffel herum und Sylvi mit ihrer Puppe auf dem Schoß probierte die Suppe aus Luft mit kritischer Miene. »Fehlt Salz«, sagte sie. »Ich muss Salz einkaufen.«

»Ist gut«, sagte Anja und stellte sich hinter die Theke des Kaufmannsladens.

Aber Sylvi schüttelte den Kopf. »Kein Salz da«, sagte sie und deutete auf die Miniverpackungen in den bunten Regalen. »Ich geh mal eben ums Eck. Lissy braucht auch ein bisschen frische Luft.«

»Ich glaub nicht, dass das eine gute Idee ist«, sagte Anja.

»Doch, ist es aber«, meinte Sylvi. »Kannst ja mitkommen.«

»Bleib mal lieber hier. Wir können auch was anderes spielen, wenn du willst.«

»Später«, sagte Sylvi. »Ich muss erst Salz einkaufen.«

Anja seufzte. »Na schön, aber geh nicht so weit weg.«

Sylvi nickte und setzte ihre Puppe in den Wagen. An der Tür

gab sie Anja die Hand. »Auf Wiedersehen, meine Dame«, sagte Sylvi und machte einen Knicks.

»Geh nicht so weit weg«, sagte Anja. »Hörst du?«

Sylvi zeigte ihr den Daumen und verließ das Haus.

Anja sah ihr nach. Die Kleine ging bis zur Straße, schaute nach links und schaute nach rechts. Dann schob sie den Wagen über das Kopfsteinpflaster auf die andere Seite. Anja sah die Puppe auf und ab hoppeln und mit den Plastiklidern klimpern.

Mist, dachte Anja. Na, sie kommt bestimmt gleich zurück. Ums Eck ... Was bedeutete *ums Eck*? Sylvis Vater benutzte diese Worte, wenn er in die Kneipe zum Skatspielen wollte. Anja hoffte nur, dass Sylvi ihren Wagen nicht zum Sonnenhof schob und für ihre Puppe ein Bier bestellte.

Nach zehn Minuten wurde sie unruhig, nach fünfzehn Minuten lief sie vor dem Fenster auf und ab. Nach zwanzig Minuten rannte sie die Treppe hinauf und riss die Tür zu Kilians Zimmer auf.

»Kannst du nicht anklopfen?«, brüllte er. Kilian saß an seinem Schreibtisch, mit einem Stift in der Hand.

»'tschuldige«, stammelte Anja und schmiss die Tür wieder zu.

Im Flur schnappte sie sich den Mantel, den sie noch nie richtig getragen hatte, und schlüpfte in die nagelneuen Wildlederstiefel.

Draußen sog sie die Winterluft tief in sich ein. Dann rief sie nach Sylvi.

Keine Antwort. Sie schaute die Straße hinauf und hinab. Nichts. Kein Mensch zu sehen. Doch. Eine dicke Frau auf der gegenüberliegenden Seite watschelte zum Gartentor und zog eine Zeitung aus dem Briefkasten.

Anja lief zu ihr hinüber. »Haben Sie ein kleines Mädchen gesehen? Fünf Jahre alt, mit einem Puppenwagen, blond, Zöpfe?«

Die Frau musterte Anja skeptisch und fächelte sich mit der Zeitung Luft zu, obwohl es nicht im Geringsten warm war. »Meinst du die Sylvi?«

Anja nickte.

»Die ist vorhin da langmarschiert.« Die Frau zeigte nach links.

»Danke«, sagte Anja und lief los. Nach ein paar Metern gabelte sich die Straße.

Anja drehte sich panisch im Kreis und rief ein paarmal den Namen ihrer Cousine.

»Gibt's Probleme, Mädchen?«, fragte ein Mann. Er stand halb verdeckt hinter einem Auto und wischte mit einem Lappen auf der Scheibe herum.

»Sie ist weg«, sagte Anja verwirrt. »Die Sylvi. Können Sie mir …?« Sie lief auf den Mann zu. Aber dann sah sie seine Uniform. Und das Auto, das er putzte. Ja, klasse, ein *Streifenwagen*! Wie hatte sie das übersehen können? Abrupt drehte sie sich um und rannte davon.

Sie kam an Häusern vorbei, an einem Kindergarten – sie spähte über den Zaun, aber es war kein Kind da –, stoppte vor einem HO-Lebensmittelladen. Sie riss die Tür auf. »Gibt es hier Salz?« Eine Verkäuferin in einem leicht verschmutzten Kittel sortierte Milchflaschen in einen braunen Plastikkasten. »Haben Sie ein Mädchen mit einem Puppenwagen gesehen?«

»Ist schon wieder weg«, sagte die Verkäuferin, ohne sich umzudrehen.

»Wann?«, rief Anja.

»Was weiß ich. Vor fünf Minuten.« Die Frau wandte sich immer noch nicht um.

Anja stürmte aus dem Laden. Wenn sie nach Hause gegangen wäre, hätte ich sie treffen müssen, dachte sie und keuchte. Ihre neuen Schuhe mit den neuen Sohlen knallten auf den Bürgersteig. Sie kamen ihr zu schwer vor, viel zu schwer. Ihr fielen die Geschichten ein über Männer, die kleinen Mädchen auflauerten.

Sie rannte bis zur nächsten Straßenecke, als sie auf einmal ein Schluchzen hörte. Anja blieb stehen, sah sich um, lauschte.

»Sylvi?«

Sie atmete heftig, drehte sich im Kreis. In der Nähe bellte ein Hund sehr laut. Hörte sie deshalb das Schluchzen nicht mehr? Hinter einer Litfaßsäule sah sie etwas metallisch aufblinken. Speichen von einem Rad ... Sie stürmte darauf zu.

Sylvi hielt ihre Puppe in den Armen und heulte. »Die hat mir kein Salz gegeben, die dämliche Ziege«, beschwerte sie sich. Anja bemerkte ein Bündel Spielgeld in ihrer Faust. »Ich hatte das Salz schon in meinem Einkaufskorb und die Frau hat es mir wieder weggenommen.«

»Ist doch nicht so schlimm«, sagte Anja und strich ihr über den Kopf.

»Doch, verdammte Scheiße!«, brüllte Sylvi. »Ist sogar *sehr* schlimm!«

Anja biss sich auf die Lippe, um nicht zu lachen. Dann sah sie den Streifenwagen langsam um die Ecke biegen.

Sie zog Sylvi hinter die Litfaßsäule und hielt sie fest.

Das Mädchen wand sich in Anjas Armen. »Lass mich los!«

»He«, sagte Anja leise und beugte sich dicht an Sylvis Ohr.

»He, hör doch mal zu. Die dämliche Ziege wollte dir das Salz nicht geben, richtig?«

Sylvi nickte.

»Dann holen wir es uns einfach«, sagte Anja. »Aber pscht!« Sie legte den Zeigefinger auf die Lippen. »Wir müssen noch einen Moment warten, bis die Luft rein ist, ja?«

Sylvi nickte und grinste. »Du meinst, bis das Polizeiauto weg ist?«

»Pass mal auf. Ich erklär es dir. Also, wir gehen in den Laden, okay? Dann rede ich mit der Verkäuferin und du nimmst die Tüte mit dem Salz und steckst sie zu Lissy unter die Decke. Ganz einfach.«

»Dann sind wir Diebe«, stellte Sylvi fest. »Klauen ist Diebstahl.«

»Richtig. Aber die Frau wollte ja dein Geld nicht.«

Sylvi überlegte eine Weile. Sie nahm das Kissen aus dem Wagen, setzte ihre Puppe hinein und deckte sie sorgfältig zu. »Okay.«

Als sie den Laden betraten, redete Anja sofort auf die Verkäuferin ein und gab Sylvi ein Zeichen mit der Hand. »Ich hab sie gefunden, stellen Sie sich vor. Sie war gar nicht so weit weg. Vielen Dank für Ihre Hilfe. Jetzt brauchen wir erst mal was Süßes für die Nerven. Vielleicht ein Eis. Aber Eis im Winter … Nein, ist nicht so gut, nicht wahr? Vielleicht etwas Obst. Haben Sie Bananen?«

»Bananen?« Die Verkäuferin blickte Anja zum ersten Mal an. »Du träumst wohl, Mädel.«

»Apfelsinen?«

Die Verkäuferin stützte die Hände in die Hüften. »Was soll das, willst du mich vera… veralbern?«

Plötzlich rannte Sylvi mit dem Puppenwagen aus dem Laden.

»Ach, schon wieder!«, rief Anja. »Entschuldigung. Ich muss ... Wiedersehen!«

Die Verkäuferin starrte ihr kopfschüttelnd nach.

26

»Du hast was?« Onkel Olaf sah sie an, als hätte sie den Verstand verloren.

Anja zuckte mit den Achseln. »Ich habe die Leute gefragt. Ich musste Sylvi doch suchen.«

Ihre Tante schüttelte den Kopf. »Mädchen, die Polizei *fahndet* nach dir. Weißt du nicht, was das heißt?«

Anja schwieg.

»Wir haben uns doch vor dem Polizeiauto versteckt«, sagte Sylvi. Sie saß auf dem Teppich und kämmte ihrer Puppe mit einem Handfeger die Haare.

»Was soll das nun wieder heißen?« Olaf sprang auf und lief im Wohnzimmer auf und ab.

»Ja, und dann sind wir in den Laden gegangen und ich habe das Salz genommen und unter Lissys Bettdecke getan«, erzählte Sylvi stolz.

»Du meinst ... du hast ... *gestohlen*?«, fragte Simone entgeistert.

»Die dämliche Ziege wollte ja mein Geld nicht«, verteidigte sich Sylvi.

»Kannst du mir bitte erklären, was das bedeuten soll?«, fragte Simone ihre Nichte.

Anja betrachtete ihre abgeknabberten Fingernägel.

»Das ist doch klar, was das bedeutet!«, schrie Onkel Olaf.

»Das Mädel hält sich nicht an die Regeln. Kaum geht sie ein paar Schritte auf die Straße, schon verleitet sie unsere fünfjährige Tochter zum Ladendiebstahl!«

Anja erhob sich. »Schmeiß mich doch raus«, sagte sie ruhig. »Das ist es doch, was du willst.«

»Du undankbare Göre! Wir nehmen dich auf, wir riskieren es wegen dir Ärger zu bekommen. Und jetzt machst *du* uns Vorhaltungen?«

»Schrei sie nicht so an! Es ist meine Schuld«, mischte sich Kilian jetzt ein. Er lehnte am Türrahmen, die Arme verschränkt, das Gesicht von den Haaren halb verdeckt. Er sah aus, als würde er sich am liebsten verstecken. »Sie wollte mich ja holen, als Sylvi ... Aber ich hab nicht ... reagiert ... Hab falsch reagiert ... Du darfst sie nicht ... nicht so ... behandeln!«

»Halt du dich da raus!«, sagte Olaf scharf.

Kilian schüttelte den Kopf. »Entschuldige, Anja«, sagte er leise.

»Ist schon gut«, murmelte sie.

»Gar nichts ist gut!« Die Stimme ihres Onkels hatte jetzt einen gequälten Unterton. »Begreifst du das nicht?«

»Doch«, antwortete Anja müde. »Das hab ich schon längst begriffen.«

Zwei Stunden später kam die Polizei.

Sie saßen schweigend in der Küche beim Mittagessen. Es gab Bauernfrühstück mit Zwiebeln, Speck und Spreewaldgürkchen.

Anja sah den Streifenwagen zuerst. Vor dem Küchenfenster hing eine weiße Gardine, aber man konnte durch sie hindurchsehen. »Sie sind da«, sagte Anja und legte ihr Besteck beiseite.

Simone sprang auf, als sie das Auto bemerkte. »Oh nein!«, rief sie erschrocken.

Anja sah ihren Onkel an. Er sagte nichts. Er hob nicht einmal den Kopf. Er aß einfach weiter.

Sylvi begann zu schluchzen. »Ich wollte das Salz gar nicht stehlen. Ich wollte es ja bezahlen.«

»Keine Angst«, sagte Anja. »Die sind nicht wegen dir hier.«

»Kilian, du bringst Sylvi bitte in ihr Zimmer.« Simones Stimme klang dünn, als könnte sie jeden Moment zerreißen.

»Aber ... ich ...«, stammelte er.

»*Bitte*«, sagte seine Mutter.

Kilian nickte, griff sich Sylvis Hand und zog sie aus der Küche.

Anja spießte eine kleine Gurke auf die Gabel und schob sie in den Mund. Sie kaute langsam, blickte niemanden an. Dann spürte sie einen Arm auf ihrer Schulter und roch das Parfüm ihrer Tante. »Wenn du dich beeilst«, flüsterte Simone in ihr Ohr, »kannst du es noch schaffen. Du weißt ... Die Kammer im Schlafzimmer. Du kriechst da hinein, versteckst dich hinter den Federbetten. Da finden die dich garantiert nicht.«

Anja schüttelte den Kopf. »Sie wissen, dass ich hier bin.«

Es klingelte und Simone fuhr zusammen. Doch sie rührte sich nicht von ihrem Platz.

Es klingelte ein zweites Mal.

Olaf erhob sich. Er wischte sich den Mund mit der Serviette ab und schob seinen Stuhl an den Tisch, ehe er, ohne jemanden anzusehen, zur Tür ging.

Sie ließen ihr zehn Minuten Zeit ihre Sachen zu packen und sich zu verabschieden.

Die Polizisten warteten draußen vor der Tür auf sie.

»Du kannst immer noch hinten raus oder durch den Keller«, sagte Kilian zu ihr.

Anja lächelte ihm zu. »Danke für alles, wir sehen uns wieder«, sagte sie, so fröhlich sie konnte. Bloß keine Tränen.

Sylvi heulte aber doch. »Kommst du jetzt ins Gefängnis?«

Anja umarmte sie schnell. »Nein, ach was. Sie bringen mich ... woandershin.«

»Wohin fährst du denn?«

»Ich fahre zu einer Burg, zu einer richtigen Ritterburg«, behauptete Anja.

Simone und Olaf gaben ihr die Hand. Ihr Onkel murmelte irgendetwas Unverständliches und wich ihrem fragenden Blick aus. Anja spürte, dass ihre Tante ihr etwas in die Hosentasche schob. »Alles Gute.«

Kilian brachte sie noch aus dem Haus. Anja redete nicht und auch er schwieg. Sie liefen mit gesenkten Köpfen nebeneinanderher.

»Sag was«, forderte Anja leise, als sie am Wagen ankamen. »Irgendwas.«

Kilian sah sie an und räusperte sich. »*Doch alles ... was uns anrührt ... dich und mich ... nimmt uns zusammen wie ein Bogenstrich ... der aus zwei Saiten eine Stimme zieht. Auf welches Instrument sind wir gespannt? Und welcher Spieler hat uns in der Hand?*«

Anja lächelte verwirrt. »Schön«, sagte sie. »Von dir?«

»Rainer Maria Rilke«, sagte Kilian.

»Okay, ich werd es lesen, versprochen.« Anja küsste ihren Cousin flüchtig auf die Wange, ehe sie in das Auto stieg.

27 Die Burg kam ihr größer vor, als wären die Mauern in der Zeit ihrer Abwesenheit gewachsen. Der Polizist ließ sie aus dem Wagen wie aus einem Käfig. Es lag kein Schnee mehr. Der Kies knirschte unter ihren neuen hübschen Stiefeln. Es kam ihr merkwürdig vor, dass sie die immer noch trug. Als hätte sie die Schuhe in einem Traum bekommen. Als müssten sie jetzt, beim Erwachen, wieder verschwinden.

Frau Dobel nahm sie stumm in Empfang, nur mit den beiden Uniformierten wechselte sie ein paar Worte. Anja achtete nicht darauf. Sie lief schnurstracks auf die schwere dunkle Holztür zu. Sie wollte das Ankommen möglichst schnell hinter sich bringen.

Vor der geschlossenen Tür zögerte sie und starrte den matt glänzenden Messingknauf an. Sollte sie ihn drehen oder auf Frau Dobel warten? Sie hatte vergessen, was sie durfte und was nicht. Da es für alles hier Regeln gab, existierte ja vielleicht auch irgendeine Messingknauf-Vorschrift?

Anja hörte, wie der Streifenwagen davonfuhr. Sie wandte sich nicht um.

Frau Dobel drängte sie ein Stück beiseite und stieß die Tür mit einer ungeduldigen Bewegung auf. Anja berührte kurz den metallenen Knauf, als wollte sie sich für eine unbestimmte Zeit von ihm verabschieden. Dann trat sie über die Schwelle und schaute in den dunklen Gang hinein. Da war sie also wieder. Was hatte sie erwartet? Dass sie sich verstecken konnte, bis sie achtzehn und volljährig war?

Es roch nach Bohnerwachs. Alles sah sauber und frisch geputzt aus. Vor den Fenstern baumelten gebastelte Papiergirlanden. Ring hing an Ring, wie im Kindergarten. Nur mühsam erinnerte sich Anja an den Feiertag, der bevorstand:

Silvester. Das alte Jahr hörte auf, um Mitternacht würde das neue anfangen. Die Girlanden vor den Scheiben sahen aus wie aneinandergekettete Achten, fand Anja. Man müsste sie aufschneiden oder aufreißen, um sie in Neunen zu verwandeln.

Natürlich würde das niemand hier tun. Niemand würde auch nur auf die Idee kommen, die genormten Bänder zu zerstören, um etwas Neues entstehen zu lassen. Abgesehen von Anja.

Als das Jahr 1989 begann, saß Anja auf der Pritsche ihrer Arrestzelle und las im Schein der aufsteigenden Raketen Rainer Maria Rilke. Die Stimmen der Mädchen und Jungen drangen vom Hof her zu ihr. Sie feierten und lachten. Sogar Gläser klirrten und »Prost Neujahr« erschallte, einige der Stimmen klangen angetrunken, obwohl Alkohol hier ja eigentlich verboten war. Vielleicht wurde zu Silvester eine Ausnahme gemacht?

Anja hatte sich das schmale Lyrikbändchen in den Hosenbund geschoben und zum Glück kam Frau Dobel nicht auf die Idee, sie zu kontrollieren. Nachdem Anja ihren Schrank im Schlafsaal eingeräumt hatte, wurde sie von der Erzieherin ohne große Erklärungen in die Zelle gebracht. »Hab ich dir doch erzählt, was mit Entweichern passiert«, murmelte sie bloß. Es klang nicht einmal hämisch, eher gleichgültig.

Anja fragte sich, was Kilian sagen würde, wenn er sie so sehen könnte. Eingesperrt, mit Rilke auf dem Schoß. Immer wieder strich sie über den Einband, der sich seltsam sandig anfühlte. Die Broschur war schon reichlich vergilbt, eine *Feldpostausgabe* aus dem Jahr 1943. Das Wort *Feldpost* war ihr etwas unheimlich. Kilian hatte ihr noch am Weihnachtsabend erklärt, was es damit auf sich hatte. So harmlos es klang, so finster war seine Bedeutung. Kein wogendes Kornfeld war gemeint, sondern ein blutiges Schlachtfeld. Und die Post war keine gewöhnliche, sondern vielleicht die letzte menschliche Botschaft vor dem Tod. Anja stellte sich einen Soldaten im Schützengraben vor, der, statt zu beten, Gedichte las, während um ihn herum die Welt unterging. Sie fragte sich, ob er den Krieg überlebt hatte und zu seiner Familie zurückgekehrt war. Das Büchlein war voller Flecken, aber zum Glück fand sie keinen Abdruck, der nach getrocknetem Blut aussah. Anfangs fiel es ihr nicht leicht, die Gedichte zu lesen. Nicht nur, weil die Schrift klein war und das Licht, das durch das winzige vergitterte Fenster fiel, zu spärlich. Die Texte kamen ihr wie Rätsel vor, die sie erst allmählich entschlüsseln konnte. Sie kannte einige Wörter nicht, die eine oder andere Zeile blieb ihr unverständlich, manche Gedichte las sie mehrfach, um sie zu verstehen. Dennoch bekam sie das Gefühl, nicht allein zu sein. Es fühlte sich so an, als würde Kilian in ihrer Nähe sitzen. Und auch die Sprache dieses Rilke wurde ihr nach und nach vertrauter. Es gab Gedichte, die sie immer wieder las. Eines handelte von einem Panther, der in einem Käfig lebte. Sie konnte ihn vor sich sehen, wie er an den Gitterstäben vorbeilief, im Kreis und im Kreis ... Endlos. Vielleicht sein ganzes Leben lang.

Klar waren die Verse traurig, ja irgendwie hoffnungslos, aber vor allem kamen sie ihr groß und schön vor. Und sie sagten ihr etwas über die Freiheit. Sie sagten ihr, dass sie das *Recht* hatte auf ein freies Leben – wie dieser Panther, der eigentlich im Dschungel sein sollte.

In der Zelle gab es nur wenig Abwechslung. Morgens wurde sie in den Waschraum geführt. »Zehn Minuten«, sagte Frau Dobel und verschwand.

Sie erhielt Frühstück, Mittag und Abendbrot in dem Arrestraum. Sie versuchte gelassen zu bleiben; sich nicht groß umzuschauen in dem Kerker, in den man sie gesteckt hatte. Nicht die Wände ansehen, nicht die verriegelte Tür. Am liebsten hätte sie sich die Ohren zugehalten, wenn der Riegel aufgezogen und später wieder zugestoßen wurde. Aber sie wollte sich nichts anmerken lassen. Sie hielt sich an die Vorschriften, erstattete Meldung, wie ein Roboter. Sie wusste ja, dass sie noch ein Mensch war. Das musste genügen. Nur ab und zu gönnte sie sich einen Blick zum Fenster hinauf. Die Gedichte halfen ihr. Sie las sie nicht einfach nur. Sie begab sich in sie hinein. Wie in einen anderen Raum, in eine andere Welt. Hier existierte kein Schmutz, keine Enge. Der Rhythmus der Worte floss in sie, füllte sie aus und schützte sie vor der Angst. Nur manchmal fiel sie in ein Loch.

Einmal erwachte sie mitten in der Nacht und wusste nicht, wo sie sich befand. Als es ihr wieder einfiel, konnte sie nicht mehr schlafen. Das Wort *Wieso* hämmerte in ihrem Kopf. *Wieso* bin ich hier? *Wieso* sperren sie mich ein? *Wieso* passiert ausgerechnet mir das alles? *Wieso gerade ich?*

Sie versuchte die Fragen abzustellen, wie einen tropfenden Wasserhahn. Sie waren ihr lästig. Sie wollte schlafen, wenigstens ein paar Stunden. Sie wollte *Ruhe*.

Aber sie blieb wach.

Am dritten Tag in der Zelle entdeckte sie ein Gedicht, das sie bisher überblättert hatte. Es handelte vom *Auszug des verlorenen Sohnes*, vor allem ging es jedoch ums Fortgehen. Nach einer Weile stellte sie fest, dass sie die Stimme ihrer Mutter in ihrem Kopf hörte. Sie erklärte ihr mit Rilkes Versen, warum sie gehen wollte oder musste, weg aus diesem Land. Es war keine richtige Erklärung, keine Erklärung für den Verstand. Ein Gefühl überkam Anja, das sie nicht genau benennen konnte, eine unbestimmte Sehnsucht nach Veränderung. »*Nun fortzugehn von alle dem Verworrnen, das unser ist und uns doch nicht gehört...*«, sagte die Stimme ihrer Mutter. Anja hob überrascht den Kopf und blickte zur Tür, als könnte ihre Mutter tatsächlich jeden Moment eintreten, als wäre sie bereits *hier*. Aber nichts passierte. Anja las leise weiter, nach einer Weile übernahm wieder die Stimme die Regie. »*... als ob man ein Geheiltes neu zerrisse, und fortzugehn: wohin? Ins Ungewisse, weit in ein unverwandtes warmes Land, das hinter allem Handeln wie Kulisse gleichgültig sein wird: Garten oder Wand...*«

Was hätte sie im Westen erwartet? Garten oder Wand? Aber das war ihrer Mutter erst mal nicht so wichtig. Sie wollte einfach nur weg *von alle dem Verworrnen*.

»*Ist das der Eingang eines neuen Lebens?*«, hieß der letzte Satz.

Aber die Frage stellte sich nicht mehr. Man ließ sie einfach nicht fortgehen.

»Wir dulden hier keine Schundliteratur!« Frau Dobel riss ihr das kleine Buch aus der Hand.

Anja hatte nicht aufgepasst. Sie war eingeschlafen, ohne rechtzeitig daran zu denken, die Gedichte zu verstecken.

»Du kannst jetzt in deine Gruppe zurück«, sagte die Frau und schielte sie unfreundlich an. »Aber den Schund behalte ich. Der wird eingezogen, klar?«

»Das ist kein Schund«, sagte Anja. »Das sind Gedichte.«

Die Erzieherin warf einen Blick auf den Einband. »*Feldpostausgabe*«, las sie. »Das wird ja immer schöner. Du liest ein *faschistisches* Buch?«

Anja schüttelte den Kopf und biss sich auf die Lippe, um nicht »Blödsinn« zu sagen. Es kostete sie Mühe, das Wort nicht entschlüpfen zu lassen.

»Wie schmutzig, wie fleckig und speckig«, murmelte Frau Dobel, die angewidert die Seiten durchblätterte. »Na, das passt ja zu dir.«

Anja schwieg. Ihre Erzieherin schien freudig erregt zu sein, dass sie etwas Verbotenes gefunden hatte. Das konnte sie ihr nicht verderben. Schon gar nicht mit vernünftigen Erklärungen.

Wenn Rilke ein Faschist ist, bin ich ein Gartenzwerg, dachte sie wütend.

»Das hat ein Nachspiel, Fräulein, das hat ein Nachspiel«, drohte die Erzieherin. »Was meinst du, wo du hier bist?«

Frau Dobel hatte einen Schrubber, Putzzeug und einen Eimer mitgebracht. Anja musste die Zelle zweimal wischen, bevor sie sie verlassen durfte.

Am Nachmittag wurde sie in das Büro des Direktors bestellt.

Anja rechnete damit, dass er sie beschimpfte wegen ihrer Flucht, dass er sie anbrüllte und Drohungen für die Zukunft aussprach.

Aber der Mann saß klein hinter seinem Schreibtisch, nippte an einem Kaffee und blätterte in ihrer Akte.

»Tja, so, entwichen bist du also«, murmelte er. »Hast du bei deiner Verwandtschaft Weihnachten gefeiert?«

Anja nickte. Warum fragte er sie, wenn er es sowieso schon wusste?

»Was war der Grund für deine Entweichung?«

Anja zuckte mit den Achseln. Was sollte sie sagen? Dass sie nicht gern eingesperrt war? Dass sie es hier einfach nicht *aushielt*?

»Nun, Anja, ich muss dir ja wohl kaum mitteilen, wie enttäuscht wir sind von deinem Verhalten. Nicht nur ich und deine Erzieherin, auch dein Kollektiv. Du bekommst hier alle Möglichkeiten, dich weiterzuentwickeln …« Er trank einen Schluck aus der Tasse, dann hob er den Kopf und sah sie an. Sein Blick schien sie zu durchbohren. Er war zugleich aufmerksam und kalt; das verwirrte sie.

»Statt deine Chancen zu nutzen, wirfst du sie weg, läufst einfach davon. Wenn nun jeder, dem irgendwas nicht passt, einfach davonlaufen würde …«

Seine Stimme klang auf einmal verbittert, als würde er sich *wirklich* schrecklich über sie ärgern. »Was hast du nun vor?«, fragte er lauernd. »Willst du bei der nächsten Gelegenheit wieder ausreißen?«

Anja schüttelte den Kopf. Was blieb ihr anderes übrig?

»Versprichst du mir, dass du dich von jetzt an vernünftig verhältst?«

Sie nickte. Senkte den Blick. Sie schämte sich, dass sie so feige war. Dass sie nicht aufsprang und ihm die Meinung sagte.

»Na schön. Dann will ich dir mal glauben. Wir vertrauen unseren Jugendlichen nämlich.« Er wedelte sich etwas Luft zu, und als sie aufsah, erkannte sie Kilians Geschenk in seiner Hand. »Du interessierst dich also für Poesie?«

»Das ... das gehört mir«, stammelte sie. »Ein ... ein Weihnachtsgeschenk.«

»So«, sagte der Mann gedehnt. »Wieso liest du nicht Dichter aus *unserem* Land? Johannes R. Becher zum Beispiel. Bertolt Brecht oder Anna Seghers.«

»Rilke ist doch auch ein berühmter Dichter«, antwortete sie verwundert.

»Aber er ist kein Sozialist, kein Sohn unserer verdienten Arbeiterklasse. Deine Erzieherin hält dieses Heft für ein faschistisches Druck-Erzeugnis.«

»Das ist doch ...« Wieder verschluckte sie das Wort *Blödsinn*.

»Nun, ich konnte ihr das ausreden. Wenn du dich in Zukunft zusammenreißt, dich an die Regeln hältst, dich anstrengst und in dein Kollektiv einfügst, dann kannst du deine Poesie vielleicht zurückbekommen. Einverstanden?« Er lächelte sie an, als hätte sie im Lotto gewonnen.

Anja nickte. Was blieb ihr anderes übrig?

Am Abend desselben Tages wurde sie ein zweites Mal für ihre Flucht bestraft.

Es passierte im Duschraum.

Natürlich bemerkte sie die Blicke der Mädchen, registrierte das spöttische Zucken um ihre Mundwinkel. Aber sie achtete nicht weiter darauf.

Die Luft war dumpf und schwer, beinahe tropisch. Anja duschte nicht gern in Gemeinschaft. Die Nähe der nackten Leiber und das heimliche Taxieren verwirrten sie. Es gefiel ihr nicht, angestarrt und gemustert zu werden. Das unbehagliche Gefühl ausgeliefert und schutzlos zu sein überkam sie jedes Mal, sobald sie diesen Raum betrat. Sie versuchte niemanden anzusehen und drehte den anderen den Rücken zu. Einige Mädchen verließen den Raum bereits wieder, andere kamen. Gedämpfte Stimmen und Gekicher mischten sich mit dem Rauschen und Plätschern. Sie schloss die Augen unter der Dusche, bemühte sich das Wasser zu genießen, den Strahl, der lauwarm über ihren Körper rann.

Als sie die Lider wieder öffnete, schaltete jemand das Licht aus. Beinahe zeitgleich traf sie ein Schlag. Im ersten Moment glaubte sie an ein Versehen. Doch dann hagelten Fäuste auf sie ein, Füße traten gegen ihre Beine, gegen ihren Hintern, ein Knie rammte sich erbarmungslos in ihren Bauch. Der Überfall geschah schnell und schweigsam, niemand sagte etwas oder beschimpfte sie. Anja ließ sich fallen, rollte sich ein, schützte ihren Kopf mit den Armen. Jemand packte sie an den Haaren und versuchte sie wieder hochzuziehen. Anja schrie und schlug kräftig mit der Faust in die Richtung. Sie spürte, dass sie warme feuchte Haut traf. Das Mädchen ließ los. Anja bekam einen heftigen Tritt in die Hüfte und gleich noch einen hinterher. Beim dritten Mal packte Anja das Bein der Angreiferin und riss sie mit einem Ruck aus dem Gleichgewicht. Sie hörte den Aufprall des Körpers auf den nassen Fliesen und einen erschrockenen Schrei. Einen Augenblick lang ließen sie von ihr ab. Anja vernahm ein Stöhnen und Wimmern und versuchte einen klaren Gedanken zu fassen. *Wieso taten sie ihr das an?* Aber in ihrem Kopf herrschte Leere. Es kam ihr vor, als wäre sie in einen bösen Traum geraten, in einen Traum, der so echt wirkte, dass sie ihn für real hielt. Aber das hier war nicht real, konnte nicht real sein. Oder doch? In ihren Ohren rauschte es. Die Dusche lief noch. Wasser plätscherte auf ihren gekrümmten Rücken,

Schläge prasselten auf ihren Körper. Wahrscheinlich dauerte die Attacke nur ein paar Minuten. Anja kam es vor, als würde der Überfall ewig dauern, ja, als würde er nie aufhören.

Plötzlich ging das Licht wieder an. Die Mädchen stoben auseinander, und als Anja den Kopf hob, sah sie nur noch in Bademäntel gehüllte Gestalten, die eilig den Raum verließen. Es waren fünf oder sechs, Anja sah sie von hinten und natürlich hatten sie daran gedacht, sich die Kapuzen aufzusetzen.

Aus einer Ecke erklang ein Schluchzen. Anja wandte den Blick in die Richtung und merkte, dass ihr schwindlig war. Sie spürte, dass ihr Magen schmerzte, ihre Rippen, Arme, Beine und der Unterleib. Ihr Körper war ein einziger pochender Schmerz.

»Ich wollte das nicht«, schluchzte Doreen. »Ich wollte es ihnen ausreden. Ich wollte sie abhalten, aber ...« Das Mädchen zitterte, ein Weinkrampf schüttelte sie und sie zog den Bademantel fester um die Schultern.

»Schon gut«, sagte Anja. Ihre Stimme klang heiser und es kratzte in ihrem Hals, als hätte sie sich erkältet. »Ist schon gut.«

Nichts war gut, aber sie wollte, dass das Mädchen aufhörte zu heulen.

»Als du abgehauen bist, ist ihnen der Ausgang gestrichen worden. Auch der Ausflug zum Weihnachtsmarkt wurde abgesagt.« Doreen näherte sich Anja vorsichtig und half ihr auf. »Sie sind so fies, so unfair, so feige.«

Anja lächelte schwach. Mit verheultem Gesicht und tropfender Nase sah Doreen noch mehr wie ein kleines Kind aus. Anja stützte sich auf sie, und wie es schien, hatte sie starke stämmige Schultern. Sie strauchelte keinen Moment.

28 Die Tage, die folgten, kamen ihr vor, als wären sie ein einziger langer Tag, ein Tag, der nicht enden wollte, als wäre sie in einer Zeitschleife gefangen.

In den Nächten schlief sie wie ohnmächtig. Wenn morgens das Licht in den Raum schoss, konnte sie sich an keinen Traum erinnern. Ihr blieb auch keine Zeit nachzudenken. Sie musste funktionieren, das Bett herrichten, den Raum ausfegen, ihre Ämter erledigen, wie das hier genannt wurde, Frühsport, Frühstück, Arbeit in der Küche. Jeden Tag die gleichen Handgriffe, die gleichen Befehle, die gleiche Leier nach dem Anschauen der *Aktuellen Kamera*.

Die anderen ließen sie jetzt in Ruhe. Sie hatte ihre Strafe hinter sich. Beinahe war sie stolz darauf. Sie hatte es überstanden. Die Zelle und die Schläge. *Herzlichen Glückwunsch!* Zwar fanden sich noch Spuren auf ihrem Körper, gelbviolette Stellen auf ihrer Hüfte, auf ihren Schenkeln und Waden, ihr linkes Knie war ein einziger blauer Fleck. Aber der Schmerz verzog sich allmählich und ihr Gesicht im Spiegel, das sie nur flüchtig betrachtete, war maskenhaft weiß.

»Du bist immer so still, Kind, was ist mit dir?«, fragte die Küchenfrau einmal.

Anja schmierte, ohne aufzusehen, Margarine aufs Brot. Der Anblick der Fettwürfel machte ihr nun nichts mehr aus. Sie hörte den mitfühlenden Ton, spürte ihn auf ihrer Haut wie eine Berührung. Aber nur einen Augenblick. Dann war die Leere wieder da.

»Alles in Ordnung, Frau Scholz«, antwortete Anja. »Mir geht es gut.« Das hörte sich mechanisch an, eine Roboterstimme. Deshalb zwang sie sich zu einem Lächeln. Den angebotenen Kaffee lehnte sie allerdings ab. Keine Privilegien.

Keine Aufmerksamkeit erwecken. Nichts tun, was Neid hervorrufen oder Ärger auslösen könnte. Sie arbeitete noch ein bisschen schneller, aber nicht zu schnell, damit sie die Norm nicht übererfüllte. Sie wollte auch nicht gelobt werden. Am liebsten war es ihr, wenn niemand sie ansprach. Wenn sie in ihrer Trance bleiben konnte. Hin und wieder, wenn gelüftet wurde, starrte sie aus dem geöffneten Küchenfenster und atmete die klare Winterluft tief ein. Hin und wieder zog ein Gedichtfetzen durch ihren Kopf. Rilkes Worte ließ sie zu. Der Panther in ihr lief unruhig auf und ab. Irgendwann musste seine Zeit kommen. Irgendwann würde er ausbrechen. Und dann: ab in den Dschungel. Anja lächelte nun doch noch richtig.

Sie hörte Frau Scholz seufzen – besorgt oder erleichtert, es war ihr egal.

Doreen wollte mit ihr reden. Sie sah es ihrem Gesicht an, ihren fragenden Augen, den gerunzelten Brauen. Aber Anja wollte nicht hören, was sie zu sagen hatte. Wollte nicht *darüber* sprechen. Die anderen verhielten sich wieder normal, wechselten belanglose Sätze mit ihr, wenn es nötig war. Und Anja verhielt sich normal. Antwortete, wenn sie gefragt wurde. Ließ sich Süßigkeiten aus dem Dorfkonsum mitbringen, die sie von dem Geld bezahlte, das Tante Simone ihr beim Abschied zugesteckt hatte. Sie gab jeder in ihrer Gruppe einen Bonbon ab. Als hätte es nie einen Vorfall gegeben. Sie ignorierte Doreens Zeichen – ein Winken, ein Flüstern. Doreen, das Küken, wie sie von manchen genannt wurde, konnte ihr ohnehin nicht helfen. Was nützte es Anja zu wissen, wer sie geschlagen hatte?

Einmal folgte ihr Doreen, als Anja sich zum Toilettengang abgemeldet hatte.

Sie nahm sie wahr, hörte, wie sie ihren Namen flüsterte, und dann das schnelle, kurze Klopfen an der Kabinenwand. Ein Stück Klopapier wurde zu ihr herübergeschoben. Anja nahm es auf und las die kraklige Bleistiftschrift. *Willst du wissen, wer im Duschraum das Licht ausgeschaltet hat?*

Anjas Herz klopfte wie wild. Sie spülte und warf den Zettel in den Wasserstrudel. »Nein!«, stieß sie hervor, als sie mit weichen Knien am Waschbecken stand und das kalte Wasser über ihre Hände laufen ließ. Doreen blickte sie nur verwirrt an, verwirrt und traurig. Anja verzichtete darauf sich abzutrocknen und lief davon.

Irgendwann hörte Doreen auf, sie auf diese Art anzusehen. Anja registrierte es erleichtert. Sie konnte sich ohnehin denken, wer das Licht ausgeschaltet hatte.

Aber sie wollte es nicht wissen, wollte den Namen nicht hören. Die Ahnung wog schon schwer genug. Sie trieb ihr den Schweiß aus den Poren, wenn sie abends nicht einschlafen konnte. *Wieso hassen sie uns? Nicht darüber nachdenken.*

Etwa drei Wochen später erhielt sie ihre Gedichte zurück.

Frau Schilling, die Lehrerin, eine ältere Frau mit grauem strähnigem Haar und einem schlimmen Raucherhusten, war erkrankt und sie bekamen einen Vertretungslehrer: einen jungen Mann, der gerade sein Studium abgeschlossen hatte. Er trug Jeans und ein kariertes Flanellhemd, als wäre er ein ganz normaler Mensch und kein Lehrer in einem Jugendwerkhof. Er bewegte sich unsicher vor den Mädchen, die bald schon über ihn kicherten. Die Kreide brach in zwei Hälften, als er seinen Namen an die Tafel schrieb. Sein Gesicht bekam einen rosigen Hauch und darüber kicherten die Mädchen nur noch mehr.

Anja schämte sich für sie. Es war ihr peinlich, dass sie zu ihnen gehörte.

Anders als Frau Schilling nahm Herr Heppner seinen Auftrag ihnen etwas beizubringen offenbar ernst. In den folgenden Unterrichtsstunden erklärte er wieder und wieder die Matheaufgaben an der Tafel, erläuterte geduldig die Fotosynthese, die die meisten aus der Klasse für eine ansteckende Krankheit hielten, und ließ sie Balladen lesen, zu denen er ihre Meinung hören wollte. Offenbar wusste er noch nicht, dass Meinungen hier nicht erwünscht waren.

Anja beschloss, ihm zu vertrauen. Seine unbeholfene Art, seine ungelenken Bewegungen, seine leise, eindringliche Stimme sagten ihr, dass er nicht hierher gehörte. Er kam von *draußen*, er brachte etwas von *draußen* mit, das es hier drin nicht gab. Sie war die Erste, die sich in seinem Unterricht meldete. Die anderen starrten sie an, verdrehten die Augen oder schnitten Grimassen. Sie hielten Anja für eine Spielverderberin. Wieso ließ sie ihnen nicht ihren Spaß mit dem unerfahrenen Neuling?

»Ich finde, John Maynard war ein toller Typ«, sagte Anja. »Er hat Mut bewiesen und sich nicht davor gescheut, sogar sein Leben einzusetzen, um die Menschen auf dem Schiff zu retten.«

Herr Heppner lächelte erfreut.

»Er tat einfach das, was er für richtig hielt«, ergänzte Anja, »allen Widerständen zum Trotz.«

Der Lehrer nickte ihr zu. »Gibt es weitere Meinungen?«

Die Klasse schwieg. Der Mann an der Tafel blickte in gleichmütige, trotzige, gelangweilte Gesichter.

»Er muss große Angst empfunden haben«, redete Anja einfach weiter. »Aber er setzte sich darüber hinweg. Wahrscheinlich wählte er die beste Art zu sterben. Sein Tod war nicht so sinnlos, wie er sonst immer ist.«

Herr Heppner sah einen Moment überrascht aus. »Das ist ein interessanter Gedanke«, sagte er. »Aber ich glaube nicht, dass er sterben wollte. Sicher hätte er gern weitergelebt.«

Hat er aber nicht, dachte Anja.

In der nächsten Deutschstunde sagte sie die Ballade fehlerfrei auf und ignorierte die Störversuche der anderen. Sie übertönte das Husten, Kichern und Gemurmel einfach. So laut hatte sie schon lange nicht mehr gesprochen. Aber es fiel ihr nicht schwer. »John Maynard« konnte man nicht flüstern.

Nach Schulschluss übernahm sie freiwillig den Tafeldienst und hoffte darauf, dass Herr Heppner nicht sofort aus dem Klassenraum lief.

Er blieb sitzen und schrieb etwas in ein Notizbuch.

Anja wischte mit dem nassen Schwamm so langsam sie konnte. Sie wischte automatisch, wie es vorgeschrieben war: erst von oben nach unten, gleichmäßig und gerade, dann von links nach rechts. Kein weißer Streifen durfte zu sehen sein. Als der Lehrer anfing, seine Tasche zu packen, nahm sie allen Mut zusammen. »Wie finden Sie Rilke?«, fragte sie ihn.

Herr Heppner musterte sie erstaunt. »Rainer Maria Rilke? Ich finde, er ist ein wunderbarer Dichter«, sagte er ernst und verwundert. »Wieso fragst du?«

Anja warf nervöse Blicke zur Tür, die noch offen stand. »Es ist ... ist ... vertraulich«, stammelte sie.

Herr Heppner nickte ihr zu. Er erhob sich ruhig, schlenderte zur Tür und schloss sie. »Na dann, schieß mal los«, sagte er freundlich.

Anja erzählte von Weihnachten, von Kilian und von dem kleinen Gedichtband. Ihre Zunge fühlte sich schwer an, als hätte sie etwas im Mund, das da nicht hingehörte. Herr Heppner unterbrach sie mit keinem Wort. Sie erzählte ihm nicht die ganze Geschichte. Nur das, was er wissen musste. Dass sie die Gedichte im Arrest gelesen hatte, ließ sie aus. Die Strafen, die sie für ihre Flucht bekommen hatte, erwähnte sie mit keiner Silbe. Sie sah ihm kaum ins Gesicht, sondern betrachtete seine Finger, die weiß waren von der Kreide.

Wenn er mich verrät, lande ich wieder in der Zelle, dachte sie ganz klar.

Konnte sie ihm trauen?

Schon einen Tag später legte er das Heft mitten im Unterricht auf ihren Tisch.

»Anja, zur nächsten Deutschstunde wählst du ein Gedicht von Rilke aus und stellst es der Klasse vor.«

Sie nickte wie betäubt, strich über den sandigen Einband, blätterte in dem Büchlein, schaute fast ängstlich, ob noch alle Gedichte da waren. Als könnte jemand ein Gedicht stehlen. Es fiel ihr schwer, das Wort *Danke* nicht auszusprechen. Sich bedanken für eine Hausaufgabe? Das ging nun wirklich nicht.

Natürlich wählte sie den »Panther« und versuchte sich in der Nacht zu überlegen, was sie ihrer Klasse dazu erzählen wollte. Aber ihr fiel nichts ein. Die Verse sagten doch genug. Oder?

Als sie am Morgen in Zweierreihen vor dem Schulraum antraten, hörte Anja hinter der Tür jemanden husten. Es war ein trockener, chronischer, ihr nur allzu bekannter Raucherhusten.

Frau Schilling beachtete die hereinkommenden Schülerinnen nicht. Sie hustete in ein Taschentuch.

Anja ging an ihren Platz, setzte sich und schwieg den Rest des Tages.

29

Die Zeit verging nicht. Der Frühling begann, aber Anja hatte das Gefühl, dass die Sonne nur so tat, als würde sie scheinen, und die Vögel nur zwitscherten, um ihr etwas vorzumachen. Vielleicht gab es *das Draußen* in Wirklichkeit gar nicht mehr?

Von ihrer Mutter erhielt sie keine Nachricht. Sie wartete jeden Tag darauf, auch wenn sie versuchte mit dem Warten aufzuhören.

Einmal bekam sie tatsächlich einen Brief. Natürlich war er geöffnet und gelesen worden. Es schien ihr, als fehlte etwas auf dem Blatt, auch wenn der Text vollständig aussah. Ihre Tante schrieb vom langen Winter, der endlich zu Ende ging, von der Veränderung, die der Frühling mit sich brachte, von der Hoffnung auf einen warmen Sommer und auf einen bunten Herbst. Was sollten die Zeilen bedeuten? Anja verstand schon, dass ihre Tante ihr irgendwie Mut machen wollte, das Wort *Hoffnung* war unterstrichen. Aber was nützte ihr das?

Kilian und Sylvi ließen ihr liebe Grüße bestellen. Anja nahm zur Kenntnis, dass Onkel Olaf sie nicht grüßte.

»Jetzt ist die beste Jahreszeit«, sagte Doreen.

Sie liefen in das Dorf hinab, Richtung Konsum. Man hatte sie zu zweit in den Ausgang geschickt. In Anjas Hosentasche steckte eine Einkaufsliste. Zigaretten, Süßigkeiten, Deospray und Shampoo sollten sie mitbringen. Sie nickte Doreen zu, ohne auf ihre Worte zu achten.

»Die beste Jahreszeit, um abzuhauen«, sagte Doreen und lachte.

Anja zuckte zusammen und sah sich automatisch um. Für so eine Äußerung konnte man schon bestraft werden, womöglich sogar Arrest bekommen. Eine Entweichung zu planen gehörte zu den schlimmsten Regelverstößen.

»Meinst du nicht?«, fragte Doreen.

Anja hob die Schultern. »Es ist noch ganz schön kalt«, murmelte sie. Wo wollte Doreen denn hin? Ihre Oma war tot, sie hatte niemanden.

»Na ja, man könnte untertauchen, im Wald leben«, meinte Doreen und zeigte auf die Bäume, als wären sie eine Lösung.

Anja schüttelte den Kopf. »Früher oder später würden sie uns kriegen.« Sie wunderte sich selbst über ihre mutlosen Worte. Aber sie wusste, dass es an dem Brief lag, auf den sie hoffte, auch wenn sie versuchte nicht auf ihn zu warten. Sie wollte da sein, wenn er kam.

»Ich hab bloß so herumgesponnen«, sagte Doreen und lächelte gequält.

»Ja, ich weiß. Aber pass auf, was du sagst, wenn die anderen dabei sind. Die Dobel versteht keinen Spaß.«

Doreen nickte.

Die ersten Häuser tauchten hinter den Bäumen auf, als hätten sie sich nur versteckt. Automatisch liefen sie schneller, Doreen machte ein paar Hüpfer zwischendurch. »Ich kauf mir Lakritzstangen«, sagte sie fröhlich. »Und du?«

Ein paar Tage später verschwand sie. Es war ein Samstag, das bedeutete im Jugendwerkhof, dass geputzt wurde, nicht nur die Gruppenräume, sondern die gesamte Burg, alle Zimmer, Flure und auch die Nebengebäude. Jede Diele, jede Kachel, jedes Fenster, jedes Klo, jeder noch so verborgene Winkel. Doreen meldete sich mit einem Eimer in der Hand bei der Erzieherin ab, um frisches Wasser zu holen. Sie kam nicht wieder. Ihr Fehlen fiel erst auf, als drei Jugendliche der FDJ-Leitung alle Räume auf Sauberkeit kontrollierten. Der Eimer stand verkehrt herum in dem ungeputzten Schlafsaal. Wie es aussah, hatte Doreen ihn noch benutzt, um aus dem Fenster zu klettern.

Anja war die Einzige, die Doreens Flucht nicht überraschte. Irgendwie hatte sie gewusst, dass das passieren würde. Die anderen wunderten sich: »Das *Küken … entwichen …*? Wo will die denn hin?«

Die Erzieher verhängten eine Ausgangssperre für die Gruppe *Jenny Marx* und schrieben Doreen zur Fahndung aus.

Anja kämpfte mit ihrem schlechten Gewissen. Doreen war beinahe so etwas wie eine Freundin für sie geworden. Sie hätte ihr helfen müssen, irgendwie …

»Du weißt, wo sie steckt, stimmt's?«, keifte Frau Dobel sie an. »Raus mit der Sprache. Wohin wollte sie?«

»Ich weiß gar nichts«, sagte Anja, drehte sich um und ließ die Erzieherin im Korridor stehen.

Nach einer Woche war Doreen wieder da. Der Förster hatte sie im Wald gefunden: in einer selbst gebauten Hütte, zusammengerollt auf einem Mooslager. In den Nächten gab es noch Frost. Sie war so stark erkältet, dass sie in die Krankenbaracke gesteckt wurde. So blieb ihr wenigstens der Arrest erspart.

Es war an einem Mittwoch, als es passierte.

Anja erkannte die Handschrift auf dem Briefumschlag sofort.

»Setzen!«, sagte Frau Dobel.

Anja hatte gar nicht gemerkt, dass sie aufgestanden war.

Sie fiel zurück auf den Stuhl. Die Metallfüße scharrten über den Boden. Es war ein hässliches Geräusch. Ihr Herz pochte.

Frau Dobel begann damit, die Briefe im Gruppenraum zu verteilen. Papier raschelte, es wurde getuschelt, geseufzt und gekichert.

Anja saß da wie erstarrt. Wartete. Irgendetwas rauschte. Sie brauchte ein paar endlose Sekunden, um zu begreifen, dass es in ihren Ohren rauschte. Ihr Herz klopfte in das Rauschen hinein. Jetzt nur nicht umkippen, dachte etwas in ihr.

»Was haben wir denn hier noch ... Anja Sander ...«, hörte sie die Frau wie aus weiter Ferne sprechen. »Deine Mutter lässt dich grüßen. Es geht ihr den Umständen entsprechend gut.«

Anja spürte ihre Hände eiskalt werden. Ihr Herz wummerte jetzt. »Ich will ihn«, stieß sie rau hervor. »Ich will den Brief!«

»Du *willst*? Du meinst wohl, du *möchtest bitte*, nicht wahr?«

Anja schluckte. »Ich möchte bitte«, sagte ihre Roboterstimme.

»Ja, das klingt doch schon besser. Aber ich muss dich leider enttäuschen, Anja. Deine Mutter ist, wie du weißt, eine Staatsfeindin. Sie hat gegen die Gesetze unseres Landes verstoßen. *Wir* haben jetzt die Pflicht, dich ... wie sagt man ... staatsbürgerlich zu erziehen. Es ist schon ein großes Entgegenkommen von mir, dir die Grüße deiner Mutter auszurichten. Das verstehst du doch, oder?«

Anja nickte. Sie verstand.

Frau Dobel lächelte. »Das freut mich. Wie ich sehe, machst du Fortschritte.«

Anja erhob sich. »Ich ... ich muss mal«, sagte sie. Zuerst dachte sie wirklich daran, zur Toilette zu gehen. Sich einzuschließen. Auf Tränen zu warten.

Frau Dobel nickte ihr zu. »Geh nur, Mädel«, sagte sie freundlich.

Anja schwankte und griff nach der Stuhllehne. Sie hörte das Trommeln in den Ohren. Ein Trommelwirbel in ihrem Kopf. Ihre Mutter trommelte ganz allein auf dem Marktplatz. Warum? Anja hatte es vergessen.

Einen Augenblick später wusste sie nicht mehr, was passiert war.

Sie hielt noch den Stuhl in der Hand. Aber sie konnte sich nicht erinnern, dass sie zugeschlagen hatte.

Frau Dobel lag am Boden. Blut sickerte aus ihrer Stirn und lief über ihr Gesicht, über die Wangen, die Nase, das Kinn. Es sickerte ihren Hals hinunter. Unter einem Schleier aus Blut schielte sie zu Anja hinauf.

Sorgfältig stellte Anja den Stuhl auf den Boden. Sie beugte sich über die Frau und zog ihr beinahe sanft den Brief aus den Fingern. Ohne zu zittern, strich sie über die Handschrift ihrer Mutter.

Der Umschlag war leer.

Was danach kam, nahm sie wahr, als würde sie es nicht selbst betreffen. Als wäre das Ich in ihr geschrumpft und so klein geworden, dass sie es nicht mehr fühlte.

Sie musste wohl aus dem Raum gelaufen sein, obwohl sie

sich später nicht daran erinnern konnte und nicht wusste, wohin sie eigentlich wollte. Auf dem Korridor hörte sie Schritte hinter sich und plötzlich spürte sie einen jähen Schmerz. Jemand riss ihr den Arm auf den Rücken, verdrehte ihn und packte sie an der Schulter. Wer? Sie versuchte sich umzudrehen, doch der Schmerz hielt sie ab, nur flüchtig erblickte sie ein Gesicht. Ein Erzieher, sie kannte ihn kaum. Er sagte etwas in einem Ton, der wie Hundegebell klang, er schrie sie an. Sie nahm die Stimme wahr, aber die Worte erreichten sie nicht. Das Rauschen war stärker.

Später, in der Zelle, kam dann noch der Direktor. Sie versuchte den Mund zu öffnen. Sie wollte ihm etwas erklären. Aber was? Doch auch der Direktor schrie. Sie sah in sein wutverzerrtes Gesicht. Sie sah den Hass, der ihr galt, ganz allein ihr. Die Worte, die er schrie, hörte sie wie durch Watte. Sie musste sich anstrengen sie zu verstehen. »... *tätlicher Angriff ... terroristischer Akt!*«, hörte sie aus dem Gebrüll heraus. Meinte er das wirklich? Meinte er sie?

Er kam auf sie zu, mit einer drohenden Geste und einem bedrohlichen Blick. Sie wich ungläubig ein Stück zurück. Wollte er sie schlagen? War er deshalb gekommen? Aber er schlug sie nicht. Er sagte nur etwas zu ihr. Er stieß die Worte in sie hinein, wie eine Klinge: »Ab nach Torgau!«

Zweiter Teil Dort

1 So dicht wie möglich schob sich Anja ans Fenster. Sie kauerte auf der Rückbank des Wartburgs und starrte hinaus. Vor ihr saßen die beiden Erwachsenen, breitschultrig und stumm. Der Fahrer und der Erzieher, der sie im Korridor eingefangen und in den Arrest gebracht hatte. Anja schaute von ihnen weg und blickte in den Wald hinein. Sie hätte mit Doreen fliehen sollen. Zusammen hätten sie es vielleicht geschafft. Jetzt war es zu spät, oder? Jetzt war *alles* zu spät. Sie hatte die Worte des Direktors noch im Ohr. Aber vielleicht bluffte er nur. Vielleicht wollte er ihr nur Angst machen. Damit sie endlich spurte. Ihre Mutter vergaß. Und nur noch das tat, was sie von ihr verlangten.

Frau Dobel ging es schon wieder besser. Als Anja auf den Hof geführt und in den Wartburg geschoben worden war, hatte sie die Erzieherin am Fenster stehen sehen. Mit einem riesigen Pflaster auf der Stirn.

Einen Moment war es Anja so vorgekommen, als würde die Frau grinsen, als zeigte sie ihr zum Abschied ein schmutziges, schadenfrohes Grinsen.

Sie wollen, dass ich Angst bekomme, dachte Anja. Sie wollen, dass ich schlottere vor Angst. Und dann kehren sie um, sagte sie sich. Das ist alles nur Show, nur ein Bluff. Noch ein paar Minuten, gleich... Alles nur ein dummer, schäbiger Witz...

Sie kamen ins Dorf und Anja wartete darauf, dass der Wagen irgendwo wendete.

Aber der Wagen wendete nicht. Er fuhr einfach immer weiter.

Warum sprachen die Männer nicht mit ihr? Warum erklärten sie ihr nicht, was jetzt mit ihr passierte?

Die Worte des Direktors hallten unentwegt in ihr und sie schüttelte den Kopf, um sie endlich loszuwerden. Wohin auch immer sie gebracht wurde ... Es konnte doch nicht schlimmer werden, als es jetzt schon war, *oder*?

Anja knabberte an ihrem Daumennagel. Die Haut ihrer Hand war eiskalt.

Was geschah hier? Was passierte mit ihr?

Sie sah das Blut wieder vor sich. Das Blut im Gesicht der Erzieherin.

Klar, sie rächen sich, was dachte sie denn? *Sie haben die Macht und wir haben nichts,* hörte Anja die Stimme ihrer Mutter sagen.

Vielleicht war ihre Mutter längst im Westen. Vielleicht hatte sie keinen blassen Schimmer, was mit ihrer Tochter passierte. Sehr wahrscheinlich sogar. Woher sollte sie es auch wissen?

Anja hatte einmal gehört, dass die DDR ihre politischen Häftlinge an den Westen verkaufte, jedenfalls die, die sie loswerden wollte. Die Unbequemen. Die Störrischen, die sich nicht anpassen wollten. Wenn die DDR Menschen verkaufte, mussten sie wohl ihr Eigentum sein. Und Anja? Wem gehörte Anja? Wer bestimmte über sie, über ihr Schicksal?

Es kam ihr vor, als würde der Name des Ortes auf sie zufliegen. Natürlich – es war nur ein Schild an einer Straße, nichts weiter. TORGAU.

Automatisch tastete sie nach dem Türgriff. Vielleicht konnte sie an einer Ampel ...? Aber es gab keinen Türgriff. Sie saß in der Falle. Schon wieder.

Sieht doch gar nicht so schlimm aus, die Stadt, versuchte sie sich zu beruhigen. Ganz normale Häuser, ganz normale Menschen. Ein Fluss. Das musste die Elbe sein. Die Sonne glitzerte auf dem Wasser. Im Sommer schipperten sicher Ausflugsdampfer hier entlang. Zum Ende des Zweiten Weltkriegs hatten sich die Amerikaner und die Russen auf einer zerstörten Brücke in dieser Stadt die Hand gegeben. Das hatten sie im Geschichtsunterricht durchgenommen, nur dass die Russen da nicht Russen genannt wurden, sondern Helden der Sowjetarmee.

Eine ganz normale Stadt also? Wieso schlug dann ihr Herz so schnell?

Sie dachte an Tom. Den Jungen aus dem Durchgangsheim, den die Erzieher »Zigeuner« nannten. Den Jungen mit dem dunklen, trotzigen Blick. Er hatte vor nichts und niemandem Angst, so war es ihr vorgekommen. Das wussten auch die Erwachsenen. Und sie drohten ihm mit diesem Wort, mit dem Namen dieser Stadt, mit *Torgau*.

Und jetzt war sie hier.

Der Wagen hielt vor einem grauen Eisentor.

Anja warf einen letzten Blick zurück über die Schulter. Sie wollte das Tor nicht ansehen, das sich öffnete, für sie öffnete. Unendlich langsam, mit einem scharrenden Geräusch; Metall zog über Metall.

Der Wartburg fuhr auf den Hof. Niemand sagte ein Wort.

Anja sah eine hohe Mauer auf der rechten Seite, links das Gebäude mit den vergitterten Fenstern. Vor ihr ein zweites Tor. Wie in Zeitlupe schob sich die graue Metallwand hinter ihr zu. Das war's also, ja? Sie wurde weggesperrt. In den Knast. Das Wort *Hochsicherheitstrakt* kam ihr in den Sinn. Es konnte doch nicht sein, dass sie sie in ein Gefängnis steckten!? Ohne ein Urteil? Ohne eine Verhandlung? Ohne einen Richter? Einfach so?

»Wo ... wo bin ich?«, stammelte sie.

»Du bist da, wo du hingehörst«, sagte der Erzieher. »Da, wo Leute deines Schlages hingehören.«

2

Aus, vorbei, dachte Anja, als sie wie in Trance über den Hof lief. Alles vorbei. Hier ist die Welt zu Ende. Ihre Stiefel schlappten um ihre Füße herum. Bevor sie losgefahren waren, hatte man ihr die Schnürsenkel abgenommen und sogar die Uhr.

Galten Schnürsenkel und Uhren hier als Waffen? Konnte man damit irgendetwas anstellen, von dem sie keine Ahnung hatte? Sie stieg eine Treppe hinauf auf das Gebäude zu, von dem der Putz bröckelte und das eindeutig ein Knast war. Sie kannte den Anblick aus Filmen. Sie suchte nach einem Fenster, das ganz normal aussah, aber sie fand keins. Überall Gitter. Als sie den Stacheldraht bemerkte, der sich um ein Abflussrohr zog, stolperte sie. Für den Bruchteil einer Sekunde zögerte sie das Haus zu betreten. Aber der Erzieher schob sie wortlos vorwärts. Anja vermied es, zurückzuschauen und die geschlossenen Schleusentore und die hohe hässliche Mauer noch einmal anzusehen. Mit gesenktem Kopf tappte sie voran. Sie wollte nicht wissen, was auf sie zukam, nicht sofort. Sie blickte auf ihre Stiefel, die sie an Weihnachten erinnerten und die ihr wie Verräter erschienen, denn sie brachten sie hierher. Sie senkte die Lider so weit, dass sie kaum noch etwas erkennen konnte.

Vielleicht verschwand die Realität ja einfach, wenn sie sie nicht akzeptierte?

Sie hörte das Klirren eines Schlüssels und hob den Blick. Der Mann starrte sie an. Er war groß, kräftig, hatte militärisch kurz geschorene Haare, ein eckiges, grobschlächtiges Gesicht, eine rotfleckige Nase, die irgendwie eingedrückt aussah, und kleine wässrige Augen. Auf seiner Wange entdeckte sie eine Narbe. Er sah aus wie ein alter Boxer. »Gerade hinstellen! An die Wand!«, brüllte er plötzlich. »Nimm gefälligst Haltung an!«

Die Befehle schossen wie kurze Blitze in ihren Kopf, fuhren durch ihren Leib. Benommen folgte sie der Anweisung. Sie fühlte ein Zittern in den Knien und ignorierte es. Keine Schwäche zeigen.

»Gerade stehen, hab ich gesagt!«

Ihr Körper straffte sich automatisch. Sie presste die Hände an die Hosennaht, wie früher, als sie ein Jungpionier gewesen war und gedacht hatte, alles müsste so sein, wie die Lehrer es sagten. »Für Frieden und Sozialismus – seid bereit!«, hatte die Lehrerin gerufen. »Immer bereit!«, lautete die ewig gleiche Antwort der Pioniere und die rechte Hand flog zackig über den schiefen Pony. Ein Käppi und eine Pionierbluse hatte Anja nie getragen, nur das vorgeschriebene Halstuch mit dem vorgeschriebenen Knoten. Sie hasste es, das Halstuch zu binden, ihr Knoten war nie richtig. Ihre Mutter lehnte es ab, ihr die Technik zu erklären. »Du musst diesen Unsinn nicht mitmachen, Anja.« Als sie in die achte Klasse kam, weigerte sie sich als Einzige ihrer Klasse in die FDJ einzutreten. Sie wurde zum Direktor bestellt, um ihre Gründe zu erläutern. Sie zuckte mit den Schultern. »Ich möchte einfach nicht«, war ihre Antwort. »Du stellst dich gegen dein Klassenkollektiv?«, hatte der

Direktor gefragt. »Es ist deine Entscheidung«, hatte ihre Mutter gesagt, »du kannst mit dem Strom schwimmen oder auch dagegen, dich anpassen oder deinen eigenen Weg suchen. Du musst tun, was du für richtig hältst.«

Die Männer redeten kurz miteinander, Papiere wurden ausgetauscht: ihr Ausweis, ihre Akte. Der Erzieher, der sie hergebracht hatte, ging, ohne noch ein Wort an sie zu richten. Er ging einfach und ließ sie allein. Sie unterdrückte den Impuls, ihm nachzulaufen.

»Hier warten!«, schrie der andere Mann, als wäre sie taub. Auch er lief davon, ließ sie stehen.

Sie stand allein auf einem kleinen quadratischen Flur. Sie stand da, ohne sich zu rühren, ohne einen klaren Gedanken. Abgestellt. Wie ein Gegenstand.

Irgendwo knallte eine Tür. Sie zuckte zusammen und wagte nicht den Kopf zu drehen. Kehrte der Erzieher zurück? Sie zog die Schultern hoch, drückte den Rücken durch und lauschte auf die Schritte. Sie entfernten sich.

Niemand kam.

Erst nach einer Weile fing sie vorsichtig an sich umzuschauen.

Helles Neonlicht durchflutete den Korridor, die Wände sahen nackt, gelb und kalt aus. Sie sah vier wuchtige Türen. Was verbarg sich hinter ihnen? Sie wandte den Blick schnell wieder ab. Aber es war zu spät. Die Angst kroch aus dem Gelb der Wand auf sie zu, kroch in sie hinein und füllte sie aus.

Anja wartete. Und wartete. Und wartete. Sie hatte Durst. Sie musste aufs Klo. Die Beine wurden ihr schwer. Wie viel Zeit war vergangen? Drei Stunden? Vier Stunden? Fünf? Wenn es wenigstens ein Fenster geben würde … Dann könnte sie den

Himmel sehen und die Vögel beobachten. Aber es gab kein Fenster. Es kam ihr vor, als würde der Raum immer enger und die Luft immer dünner werden. Als würden die Mauern dieses Hauses ganz allmählich auf sie zurücken.

Erwachsene kamen an ihr vorbei, die sie keines Blickes würdigten. Menschen mit Schlüsselbunden in der Hand. Es klimperte und klirrte bei jedem ihrer Schritte. Türen klappten auf und zu.

Hatte man sie vergessen?

Nach einer Weile wurde es wieder ruhig auf dem Flur. Die Türen blieben geschlossen. Konnte sie es wagen, sich einen Moment hinzusetzen? Nur einen Augenblick? Anja lauschte in das Nichts hinein. Dann lehnte sie sich vorsichtig an die Wand, so vorsichtig, als könnte die Mauer hinter ihr nachgeben. Sie rutschte langsam tiefer, auf die kalt glänzenden Fliesen hinab. Nur kurz ... nur ganz kurz *ausruhen* ...

Sie versuchte aufzupassen, horchte auf jedes Geräusch. Als die Tür aufsprang, schoss sie in die Höhe. War sie schnell genug? Oder hatte die Frau, die auf den Gang trat, ihre Bewegung bemerkt? Die Unsicherheit ließ sie schwanken.

»Stell dich richtig hin!«, brüllte die Frau. »Wer hat dir erlaubt, dich zu setzen?«

Anja gab sich Mühe so gerade zu stehen wie sie konnte. Sie wollte keinen Ärger. Sie wollte mit jemandem reden. Und einer Frau konnte sie vielleicht eher vertrauen. Die Erwachsene kam mit energischen Schritten auf sie zu. Sie trug einen Jungenhaarschnitt, sah klein und drahtig aus. Anja zwang sich zu einem Lächeln. Sie wollte erklären, woher sie kam, dass sie schon so lange wartete, dass sie mal auf die Toilette musste. Womit beginnen? Mit ihrem Namen. Sie würde sich einfach vorstellen, höflich und freundlich, wie es draußen normal war.

»Ich ...«, sagte sie.

Weiter kam sie nicht. Die Frau trat ihr unvermittelt gegen das Schienbein, so schnell, so fest, so selbstverständlich, als wäre es die normalste Sache der Welt.

»Das Wort *Ich* existiert hier nicht«, sagte die Frau scharf. »Dein *Ich* kannst du an diesem Ort vergessen. Du bist hier in Torgau! Deine Zeit des Widerstands ist ab heute vorbei! Hier hast du dich einzuordnen und den Anordnungen der Erzieher zu folgen! Jeder Verstoß gegen die Hausordnung wird bestraft! Und jetzt will ich eine ordentliche Meldung von dir hören!«

Anja wurde blass. Sie spürte, dass ihr das Blut aus dem Gesicht wich.

»Meldung!«, brüllte die Erwachsene.

In Anjas Kopf wirbelten Fragen herum. Was wollte die Frau hören? Was sollte sie sagen, wenn das Wort *Ich* verboten war?

In einem schnellen, ungeduldigen Ton sagte ihr die Frau die Worte vor.

Stockend sprach Anja sie nach. »Jugendliche Sander ... eingewiesen in den Jugendwerkhof Torgau ... wegen ... wegen ... tätlichen Angriffs und terrorist... terroristischer Handlung gegen die Organe der Jugendhilfe ... meldet ... meldet ...« Mit trockenem Mund quälte sie die Worte aus sich heraus. Ihre Zunge kam ihr zu schwer vor. Ihr Herz kam ihr zu schwer vor. Es schlug so heftig, dass es wehtat.

3

»Ausziehen!«, schrie die Frau bereits zum zweiten Mal.

Suchend sah sich Anja in der Kleiderkammer nach einer Kabine um. Es gab keine. Wie in einem Wachtraum nahm sie wahr, dass eine Luke geöffnet wurde und ein Mann ein Bündel Sachen auf den Tresen schob. Anjas Finger fühlten sich taub an, als sie ihre Stiefel von den Füßen streifte, die Knöpfe durch die Löcher ihres Mantels fummelte, den Reißverschluss ihrer Hose aufzog.

»Schneller!«

Es kam ihr vor, als müsste sie eine Fremde entkleiden, nicht sich selbst. Ihr Blick wurde verschwommen, ein seltsamer Laut stieg aus ihrer Kehle, halb Wimmern, halb Stöhnen.

Etwas fiel auf den Boden. Hastig hob sie es auf, strich über den sandigen Umschlag, bevor sie Rilkes Gedichte auf den Tresen legte.

»Ach herrje«, sagte die Erzieherin. »Was haben wir denn hier? Hast du diesen Dreck auf der Müllkippe gefunden?«

Anja antwortete nicht. Einen Moment spürte sie Wut in sich auflodern, wie eine Flamme. Aber die Flamme war zu schwach, um richtig zu brennen, sie erlosch gleich wieder. Sie hörte, wie die Frau in dem Buch blätterte und wie sie es dann auf den Tisch knallte. Anja sah nicht hin.

Als sie in Unterwäsche dastand, hingen ihre Arme schlapp herunter, obwohl sie ahnte, was nun kommen würde.

»Alles ausziehen!«

Anja bewegte sich jetzt schneller. Sie wollte es nur noch hinter sich bringen.

Der Mann notierte etwas auf einem Formular. Jedes Kleidungsstück, das sie abgab, wurde vermerkt. Er schrieb langsam, musterte Anja desinteressiert und wechselte ein paar

Sätze mit der Erzieherin – Worte, die an Anja vorbeirauschten.

Sie stand nackt vor zwei bekleideten fremden Erwachsenen.

Die Situation kam ihr irgendwie seltsam bekannt vor. Aus einem Film? Aus einem Buch? Dann fiel ihr wieder der Traum ein, in dem sie zur Schule ging und alle über sie lachten und sie plötzlich feststellte, dass sie nichts trug, nichts außer einem lächerlich kurzen Unterhemd.

Jetzt war sie vollkommen entkleidet. Entblößt vor Leuten, die, wie es aussah, ihre Feinde waren, die sie demütigten, wie man nur seine schlimmsten Feinde demütigt, und die sie aus einem Grund, den sich Anja nicht erklären konnte, hassten.

Anja fror. Sie versuchte sich mit den Armen so gut es ging zu schützen und wartete darauf, dass sie sich endlich anziehen konnte. Die Anstaltskleidung, die vor ihr lag, sah hässlich aus, aber das wir ihr egal. Hauptsache, sie konnte endlich wieder ihren Körper bedecken und musste sich nicht länger diesen verächtlichen Blicken aussetzen. Aber als der Mann fertig war mit seinen Notizen, holte er ein weiteres Formular von irgendwo hervor. Anja starrte ungläubig auf die Überschrift.

Jugendwerkhof Torgau
Fahndungsmeldung bei Entweichungen

»Name?«, fragte der Mann.

»Anja.«

»Nachname?«

»Sander.«

»Geburtsdatum?«

Sie antwortete.

»Geburtsort?«

Sie antwortete.

»Vater?«

Anja schwieg. Schüttelte den Kopf.

»Mutter?«

Sie begann zu zittern.

»Name der Mutter?«, fragte der Mann barsch nach.

Sie nannte den Namen.

Als sie ihm die »gegenwärtige Adresse« mitteilen sollte, zögerte sie. »Zurzeit unbekannt«, murmelte sie schließlich.

Bei der Personenbeschreibung musste sie nur ihre Größe angeben.

Ihr scheinbares Alter wurde auf fünfzehn geschätzt. Ihre Gestalt beschrieb der Mann nach einem abschätzenden Blick als »schlank« und ihre Kopfform als »oval«.

Über die Beschaffenheit ihres Haares wechselten die Erwachsenen ein paar Worte, als würde sie nicht neben ihnen stehen. Mittelblond? Dunkelblond? Hellbraun? Welliges Haar, gelocktes oder struppiges? Die Frau zuckte mit den Achseln. »Das spielt hier sowieso keine Rolle.« Ihre Mundwinkel verzogen sich.

»Tätowierungen? Narben?« Der Angestellte sah Anja fragend an.

Sie schüttelte den Kopf.

Der Mann zog einen Strich und schrieb das Datum auf das Papier.

Durfte sie sich jetzt endlich anziehen?

»Arme heben, Jugendliche!«, befahl die Frau in einem rüden Ton.

Anja warf ihr einen ungläubigen Blick zu. Was kam jetzt noch?

Sie hob die Arme und versuchte sich einzureden, dass das

hier so ähnlich war wie ein Arztbesuch. Nicht zu vermeiden. Wenn sie so behandelt wurde, musste es wohl einen Grund geben. In den Augen der anderen hatte sie etwas verbrochen. Deshalb wurde sie bestraft.

»Mund auf!«

Die Erwachsene schaute in die Öffnungen ihres Körpers, als wäre sie ein Gefäß, das eine verbotene Substanz enthielt.

Anja folgte den Anweisungen, die die Frau ihr gab, hielt die Luft an, um nicht zu schreien oder zu heulen, zuckte unter jeder Berührung zusammen. Was glaubte sie zu finden? Wonach suchte sie? Wenigstens konnten sie nicht in ihren Kopf hineinsehen, versuchte sie sich zu beruhigen. Auch wenn sie hier festsaß, ihre Gedanken waren immer noch frei.

Dann endlich erlaubte man ihr sich anzuziehen. Anstaltseigene Unterwäsche, die nach chemischer Reinigung roch und vor langer Zeit einmal weiß gewesen sein musste, Strümpfe, eine unförmige Latzhose, eine ausgewaschene Bluse und klobige, abgetragene Arbeitsschuhe. Sie beeilte sich so sehr dabei, dass sie kaum registrierte, dass der Schlüpfer kein Gummi und die Schuhe keine Schnürsenkel hatten.

4 Eine Zelle. Wieder einmal. Diese hier war noch kleiner als die, die sie schon kannte. Ein Fenster aus Glasbausteinen, dahinter konnte sie schemenhaft die Gitterstäbe erkennen. Kein Stück Himmel zu sehen, keine Welt. Kaum Tageslicht.

Eine an die Wand geklappte Pritsche. Ein Hocker. Ein Kübel. Es stank nach Chlor und nach Fäkalien in dem Raum. Als hätte ein Hund neben ein Schwimmbad geschissen.

Anja stand bewegungslos in der Mitte der Zelle. Die Frau hatte ihr zwei Schriftstücke mit der Bemerkung »Das lernst du auswendig!« in die Hand gedrückt, bevor sie Anja einschloss.

Sie hielt die Blätter in der Hand und stand einfach nur da. Wie lange schon? Sie wusste es nicht. Aus der Ferne hörte sie ein Geräusch, das wie ein Lachen klang. Es konnte aber auch etwas anderes sein. Ein Schluchzen? Ein Hilferuf? War sie das selbst? Kam das aus ihr? *»Mama, Mama, hilf mir, hilf mir ... Hilf mir, bitte!«*

Sie bewegte sich nicht, atmete flach, um den Gestank nicht riechen zu müssen. War sie wirklich hier? Wieso? Nicht denken. Nicht darüber nachdenken.

»Mama, hilf mir, Mama, wo bist du?«, wimmerte ihr Mund.

Woran denken, wenn sie nicht denken wollte?

»Bitte hilf mir, Mama, hol mich hier raus!«

In ihrem Kopf entstand ein Bild. Ein schwarzer Panther, der auf und ab lief, auf und ab. Sie begann ihm zu folgen. Klar wusste sie, dass er nicht da war. Sie sah ihn trotzdem. Seine Schönheit, seine eleganten Bewegungen. Seine Müdigkeit, seine Verzweiflung. Die Kraft, die immer noch in ihm steckte. Sie hatten seinen großen Willen betäubt. Aber er würde wieder erwachen, da war sie sich sicher. Eines Tages würde er aus seinem Käfig ausbrechen. Im Grunde konnten sie ihm nichts anhaben, trotz allem.

Kilian hatte recht behalten. Sie waren noch da, die Gedichte.

Die Tür wurde aufgeschlossen.

Anja wartete kerzengerade, sie spürte den Panther an ihrer Seite. Sie fühlte keine Angst in diesem Augenblick.

Der Duft von Kartoffelsuppe schlug ihr entgegen. Die Frau

hielt eine weiße Schüssel in der Hand. »Jugendliche Sander, wo bleibt die Meldung?«, schrie sie.

Anja schwieg.

Die Erzieherin sah einen Moment verunsichert aus. »Hausordnung!«, befahl sie. »Hausordnung aufsagen!«

Anja ließ die Blätter, die sie die ganze Zeit gehalten hatte, auf den Boden fallen. Die Worte über den Panther, den man in einen Käfig gesperrt hatte, kamen wie von selbst, als wohnten sie in ihr und wollten nur mal vor die Tür schauen:

»Sein Blick ist vom Vorübergehn der Stäbe
so müd geworden, dass er nichts mehr hält.
Ihm ist, als ob es tausend Stäbe gäbe
und hinter tausend Stäben keine Welt.«

Die Frau schnappte nach Luft. »Hast du ... Hast du den Verstand verloren?«

Anja schüttelte den Kopf. Ihre Stimme wurde lauter.

»Der weiche Gang geschmeidig starker Schritte,
der sich im allerkleinsten Kreise dreht,
ist wie ein Tanz von Kraft um eine Mitte,
in der betäubt ein großer Wille steht.«

Die Frau wich vor Anja zurück, wie vor einer Verrückten.

»Nur manchmal schiebt der Vorhang der Pupille
sich lautlos auf –. Dann geht ein Bild hinein,
geht durch der Glieder angespannte Stille –
und hört im Herzen auf zu sein.«

Die Tür schlug zu. Anja vernahm den Schlüssel, der sich im Schloss drehte. Sie hörte das Knallen der Riegel.

Etwas tropfte auf den Boden der Zelle. Verwundert strich sie über ihr Gesicht. Es war nass.

5

Am Nachmittag begann ihr Magen zu knurren. Sie dachte an den Geruch der Suppe. Die Erzieherin hatte die Schüssel wieder mitgenommen. Keine Meldung – kein Essen. War das ihre Strafe? Sah ganz danach aus.

Anja setzte sich auf den Holzhocker und las die »Hausordnung« und die »Arrestbelehrung« ein paarmal hintereinander. Im Arrest war eigentlich alles verboten:

1. Das Singen und Pfeifen
2. Das Lärmen
3. Das Herausschauen aus dem Fenster
4. Das Benutzen der Lagerstätte außerhalb der Nachtruhe
5. Der Besitz von Büchern, Zeitungen, Bleistiften und dergleichen
6. Das Beschmieren und Beschriften der Wände und Türen
7. Jede Art der Unterhaltung mit anderen Jugendlichen

Zählte das Aufsagen von Gedichten zum Lärmen oder doch eher zum ersten Punkt? Die Verbote erschienen ihr reichlich unsinnig. Wie sollte es möglich sein, aus dem Fenster zu sehen, wenn die dicken milchigen Scheiben es gar nicht zuließen? Und wenn man absolut nichts mit in die Zelle nehmen durfte, wie konnte man dann in den Besitz von Büchern, Zeitungen und Bleistiften gelangen? Der letzte Punkt kam Anja besonders merkwürdig vor. Mit welchen Jugendlichen sollte sie sich hier unterhalten? Aber auch das sechste Verbot erschien ihr unlogisch. Womit hätte sie Wände und Türen beschriften können, wenn sie keinen Stift haben durfte?

Sie schob sich von dem Hocker und betrachtete die Wand jetzt aufmerksamer. In einer Ecke entdeckte sie – vielleicht mit dem Fingernagel – in den Lack gekratzte Buchstaben. Das Wort *Gott* war ziemlich deutlich zu erkennen. Der Rest war schwer zu entziffern. Anja hockte sich direkt davor und zog mit dem Finger über die Spur, bis sie den gesamten Satz lesen konnte. *Gott, gib mir Kraft.* Sie erhob sich und lief in der Zelle umher, auf der Suche nach weiteren Spuren. Überall entdeckte sie jetzt kleine Kritzeleien. Namen, Zeichnungen, Daten, Sprüche. Klar, sie war nicht die Erste und sie würde nicht die Letzte sein. Aber der Gedanke tröstete sie nur wenig.

Was kam als Nächstes? Was würde hier mit ihr passieren?

Das Wort *Mutti* las sie besonders oft. *Mutti, bitte weine nicht ... Mutti, ich komme wieder ... Ich liebe dich über alles, Mutti ...* Anja fühlte einen Kloß im Hals und schluckte. Sie wandte sich ab, drehte sich der Pritsche zu, die an die Wand gelehnt stand. Behutsam schob sie einen Riegel beiseite, von dem die grüne Farbe platzte, und zog die Holzliege ein Stück zu sich. Neugierig betrachtete sie die Fläche, die das Gestell verdeckt hatte, als sie auf einmal ein Geräusch hörte. Es war ein leiser metallischer Ton. Sie sah sich suchend danach um. Jemand beobachtete sie. Das wurde ihr plötzlich klar. Es kam ihr vor, als hätte die Tür ein Auge, das sie anstarrte.

Hastig versuchte sie die Pritsche wieder in die richtige Position zu stellen, aber sie rutschte weg – genau in dem Augenblick, als die Tür aufsprang. Die Holzliege krachte auf den Boden, die vier Beine nach oben gerichtet, wie ein erschossenes Tier.

Anja stand stramm mit vor Schreck brennenden Wangen, als hätte man sie geohrfeigt, und stammelte die Meldung, die von ihr erwartet wurde.

»Jugendliche Sander, Ordnung wiederherstellen!«, schrie der Erzieher. Es war der, der wie ein alter Boxer aussah. Anja brach der Schweiß aus, während sie der Anweisung folgte, die Pritsche anhob und gegen die Wand lehnte.

»Jugendliche, raustreten!«, lautete der nächste Befehl.

Was kam jetzt? Würde er sie bestrafen? Für ihre Neugier? Für das Umwerfen der Pritsche? Vielleicht galt das ja schon als Beschädigung von Volkseigentum.

Sie hörte einen Schlüssel klimpern, und als sie einen heimlichen Blick zurückwarf, sah sie, dass der Mann die Liege an der Wand anschloss.

»Im Laufschritt!«, ordnete der Erzieher an, nachdem er die Tür verriegelt hatte.

Ihre Beine kamen ihr ungelenkig und steif vor. Wie sollte sie sich in dieser Enge »im Laufschritt« bewegen? Der Mann schloss vor ihr ein Gitter auf und hinter ihr gleich wieder zu, als wäre sie ein gefährliches Raubtier, er schnauzte sie an, weil sie die Arme nicht richtig anwinkelte, trieb sie Stufen hinauf und schließlich in einen Duschraum.

Der Mann verlangte von ihr sich auszuziehen. »Stell dich nicht so an!«, schrie er, als sie sich von ihm abwandte. Anja spürte, dass ihre Knie zitterten, dass ihr Körper zitterte. Sie begriff nicht, was hier vor sich ging, was der Kerl wollte und wieso das alles passierte. Sie begriff nur, dass sie ganz allein mit ihm war, und vermied es, zu ihm aufzuschauen. Stattdessen blickte sie auf die Kacheln hinab. Der Wasserstrahl aus der Dusche, der sie unvermittelt traf, eiskalt und hart, war wie ein Schock. Ein erschreckter Schrei entfuhr ihr. Dann hörte sie den Erzieher etwas brüllen. »Hand auf!«, schrie er und sie blickte verwirrt auf die Tube, die er ihr hinhielt. Als Nächstes wurde ihr eine weiße Paste auf den Handteller gedrückt und wieder vernahm sie einen Befehl. Das Wasser rauschte und sie verstand nur die Worte »Desinfektion« und »ganzen Körper einreiben!«.

Widerstand regte sich in ihr. Wozu sollte das gut sein? Sie hatte keine Läuse oder sonstige Tierchen.

»Nun mach schon, sonst mach ich es!«, brüllte der Mann mit der eingedrückten Nase. Sie spürte, dass sich ihre Kehle zuschnürte, und schnappte nach Luft. Zögernd begann sie sich die Arme einzuseifen. Das Zeug stank und brannte auf ihrer Haut.

»Alles, hab ich gesagt! Von Kopf bis Fuß!«

Sie blinzelte ihn aus einem Schleier aus Wasser und Tränen an. Der Mann stand direkt vor ihr, als sie sich den Kopf mit der Paste einrieb; er musterte sie von oben bis unten, mit einem Ausdruck von Hohn in den Pupillen. Dann sah sie nichts mehr. Aus Angst, dass ihr das Gift die Augen verätzen würde, kniff sie die Lider zusammen. Die Lauge lief ihr die Haare hinab, rann über ihre Stirn, die Wangen, das Kinn. Sie spürte den Strahl auf ihrem Kopf, auf ihrem Rücken, auf ihren Brüsten, das Wasser rann zwischen ihre Schenkel, und als es vorbei war, wusste sie, dass es erst angefangen hatte. Dies hier war immer noch ihr erster Tag in Torgau. Ein Tag, der nicht enden wollte.

Es dauerte eine Ewigkeit, ehe ihr endlich ein Handtuch zugeworfen wurde und sie sich abtrocknen konnte. Ihr Körper roch desinfiziert und fremd. Und Anja fühlte sich immer fremder in ihrer Haut.

Dass sie wenig später auf einem Stuhl saß und ihr die Haare abgeschnitten wurden, nahm sie kaum noch zur Kenntnis. Sie geriet in den *Zustand*, wie sie es später nennen würde, in eine Art Trance, in der alles keine Rolle mehr spielte – so als wäre man halb bewusstlos oder kurz davor zu sterben und in eine andere Welt hinüberzuwechseln. Nur einmal, als er mit dem Haarschneidegerät ihrem Ohr zu nahe kam, machte sie eine abwehrende Handbewegung – so als würde sie eine Mücke verscheuchen. Sie erhielt dafür einen kurzen derben Schlag auf den Hinterkopf. Aber sie spürte ihn kaum, so betäubt fühlte sie sich.

Als sie später auf dem Hocker in der Mitte der Zelle saß, starrte sie unverwandt auf das Wort *Gott*. Sie war nicht gläubig und sie hatte noch nie in ihrem Leben gebetet. Aber wenn dies hier die Hölle war, musste ja vielleicht auch irgendwo der Himmel existieren.

»Gib mir Kraft«, flüsterte sie dem Wort zu.

Zum Abendbrot erhielt sie die Suppe vom Mittag. Beinahe gleichgültig nahm sie zur Kenntnis, dass sie kalt war. Sie hatte Hunger. Wenigstens der Plastikbecher mit Tee wärmte ihre Hände.

Vor der Nachtruhe wurde sie von der Erzieherin aufgefordert, aus der Zelle zu treten und draußen vor der Tür strammzustehen. Wieder einmal klimperte ein Schlüssel. Anschließend hatte Anja die frei geschlossene Pritsche auf den Boden zu stellen und sie erhielt zwei dünne Decken.

Keine Matratze. Kein Kissen.

»Und jetzt, Jugendliche Sander, will ich die Hausordnung von dir hören! Ansonsten …«

Die Frau sprach erstaunlich leise, es war eher ein Zischen als ein Sprechen. Anja hörte die Drohung nur allzu deutlich. Was konnten sie ihr hier antun?

Sie stand stramm, während sie den Text herunterrasselte:
»*Hausordnung:*
1. *Sie haben die Gelegenheit, Fehler in Ihrem Verhalten zu korrigieren, im Jugendwerkhof nicht genutzt. Hier im geschlossenen Jugendwerkhof müssen Ihnen deshalb Ihre Pflichten gegenüber der Gesellschaft nachdrücklich bewusst gemacht werden und es wird Ihnen geholfen, Ihr Leben in Zukunft gefestigt und sinnvoll zu gestalten.*
2. *Sie haben hier durch gute produktive Arbeit, durch gutes Lernen und einwandfreie Disziplin zu beweisen, dass nun Schluss ist mit Ihrem gesellschaftswidrigen Verhalten.*
3. *Wir verlangen von Ihnen unbedingt:*
    a) dass Sie alle Ihnen übertragenen Aufgaben ohne Widerrede nach bestem Können lösen.
    b) Wenn Sie allein, also ohne direkte Begleitung durch einen Erzieher, einem Erwachsenen begegnen, nehmen Sie aufrechte, straffe Haltung ein ...«

»Stopp! Das genügt! Wegtreten zur Nachtruhe!«
Die Zellentür knallte zu.
Schlüssel.
Riegel.
Riegel.
Die Geräusche erschienen ihr schon beinahe vertraut.

Anja war froh, sich endlich hinlegen zu können. Das Licht wurde ausgeschaltet und der Raum versank in vollkommener Finsternis. Die Pritsche war schmal und kurz und trotz der Decke, die sie als Unterlage nutzte, hart wie ein Brett. Wie sollte sie so einschlafen? Ihr Rücken schmerzte schon bald, aber schlimmer war die Angst, die durch ihre Adern zog und in ihrem Leib pulsierte. Die Angst ließ sie nicht zur Ruhe kommen und keinen klaren Gedanken fassen, nicht einmal eine Gedichtzeile fiel ihr im Augenblick ein. Immer wieder strich sie ungläubig über ihren Kopf, über die kurz geschnittenen Haare. »Sie wollen, dass ich mich verändere, Mama«, flüsterte sie. »Sie wollen, dass ich mit dem Strom schwimme, wie alle anderen auch. Was soll ich tun, Mama?« Sie lauschte, als könnte von irgendwoher eine Antwort kommen. Aber es blieb still.

Schließlich stellte sie sich den Panther vor, ihren Beschützer, sein warmes weiches Fell und die Kraft darunter. Dass sie die schwarze Raubkatze in der Dunkelheit nicht sehen konnte, erschien ihr nur logisch. Sie lauschte so lange in die Lautlosigkeit hinein, bis sie ihn atmen hörte.

Dann schlief sie ein.

6 Die folgenden zwei Tage verbrachte sie damit, in der engen Zelle zu stehen und zum Fenster hinaufzusehen, das nicht mehr war als ein kleines dürftiges Viereck hoch oben in der Mauer, das mal heller und mal dunkler wurde. Manchmal saß sie auf dem Hocker und starrte die Tür an. Manchmal versuchte sie in winzigen Schritten hin und her zu laufen und dabei stets auf die Geräusche zu achten – näherte sich ein Erzieher? Musste sie gleich strammstehen und Meldung machen? Manchmal kauerte sie auch in der Ecke, nahe dem Wort

Gott. Einmal faltete sie sogar ihre eiskalten Hände, aber dann wusste sie nicht weiter. Außer *Gib mir Kraft* fiel ihr nicht viel ein. *Gib mir Kraft, verdammt noch mal, hol mich raus aus diesem Drecksloch, amen.*

Gott war ihr nicht geheuer. Sie konnte sich *ihn* so schlecht vorstellen. Wie der Weihnachtsmann sah er ja wahrscheinlich nicht aus. Wie also dann? Lieber dachte sie an den Panther, der einfach aus dem Nichts zu ihr kam und sich an sie schmiegte. Ihr fiel Mowgli ein, der Junge, der im Dschungel lebte, ohne einen Menschen. Nur ein Panther und ein Bär passten auf ihn auf. In der Nacht versuchte sie sich die Geschichte ins Gedächtnis zu rufen, die ihre Mutter ihr vorgelesen hatte, als sie acht oder neun war. Ein kleines Kind allein in der Wildnis. Ausgesetzt. Hilflos. Ausgeliefert. Aber die Wölfe kümmerten sich um das Menschenkind – jetzt erinnerte sie sich wieder. Und um zu überleben, wurde Mowgli selbst so ähnlich wie ein Wolf. *So war es doch, Mama, oder?*

Am dritten Tag las sie die Hausordnung und die Arrestbelehrung immer wieder, obwohl sie die Anweisungen und Verbote längst auswendig konnte. Aber immerhin waren auf den Blättern Sätze und Buchstaben – etwas zum Anfassen und Anschauen.

Nach einer Weile kam es ihr vor, als würden die Worte auf dem Papier ihre Plätze tauschen. Statt *Der Hocker hat in der Mitte der Zelle zu stehen* las sie: *Die Zelle hat in der Mitte des Hockers zu stehen.* Der Satz *Der Kübel steht in der Zelle rechts neben der Tür* verwandelte sich in: *Die Zelle steht in dem Kübel neben der Tür rechts.* In gewisser Weise stimmte das ja sogar. Es roch so scheußlich, als wären Zelle und Eimer identisch. Anja zögerte es meist so lange wie möglich hinaus, den stinkenden

Pisspott zu benutzen. Erst wenn sie das Gefühl hatte, dass ihre Blase gleich platzen würde, nahm sie so schnell sie konnte den Deckel ab und versuchte so zu pinkeln, dass sie den kalten Metallrand möglichst nicht berührte.

Nachdem ihr am Mittag das Essen gebracht wurde, lauschte sie auf die sich entfernenden Schritte, nahm den Hocker und stellte ihn unter das Fenster. Von da draußen drangen immer mal wieder Geräusche zu ihr: Stimmen, das Geschrei eines Erwachsenen, das Getrappel von Füßen. Sie kletterte hinauf und versuchte etwas zu erkennen. Aber da war nichts, gläserner Nebel, sonst nichts.

Als sie den Hocker zurück an seinen Platz stellte, kicherte sie leise. Sie hatte etwas Verbotenes getan und man hatte sie nicht dabei erwischt.

Am frühen Morgen des vierten Tages wurde sie mit einem »Jugendliche Sander, raustreten!« begrüßt. Anja stand stramm und sagte die Meldung auf. Aber die Frau winkte sie nur ungeduldig hinaus. In der Kleiderkammer erhielt sie einen Berg Wäsche: Sportzeug, Bettwäsche, Schlüpfer, BHs, Unterhemden, einen dünnen, blau-gelb gestreiften Synthetikpullover, eine dunkelblaue Jeans, ein Nachthemd, ein Kopftuch. Auch die Schnürsenkel für die klobigen Arbeitsschuhe, die sie trug, gab man ihr und sie fädelte sie mit zitternden Fingern durch die Löcher. Dann sollte sie mit dem Wäschepaket im Laufschritt rennen, was eigentlich unmöglich war, aber irgendwie doch ging, weil es gehen musste. Sie lief Treppen hinauf, Eisengitter wurden aufgeschlossen und hinter ihr wieder zu und schließlich lief sie in der dritten Etage an schweren Zellentüren vorbei. Sie sah Riegel und Schlösser und hörte die

Erzieherin mit dem Schlüsselbund klimpern und irgendwas rufen – es klang eher wie ein Bellen – und dann sah sie die Mädchen.

Sie standen da in einer Linie auf dem Flur, sortiert nach Größe, gerade wie Soldaten, stumm, mit völlig ausdruckslosen Gesichtern. Alle trugen das gleiche kurze rote Sportzeug und den gleichen Haarschnitt. Die Erzieherin befahl etwas und eines der Mädchen löste sich aus der Mitte und gesellte sich zu Anja. »Mitkommen!«, sagte sie zu ihr, als wäre sie auch eine von den Erwachsenen, die sich, aus welchem Grund auch immer, Erzieher nannten.

Das Bett aus Metall, das ihr zugewiesen wurde, war dreistöckig. So etwas hatte sie noch nie gesehen, nicht einmal im schäbigsten Ferienlager. Aber was sollte sie jetzt noch überraschen? Alles hier sah nach Knast aus, nach einem Ort, von dem sie nie wieder wegkommen würde. Wie sollte sie hier existieren? Wie konnte sie hier überleben? Sie spürte eine Welle der Panik in sich aufsteigen.

»Na, pack schon an! Das muss schneller gehen!« Das Mädchen half ihr ungeduldig das Laken über die fleckige Matratze zu ziehen und das Bett der mittleren Etage zu bauen. Wie sollte sie da schlafen, eingequetscht in dieser Sardinenbüchse? Die Kleidungsstücke wurden in einem Nebenraum in Regale geräumt. Jedes Unterhemd, jeder Schlüpfer musste in ein viereckiges Päckchen verwandelt und nach einem genau vorgegebenen System in die offenen Metallregale gelegt werden. Es gab weder Türen noch Seitenwände, man konnte in jedes Fach hineinsehen. Überall lagen die gleichen Wäschestapel. Kein Buch, kein Foto, kein Schmuck, kein Lippenstift – nichts verriet, dass hier junge Frauen lebten. Anja zitterten die Finger, und als ihre Wäschepyramide ins Wanken geriet, brach ihr der Schweiß aus.

»Das muss alles stehen, sonst bist du dran!« Das Mädchen seufzte und schob sie mit einer ungeduldigen Bewegung beiseite. »Lass mich mal und du zieh dich um, Sportzeug, na, nun mach schon!«

In ihrem Tonfall klang etwas mit, das Anja aufs Höchste beunruhigte, ohne dass sie wusste, was es war. Sie versuchte etwas in dem Gesicht zu erkennen. Aber sie stieß nur auf diese undurchdringliche Miene, die starr und blass wirkte, wie eingefroren.

»Was glotzt du so? Ich bin dein Gruppenfunktionär, und wenn ich dir sage, dass du dich beeilen sollst, dann meine ich das auch, verstanden?«

Wenig später stand sie selbst in der Reihe, stocksteif, die Arme an den Körper gepresst. War sie jetzt eine von ihnen? Während des Zählens war sie die Nummer acht. Sie sagte »Acht« und drehte den Kopf nach links. Sie hörte die Nummer neun »Neun« sagen und schob sich den Daumen gegen den nackten Schenkel. Vielleicht gab es ja doch noch eine Chance aus diesem Albtraum zu erwachen? Aber ihr Nagel war zu kurz, sie hatte ihn im Arrest abgeknabbert und sie fühlte nur, dass sie immer weniger fühlte. Keinen Schmerz, keine Wut. Nicht mal Angst. Nur etwas Dumpfes, Taubes. Und in ihrem Kopf war es leer.

Als sie auf dem Hof Runde für Runde rannten, konzentrierte sie sich nur darauf, sich dem Laufrhythmus anzupassen, richtig zu atmen, keine Seitenstiche zu bekommen, schnell genug zu sein, um nicht aufzufallen, aber nicht zu schnell, um dem Mädchen vor ihr nicht in den Hacken zu treten. Sie war jetzt Teil dieser Gruppe, ein Rädchen im Getriebe – gegen ihren Willen, der hier betäubt werden sollte, so viel war ihr klar. Der Panther in ihr lief wie rasend in seinem Käfig hin und her, während sie die Anweisungen der Erzieherin hörte wie aus weiter Ferne. Die Befehle mischten sich mit den anderen Geräuschen, mit dem Keuchen des Mädchens, das direkt hinter ihr lief und das lauter war als ihr eigenes, mit dem Gebell der Schäferhunde, die an langen Leinen hin- und herjagten und immer kläfften, wenn die Gruppe an ihnen vorbeirannte. Wenn sie an der meterhohen Mauer entlangliefen, warf sie einen ungläubigen Blick hinauf zu dem Glitzern der Sonne auf dem Stacheldraht, zu dem Funkeln auf den gezackten einbetonierten Scherben. *Du kommst hier nicht raus*, sagte dieses Leuchten zu ihr, *keine Chance. Denk erst gar nicht dran. Überleg dir lieber, wie du das hier überstehst.* Sie hörte, dass das Mädchen, das ihr folgte, langsamer wurde, und unterdrückte den Impuls, sich nach ihr umzusehen. Sie drosselte ihre Schnelligkeit etwas, aber die Erzieherin, die mit verschränkten Armen an der Mauer lehnte, hatte die Lücke im System schon entdeckt und brüllte: »Jugendliche Becker, aufrücken! Oder soll die Gruppe wegen dir ein paar Zusatzrunden rennen?«

Anja hörte das Keuchen wieder näher kommen, das jetzt eher wie ein Schluchzen klang. Sie blickte sich nicht um.

Als sie sich an den Waschbecken den Schweiß vom Körper wuschen, beugte sich Anja unter den Hahn und trank heimlich von dem Leitungswasser. Die Erzieherin stand im Türrahmen und sah ihnen zu – dessen war sie sich die ganze Zeit bewusst. Es kam ihr vor, als würde sie die Blicke spüren – sie bohrten sich in ihr Genick und zwischen ihre Schulterblätter – und sie genierte sich, ihnen ausgeliefert zu sein.

War es verboten das Wasser zu trinken? Vermutlich schon. Sie durfte sich nicht erwischen lassen. Darauf kam es hier wahrscheinlich an. Vorausdenken, sich wegducken. Nicht aus Feigheit, sondern aus dem festen Willen heraus, dies hier zu überstehen.

Zum Frühstück gab es dann Malzkaffee, Mischbrotscheiben, Margarine, Marmelade und eine merkwürdige Wurst, die mehr aus einem undefinierbaren Glibber bestand als aus Fleisch. Anja verging bei dem Anblick der Appetit, aber sie versuchte trotzdem sich satt zu essen in den fünfzehn Minuten, die ihnen zur Verfügung standen.

Im Speisesaal herrschte eine Totenstille. Das Sprechen war im Jugendwerkhof Torgau generell verboten; es sei denn, man wurde vom Erzieher dazu aufgefordert. Anja versuchte sich so zu benehmen wie die anderen Mädchen: den Hocker beim Hinsetzen so leise wie möglich heranzuziehen, absolut still zu sein beim Kauen und Trinken – fast so, als wäre man gar nicht anwesend.

Anschließend standen sie wieder stramm in einer Linie im Flur.

»Jugendliche, die zur Toilette müssen, einen Schritt vor!«, ordnete die Erzieherin an.

Anja sah sich unsicher um. Sieben Mädchen traten, ohne zu zögern, vor. Anja tat es ihnen schließlich nach und fing sich für ihre Unentschlossenheit einen missbilligenden Blick der Erzieherin ein.

»Die ersten vier rechts um! Zum Toilettengang abrücken!«

Als sie die Klos dann sah, kamen ihr der Malzkaffee und

die Glibberwurst wieder hoch. Einen Moment würgte sie und kämpfte gegen die plötzliche Übelkeit. Es roch nach Urin, nach Fäkalien, nach Desinfektionsmittel. Sie presste sich die Hand auf den Mund. Wenn sie jetzt hier auf die Fliesen kotzte, wurde sie bestimmt bestraft. Nicht nur dass keine Kabinen vorhanden waren, es gab nicht einmal Trennwände – es existierte keinerlei Sichtschutz. Selbst beim Pinkeln war man hier nicht allein. Schenkel an Schenkel saßen die Mädchen auf den Becken, mit gesenkten Lidern und schweigend. Was dachten sie? Was empfanden sie? Wieso wehrten sie sich nicht? Anja kämpfte gegen ihren verletzten Stolz und tat so, als wäre sie noch mit den Trägern ihrer Latzhose beschäftigt. Als sie sich schließlich auf das WC in der linken Ecke setzte, fühlte sie eine Gänsehaut im Nacken, auf dem Rücken, auf den Armen, überall. Sie schüttelte sich vor Abscheu, und während die anderen sich bereits wieder anzogen, hockte sie immer noch völlig verkrampft da. Sie schloss einen Moment die Augen und dachte an strömenden Regen, damit sie pinkeln konnte. So schnell es ging, zog sie sich danach wieder an, spülte und sah sich nach einem Waschbecken um. Es gab keins. »Beeil dich!«, hörte sie jemanden zischen. Sie schaute auf, aber niemand blickte sie direkt an.

Die Erzieherin starrte ihnen mit gerunzelten Brauen entgegen. Hatten sie schon zu lange gebraucht? Gab es fürs Pinkeln eine festgelegte Zeit? Die Nächsten wurden auf die Toilette geschickt. Anja stellte sich zurück an ihren Platz. Den Blick ins Nirgendwo, wartete sie auf die nächste Anweisung. Wenigstens musste sie sich keine Gedanken darüber machen, wie es nun weiterging. Das Denken wurde ihr hier abgenommen.

»Frau Feist, Jugendliche Becker meldet: Toilettengang beendet.«

»Na, Jugendliche, sogar beim Pinkeln bist du die Letzte, was?«

Anja sah, wie das Gesicht des Mädchens rot anlief.

7

Der Arbeitserzieher, Herr Möller, erklärte Anja nun zum dritten Mal, wie sie die Einzelteile zusammenstecken musste. Die Tische im Raum waren zu einem großen Viereck zusammengeschoben worden, an dem die Mädchen in ihren unförmigen Arbeitsanzügen standen, mit Kopftüchern, die ihre kurzen Haare völlig verdeckten. Anja starrte auf die winzigen Plastikstücke in der Kiste, die einander ähnelten wie ein Ei dem anderen, und sie fühlte sich wie betäubt von der Tatsache, dass sie hier dazu verdammt war, Idiotenarbeiten im Akkord durchzuführen. Wie sollte sie die Miniteilchen voneinander unterscheiden?

»Mädel, also hier erst mal die Unterlegscheibe, der Sprengring kommt dann dahin, der andere dorthin, dann das Teil und das, jetzt alles festschrauben. Ist doch eigentlich ganz logisch, siehst du?«

Anja nickte. Sie sah es. Aber sie konnte sich nicht vorstellen, dass sie von nun an hier stehen sollte, um stundenlang, tagelang, wochenlang mit diesen winzigen Puzzlestücken das immer gleiche Teil herzustellen.

»Fertig ist er, der Schalter der WM 66«, sagte Herr Möller stolz, als hätte er eben eine neue Rakete erfunden.

»So eine hat meine Mutter auch«, murmelte Anja. Erst dann fiel ihr ein, dass sie ja nur nach Aufforderung sprechen durfte.

Aber der Mann lächelte nur und klopfte ihr auf die Schulter. »Na, siehst du, wir geben hier alles für unsere werktätigen Muttis. Jetzt leistest du einen produktiven Beitrag für unsere Republik. Waschmaschinen kann man für den Sozialismus nie genug bauen, nicht wahr?«

Anja fragte sich, ob der Mann sich einen Scherz erlaubte oder ob er wirklich so dachte. Vorsichtshalber verkniff sie sich ein Grinsen.

Herr Möller ließ sie allein, drehte seine Runde, überprüfte hier und korrigierte da. Mit tauben Fingern bastelte Anja ihren ersten Schalter, aber als sie ihn zur Probe drehte, fiel er einfach auseinander. Irgendetwas musste sie wohl falsch gemacht haben. Flüchtig dachte sie an Buster Keaton, der sich mit seinem kaputten Auto jetzt bei der Staatssicherheit befand, nur weil Anja das Foto aus dem Stummfilm auf ihren ESP-Hefter geklebt hatte. Das Fach *Einführung in die sozialistische Produktion* war immer eines ihrer Hassfächer gewesen, das sie besonders gern geschwänzt hatte, vor allem, wenn sie im PA-Unterricht am Fließband des Halbleiterwerks stehen sollten. Und jetzt hatte sie den Salat. Jetzt musste sie hier Tag für Tag malochen. Wofür?

Zum Feierabend, um vier Uhr nachmittags, hatte sie gerade mal sieben Schalter geschafft und am liebsten hätte sie die Dinger gegen die Wand geschmissen.

»Ja, tut mir leid, Mädel.« Herr Möller kratzte sich enttäuscht den Hinterkopf. »Qualität und Quantität ist eine glatte Null. In Zukunft musst du dir schon ein bisschen mehr Mühe geben. Jeder hier hat eine Norm zu erfüllen. So ist es nun mal. Aber da gewöhnst du dich auch noch dran.«

Da sie mit niemanden sprechen durfte, konnte sie niemanden fragen, was es zu bedeuten hatte, dass sie sich nach der Arbeit schon wieder das Sportzeug anziehen mussten. Gönnten ihnen die Leute hier denn gar keine Pause?

Wie es aussah, nicht. Diesmal war der Boxer ihr Erzieher. Erzieher bedeutete hier nichts anderes als Aufseher, Wächter, Antreiber oder Befehlshaber, wie Anja wütend feststellte.

Herr Nitzschke ließ sie erst zwanzig Runden um den Hof rennen, dann wies er »Fünfundzwanzig *Torgauer Dreier*!« an. Anja versuchte die Übung zu begreifen und sie gleichzeitig auszuführen. Wie die anderen warf sie sich auf den Asphalt, machte einen Liegestütz, um anschließend im Hockstrecksprung in die Höhe zu schnellen und dann ... Kniebeuge, Liegestütz, Strecksprung, Kniebeuge ... Stütz, Sprung, Knie ... Anja war schon nach den ersten fünf völlig außer Atem. Ihre Hände taten ihr weh. Kleine Steinchen bohrten sich in ihre Haut, wenn sie in den Liegestütz fiel. Aber sie hatte keine Zeit auf den Schmerz zu achten oder ihre geschundenen Handflächen zu betrachten. Sie hatte alle Mühe so schnell zu sein wie die anderen, schnell genug, um nicht die Aufmerksamkeit des Erziehers auf sich zu lenken.

Dann wurden sie wieder um den Hof gejagt. »Zehn Runden!«, befahl Herr Nitzschke.

Das Mädchen, das hinter ihr lief und mit Nachnamen Becker hieß, blieb in der zehnten Runde zurück. Anja hörte sie japsen.

»Ihr lauft jetzt so lange, bis das klappt!«, brüllte der Boxer. »Ich dulde hier keine lahmen Enten!«

Anja warf nun doch einen Blick zurück. Das Mädchen hatte knallrote Wangen, hielt sich die Seite und kämpfte sich mit schmerzverzerrtem Gesicht vorwärts. Bei ihrem Anblick empfand sie Mitleid, aber auch einen Stich von Ärger. Hätte sie die letzte Runde nicht noch durchhalten können?

»Augen geradeaus!«, brüllte Herr Nitzschke, als Anja keuchend an ihm vorbeilief.

Mit jeder Runde, die sie rannte, wuchs ihr Hass auf diese sogenannten Erzieher. Wieso taten sie ihnen das an? Mit welchem Recht durften sie das? Voller Wut lief sie an der Mauer vorbei, an den kläffenden Hunden, an dem Gebäude mit den vergitterten Fenstern, dem geschlossenen Tor, an dem Kerl, der sie antrieb. Wie lange noch? Wie lange musste sie rennen? Wie lange würde man sie hier einsperren? Wie lange konnte sie das *durchhalten*?

Später beim Duschen lehnte Herr Nitzschke am Türrahmen und sah ihnen zu. Anja bemerkte das Grinsen in seinem Gesicht, wandte sich ab und versuchte so schnell wie möglich fertig zu werden. Viel Zeit für den kalten Wasserstrahl blieb ihr ohnehin nicht. Die Duschen liefen zehn Minuten, dann wurden sie alle gleichzeitig von außen abgestellt.

Beim Abendbrot gab es wieder die gleiche glibbrige Wurst wie zum Frühstück. Anja sah nicht so genau hin. Sie hatte Hunger. Sie aß schnell und trank schnell, ohne aufzublicken. Sie wollte die erschöpften Gesichter nicht sehen, nicht über den Tag nachdenken, nicht über die Schmach hier eingesperrt zu sein wie ein Schwerverbrecher. Es half nichts, darüber nachzudenken. Es machte die Sache nur schlimmer. Sie musste es irgendwie durchstehen ... Bloß wie?

Bei der Zeitungsschau im Gruppenraum blätterte sie lustlos im *Neuen Deutschland* herum. Alle anderen lasen bereits, manche mit dem Finger unter der Zeile. Die Texte waren nicht gerade spannend geschrieben. Anja fühlte sich zu müde, um sich konzentrieren zu können. Schließlich fand sie doch noch einen Artikel, der sie interessierte. Es ging um bevorstehende Wahlen in der Sowjetunion und die neue Politik von Michail Gorbatschow. Ihr fiel ein, dass ihre Mutter Gorbatschow immer Gorbi nannte, als würde sie ihn persönlich kennen. Auch von den Veränderungen hatte sie oft gesprochen: *Perestroika* bedeutete Umgestaltung und *Glasnost* so viel wie Offenheit und Anja verstand, dass es um mehr Rechte für die Menschen und um Demokratie ging. Irgendwie hatte ihre Mutter wohl gehofft, dass sich auch in der DDR etwas ändern würde, wenn diese *Perestroika* sich bei den Russen durchsetzte. Anja bedauerte jetzt, dass sie ihr nie wirklich zugehört hatte, wenn es um die große Politik ging. Was war überhaupt Politik? Aus Anjas Sicht trafen sich da langweilige alte Männer auf langweiligen Parteiversammlungen, um langweilige Reden zu halten. Dabei schüttelten sie sich die Hände und manchmal verliehen sie sich gegenseitig Orden. Wieso sollte sie so was interessant finden?

Aber was wäre, wenn die *Perestroika* auch in der DDR einzog? Wenn etwas von den Neuerungen herüberwehte, wie ein Sturm, der ja auch nicht vor Ländergrenzen haltmachte? Was würde passieren?

Anja kam nicht dazu weiter darüber nachzudenken.

»Jugendliche Sander!«

Anja zuckte zusammen, als sie ihren Nachnamen plötzlich hörte.

»Wollen wir doch mal sehen, was unser Neuzugang über die aktuellen Ereignisse zu berichten weiß. Nenne ein Zitat des Staatsratsvorsitzenden Erich Honecker!«

Anja sah die Frau verdattert an.

Die Frau hielt die Zeitung in die Höhe. Anja fiel jetzt erst auf, dass auf der ersten Seite Erich Honecker gleich auf vier der fünf Fotos zu sehen war.

»Ein einziges Zitat genügt«, sagte die Erzieherin schnippisch. »In der Zeitung finden wir sicher vierzig oder fünfzig davon. Da wirst du wohl ein einziges wiedergeben können!«

»Also ... Na ja, nicht direkt. Aber der Artikel, der auf Seite fünf hier ganz unten ... ist interessant. Der beschäftigt sich mit den Neuerungen in der UdSSR. Also mit *Perestroika* und *Glasnost* ... Gorbatschow sagt ...«

»Hast du was mit den Ohren?«, fragte Frau Feist leise, beinahe freundlich.

Anja schüttelte den Kopf.

»Na, ich glaube doch!«, schrie die Erzieherin plötzlich. »Deine Arbeitsleistungen sind mangelhaft, ja miserabel, und deine Einstellung zum Staat ist *konterrevolutionär*! Glaube ja nicht, dass du damit hier durchkommst! Für dich ist im Anschluss Putzen angesagt! Bei der nächsten Disziplinlosigkeit gibt es eine Verwarnung!«

Anja saß da wie erstarrt. Ihr brummte auf einmal der Schädel. Was hatte sie getan? Was hatte sie gesagt, dass die Frau so ausflippte?

»Zitat von Honecker!«, schrie die Erzieherin die Jugendliche, die neben Anja saß, an. Das Mädchen mit den hellen dünnen Haaren zuckte zusammen, aber dann schlug sie die Zeitung auf und hob sie hoch, als wollte sie sich hinter ihr verstecken. »Auf Seite zwei oben sagt der Staatsratsvorsitzende Erich Honecker der Jugend der DDR, dass sie mit … äh … kämpferischem Elan und wachem Verstand also … äh … Erben vom Kommunistischen Manifest … nee … der Kommunistischen Partei … damit meint er wohl die SED … sein sollen und die Ideale des Kommunismus verwirklichen … äh … sollen.«

»Na also«, sagte Frau Feist. »Geht doch.«

Zum Putzen bekam sie einen Eimer mit Wasser, ein Stück Kernseife und eine Bürste.

Anja kroch auf allen vieren umher, ihre Arme und ihre Knie waren schon nach ein paar Minuten triefend nass. Immer wenn Frau Feist den Flur entlanglief, sprang Anja auf und erstattete wie ein Automat Meldung – so wie es Vorschrift war. Wenn man sie schon dafür bestrafte, dass sie einen falschen Satz sagte, wie würde die Frau erst reagieren, wenn sie gegen eine Regel verstieß? Also schoss sie in die Höhe, sagte ihren Text auf und anschließend schrubbte sie weiter auf dem Boden herum.

Das Ganze kam ihr absurd vor, lächerlich und gleichzeitig zum Heulen. Vielleicht war sie ja, ohne es zu merken, in eine Irrenanstalt geraten? War sie verrückt geworden? Sperrte man sie deshalb ein?

Als sie vor der Tür einer Arrestzelle wischte, die mit den üblichen zwei Riegeln versperrt war, hörte sie leise Geräusche. Sie lauschte. Jemand summte oder sang und verstieß damit eindeutig gegen die Arrestordnung. Anja blickte prüfend den Flur hinunter und erkundete die Lage. Frau Feist war gerade im Erzieherzimmer verschwunden. Es roch nach Kaffee. Wahrscheinlich musste sie sich von ihrer ganzen Anbrüllerei erst mal erholen. Anja lauschte noch einen Moment. Der Gesang klang etwas schräg, aber dann erkannte sie die Melodie; das Kampflied *Brüder, zur Sonne, zur Freiheit* musste in der DDR jedes Kind in der Schule lernen. Sie erhob sich, blickte sich noch einmal nervös um und schob vorsichtig mit zittriger Hand die Klappe des Türspions beiseite. Da war ein Mädchen in der Einzelzelle. Sie lief um den Holzhocker herum und sang vor sich hin. »Brüder, zur Sonne, zur Freiheit! Brüder, zum Lichte empor ... la la la la la la la la la ...«

Anjas Herz pochte schnell. Gerade als sie sich wieder ihrer Strafarbeit zuwenden wollte, bemerkte sie, dass ihr das Mädchen bekannt vorkam. Die kleine stämmige Gestalt, die dunklen Haare. Sicher, sie waren kürzer, die Locken waren weg, das Gesicht schmaler und schwarze Schatten lagen unter ihren Augen. »Gonzo?«, entfuhr es ihr. »Gonzo, bist du's?«

Das Mädchen erstarrte in der Bewegung und kam an die Tür. »Wer ist da?«, fragte sie leise.

»Anja. Wir kennen uns aus dem Durchgangsheim. Berlin ...«

»Mensch, da laust mich doch der Affe! Du hier und nicht in Hollywood?«

Anja spürte Tränen in ihre Augen steigen und gleichzeitig lachte sie. »Sieht ganz so aus. Wieso sitzt du in der ...«

Plötzlich hörte sie ein Klirren. Unvermittelt spürte sie einen heftigen Schmerz an der Schulter und der Schlüsselbund, den die Erzieherin nach ihr geworfen hatte, fiel auf den Boden. Anja hob ihn auf, betrachtete ihn ungläubig und wog ihn in der Hand. Er war schwer wie ein Werkzeug oder wie eine Waffe. Für den Bruchteil einer Sekunde schoss ihr durch den Kopf das Ding zurückzuschmeißen.

Frau Feist marschierte auf sie zu und riss ihr die Schlüssel aus der Hand. »Liegestütze!«, schrie sie. »Fünfzig! Laut mitzählen!«

Anja ließ sich auf den nassen Boden hinab. Sie hasste Liegestütze. Es gab kaum eine Sportübung, die sie mehr verabscheute. Aber sie hatte Gonzo wieder getroffen. Das bedeutete: Sie war *nicht allein.*

»... vierzehn ... fünfzehn ... sechzehn ...« *Nicht allein.* »... siebzehn ... achtzehn ... neunzehn ...« *Nicht allein.*

Frau Feist schloss die Zellentür auf. »Jugendliche Pätzold, du hast drei Tage Arrestverlängerung!« Sie knallte die Tür wieder zu, drehte den Schlüssel und schob die Riegel vor.

Frau Feist stellte sich direkt neben Anja und überwachte die Ausführung ihrer Anweisung. Nach fünfundzwanzig Liegestützen begannen Anjas Arme zu zittern, nach siebenunddreißig kam sie nicht mehr hoch. Ein paar Sekunden blieb sie erschöpft auf dem nassen Boden liegen und atmete den Chemiegeruch der Kernseife ein. Die Erzieherin brüllte auf sie hinab. Wie eine Lawine kleiner harter Steine kamen Anja die Beleidigungen vor. Sie blendete die Worte so gut es ging aus und konzentrierte sich auf ihre Arme, auf die letzten Reserven ihrer Kraft. Gonzo, dachte sie, Gonzo ist hier. *Ich bin nicht allein.*

Als die Mädchen in ihren Nachthemden in einer Linie vor dem Schlafsaal antraten, erhielt Anja ihre erste Verwarnung – wegen »Kontaktaufnahme« zur Jugendlichen Pätzold. Anja nahm es schweigend zur Kenntnis. Was bedeutete Verwarnung? Was würde sie nach sich ziehen? Aber was auch immer. Anja hätte unmöglich *nicht* mit Gonzo sprechen können. Es tat ihr nur leid, dass Gonzo gleich mit bestraft wurde. Es war

Anjas Schuld, dass sie jetzt länger in der Einzelzelle bleiben musste.

Nach dem Einschluss in dem Raum mit den Dreistockbetten, der auch nur eine Art größere Zelle war, versuchte Anja flüsternd noch etwas über Gonzo in Erfahrung zu bringen. Sie fragte das Mädchen, das auf der Matratze unter ihr lag, eine lange Dünne, die mit gedämpfter Stimme und einem leichten Lispeln antwortete. »Du meinst die Pätzold? Ja, die ist wohl im Arrest. Wie lange? Keine Ahnung. Wieso? Weiß nicht. Eine Strafe für irgendwas. Manchmal weiß man ja selber nicht den Grund. Aber jetzt leg dich lang und halt die Klappe. Quatschen in der Nachtruhe ist strengstens verboten, du verstehst?«

Anja nickte. Das Mädchen über ihr schnarchte schon leise vor sich hin.

Obwohl sie erschöpft war wie nie zuvor in ihrem Leben, konnte Anja nicht einschlafen. Sie starrte ins Dunkel hinein. Der Schmerz in ihrer Schulter pochte. Das wird sicher ein riesiger blauer Fleck, dachte Anja. Aber vermutlich konnte sie schon froh sein, dass der Schlüsselbund ihr nicht ins Gesicht oder an den Kopf geknallt war.

Das Problem ist, dass ich hier ein *Nichts* bin, dachte Anja ganz klar. In den Augen der Erzieher bin ich *nichts wert*, ein Stück Dreck, das nur zufällig in menschlicher Gestalt herumläuft. Der Gedanke kam ihr ungeheuerlich vor und trotzdem ließen der heutige Tag und das, was sie bisher in dieser »Einrichtung« erlebt hatte, keinen anderen Schluss zu. Aber was ist, wenn sie recht haben? Wenn sie besser über mich Bescheid wissen als ich selbst? Vielleicht habe ich diese Behandlung verdient? Vielleicht bin ich kein richtiger Mensch? Schließlich sind sie die Erwachsenen, die Pädagogen, und ich bin ein

Kind, also ein Nichts. Quatsch! Erziehung brauchen die Erwachsenen, um uns kleinzukriegen; wir sollen uns anpassen, uns unterwerfen, jede noch so idiotische Regel ohne Widerspruch hinnehmen – das ist es, was sie wollen. Das heißt: Sie wollen uns vernichten. Nicht unseren Körper, sondern das, was in ihm steckt. Unsere Seele, unsere Persönlichkeit, unser Ich.

Aber was sollte sie dagegen tun?

Eine Flucht war unmöglich. Oder?

Gab es irgendeine winzige Hoffnung, doch von hier abzuhauen?

Anja schüttelte den Kopf.

Auf alle Fälle können sie mich nicht ewig hier einsperren.

Das war der einzige Trost, der ihr im Moment einfiel.

Sie schloss die Augen. Da hörte sie leise Schritte durch den Raum tapsen. Vielleicht nur ein Mädchen, das mal auf den Kübel musste? Nein, es waren mehrere, also was war los? Sie schlichen stumm voran, ohne ein Tuscheln. Als Nächstes vernahm sie ein Quietschen von Bettfedern und fast gleichzeitig einen dumpfen Schlag. Als sie das Stöhnen hörte, schob sie sich von ihrer Matratze; eine Leiter gab es nicht, also sprang sie auf den Boden. Anjas Augen hatten sich schnell an das Halbdunkel gewöhnt. Licht fiel von draußen durch die vergitterten Fenster. Der Hof wurde in der Nacht von Scheinwerfern beleuchtet. Drei Mädchen kletterten auf einem der Betten herum. Anja sah eine Faust fliegen und hörte gedämpftes Ächzen und Wimmern.

»He! Was soll das?«, flüsterte sie.

Die Mädchen starrten zu ihr herüber. »Das geht dich nichts an. Verpiss dich!«

Anja ging näher an das Bett heran und erkannte das dickliche Mädchen, das zusammengekrümmt auf der oberen Matratze lag, stöhnte und leise schluchzte.

»Wieso macht ihr das?«, fragte Anja wütend. Ihre Stimme war eine Spur lauter geworden. Eines der Mädchen sprang auf sie zu und versetzte ihr einen Stoß. »Klappe!«, zischte sie. »Wegen der fetten Kuh müssen wir ständig Extrarunden rennen, kapiert? Aber wenn du Ärger suchst, dann komm!«

Anja rührte sich nicht vom Fleck. Sie dachte an den Überfall auf sie in dem Duschraum nach ihrer Flucht aus der Burg. Niemand hatte ihr geholfen. Und wenn sie jetzt versuchte, dem Mädchen zu helfen, würde sie nur selbst verprügelt werden.

»Also was ist, willst du Stress? Willst du Stress mit dem Boss?«

»Ach, lass die Neue, die hat doch keine Ahnung!«, murmelte eine andere.

Wieder nahm sie einen dumpfen Schlag wahr. Anja konnte nichts Genaues erkennen. Dafür hörte sie umso besser: einen gequälten, halb erstickten Laut. *Hielten sie ihr etwa den Mund zu? Drückten sie ihr ein Kissen ins Gesicht?*

»Und morgen rennst du schneller, Becker, sonst kriegst du wieder Kloppe, und zwar richtig, klar?« Statt einer Antwort vernahm Anja ein Keuchen und Japsen.

Die drei Mädchen huschten in ihre Betten.

Anja blieb zögernd stehen. Vielleicht sollte sie sich wirklich nicht einmischen. Schließlich hatte sie sich ja auch über die zusätzlichen Runden geärgert. Aber als sie das Mädchen wimmern hörte, ging sie zu dem Bettgestell und kletterte zu ihr hinauf. Sie strich ihr schweigend über das Haar, das sich anfühlte wie Stoppeln auf einem Feld. »Du kannst nichts dafür«, murmelte sie hilflos. Das Mädchen heulte leise weiter.

»Runter da, oder willst du von der Nachtwache erwischt werden!?«, zischte eine Stimme aus der mittleren Etage.

Darauf wollte Anja es lieber nicht ankommen lassen. Leise zog sie sich zurück.

8

Anja erwachte von einem Schlüsselklimpern. Dann krachten die Riegel beide gleichzeitig.

»Aufstehen!«, schrie die lange Dünne, die in dem Bett unter ihr lag. »Los, los, los! Raus, raus, raus!« Ihre Stimme klang panisch. Alle Mädchen schossen gleichzeitig von ihren Matratzen hoch und rannten Richtung Tür, um sich in einer Linie aufzustellen. Anja folgte ihnen, benommen, verwirrt und mit der Angst im Bauch etwas falsch zu machen. »Deine Schuhe!«, schrie die Bohnenstange sie an. Anja blickte auf ihre nackten Füße, dann begriff sie, rannte zu ihrem Bett zurück, streifte die Turnschuhe über und raste zu den anderen, die bereits alle im Nachthemd strammstanden. Schon flog die Tür krachend auf und ein männlicher Erzieher, den Anja noch nicht kannte, stand vor der Gruppe. Er war groß und kräftig, trug einen Vollbart und wirkte auf den ersten Blick wie ein Holzfäller.

Das lange dünne Mädchen trat vor. »Schlafraumverantwortliche Jugendliche Schneider meldet Gruppe drei, Schlafraum zwei – Nachtruhe beendet!«

»Fertig machen zum Frühsport!«, brüllte der Erzieher über ihre Köpfe hinweg.

Anja fiel auf, dass er niemanden ansah und dass er nach Zigarrenrauch und Alkohol stank.

Nur ein paar Minuten später standen sie in ihren kurzen Sportsachen im Flur stramm und zählten sich selbst. Alle noch da, dachte Anja ironisch. Heimlich hielt sie nach dem dicken Mädchen Ausschau, suchte nach Spuren in ihrem ausdruckslosen Gesicht, an ihren Armen und Beinen. Aber sie konnte nichts erkennen. Vielleicht war die nächtliche Bestrafungsaktion gar nicht so schlimm gewesen, wie Anja geglaubt hatte? Oder waren die Schlägerinnen geübt genug, keine Spuren zu hinterlassen?

Dann wurden sie im Laufschritt hinausgetrieben und mussten auf dem Hof zum Frühsport antreten. Runde, Runde, Runde, Liegestütze, Hockstrecksprünge, Kniebeugen, Runde, Runde, Runde … Der Erzieher stand in der Mitte wie ein Zirkusdompteur und gab seine Befehle an die Sportfunktionärin weiter und überließ es ihr, die Gruppe anzutreiben. Das Mädchen namens Becker lief diesmal schneller und mit mehr Ausdauer; niemand aus der Gruppe blieb zurück. Nach dem Frühsport mussten sie erneut in einer Reihe strammstehen. Auf Befehl des Erziehers rückten sie in das Haus ein. Und anschließend standen sie wieder im Flur. Nach der sogenannten *Ämtererledigung*, dem *Bettenbauen* und dem *Revierreinigen*, traten sie an, um sich waschen zu gehen. Natürlich mussten sie auch vor dem Frühstück antreten und danach, und wieder bevor sie vom Erzieher zur Arbeit gebracht wurden. Wenn sie nicht gerade irgendwo strammstanden, rannten sie im Laufschritt durch die Gänge, durch das Treppenhaus oder Kilometer um Kilometer auf dem Hof herum – immer mit dem Erzieher im Nacken, der sie anbrüllte oder korrekte Meldungen erwartete.

Anja war beinahe froh, als sie endlich an dem Tisch stand und ihre WM-66-Schalter zusammenbaute. Diesmal gelangen sie ihr schon etwas besser. Die Arbeit war öde und langweilig, man durfte sich nicht unerlaubt vom Platz entfernen und es gab kein Radio oder sonstige Abwechslung, aber Herr Möller erlaubte ihnen wenigstens ab und zu miteinander zu tuscheln. Allerdings waren auch in der Werkstatt »Privatgespräche« verboten. So flüsterten sie gelegentlich über Schrauben, Muttern, Ringe und darüber, wie man das Werkzeug richtig benutzte. Anja ließ sich von ihrer Nachbarin Tipps geben, wie sie die einzelnen Ringe besser voneinander unterscheiden konnte. Sie kannte immer noch keinen einzigen Vornamen. Die anderen blieben die anderen, die alle in der gleichen Kleidung steckten und sich mit ihren Kopftüchern und blassen Gesichtern auf so gespenstische Art ähnlich sahen. Ab und zu musterte sie das Mädchen, das in der Nacht verprügelt worden war und mürrisch und in sich gekehrt vor sich hin arbeitete. Ab und zu versuchte sie die Gesichter der Schlägerinnen zu identifizieren. Aber sie erkannte nur die eine, die mit ihr gesprochen, sich selbst als Boss bezeichnet und sie bedroht hatte. Sie wirkte älter, als sie vermutlich war, ihre Gesichtszüge härter. Als sie bemerkte, dass Anja sie anstarrte, reckte sie das Kinn und verzog ihre Augen zu Schlitzen. Anja hielt dem feindseligen Blick stand, aber in ihrem Magen spürte sie ein mulmiges Gefühl.

Die Stunden in der Werkstatt vergingen schrecklich langsam. Anja döste die meiste Zeit mit offenen Augen vor sich hin, während sie die Teile zusammensteckte. Sie wusste, dass sie schon besser arbeitete als am Tag zuvor, und sie wusste, dass sie trotzdem die Norm wieder nicht schaffen würde. Aber sie war neu – das würde man doch wohl anerkennen?

Sie musste sich erst einarbeiten und Herr Möller würde schon kein Drama daraus machen, dass sie ein bisschen zu langsam war. Oder?

Den Speiseraum mussten sie stumm wie die Fische betreten, abgesehen von der Jugendlichen vom Dienst, die beim Erzieher Meldung darüber erstattete, dass die Gruppe drei vollzählig zum Mittagessen angetreten war. Schweigend warteten sie in der Schlange vor der Essensluke. Schweigend standen sie hinter den Tischen und Hockern und warteten darauf, dass der Befehl zum Setzen erteilt wurde.

Anja starrte angewidert auf ihren Teller. Es gab Milchnudeln: süße weiche Nudeln, die in lauwarmer Milch schwammen. Allein bei dem Anblick drehte sich ihr schon der Magen um. Wie sollte sie das Zeug nur herunterbekommen?

»Setzen!«, befahl der bärtige Erzieher.

Anja rutschte unbehaglich mit dem Hocker näher an den Tisch heran. Die Metallbeine scharrten über den Boden. Anja hörte das Geräusch. Erst dachte sie sich nichts dabei, aber dann spürte sie die Blicke der anderen.

»Aufstehen!«, brüllte der Mann.

Die Mädchen sprangen auf und schlugen die Hände an die Hosennaht.

»*Lautlos* setzen!«

Wieder scharrte ein Stuhl, aber diesmal war es nicht Anjas Schuld.

»Aufstehen!«

»Setzen!«

»Aufstehen!«

»Setzen!«

»Aufstehen!«

»Setzen!«

Erst beim zehnten Mal blieb es mucksmäuschenstill. Wie auf einem toten Planeten. Das Essen war indessen kalt. Anja hoffte, dass sie nicht mehr genug Zeit hatten, dass sie wenigstens nicht *alles* aufessen musste.

Nach dem dritten Löffel kalter matschiger Milchnudeln schnürte sich ihr die Kehle zusammen. Sie atmete tief durch die Nase ein und wieder aus, aber die Übelkeit ließ sich nicht vertreiben.

»Weiteressen!«, hörte sie die dunkle Stimme, die von irgendwo da oben kam.

Anja hob den Löffel und führte ihn an die Lippen. Aber ihr Mund öffnete sich nicht und ihre Hand begann zu zittern.

»Mach dein Maul auf!«, schrie der Erzieher sie an.

Anja fuhr zusammen und gehorchte. Sie fühlte die schleimig weiche Masse auf ihrer Zunge, kaute, schluckte. Aber ihr Magen rebellierte. Die Übelkeit stieg langsam höher. Es kam Anja vor, als könnte sie ihr dabei zusehen. Eine unförmige wabblige Gestalt aus Milchnudeln, die in einem Fahrstuhl mit beschmierten Wänden Stockwerk für Stockwerk nach oben fuhr.

Und dann passierte es. Anja konnte nichts dagegen tun. Das Zeug schwappte einfach aus ihr heraus und klatschte auf ihren Teller zurück. In ihren Ohren begann es zu rauschen. Es war wie Meeresrauschen, nur dass es das Auf und Ab der Wellen nicht gab, sondern einen gleichbleibenden dröhnenden Ton. Kreischten da nicht Möwen?

Aber vielleicht kamen die Töne auch aus dem bärtigen Gesicht, aus dem geöffneten Mund, aus dem bei jedem Schimpfwort ein Dunst von Zigarrenqualm und Schnaps entwich. Sie wusste es nicht so genau. Nur den Befehl verstand sie dann ziemlich deutlich. Er erschien ihr sogar logisch. Sie hatte ja nichts mehr im Magen. Nichts, was sie ausbrechen konnte. Und sie musste ja essen, nicht wahr?

Sie aß den Teller leer. So wie es der Mann von ihr verlangte. So wie es vernünftige Erwachsene von unvernünftigen Kindern verlangten.

Aber ... *Wer war er noch mal?* Anja schielte ihn hinter dem Löffel, den sie noch in der Hand hielt, verständnislos an.

Und ... *Wer war sie noch mal?* Warum war sie hier? Was hatte sie hier zu suchen? Wieso konnte sie nicht einfach aufstehen und gehen?

Am Nachmittag baute sie mit eiskalten Fingern die Schalter der Waschmaschinen zusammen. Sie sah nicht so genau hin dabei, verwechselte Ringe, ließ Muttern fallen und hob sie nicht auf. Sie spielte mit einer Schraube herum und überlegte, was sie damit anstellen konnte. Ihr fiel nichts ein, aber sie schob sie in die Hosentasche.

Herr Möller schnaufte und schüttelte den Kopf. »Mädel, du enttäuschst mich aber«, sagte er. »Heute Vormittag ging es nun wirklich schon besser! Du kannst es doch, wenn du nur willst. Jetzt reiß dich mal zusammen und gib dir mehr Mühe, sonst muss ich dich melden!«

Anja betrachtete die Schalter, die sie schon zusammengesetzt hatte, und dachte daran, sie wieder auseinanderzubauen. Sie würde sie einfach wieder in ihre Einzelteile zerlegen, dann würde sie sich erheben und Herrn Möller die Kiste zurückgeben. Sie würde ihm erklären, dass das alles hier nur ein furchtbares Missverständnis war. Dass sie nicht hierher gehörte. Er würde es verstehen. Er war doch ein vernünftiger Mann. Er würde es einsehen und die Tür für sie öffnen und sie gehen lassen. Zu Weihnachten würde sie ihm zum Dank eine Karte schicken.

Anja sah ihn an und lächelte ihm zu.

»Nun hör mal auf zu träumen und arbeite endlich«, brummte Herr Möller.

Nach Arbeitsschluss traten sie auf dem Flur vor der Werkstatt an und Herr Möller verkündete die erreichte Leistung des *Arbeitskollektivs* und jedes Einzelnen. Frau Feist, die gekommen war, um die Gruppe zu übernehmen und zurückzuführen, musterte die Mädchen finster.

»Um es kurz zu machen«, sagte Herr Möller und seufzte schwer, »eure Leistungen waren schon mal besser. Euer Wochendurchschnitt ist der schlechteste seit Langem und die vorgegebene Norm wurde von einigen von euch nicht annähernd erfüllt. Ich erwarte von euch, dass sich durch mehr Fleiß und Umsicht die Qualität und Quantität in Zukunft erheblich verbessern.«

Anja hörte dem Wortschwall zu, als wäre er ein Regenschauer – ein wenig genervt, aber auch so, als würde es sie nicht viel angehen. Als ihr Nachname aufgerufen wurde, trat sie einen Schritt vor. Sie sollte sagen, warum ihre Leistungen so schlecht waren.

Anja hob den Kopf und blickte Herrn Möller verwundert an. »Das wissen Sie doch«, sagte sie ehrlich verblüfft. »Weil ich hier neu bin.«

»Was fällt dir ein, Jugendliche Sander!«, kreischte Frau Feist. »Deinen schnoddrigen Ton und dein respektloses Verhalten dulden wir hier nicht! Das hat Konsequenzen!«

»Dir sind die Arbeitsschritte erklärt worden und du hattest Zeit dich einzuarbeiten«, sagte Herr Möller ruhig. »Ich verlange von dir, dass du in der nächsten Woche die Mängel in der Produktion ablegst und die Norm erfüllst.« Er sah plötzlich müde aus. Auf seiner Stirn zeigten sich Falten, seine Schultern sackten hinunter. Er wandte sich kopfschüttelnd ab, um in den Werkzeugraum zu gehen. Aber Anja sah es genau: Er wandte sich von der Erzieherin ab, nicht von ihr. Oder wollte sie es so sehen?

Sie hatte aufgehört die Runden zu zählen, die sie rannten. Sie hörte ihren eigenen keuchenden Atem, hörte ihre Schritte, sah den Schweiß auf dem Rücken der Jugendlichen, die vor ihr lief. Die Tropfen glänzten im Licht der Sonne. Anja fühlte, dass auch sie heftig schwitzte; ihr ärmelloses Sporthemd klebte an ihrem Körper wie eine zweite glitschige Haut. Dabei war es noch nicht einmal besonders heiß. Wie würde es erst werden, wenn die Temperatur weiter stieg? Doch an den nahenden Sommer mochte Anja jetzt nicht denken. Sie konnte sich nicht vorstellen, in dieser *Hölle* zu schmoren, während andere am Strand lagen, baden gingen und Eis aßen. Bisher hatte ihr niemand gesagt, wie lange sie hierbleiben musste. Und fragen durfte sie nicht. Fragen waren nicht vorgesehen. Ihnen wurde gesagt, was sie zu tun und zu lassen hatten. Jeder Schritt war vorgeschrieben. Jede Minute verplant. Für Fragen gab es nach Meinung der Erwachsenen, die hier über sie bestimmten, keinen Grund.

Nach den ersten zwanzig Runden und etlichen Kniebeugen, Liegestützen und Hockstrecksprüngen ordnete Frau Feist Hantelsport an. Das bedeutete nichts anderes, als dass sie jetzt mit schweren Gewichten in den Händen laufen mussten.

Die Mädchen holten schweigend die Hanteln, die wie überdimensionale Telefonhörer aussahen, aus einem kleinen Kabuff im Keller. Niemand äußerte seinen Unmut über den zusätzlichen Strafsport. Niemand wollte mit den schweren Dingern in den Händen auch nur eine Runde mehr absolvieren müssen als unbedingt nötig. Anja warf einen Blick in den Gang und sah drei schwere verriegelte Türen. Gab es denn auch hier unten Arrestzellen? Im Keller? Sie spürte Panik in sich aufflammen. Wenn man hier unten weggesperrt wurde, würde doch oben niemand etwas mitkriegen, nicht mal, wenn man laut schrie. Aber sie kam nicht dazu über die Entdeckung nachzudenken; die Stimme der Erzieherin hallte zwischen den Wänden und trieb sie zur Eile.

Anja spürte, wie die Gewichte sie nach unten zogen. Sie kämpfte dagegen an. Durchhalten. Sie musste durchhalten. Immer weiter laufen. Erst schmerzten ihre Arme, dann ihre Waden. Aber irgendwann fühlte sie ihren Körper nicht mehr. Sie fühlte sich selbst nicht mehr. Sie bestand nur noch aus Bewegung und keuchendem Atem. Schritt für Schritt, Meter für Meter. Einfach immer weiter. Nach einer Weile erwachte sie aus ihrer Trance und stellte fest, dass sie immer noch lief. Der schwarze Asphalt unter ihren Füßen ließ sie an ihre Flucht aus der Burg denken. Es kam ihr vor, als wäre sie damals glücklich gewesen, glücklich darüber davonzukommen, trotz der Angst. Damals? Wie lange war das her? Doch erst ein paar Monate! Sie stellte sich vor, dass sie wieder davonrannte. Weit, weit weg. In ihr altes Leben zurück. Oder in ein vollkommen neues, das sie noch nicht kannte, von dem sie noch nichts ahnte. So schweißnass ihr Gesicht war, so trocken fühlte sich ihr Mund an. Ihr Hals schmerzte vor Durst. Sie schmeckte das Salz auf ihrer Lippe und dachte an die Ostsee. An die letzten Ferien, den letzten Urlaub mit ihrer Mutter. Wie lange war das her? Tausend Jahre? So ungefähr. Rennen, rennen, rennen, nicht denken, nicht nachdenken über das, über das alles ... Den *Torgauer Dreier* mit Hanteln in den Händen. In den Liegestütz fallen, Hockstrecksprung, Kniebeuge – alles mit Gewichten. Wie oft? Anja wusste es nicht mehr. Sie spürte, dass sie wieder in den *Zustand* geriet. Sie war noch in ihrem Körper, aber gleichzeitig auch nicht. Irgendwo anders. Wo? Sie hörte ein Schluchzen hinter sich, dann ein lautes Weinen. Sie drehte sich nicht um. Ein Blick zurück kostete nur zusätzlich Kraft. Sie wollte gar nicht wissen, was da passierte.

In der Nacht lag sie wach. Ihre Glieder kamen ihr schwer vor wie Blei.

Sie lauschte auf den Atem der anderen. Wann würden sie kommen und ihr die Bestrafung heimzahlen? Sie war doch schuld, oder? Sie hatte schlecht gearbeitet, den Wochendurchschnitt versaut. Also war die Bestrafung – der zusätzliche Sport mit den Hanteln – ihre Schuld.

Wieso kamen sie dann nicht?

9

Morgens um sieben Uhr standen sie im Flur stramm und hörten den Nachrichten zu, die aus den Lautsprechern hallten. Anja versuchte sich die Neuigkeiten zu merken, aber sie hatte nicht nur eine unruhige, fast schlaflose Nacht, sondern auch schon den Frühsport und das Revierreinigen hinter sich und fühlte sich erschöpft und müde. Sie konzentrierte sich auf den Wetterbericht und hoffte darauf, dass sie damit durchkam, wenn sie gefragt wurde. Wieder und wieder sah sie den Gang hinunter zu der verriegelten Zellentür, hinter der Gonzo wahrscheinlich gerade auf ihrem Hocker saß – ohne einen Menschen, mit dem sie ein Wort oder wenigstens einen Blick wechseln konnte, ohne jede Beschäftigung, ohne jeden *Sinn*. Anja fühlte sich immer noch schuldig. Sie hatte Gonzo drei Tage Arrest eingebrockt. Wie sollte sie das wiedergutmachen?

»Jugendliche Sander! Einen Schritt vortreten!«

Anja gehorchte und Herr Nitzschke forderte sie barsch auf, eine Nachricht wiederzugeben.

Sie wiederholte den Wetterbericht beinahe wörtlich, mit der Angst im Bauch das Falsche zu sagen. Sogar wenn man alles richtig machte, konnte es hier falsch sein. Irgendwie schienen die Antworten nie die zu sein, die der Erzieher hören wollte. Also war es doch eigentlich egal, was sie sagte. Sie kam als Fünfte an die Reihe und hatte den anderen nicht zugehört.

»So viel Sonne, Wind und Regen«, spottete der Boxer. »Habt ihr sonst nichts in der Birne?«

Hektisch versuchte Anja sich an eine weitere Neuigkeit zu erinnern, für den Fall, dass der Erzieher ihr befehlen würde, noch etwas von sich zu geben. Doch ihr fiel nichts ein. Die Nachrichten waren ihr entglitten und zerplatzt wie Seifenblasen. Aber Herr Nitzschke rief schon den nächsten Namen auf.

Es war Freitag und statt zur Arbeit wurden sie heute in einen Klassenraum geführt – mit Stühlen, Tischen und einer Tafel. Es sah fast aus wie in einer normalen Schule, nur dass der Raum kleiner und vollkommen kahl war und sie keine Mappen besaßen, aus denen sie etwas herausnehmen konnten, was ihnen gehörte, denn hier gehörte ihnen nichts. Und natürlich waren die Fenster vergittert und die Tür abgeschlossen. Jede bekam einen Bleistift und ein Blatt Papier. Die Lehrerin war groß, kräftig und breitschultrig. Sie hatte eine hellblond gefärbte Dauerwellenfrisur und ihr Mund glänzte fettig vor lauter Lippenstift. Während sie mit ihrer schnarrenden, einschläfernden Stimme sprach und dabei an ihrer schwarz glänzenden dicken Perlenkette herumfummelte, starrte Anja wie gebannt auf den rosa Strich, der sich quer über die großen Vorderzähne der Lehrerin zog. Natürlich begann der Unterricht hier mit einer Doppelstunde Staatsbürgerkunde. Die Schülerinnen saßen alle in der gleichen vorgeschriebenen Haltung da, kerzengerade, die Arme angewinkelt auf dem Tisch, wie die Erstklässler. Anja hörte kaum zu. Jedes zweite Wort war ohnehin *Sozialismus*. Entweder ging es um *sozialistische* Errungenschaften oder um die Errungenschaften des *Sozialismus*... Die Fenster hier in dem Raum bestanden nicht aus Glasbausteinen und Anja blickte, sooft sie konnte, an den Gitterstäben vorbei in den Himmel hinauf. Manchmal sah sie Vögel. Manchmal zogen weiße Wolken wie in Zeitlupe vorüber. Manchmal wünschte sie sich ein Vogel zu sein und manchmal eine Wolke.

Beinahe wehmütig dachte sie an ihre alte Schule zurück: an das Gekicher mit ihren Freundinnen in den Pausen, über die Witze, die Ronny bei jeder Gelegenheit riss, an die Tratschereien über Jungs und Lehrer auf dem Nachhauseweg. Auch an die letzte Stabistunde erinnerte sie sich, an die Diskussion über Ausreiseanträge und die Warnung ihrer Lehrerin. »Vorsicht!« – das hatte sie doch gesagt, oder? Befürchtete Frau Falkner, dass ihre Schülerin in Schwierigkeiten steckte?

Wusste sie vielleicht zu dem Zeitpunkt mehr, als Anja wusste? Und plötzlich fiel ihr der Gesichtsausdruck ihrer Mutter wieder ein, ihre besorgte zweifelnde Miene, als sie vor der Schule auf Anja wartete. Ahnte sie, was kommen würde? Und später dann die Erleichterung in ihren Augen, als sie einen Moment glaubten, der Stasi entwischt zu sein. Anja hielt diese Erinnerung einen Augenblick fest – das letzte Lächeln ihrer Mutter. Doch schließlich tauchten die Bilder des Abschieds in ihr auf, die nackte Angst im Gesicht ihrer Mutter bei ihrer Verhaftung, die verschmierte Wimperntusche, die aussah wie schwarze Tränen … Wo war sie jetzt? Saß sie noch in U-Haft? Und was bedeutete das? Dass sie hinter Gittern saß und gequält wurde – so wie Anja?

In der Mathematikstunde schrieb die korpulente blonde Lehrerin Aufgaben an die Tafel. Sie sollten multiplizieren und dividieren, als wären sie noch in der Unterstufe. Anja schrieb die Lösungen gleichgültig auf und erhielt eine Drei und einen barschen Anranzer, weil sie zu schnell fertig geworden war. Anja nahm die Ungerechtigkeit schweigend zur Kenntnis. Jeder Widerspruch hätte ohnehin nur eine Bestrafung zur Folge. In der Deutschstunde mussten sie einen Aufsatz darüber schreiben, wieso die *Freie Deutsche Jugend Freie Deutsche Jugend* hieß. Anja schrieb drei Sätze, mehr fiel ihr zu dem Thema nicht ein. Sie machte sich Sorgen, aber dann sah sie, dass die anderen auch nicht mehr aufs Papier brachten. Ihre Nachbarin hatte sogar nur einen Satz geschafft. Anja konnte die große Kinderschrift gut entziffern: *Die Freie Deutsche Jugend heißt so, weil das ihr Name ist.*

Im Fach Lehrunterweisung hielt die Lehrerin einen monotonen Vortrag über den Aufbau und die Funktionsweise einer WM 66. Anja versuchte angestrengt wach zu bleiben. Sie wollte sich keine Verwarnung wegen Einschlafens einfangen.

Am Ende des Unterrichts mussten sie die Blätter und Bleistifte wieder abgeben. Die Stifte wurden durchgezählt und in einen Schrank eingeschlossen, als wären sie Waffen.

Am Nachmittag musste sie sich als Einzige ihrer Gruppe nicht zum Sport umziehen. Frau Feist gab ihr den Befehl, neben ihrem Dienstzimmer in strammer Haltung zu warten. Anja fühlte ihre Hände feucht werden. Was hatte sie getan? Gegen eine Regel verstoßen? Gegen die Hausordnung? Etwas Falsches in ihrem Aufsatz geschrieben? Drohte ihr eine Strafe? Welche?

»Jugendliche Sander, mitkommen!« Absperrgitter wurden vor ihr auf- und hinter ihr zugeschlossen. Sie lief den gleichen Weg wie bei ihrer Einweisung – nur zurück. Für den Bruchteil einer Sekunde keimte Hoffnung in ihr. Sie hatten ihren Fehler endlich bemerkt. Sie ließen sie gehen. Ihre Mutter stand vor dem Tor und wartete auf sie. Blödsinn, ermahnte sie sich selbst. Hör auf mit dem Blödsinn.

Vor einer Tür im Verwaltungstrakt wurde sie aufgefordert stehen zu bleiben.

»Benimm dich anständig, wenn der Direktor mit dir spricht!«, zischte ihr die Erzieherin zu, nachdem sie angeklopft hatte. »Ansonsten ...«

Frau Feist zog die Tür ausnahmsweise leise hinter sich zu und Anja stand vor dem merkwürdigsten Mann, den sie je gesehen hatte. Obwohl er saß, kam er ihr riesig vor. Und er war fett, ausgesprochen fett. Anja stellte verblüfft fest, dass er keinen Hals zu haben schien, stattdessen so etwas wie ein doppeltes, nein ein dreifaches Kinn. Seine Arme waren dick wie Baumstämme; seine Schultern so massiv und kantig, dass sie Anja an die Zellentüren denken ließen. Sein ganzer Körper war so breit wie der wuchtige Schreibtisch und es wirkte auf sie so, als wären Möbelstück und Mensch ein einziges gewaltiges Ganzes. In seinem Gesicht saß eine große eckige, schwarz umrandete Brille, die dem Mann eine Respekt einflößende Strenge verlieh. Von seiner Stirn perlte der Schweiß, obwohl es eher stickig als warm in dem Raum war. Anja roch seine salzig-sauren Ausdünstungen und versuchte sie zu ignorieren. Der Direktor blätterte in irgendwelchen Unterlagen, wahrscheinlich in ihrer Akte, und schnaufte bei jedem Atemzug, als wäre ihm das Luftholen eine Last.

Anja wartete darauf, dass er seinen schweren Kopf hob und sie ansprach, aber es dauerte lange, ehe er etwas sagte. Er blickte sie nicht an dabei, er las einfach ihren Namen ab und die Angaben aus ihrem *Stammjugendwerkhof* und zu dem Delikt, für das sie hier eingewiesen wurde. »Du hast mit deinen egoistischen, feindseligen Handlungen die Normen der sozialistischen Gesellschaft verletzt«, sagte er mit einer Stimme, die so kalt war, dass Anja eine Gänsehaut bekam. »Du hast dich deiner bisherigen Umerziehung zu einer sozialistischen Persönlichkeit widersetzt«, fuhr er fort. »Damit ist nun Schluss, Jugendliche ... Sandig ... äh ... Sandner ... Sander ... Hier wirst du von uns lernen, die gesellschaftlichen Forderungen zu erfüllen, anderenfalls ... stehen uns auch ... die nötigen Mittel und Wege zur Verfügung dich ...« Der Mann schnaufte und rang nach Atem. »... dich zu *zwingen*. Es liegt also an dir, wie schnell du den Umerziehungsprozess absolvierst und wann du entlassen wirst. Je schneller du dich anpasst und den

Weisungen der Erzieher fügst … die vorgegebenen Arbeiten im Produktionsbereich … der Norm entsprechend erledigst und … dich … in dein Kollektiv einordnest, umso besser für dich. Bei Verstößen gegen Ordnung und Disziplin werden Sanktionen verhängt, und wenn du Widerstand gegen die Erziehungsmaßnahmen leistest, wird dein Aufenthalt hier verlängert.« Der Direktor holte rasselnd Luft. »Du kannst jetzt gehen!«, stieß er hervor und keuchte, als hätte er Asthma und wäre gerade eine steile Treppe hinaufgestiegen. Anja zögerte einen Moment. Was sollte das bedeuten, dass ihr Aufenthalt verlängert werden konnte? Bis wann hatten sie denn geplant sie hier einzusperren? Aber der Mann kam ihr in etwa so ansprechbar vor wie ein gestrandeter Wal. Trotzdem – sie musste es wenigstens versuchen.

»Wie lange …«, brachte sie zögernd heraus. Angst schnürte ihr auf einmal die Kehle zu. Sie räusperte sich, nahm allen Mut zusammen und fragte: »Wie lange muss ich hierbleiben?«

»Du hast hier keine Fragen zu stellen!«, stieß er gereizt hervor und sein Gesicht verfärbte sich rot – vor Anstrengung oder vor Wut. »Was bildest du dir ein, wer du bist?« Sein Dreifachkinn zitterte empört und er sah sie das erste Mal richtig an. »Die Fragen stellen ausschließlich wir! Du hast hier überhaupt nichts zu sagen oder zu fragen. Du hast nur zu antworten, wenn du gefragt wirst!« In seinem Blick zuckte etwas auf, das eindeutig eine Warnung war: *Noch ein Wort und du wirst es bereuen.* »Die Dauer deines Aufenthalts …« Er hustete, spuckte Bläschen und wischte sich mit seiner massigen Hand über den Mund. »Es liegt an dir, an deinem Verhalten. Jeden Tag, den du bei uns verbringst, hast du dir selbst zu verdanken. An deiner

Anwesenheit bist du selbst schuld. Du bist *ganz allein schuld daran!*«

Er hob schwerfällig seinen Arm und winkte sie zur Tür hinaus.

Anja wusste, dass es eine Lüge war. Trotzdem hallten die Worte des Direktors in ihr nach. *Schuld. Selbst schuld. Deine Schuld. Ganz allein deine Schuld.*

Verdammter Lügner, dachte sie, als sie die Runden auf dem Hof rannte. Aber irgendetwas in ihrem Innern lachte über ihre Wut. *Du bist selbst schuld.* Er hat recht. Du hast dir diesen ganzen Schlamassel selbst eingebrockt. Sie hörte das Keuchen, das aus ihrem erschöpften Körper kam und sich in ein ohnmächtiges Schluchzen verwandelte. *Selbst schuld* ... Wenn sie die Schule nicht geschwänzt hätte ... Wenn sie in diese Scheiß-FDJ eingetreten wäre, wie alle anderen ... Wenn sie den verdammten Stuhl nicht ... Hatte wirklich *sie* zugeschlagen? Sie konnte sich immer noch nicht daran erinnern.

Oh Gott, wie lange noch? Nach dem fünfzigsten Liegestütz blieb sie liegen. Zum ersten Mal kam sie nicht mehr hoch. *Schuld. Du bist schuld. An allem.*

Sie spürte Hände, die nach ihr griffen, die sie auf die Beine zogen.

Sie hörte die wütende Stimme des Boxers, der Kniebeugen von ihnen verlangte, *zusätzliche* Kniebeugen für die ganze Gruppe, weil sie *versagt* hatte. Anja versuchte das Taumeln in den Griff zu bekommen. Taumeln verboten. Schwäche verboten. Aufgeben verboten. Zusammenbrechen ganz und gar verboten. Sie streckte die Arme, beugte die Knie. Sie funktionierte, weil sie funktionieren musste. Sie war schuld. Schon wieder.

Als sie schließlich zum Abmarsch bereit auf dem Hof strammstanden, wütete der Erzieher immer noch herum: »Die Mauer ist noch viel zu niedrig für euch! Ihr könnt ja noch den Himmel sehen!«

Den Himmel? War er denn noch da? Anja blinzelte verwirrt in das gläserne Blau hinein, in die Strahlen der Sonne. Ja, er war noch da, der Himmel. Wieso schwieg er dann?

Von dem älteren Mädchen, das sich von den anderen »Boss« nennen ließ, wurde sie in der Nacht, die folgte, dazu verurteilt Schuhe zu putzen und am nächsten Morgen den Kübel auf den Hof zu bringen. Anja nahm es hin. *Besser als Schläge*, dachte sie.

Während sie im Laufschritt den Eimer wegbrachte, hatte sie den Ton des Zigarre rauchenden Holzfällers im Ohr, der sie auf ihrem Weg bewachte: »Pass auf, dass die Pisse nicht überschwappt!«

Anja passte auf. Der Kübel war etwa drei viertel voll. Er war schwer und stank nach Urin, Fäkalien und Chlor. Ihr wurde übel von dem Geruch. Aber sie passte auf.

Selbst schuld, dachte sie, als sie den Inhalt in die Jauchegrube kippte. *Das hast du dir selbst zu verdanken.*

10

Den Samstag verbrachten sie mit Putzen und Sport und Sport und Putzen. Am Sonntag jagte Herr Nitzschke sie über die Sturmbahn auf dem Hof der Jungen. Sie trugen ihre Arbeitskleidung und Anja kamen die halbhohen Stiefel wie Hindernisse vor, zu groß, zu schwer. Erst beim dritten Anlauf bewältigte sie die Eskaladierwand. Zum Glück war sie nicht die Einzige, die versagte. Herr Nitzschke trieb die Gruppe so lange über die Anlage, bis es klappte und alle es geschafft hatten. Am Ende taumelte Anja, als wäre sie betrunken oder hätte einen Schlag auf den Kopf bekommen. Wie durch einen Schleier sah sie die verschwitzten Gesichter der anderen, den Film aus Schmutz, Schweiß und Tränen auf ihrer geröteten Haut, und sie fragte sich, wie sie selbst aussah. Nicht anders als die anderen wahrscheinlich. Sie war eine von ihnen. Eine von diesen ... *Verlorenen*.

Sie hatten verloren, allesamt, egal, woher sie stammten und wohin sie irgendwann einmal zurückgehen würden. Sie würden nie wieder so sein, wie sie einmal gewesen waren.

Anja fühlte den Schweiß auf ihrem Rücken eiskalt werden.

Du hast versagt, du bist eine Verliererin, sagte eine garstige Stimme in ihrem Kopf. *Schau dich doch mal um, wo du gelandet bist.* Anja fand die Kraft nicht, sich selbst zu widersprechen. Sie hatte genug damit zu tun, nach Atem zu ringen, ihr Gleichgewicht wiederzufinden, sich aufzurichten und zu laufen. Gegen das Schwindelgefühl anzukämpfen, gegen den Durst. Zu allem Überfluss spürte sie noch einen ziehenden Schmerz im Unterleib. Sie rechnete kurz nach und versuchte gelassen zu bleiben, sich dem Unabänderlichen zu stellen. Aber als sie am Nachmittag auf dem Flur zusammen mit drei Mädchen aus der Reihe vortrat, um sich die »Hygieneartikel«, wie das hier genannt wurde, bei dem Erzieher abzuholen, lief es ihr zum zweiten Mal an dem Tag eiskalt über den Rücken. Herr Nitzschke klappte das Brett am Eingang des Dienstzimmers hinunter, das gleichzeitig als Absperrung und Tisch diente, und gab für jede, die vor ihm anstand, genau eine Binde der Marke

Alba Zell heraus. Später, als Anja mit den anderen Mädchen, die ihre Regel hatten, wie die Hühner auf der Stange auf den Toilettenbecken saß, stand der Boxer am Türrahmen und beobachtete sie. Anja kauerte sich zusammen und verschränkte die Arme auf ihrem Schoß, obwohl sie wusste, dass sie sich nicht schützen konnte – nicht vor den Blicken, nicht vor der Scham, nicht vor der Demütigung. Sie spürte die Eiseskälte immer noch. Es war wie ein Zittern, das direkt unter der Haut saß, das nicht verschwand, das nicht mehr weggehen würde, so fühlte sie es in diesem Moment. *Nie mehr.*

Beim Wochenappell am Montag sah sie zum ersten Mal die Jungen. Sie sah sie nicht wirklich, denn sie durfte den Kopf nicht wenden und einfach so zu ihnen hinüberschauen. Jede Kontaktaufnahme zum *anderen Geschlecht* war strengstens verboten und wurde hart bestraft. Anja versuchte sie aus den Augenwinkeln zu sehen. Sie waren nur ein paar Meter von ihr entfernt in zwei Gruppen angetreten. Aber sie schienen ihr so weit weg, als würden sie auf dem Mond herumstehen – alle in derselben strammen Haltung und in der gleichen Montur.

Trotzdem dachte sie seinen Namen. *Tom. Tom, bist du da?* Haben sie dich auch hierher verschleppt? Der Hals schmerzte ihr davon, dass sie ihn nicht drehen durfte. Doch einen Herzschlag lang sah sie sein Gesicht so deutlich vor sich, als würde er direkt vor ihr stehen. Sie ansehen mit diesem Leuchten in seinen dunklen Augen, sie anlächeln auf diese Art, die sie so schwer beschreiben konnte. Diese unbeschreiblich trotzig herausfordernde Art.

Sie bekam kaum mit, was da vorn geschah. Meldungen wurden erstattet, Befehle erteilt, dann gab es neue Meldungen und neue Befehle. Das ganze Affentheater. Wenn sie an Tom dachte, war sie bei sich. Wenn sie schon nicht bei ihm sein konnte, dann wenigstens das. Als die Nachnamen aufgerufen wurden, hörte sie wieder zu. Drei Jugendliche wurden gelobt, weil sie die Normen übererfüllt hatten und Wochenbeste ihrer Gruppe geworden waren. Meist ging es jedoch um Bestrafungen. Verwarnungen, Tadel, Vergünstigungssperren. Eine Woche zusätzliche Reinigungsarbeit, acht Tage Arrest, einen Monat Aufenthaltsverlängerung. Für die Verstöße gegen die Hausordnung und andere Vergehen mussten die Bestraften vortreten, Selbstkritik üben und Besserung geloben. Anja war nur froh, dass sie ihren Namen nicht hörte und sich wenigstens nicht vor versammelter Mannschaft demütigen lassen musste. Auch Tom war nicht unter denen, die vor die Gruppen treten mussten. Vielleicht war er ja doch nicht hier. Oder er saß im Arrest. Oder war bereits entlassen. Weit fort von hier. Und frei.

Sie ließ es zu, dass dieses Wort ein paar Augenblicke in ihrem Kopf herumtanzte: *frei*. Eines Tages würde sie frei sein, was auch immer hier drin mit ihr passierte.

Wirklich? Würde sie je wieder frei sein?

Was auch immer sie ihr hier drin noch antaten?

Am Dienstag kam Gonzo endlich aus dem Arrest. Da es den Jugendlichen verboten war, miteinander zu reden, tauschten sie nur ein paar heimliche Blicke. Anja konnte es kaum erwarten, mit ihr zu sprechen, egal worüber. Das Redeverbot galt vierundzwanzig Stunden am Tag. Wer beim Flüstern erwischt wurde, bekam eine Strafe, aber ... Es *musste* sich einfach eine Gelegenheit ergeben.

Gonzo sah nicht gut aus. Sie hatte abgenommen, in ihrem

Gesicht lagen tiefe Schatten und ihr linker Arm war verbunden. Trotzdem musste sie die Sportübungen mitmachen, sogar die Liegestütze. Sobald der Erzieher ihr für ein paar Sekunden den Rücken zudrehte, gab sie Anja Zeichen. Ihre Gesichtszüge verzogen sich fragend, sie runzelte die Stirn und ihre Augen blickten ernster, als Anja es von ihr kannte. Natürlich verstand Anja die Frage: *Was machst du hier? Wieso bist du in Torgau?* Aber wie sollte sie darauf eine Antwort geben? Auch noch ohne Worte? Sie zuckte nur leicht mit den Achseln.

Wieso war sie hier? Sie wusste es ja selbst nicht.

»Und du?«, flüsterte sie später, als sie den dritten oder vierten Waschmaschinenschalter zusammenbaute, quer über den Tisch. »Seit wann …?«

Gonzo zeigte ihr zwei Finger.

»Seit zwei Monaten?« Anja bewegte die Lippen fast ohne Ton, aber Gonzo verstand sie und nickte.

»Wieso?«

Gonzo verdrehte die Augen, sodass sie einen Moment schielte.

Anja stieß ein kurzes nervöses Lachen aus.

Herr Möller, der gerade Schalter auf ihre Funktionstüchtigkeit kontrollierte, hob den Kopf und sah sie an. »Was ist denn so lustig?«, fragte er.

»Nichts«, sagte Anja. »Gar nichts!« Sie stieß die Worte wütender aus, als sie beabsichtigt hatte. Wieso durfte sie nicht mit Gonzo reden? »Was soll hier schon lustig sein«, hörte sie sich trotzig sagen und biss sich auf die Unterlippe.

Herr Möller runzelte die Stirn. Er kam zu ihr und begutachtete das Teil, das sie gerade zusammenmontiert hatte. »Du arbeitest immer noch zu langsam«, stellte er verärgert fest.

»Wenn du in dem Schneckentempo weitermachst, wirst du deiner Gruppe wieder den Wochendurchschnitt versauen. Willst du das?«

Anja schüttelte den Kopf und versuchte sich auf die Handgriffe zu konzentrieren. Sie dachte an die Tafel, an die jeden Tag mit Kreide die Namen der Besten und der Schlechtesten geschrieben wurden. Wahrscheinlich wurde sie heute Nachmittag mit Sport bestraft, wenn sie wieder negativ auffiel und ihr Name an der Tafel stand. Ihr Magen krampfte sich zusammen und sie arbeitete hastiger. Herr Möller blieb neben ihr stehen, beobachtete sie und gab ihr Hinweise, was sie anders machen sollte. Anja dachte nur an die Strafe, die ihr blühte, wenn sie die Norm wieder nicht schaffte. Hantelsport oder zusätzliche Dreier oder was den Erziehern sonst noch so einfiel. Das Schlimme war für Anja, dass gleich die ganze Gruppe für ihr Versagen mit bestraft wurde. Sie wollte nicht für all diese erschöpften verzweifelten Gesichter verantwortlich sein. Und erst recht wollte sie nachts keine Prügel beziehen.

Als Herr Möller sich von ihr abwandte, schob sie eine Schraube in ihre Hosentasche. Sie besaß jetzt schon einige davon. Was wollte sie damit? Sie wusste es nicht. Sie sammelte sie einfach. Sie hatte sie genommen und jetzt gehörten sie ihr. Es war ihr einziger Besitz hier drin. Zu Hause hatte sie Bücher besessen, Spiele, Schallplatten, Kassetten, ein paar Ketten und Armreife, ein Sparschwein mit ihrem Taschengeld; sogar ein paar Pflanzen standen auf dem Fensterbrett. Was wohl aus ihnen geworden war? Sicher waren sie längst vertrocknet. Hier drin gehörte ihr gar nichts, nicht einmal die Kleidung, die sie am Leib trug. Absolut nichts zu besitzen war ein seltsames Gefühl, so als wäre sie selbst ein Nichts. Jetzt hatte sie ein paar

Schrauben, lächerliche Schrauben, aber immerhin. Manchmal, wenn sie das Gefühl bekam, dass sie sich nicht mehr spürte, bohrte sie sich eine von ihnen in die Haut. Nicht tief, um keine verdächtigen Spuren zu hinterlassen, nur so weit, dass sie den Schmerz fühlte und spürte, dass sie noch am Leben war.

Nach Arbeitsschluss wartete sie auf die Einschätzung ihrer Leistung wie auf ein Gerichtsurteil.

»Jugendliche Sander, du konntest die Quantität heute schon deutlich steigern und es ist dir anzurechnen, dass du dich jetzt mehr bemühst«, sagte Herr Möller.

Anja fiel ein Stein vom Herzen.

Frau Feist, die bei der Auswertung dabei war, verhängte Einzelstrafsport gegen drei Mädchen, die die Norm nicht erreicht hatten. Und Anja schämte sich, dass sie froh darüber war, dass es sie diesmal nicht erwischte.

Abends im Schlafraum traf sie sich mit Gonzo am Kübel, als hätten sie sich dort verabredet, und Gonzo begann sofort – noch während sie in den Eimer pinkelte – wie ein Wasserfall flüsternd zu plappern.

Sie hatte auf dem Transport vom Durchgangsheim zum Jugendwerkhof die erste Gelegenheit zur Flucht genutzt und war ihrer Zuführerin entwischt. Allerdings wurde sie schon bald an einem Bahnhof von der Polizei aufgegriffen. Aber auch in dem Jugendwerkhof, in den man sie brachte, hielt sie es nicht lange aus. Nach der dritten Entweichung wies man sie schließlich nach Torgau ein. »Die meisten sind hier, weil sie ein paarmal aus dem Werkhof abgehauen sind«, sagte Gonzo leise. »Also dafür, dass sie nach Hause zu Mama wollten oder zu 'nem Typen, in den sie sich gerade tierisch verknallt haben. Und für so ein Verbrechen wirst du gleich in die *Hölle* geschickt. Wer hätte das gedacht.«

Anja deutete auf den verbundenen Arm. »Was ist passiert?«, flüsterte sie.

Gonzo zuckte mit den Schultern. »Bisschen mit 'ner Scherbe geschnippelt. Aber fürs Krankenhaus hat's nicht gereicht, leider, leider. Vielleicht beim nächsten Mal.« Sie grinste. »Die nennen das hier Selbstverstümmelung und schicken dich in die Zelle. Also kann man den lieben Kinderlein wohl nicht raten das nachzumachen. Aber jetzt lass mal hören, wieso die dich hier reingesteckt haben! Hast du auch die Fliege gemacht?«

Anja erzählte kurz, was passiert war. Als sie von dem Stuhl sprach, den sie plötzlich in der Hand gehalten hatte, klappte Gonzo die Kinnlade herunter.

»*Du?*«, sagte sie eine Spur zu laut. »Du hast ...«

Anja legte warnend einen Finger auf die Lippen. »Wie gesagt, ich kann mich nicht erinnern. Aber ich würd' mal sagen, sieht ganz so aus.«

Gonzo fing an zu kichern. »Nein, ich glaub es nicht. *Du?*«

»Und in dem verdammten Briefumschlag fehlte der Brief«, sagte Anja zerknirscht.

Gonzo hörte mit einem Schlag auf zu lachen. »Scheiße. Und ich dachte, du wärst längst mit deiner Mami im goldenen Westen.«

»Würdet ihr jetzt endlich mal die Klappe halten!«, zischte das lange, dünne Mädchen, das die *Schlafraumverantwortliche* war, zu ihnen hinüber.

Anja nickte ihr zu und beugte sich dichter zu Gonzo. »Wollte dir noch sagen, tut mir leid wegen dem zusätzlichen Arrest, den ich dir eingebrockt habe.«

»Ist doch nicht deine Schuld«, lautete die Antwort. »Arrest oder nicht Arrest. Hinter Gittern bist du sowieso. Kommste rein, kommste nicht mehr raus. Wie bei diesem Kinderspiel.«

Anja guckte verwirrt.

»Na, erinnerst du dich nicht? Das, was man als Knirps im Kindergarten so gespielt hat: Zwei Erzieherinnen bauen eine Brücke, die Zwerge laufen ahnungslos drunter durch und den Dritten erwischt es dann, über dem dritten Kind kracht die goldne Brücke des Sozialismus zusammen.«

Anja zuckte mit den Schultern. Sie wusste immer noch nicht, wovon die Rede war. Zu ihrem Erschrecken begann Gonzo plötzlich zu singen: »Der Erste, der kommt, der Zweite, der kommt, der Dritte soll es sein. Der Dritte soll gefangen sein, den quälen wir gemein ...«

Anja lächelte. »Stimmt. Ich erinnre mich jetzt dunkel. Aber ging das Lied nicht irgendwie anders?«

Plötzlich knallten draußen die beiden Riegel beiseite, der Schlüssel knirschte im Schloss und Anja stand vor Panik kerzengerade.

»Raustreten! Alle! Sofort!«, brüllte Frau Feist.

Gonzo grinste Anja schief an, während sie in ihren Nachthemden im Flur antraten. »Die einen Kinder sind die Engel, die anderen die Teufel«, flüsterte sie Anja zu. »So geht das Spiel. Die Engel werden getragen, die Teufel werden geschlagen.«

Frau Feist schlug sie nicht. Die Erzieherin schickte sie nur im Entengang die Treppe hinauf und die Treppe hinunter.

Zwanzig, dreißig, vierzig Mal. In der Hocke laufen. Die Hände im Nacken verschränkt. Hinauf. Hinunter. Hinauf. Hinunter. Drei Stockwerke. Schwitzend. Keuchend. Mit fieberheißen Wangen. Mitten in der Nacht.

»Nag, nag«, machte Gonzo zu Anja, als sie sich auf den Stufen begegneten.

Anja lachte verzweifelt, mit Tränen in den Augen. War Gonzo denn verrückt? War sie sich nicht im Klaren darüber, was sie riskierte? Anja konnte nicht mehr. Sie war mit ihrer Kraft am Ende. Vor Erschöpfung sah sie die Stufen schon doppelt. Sie wollte nur noch ins Bett. Sich hinlegen. Ausruhen. Schlafen. Träumen. Sich weit, weit weg träumen.

»Nag, nag«, hörte sie Gonzos Stimme auf der Treppe.

»Ihr seid wohl noch immer nicht ausgelastet?!«, schrie die Frau. »Na, dann: Wiederholung! Weitere zehn Mal im Entengang!«

Als Anja später in der mittleren Etage ihres Bettes lag, hörte sie ein leises Weinen. Sie war zu erschöpft, um zu lauschen, woher es kam. Doch dann schwoll das Weinen auf einmal an, wie ein Fluss, der über die Ufer trat. Erst waren es zwei oder drei Mädchen, dann sechs, sieben oder acht. Und dann hörte Anja plötzlich, dass sie eine von ihnen war, dass auch sie weinte – lange, bis sie schließlich in den Schlaf sank, wie in ein tiefes Loch.

11 In den Tagen und Wochen, die folgten, gewöhnte sie sich an kurz vor der Dämmerung zu erwachen und sich die Schuhe anzuziehen, damit sie beim Wecken auf *keinen Fall* zu spät an der Tür stand. Auf *keinen Fall* wollte Anja schuld sein an fünfzig zusätzlichen *Torgauer Dreiern* oder endlosen Kniebeugen mit Hanteln in den Händen schon vor dem Frühstück. Meist erkannte sie jetzt bereits an den Geräuschen, welcher Erzieher morgens kam. Nitzschke donnerte mit der Faust gegen die Tür, Feist schlug mit dem Schlüsselbund dagegen, am schlimmsten aber war Kossack, der Holzfäller. Er stieß beide Riegel gleichzeitig weg, einen mit dem Fuß, einen mit der Hand – anders konnte Anja es sich nicht vorstellen. Denn er stand sekundenschnell vor ihnen, und wehe, sie waren noch nicht angetreten, dann schrie er sie in Grund und Boden und schikanierte sie bereits beim Frühsport bis zum Umfallen. Trieb sie immer wieder an, so lange, bis die Ersten anfingen, nach Luft zu japsen und zu heulen, bis Anja in den *Zustand* geriet – den sie sich in solchen Momenten herbeisehnte, weil sie das Gefühl hatte, dass sie nicht so leiden musste, wenn sie gar nicht sie selbst war, sondern sich im Innern in irgendetwas anderes verwandelte, in ein Wesen, das sie nicht kannte. Wie in dem Horrorstreifen, den sie einmal in ihrem alten Leben im Fernsehen gesehen hatte und an den sie hier manchmal denken musste: »*Die Körperfresser kommen*« hieß der. Alle sahen so aus, als wären sie noch die Alten; in Wirklichkeit saßen längst irgendwelche außerirdischen, gefühllosen Monster in ihnen.

Sie gewöhnte sich auch daran, die WM-66-Schalter im Akkord zusammenzubauen. Gonzo, die meist die Schnellste bei der Arbeit war, zeigte ihr ein paar Tricks.

Sie gewöhnte sich sogar daran, sich im Speisesaal so leise zu verhalten, als wäre sie gar nicht anwesend, und immer alles aufzuessen, auch wenn es ihr nicht schmeckte. Denn wer nicht aufaß, riskierte, dass er sich noch einen Nachschlag holen und vor den Augen des Erziehers die doppelte Portion essen musste. Zwei Mädchen, die Kossack dabei erwischte, dass sie eine Kartoffel gegen ein paar Erbsen tauschten, mussten auf ihr Essen ganz verzichten und wurden angebrüllt und beschimpft. Als es wieder einmal Milchnudeln gab, schluckte Anja sie einfach so schnell wie möglich, beinahe ohne zu kauen, hinunter. Sie wusste, dass sie beobachtet wurde. Jede falsche Bewegung würde dem Erzieher auffallen, jeder angewiderte Gesichtsausdruck. Hinterher erbrach sie sich auf der Toilette, die für den Arbeitserzieher bestimmt war und auf die Herr Möller sie gehen ließ, nachdem er ihr Gesicht gesehen hatte. Eine einzelne Toilette, ganz für sie allein. Wie war sie dankbar für diesen Luxus. Sogar die Hände konnte man sich hinterher waschen, den Mund ausspülen und aus dem Hahn Wasser trinken.

An einem Sonntag erhielt die ganze Gruppe von Frau Feist ein Lob für die hohe Qualität und Quantität bei der Herstellung der WM-66-Schalter. Sie waren zum dritten Mal hintereinander *Wochenbeste Gruppe* geworden. Zur Feier des Tages gab es für jeden ein Stück Sahnetorte. Eigentlich mochte Anja keinen süßen Schaum in ihrem Mund, aber hier war das etwas anderes. Hier war es fast ein Wunder. Alle in der Gruppe erhielten ein Stück, nur Gonzo nicht. Sie hatte wieder einmal im Schlafsaal gesungen und wurde in einen Extraraum gesperrt, in dem sie fünfhundert Mal den Satz schreiben sollte: *Ich darf während der Nachtruhe nicht singen.*

Natürlich war das eine himmelschreiende Ungerechtigkeit, denn sie war beinahe immer die Beste in der Werkstatt und verbesserte so auch den Gesamtdurchschnitt der Gruppe. Aber Anja dachte nicht an Gonzo. Sie leckte sich das letzte bisschen Sahne von den Lippen. Der zuckrige Geschmack lag noch den ganzen Tag auf ihrer Zunge.

Auch die Sturmbahn ersparte ihnen Frau Feist ausnahmsweise. Stattdessen ließ sie die Mädchen in der Turnhalle antreten, die nur selten genutzt wurde, und schaltete einen Kassettenrekorder ein. David Hasselhoff sang »*Looking for Freedom*« und die Mädchen vermieden es verwunderte Blicke zu tauschen, und ahmten die Aerobic-Übungen nach, die die Erzieherin ihnen zeigte.

Erlaubte sich die Frau einen bösen Scherz mit ihnen?, fragte sich Anja, während sie im Takt der Musik herumhüpfte. Oder merkte sie gar nicht, was sie ihnen da vorspielte?

Erst am Abend, als sie vor dem Fernseher saßen und die *Aktuelle Kamera* schauten, fiel Anja auf, dass Gonzo noch nicht wieder in der Gruppe war. Später sah sie sich im Schlafraum nach ihr um, weil sie mit ihr über die sonderbaren Ereignisse des Tages flüstern wollte. Doch die Riegel knallten zu und der Schlüssel schloss und Anja betrachtete Gonzos unberührtes Bett mit einem mulmigen Gefühl. Was war nun schon wieder los? Fragen konnte sie niemanden.

Nach drei Tagen tauchte Gonzo schließlich wieder auf; aus dem Arrest natürlich. Anja sah es an ihren Augenringen, die tiefer und dunkler waren als sonst. Sie teilte Anja kurz angebunden mit, dass sie den Strafsatz nur zweihundert Mal geschrieben habe und dann bei dem Versuch erwischt wurde den Bleistift zu verschlucken.

Anja nickte nur, als wäre es ganz normal, dass man sich einen Bleistift in den Hals schob. »Irgendwann schaffst du es«, versuchte sie Gonzo zu trösten. »Irgendwann schaffst du es ins Krankenhaus zu kommen.«

»Darauf kannst du einen lassen«, sagte Gonzo müde.

Anja begann damit, auf weitere Wunder zu hoffen.

Nach der Entdeckung des einzelnen Klos, das sie von nun an häufiger nutzen durfte, nach dem Stück Sahnetorte an einem beinahe gewöhnlichen Sonntagnachmittag wartete sie darauf, dass das nächste Wunder eintrat.

Als nichts Besonderes passierte, dachte sie, dass sie selbst etwas tun musste. Etwas Ungewöhnliches. Aber alles Ungewöhnliche, alles, was nicht der Norm entsprach, also all das, was sich auch nur im Geringsten über eine Regel hinwegsetzte, war hier gefährlich.

Auf dem Weg zum Speisesaal im Erdgeschoss rannten die Mädchen hintereinander im Laufschritt durch den Flur zum ersten Absperrgitter, das sich vor der Treppe befand. Herr Nitzschke schloss auf und hinter der Letzten sofort wieder zu und sie liefen an der Wand entlang die Stufen hinab, bis die Erste von ihnen am zweiten Gitter anlangte. »Kopf runter!«, kam der Befehl. Hier begann der Jungenbereich, der sich über zwei Etagen erstreckte, und natürlich durften sie nicht einfach so umherschauen, jeder Blickkontakt war verboten. Wieder drehte sich der Schlüssel im Schloss, einmal auf, einmal zu, weiter ging es bis zur nächsten Absperrung. Statt eines Treppengeländers gab es massive Gitter bis zur Decke hinauf. Das ganze Treppenhaus war ein einziger Käfig.

Anja hörte ein leises Geräusch aus dem verbotenen Flur

der Jungen und sie fand, dass es jetzt Zeit war für das nächste kleine Wunder. Sie hob den Kopf.

Der Junge hinter den eisernen Stäben sah sie direkt an. Er hatte schwarzes Haar und dunkle Augen und einen Moment glaubte sie, es wäre *er*, es wäre Tom. Er sah ihm wirklich ähnlich, bloß war er hagerer und auch ein bisschen größer und das Rebellische fehlte in seinem Blick. Er hob die Hand nur ein winziges Stück, bewegte zwei Finger und lächelte.

Sie lächelte zurück und winkte.

Dann hörte sie schon das Gebrüll.

Die nächsten acht Tage verbrachte sie in der Arrestzelle.

Die erste Zeit lief sie im Kreis um den Hocker – mal rechtsherum, mal linksherum. Ihre Schritte endeten stets an der Tür, bevor sie die Richtung wechselte, und es kam vor, dass sie nach der Türklinke griff – vergeblich natürlich, denn es gab keine Türklinke. Sie wunderte sich, dass sie das vergessen hatte, dass sie in manchen Augenblicken nicht wusste, wo sie sich befand. Sie dachte an den fremden Jungen, der Tom so ähnlich sah. Sicher hatten sie ihn auch in eine Einzelzelle gesperrt. Vielleicht lief er ja direkt unter ihr, unter dem kalten Steinfußboden, im Kreis und im Kreis – so wie sie?

Am zweiten oder dritten Tag gesellte sich der Panther zu ihr. Sie war erfreut ihn zu sehen und redete mit ihm. Auch die Gedichte waren wieder da, manchmal flüsterte sie die Zeilen in den Raum hinein. Manchmal, wenn sie Geräusche auf dem Flur vernahm oder das Gefühl bekam, die Tür würde sie anstarren, sprach sie die Verse nicht aus, aber sie waren trotzdem in ihr. Sie konnte sie hören und ab und zu sogar vor sich sehen. Die Buchstaben tauchten plötzlich aus der Wand auf, eine rote schnörklige Schrift, die sie fasziniert anstarrte.

Am vierten und fünften Tag spürte sie sein Fell, glatt und warm. »Wir kommen hier raus, du und ich, du wirst schon sehen, eines Tages ...«, flüsterte sie ihm in der Nacht zu. »Die Zeit der Wunder wird schon noch kommen.« Die Raubkatze schnurrte leise. Sie hörte es so deutlich wie die Schritte auf dem Flur.

Natürlich verschwand das Tier, wenn die Riegel knallten und die Tür aufgerissen wurde, wenn sie vom Hocker hochsprang und die Meldung aufsagte: »Jugendliche Sander, im Arrest wegen unerlaubter Kontaktaufnahme, keine besonderen Vorkommnisse.«

Sie war jedes Mal erstaunt, dass der Erzieher ihr zu glauben schien. Dass er von der Raubkatze, die sie beschützte, nichts ahnte.

Der Panther beschützte sie Tag und Nacht. Und sie dachte manchmal, dass sie ohne ihn wohl verrückt werden würde.

Schließlich spürte sie sogar sein Herz. Es pulsierte gleichmäßig und stark unter dem schwarzen Fell. Das Herz des Panthers schlug kräftiger als ihr eigenes – so kam es ihr vor, wenn sie nachts in der Finsternis auf der harten Pritsche erwachte und fasziniert dem Rhythmus lauschte: *Du bist nicht allein. Du bist nicht allein. Du bist nicht allein.*

Allerdings verlor sie irgendwann das Gefühl für die Zeit. Dass die acht Tage um waren, merkte sie daran, dass sie, nachdem sie gründlich putzen musste, aus der Zelle geführt wurde und im Umkleideraum ihre Sportsachen anziehen sollte. Ihre Gruppe stand schon zum Abmarsch bereit auf dem Flur.

Sie sah Gonzos besorgten Blick und lächelte ihr zu. *Alles in Ordnung. Mir geht es gut.*

12

In einer der folgenden Nächte pulte sie die versteckten Schrauben aus dem Loch der Schaumstoffmatratze heraus. In ihren Turnschuhen schmuggelte sie sie am nächsten Morgen in den Umkleideraum. Und dort in ihre abgetragenen, aber blank polierten Arbeitsstiefel – die waren ihr etwas zu groß und die Schrauben passten gut hinein. Sie würde sie zurückbringen. Von jetzt an würde sie versuchen, vernünftig zu bleiben. Nicht aufzufallen. Sich tot zu stellen.

Indessen wusste sie, dass ihre Aufenthaltsdauer auf viereinhalb Monate festgelegt worden war. Anstelle des Direktors, der schon vor einer Weile erkrankt sein sollte – so lautete jedenfalls ein Gerücht –, hatte Herr Nitzschke ihr dieses Strafmaß verkündet. »Vorausgesetzt du fügst dich unseren Anweisungen. Anderenfalls bleibst du uns länger erhalten.« Er lachte sein dröhnendes Boxerlachen. »Anschließend wirst du in deinen Stammjugendwerkhof zurückgeführt.« Herr Nitzschke saß im Sessel des Direktors, und während er mit ihr sprach, rauchte er eine Zigarre.

Anja stand in der vorgeschriebenen strammen Haltung vor dem Schreibtisch und schwieg. Da der Erzieher sie nicht zum Sprechen aufforderte, konnte sie ihn nicht fragen, wann das genaue Entlassungsdatum war. Viereinhalb Monate also –

wenn sie sich alles gefallen ließ und alles mitmachte. Ansonsten länger. Irgendwie musste sie die Zeit durchhalten. Sich anpassen wie ein Chamäleon, sich nicht beim Schwatzen mit Gonzo erwischen lassen, auf keinen Fall mehr Ausschau halten nach Tom, beim Sport nicht versagen, jeden Befehl sofort ausführen, täglich die Arbeitsnorm erfüllen, sich die Nachrichten im *Neuen Deutschland*, im Radio, in der *Aktuellen Kamera* einprägen, um sie exakt zu wiederholen, putzen, bis der Boden glänzte, und handeln, wie jeder vernünftige Roboter handeln würde.

Konnte sie das schaffen?

Sie musste.

Erst einmal wollte sie die Schrauben zurückbringen. An den Ort, an den sie gehörten. Was sollte sie auch mit ihnen? Sie konnten ja doch kein Buch, keinen Schmuck, keine Pflanze ersetzen. Bei den Razzien, die die Erzieher gelegentlich im Schlafsaal veranstalteten, war das Loch in der Matratze zum Glück übersehen worden. Anja kicherte innerlich, wenn sie daran dachte. Natürlich achtete sie darauf, dass sich das Lächeln nicht auf ihre Lippen schummelte. Jedes Lächeln war hier verdächtig, konnte dem Erzieher auffallen und Fragen nach sich ziehen. Wenn sie noch Gefühle hatte, musste sie sie verstecken, ganz tief in ihrem Innern, da wo niemand hinkam, abgesehen von dem Panther vielleicht.

Als die Mädchen in ihren Arbeitssachen im Flur antraten, spürte Anja eine Schraube, die sich unter ihren Fuß geschoben hatte. Sie versuchte sie mit ihrem Ballen und den Zehen zurückzuschieben, als Frau Feist sie plötzlich anschrie: »Jugendliche Sander, hast du einen Knick in der Optik?«

Anja wusste nicht, was die Frau meinte. Was hatte sie nun

schon wieder falsch gemacht? Es wurde mucksmäuschenstill, als würden alle gleichzeitig den Atem anhalten. Dass Frau Feist schlechte Laune hatte, war nicht zu überhören.

»In Linie habe ich gesagt!«

Anja blickte auf ihre Füße und bemerkte, dass ein Schuh ein Stück zu weit vorstand. Sie zog ihn hastig zurück. Es klimperte leise. Anja spürte ihr Herz einen Sprung machen.

Frau Feist starrte sie an. Ihr eisklarer Blick bohrte sich in Anjas Augen. »Vortreten!«

Anja hörte wieder das kaum wahrnehmbare Klirren – und auch alle anderen hörten es.

»Schuhe ausziehen!«

Sie kniete sich auf den Boden. Mit zittrigen Fingern zog sie die Schleifen auf. Als sie die Stiefel von den Füßen streifte, klapperte es deutlicher.

»Auskippen!«, schrie die Erzieherin mit sich überschlagender Stimme.

Anja zögerte kurz. Sie dachte an die Torte, die Frau Feist ihnen spendiert hatte. War das noch dieselbe Frau? Konnte Anja ihr nicht einfach erklären, dass sie die Schrauben nur zurückbringen wollte?

»Nun mach schon!«

Anja kippte den Inhalt ihrer Schuhe auf die Fliesen. Die Metallteile rollten in alle Richtungen.

Plötzlich sprang Gonzo ein Stück vor. »Jugendliche Pätzold meldet, die Dinger gehören mir!«

»Bist du irre?«, kreischte Frau Feist sie an. »Hab ich dich um einen Kommentar gebeten?«

Gonzo schwieg. Anja warf ihr einen fahrigen, gehetzten Blick zu. Nein!, dachte sie. Nein! Das darfst du nicht!

»Fünfzig Liegestütze!«, befahl Frau Feist. »Die ganze Gruppe!«

Anja warf sich wie die anderen sofort auf den Boden und hielt dabei Ausschau nach Gonzo.

Auch sie ließ sich fallen. Doch dann griff sie unvermittelt nach einer Handvoll kleinerer Schrauben und steckte sie sich in den Mund.

»Tu es nicht!«, flüsterte Anja.

Als Nächstes sah sie, dass Frau Feist Gonzo an den Haaren nach oben riss. »Ausspucken!«

Gonzo presste die Lippen zusammen und lachte mit geschlossenem Mund. Anja sah, dass sie schluckte. Es kam ihr vor, als könnte sie die Schrauben durch Gonzos Speiseröhre wandern sehen. Sie wandte den Blick ab. Beugte mechanisch ihre Arme, zählte wie ein Automat die Liegestütze. Die Erzieherin brüllte. Erst nach einer Weile hörte Anja Gonzos Stimme wie aus weiter Ferne: »Jugendliche Pätzold meldet, hab aus Versehen ein paar von den Dingern verschluckt.«

Zum Mittag bekam Gonzo eine Schüssel voll rohem Sauerkraut. Zum Abendbrot das Gleiche. Etwas anderes zu essen gab es für sie nicht.

Anschließend, während die anderen im Gruppenraum die Nachrichten sahen, mussten Anja und Gonzo den Flur putzen. Dann wurden sie getrennt und Anja erhielt den Auftrag die Toiletten zu schrubben. Kamen sie so davon? War das ihre Strafe? Frau Feist hatte sie nach Gonzos Meldung angebrüllt, ihnen »Sabotage«, »Diebstahl von Volkseigentum« und »abstandsloses Verhalten« vorgeworfen. Nach dem üblichen Sport gab es noch Extrarunden mit Hanteln für die ganze Gruppe und Herr Kossack trieb sie unbarmherzig an, aber Anja wartete nur darauf, dass da noch etwas kommen würde.

War das schon alles? Das konnte doch nicht alles sein.

In der Nacht blieb Gonzos Lagerstätte wieder einmal leer.

Anja ahnte, was ihr nun blühte. Sollte sie sich wehren? Aber sie hatte keine Chance. Es waren drei oder vier Mädchen, die sie von ihrer Matratze zerrten und festhielten. Der »Boss« übernahm das Schlagen höchstpersönlich. »Das Maß ist voll, Sander!«, zischte sie, während sie ihr in den Magen boxte – wieder und wieder. »Du hörst jetzt auf mit deinen Spinnereien!« Als es vorbei war, schleppte Anja sich zum Kübel und übergab sich. Das also war ihre Strafe. Arrest wäre zu einfach gewesen.

An ihrem fünfzehnten Geburtstag wurde Anja sehr früh am Morgen durch Schreie geweckt. Sie richtete sich in ihrem Bett auf und versuchte etwas zu verstehen, aber es waren keine Worte. Jemand brüllte dort irgendwo hinter der Tür, kreischte und jammerte. Vor Schmerz? Gonzo? War das Gonzo? Kam das aus einer der Einzelzellen? Oder doch aus dem Jungentrakt in der Etage unter ihnen? Anja lauschte mit klopfendem Herzen. Schreie waren hier nichts Ungewöhnliches, manchmal schrien Jugendliche, weil sie es nicht mehr aushielten und durchdrehten, manchmal waren es Schmerzensschreie. Anja hatte Angst um Gonzo. Was sie getan hatte, kam ihr ungeheuerlich vor. So offen zu rebellieren wagte niemand hier, zumindest nicht in der Mädchengruppe. Und was bei den Jungen passierte, wusste sie nicht. Wurde Gonzo jetzt für ihre Aufsässigkeit bestraft? Das Geschrei entfernte sich.

Schließlich hörte es ganz auf. Anja schob sich von ihrer Matratze. Sie spürte den Schmerz von den nächtlichen Schlägen, als sie zur Tür lief. Aber sie ignorierte ihn und versuchte sich auf die Geräusche außerhalb des Raums zu konzentrieren. Es war nichts mehr zu hören. Wieso war es plötzlich so still? Wurde Gonzo der Mund zugehalten? Anja schob das Bild hastig aus ihrem Kopf. Vielleicht irrte sie sich ja. Schließlich hatte sie die Stimme nicht erkannt. Und sie würde doch Gonzos Stimme erkennen? Aber es hatte sich nicht nach einem Jungen angehört. Und wer von den Mädchen kam sonst infrage?

Als Anja eine halbe Stunde später mit den anderen auf dem Flur antrat, dachte sie an ihren Geburtstag. Das Datum stand in ihrer Akte; die Erzieher wussten also Bescheid. Vielleicht gratulierten sie ihr ja? Vielleicht durfte sie sich etwas wünschen? Dass Gonzo aus dem Arrest kam zum Beispiel. Das war Anjas einziger Wunsch. Sie wollte ihre Freundin sehen, sofort, wollte wissen, was los war.

Frau Feist ließ sie aus der Reihe treten, aber das Gesicht der Frau sah aus wie immer: streng und verbittert. Was für ein Leben mochte die Erzieherin führen? Anja hätte gern etwas über sie gewusst, etwas Persönliches. Hatte sie Kinder? Einen Mann? Anja konnte es sich nicht vorstellen. Wer heiratete schon einen Eisklotz? Und wer zeugte mit einem Eisklotz Nachwuchs? Aber vielleicht war sie ja *draußen* ganz anders. Schließlich schien sie englische Popmusik zu mögen, »*Looking for Freedom*« und solche Sachen.

Anja spürte die Angst in sich aufsteigen, als Frau Feist sie anstarrte. Aber sie hielt dem Blick stand, probierte ein vorsichtiges Lächeln aus, schließlich hatte sie Geburtstag.

»Das Grinsen wird dir schon noch vergehen«, zischte Frau Feist. »Jugendliche Sander, du hast eine Woche zu säubern: den Flur, die Toiletten, die Treppe.«

Anja trat stumm in die Linie zurück. Tolles Geschenk, dachte sie müde. Aber was hatte sie sich auch eingebildet? Worauf hoffte sie hier drin? Auf eine Party mit Luftballons?

Am Nachmittag kippte ihr Frau Feist im Gang einen Eimer Wasser vor die Füße und verdonnerte sie zu fünfzig *Torgauer Dreiern* auf dem nassen Boden. Der Sport allein war noch schlimmer als der mit der Gruppe. Frau Feist ließ sie nicht aus den Augen und Anja konnte kein bisschen schummeln. Sie fing an, Gonzo um ihre Arreststrafe zu beneiden. Schreie hin oder her – sie saß doch in einer der Zellen, oder? Und überhaupt: Schreie konnten alles Mögliche bedeuten. Manche Leute brüllten schon, wenn sie beim Zahnarzt waren. Und Gonzo war stark. Sie würde *Was-auch-immer* schon aushalten.

In einem unbeobachteten Moment, als niemand außer ihr auf dem Flur war, wagte es Anja nachzusehen. Was sollte ihr schon blühen? Arrest? Und wennschon. Das war immer noch besser als das ständige Putzen und die Prügel in der Nacht. Von den Schlägen tat ihr nicht nur der Bauch weh. Die Gesichter der wütenden, verdrossenen Mädchen gingen ihr nicht aus dem Kopf, verursachten eine schmerzliche Angst, die schlimmer war als der körperliche Schmerz, obwohl sie sich alle Mühe gab die Bilder der vergangenen Nacht beiseitezuschieben. Sie sah die blassen, verbitterten Mienen ständig vor sich. Doch die Frage nach dem *Wieso* stellte sie nicht mehr. Es war ihr klar, warum sie bestraft wurde, wieso die anderen ihren Frust an ihr abließen. Und auch, warum die Erzieher ausgerechnet dann nicht eingriffen, wenn so etwas passierte. Das Einzige, was sie nicht begriff, war, warum die Mädchen das Prinzip, das dahintersteckte, nicht erkannten. Aber mit Denken hatte das Verprügeln wohl auch nichts zu tun.

Vorsichtig und schnell trat sie an die Zellentüren und schob Spion für Spion beiseite.

In einer der Zellen saß das Mädchen, das mit Nachnamen Becker hieß. Anja kannte ihren Vornamen noch immer nicht. Keine Spur von Gonzo.

Vielleicht hatte sie es ja geschafft? Vielleicht war sie ja endlich im Krankenhaus? Und wenn nicht? Wo konnte sie stecken?

Als Gonzo nach vier Tagen wiederkam, sah sie aus wie ein Grufti: kreidebleiches Gesicht, schwarze Augenringe. Anja suchte den Blickkontakt zu ihr, aber Gonzo schaute an ihr vorbei ins Nirgendwo.

13

»Hallo«, sagte Anja abends leise im Schlafsaal.

Gonzo hockte schon wieder über dem Kübel. Sie bekam immer noch nur Sauerkraut zu essen: zum Frühstück, zum Mittag, zum Abendbrot.

Sie antwortete nicht. Sie schien Anja überhaupt nicht wahrzunehmen.

»Was ist los?«, fragte Anja nervös. »Was haben die mit dir ...« Sie biss sich auf die Unterlippe. Gonzos Augen blieben ausdruckslos wie Glasmurmeln.

»Hör mal zu«, flüsterte Anja eine halbe Stunde später. Sie saß auf dem Rand von Gonzos Matratze. »Du hast es bald geschafft. Du kommst bald hier raus. Nur noch ein paar Tage, höchstens zwei Wochen, und du kommst hier *raus*. Du musst nur durchhalten, okay? Es dauert nicht mehr lange.« Vorausgesetzt, sie bekam keine Verlängerung für ihr »widerständiges Verhalten«. Aber das sprach Anja natürlich nicht aus. »Du darfst jetzt nicht schlappmachen, ja?«

Keine Reaktion. Gonzo lag mit offenen Augen stumm auf ihrem Bett.

Aber Anja wollte noch nicht aufgeben. Gonzo war ihre einzige Freundin hier. Sie musste sie aus dem Loch holen, in das sie gefallen war.

Sie griff nach ihrer Hand, die sich kühl und kraftlos anfühlte, und drückte sie. Anja dachte an die Lieder, die Gonzo manchmal sang. *Brüder, zur Sonne, zur Freiheit* kam ihr als Erstes in den Sinn. Aber sie waren ja keine Brüder. Außerdem war es kein ernst gemeinter Song, jedenfalls nicht für Gonzo. Die *Internationale* gehörte auch noch zu ihrem Repertoire, nur gab es leider niemanden, der für Gonzo *das Menschenrecht erkämpfte*, wie es in dem Text so großspurig hieß, sonst wäre sie doch nicht hier, oder?

Anja versuchte sich an das Lied zu erinnern, für das Gonzo die Strafsätze schreiben musste und vom Torteessen ausgeschlossen worden war. Eine Strophe handelte davon, wie alles begann, und die nächste von Torgau, aber wie lauteten die ersten Zeilen noch mal und wie ging es dann weiter?

Anja grübelte, dann fing sie leise an zu summen, bis sie die Melodie fand, und dann sang sie:

*»Eines Morgens holten sie mich von zu Hause fort
und sie schleppten mich den ganzen Tag von Ort zu Ort,
Abends sperrten sie mich in 'ne leere Zelle ein.
Was ich sah, was ich sah, was ich sah, was ich sah,
waren Gitter.*

*Mauern hoch wie Häuser, obendrauf noch Stacheldraht,
Gitter vor dem Fenster, reicht nicht mal zum Sonnenbad.
Warum sind sie grausam, warum sperren sie uns ein?
Ach, lass sein, ach, lass sein, ach, lass sein, ach, lass sein –
Und warte ...«*

Gonzo drehte langsam den Kopf in ihre Richtung und drückte schwach ihre Hand. »Na ja fast ...«, murmelte sie, »fast getroffen. Die Melodie stimmt nicht ganz und es fehlen noch zwei Strophen, genauer gesagt: Das Wichtigste hast du ausgelassen, also wie alles endet. Aber dafür, dass du es kaum kennst, war es okay.« Ein Lächeln huschte über ihr Gesicht und sie sang leise, etwas schleppend und heiser weiter:

*»Meine Freundin starb in einer fürchterlichen Nacht,
nur der Mond am Himmel, der hat über sie gewacht.
Erst am Morgen nahm man ihr die Scherbe aus der Hand.
Ich verstand, ich verstand, ich verstand, ich verstand –
Sie kommt nie wieder.*

*Wenn du dann hier rauskommst, dann erkennt dich keiner mehr,
du siehst anders aus und bist so anders als vorher.
Warum sind sie grausam, warum sperren sie uns ein?*

Ach, lass sein, ach, lass sein, ach, lass sein, ach, lass sein –
Es geht vorüber,
ach, lass sein, ach, lass sein, ach, lass sein, ach, lass sein –
Es geht vorbei.«

Anja atmete auf. »Willkommen«, stieß sie erleichtert hervor, als hätte Gonzo einen langen Weg hinter sich gebracht.

Gonzo rappelte sich auf und blickte sich um, als müsste sie erst einmal verstehen, wo sie überhaupt war. »Weißt du, warum die Türen hier innen keine Klinken haben?«

Anja zuckte mit den Schultern.

»Aus Rücksicht«, murmelte Gonzo. »Nur aus Rücksicht auf uns. Damit wir nicht an ihnen rütteln können und umsonst hoffen müssen.« Sie lachte leise.

»Wo bist du gewesen?«, wagte Anja zu fragen.

»Das willst du gar nicht wissen«, meinte Gonzo.

»Doch. Sonst würd ich ja nicht fragen.«

»Nun ... es gibt noch mehr Einzelzellen ...«, sagte Gonzo heiser und räusperte sich. »Unten im Keller.«

Anja nickte. Und wartete.

Gonzo schwieg lange.

»Du ... du hast geschrien«, stammelte Anja. »Ich ... hab dich gehört, glaub ich.«

»Geschrien«, wiederholte Gonzo dumpf und runzelte die Stirn. »Kann sein, ich weiß nur noch, dass sie mich gepackt haben, als ich nicht mitgehen wollte. Arm verdreht, an den Haaren gezogen, das ganze Programm ... Dann haben sie mich nach unten verschleppt in den Keller. Dort sind ...«, sie holte tief Luft. »Dort sind Dunkelzellen. Du siehst nichts, hörst nichts. Weißt den Unterschied nicht zwischen Tag und Nacht.

Du weißt ... eigentlich überhaupt nichts mehr. Ob du je wieder rauskommst ... Du denkst daran, dass es besser ist, tot zu sein, als hier zu leben.«

Anja schüttelte den Kopf. »Das ist es nicht.«

»Wieso nicht? Dann hättest du endlich deine Ruhe. Und ein *Irgendwas* wie Gonzo wird niemand vermissen.«

»Aufgeben ist keine Lösung«, widersprach Anja. »Du *musst* die Zeit hinter diesen Mauern irgendwie *überstehen*. Du *existierst* hier nur, kapierst du, was ich meine? ... *Leben* ist was anderes. Das Leben ist da draußen. Und du kommst hier raus, Mensch, schon bald. Irgendwann ist das hier vorbei, genau wie es in dem Lied heißt. Und dann fängt das richtige Leben an. Daran solltest du denken. Du solltest jetzt an deine verdammte Zukunft denken. Und außerdem ... du bist kein Irgendwas, nicht für mich.«

Gonzo lächelte. »Wenn ich hier rauskomme, stecken sie mich wieder in meinen alten Werkhof. Und dann geht das Spiel von vorn los. Ich werd da nicht lange bleiben. Aber diesmal hab ich einen Plan. Ich such mir 'ne Oma, so 'ne uralte mit weißen Haaren, die ganz allein lebt, nicht mehr so richtig durchsieht und niemanden hat, und ich erzähle ihr, ich wär ihre Enkelin. Dann wohne ich bei ihr, geh mit ihr einkaufen und im Park spazieren und solche Sachen.«

»Prima Idee«, meinte Anja. Jedenfalls passte sie zu Gonzo, die jetzt – wie es schien – wieder ganz die Alte war.

»Ich wollt' schon immer mal 'ne richtige Oma haben«, sagte Gonzo und grinste.

14

Am nächsten Tag war Anja beinahe zufrieden: Sie war froh darüber, dass Gonzo zurückgekehrt war aus dem Nirgendwo. Dass sie schon wieder heimlich mit ihr flüsterte und sie gemeinsam über Frau Feist herzogen, die sich wegen ein paar Schrauben aufgeführt hatte wie Rumpelstilzchen. Während sie die Waschmaschinenschalter montierten, kicherten sie über den Begriff *Sabotage*, der ihnen plötzlich so albern vorkam wie kein anderes Wort auf der Welt – bis Herr Möller ihnen einen warnenden Blick zuwarf.

Anja war zufrieden darüber, dass sie in all dem Erbärmlichen so etwas Wertvolles besaß: eine Freundin.

Freundschaften gab es hier ansonsten kaum. Jede war sich selbst die Nächste. Nicht aus Boshaftigkeit, sondern aus reinem Selbsterhaltungstrieb.

Es machte ihr sogar fast nichts mehr aus, dass sie abends auf allen vieren in der seifigen Plörre hockte und den Boden mit der Handbürste schrubbte. Das Putzen hatte wenigstens den Vorteil, dass sie in Gedanken anderswo sein konnte. In der Vergangenheit oder in der Zukunft, ganz egal, nur möglichst weit weg. Natürlich war das Kloputzen die ekelhafteste Arbeit und natürlich bemühte sie sich hier so schnell wie möglich fertig zu werden. Dann kam nur noch die Treppe.

Herr Kossack schloss das obere Absperrgitter für sie auf und verschwand im Gruppenraum, in dem die Mädchen bereits vor der *Aktuellen Kamera* saßen.

Anja beeilte sich damit die Stufen mit der Kernseife zu bearbeiten. Ihre Hände sahen schon so schrumplig aus, als wäre sie mindestens hundertzehn Jahre alt. Sie hatte kaum noch Gefühl in den Fingern und ihre Nägel wirkten, als würden sie bald abfallen. Flüchtig nahm Anja wahr, dass im unteren Treppenbereich hinter der zweiten Absperrung ebenfalls geputzt wurde. Sie wusste, dass sie nicht hinsehen durfte, welcher Junge dort arbeitete, und keinesfalls wollte sie schon wieder in Schwierigkeiten geraten, nur weil sie neugierig war. Also blickte sie sich nicht um, auch nicht, als sie etwas hörte, das wie ein leises Pfeifen klang.

Als sie jedoch an dem Gitter anlangte, hinter dem der Jungenbereich begann, nahm sie einen anderen Laut wahr, nicht irgendeinen Laut, sondern zwei Silben, es klang wie eine Frage und war doch ein Name. Ihr Name. »An-ja?«

Konnte das denn sein? Oder war das eine Einbildung? Vielleicht hatte ja das ständige Einatmen des Kernseifengeruchs eine ungeahnte Wirkung?

Sie konnte nicht anders. Sie musste es tun. Sie drehte sich um.

Es war wieder der gleiche Junge. Der Junge, der ihr zugewunken hatte, der Tom so ähnlich sah. Bloß dass er ... es nicht war ... *oder doch?* »Tom?«

Einen Moment sah sie bunte Kreise vor ihren Augen flimmern. Vielleicht hatte sie ja doch eine Kernseifen-Halluzination?

»Anja«, sagte er noch einmal leise.

Ihr Herz begann wie wild zu pochen. Sie warf einen ängstlich prüfenden Blick die Treppe hinauf und lauschte. Nichts zu sehen. Nichts zu hören. Vorsichtig ging sie auf ihn zu, streckte ihre Hand durch das Gitter, strich ihm ungläubig über das Gesicht. Berührte seine Wange, seinen Mund, seinen Hals; unter seiner Haut pochte es genauso wild wie unter ihrer. »Bist du's wirklich?«

Tom nickte und warf einen hektischen Blick zurück. Der

Gang war leer. Wahrscheinlich hockten auch die Jungen und ihr Erzieher vor dem Fernseher. Anja lächelte ihn an. Und dann sagte Tom etwas Merkwürdiges: »Ich bin so froh, dich zu sehen. Und es ist so schrecklich, dass du hier bist.«

»Dito«, brachte Anja mühsam heraus.

Sie beugte sich zu ihm, als müsste es so sein, als würde es kein Gitter zwischen ihnen geben. Sie fühlte die Stäbe an ihren Wangen. Aber als er sie küsste, schienen sie sich in Luft aufzulösen. Einen Herzschlag lang spürte sie nur seine Lippen, seine Zunge. Ihr erster richtiger Kuss, verdammt, es kam ihr komisch vor und verrückt, irgendwie zum Lachen und irgendwie zum Heulen.

»Gib die Hoffnung nicht auf, das Raumschiff wird schon noch kommen, okay?«

»Klar«, sagte sie.

»Meine Zeit hier ist bald um, und wenn ich rauskomme, geh ich nach Leipzig«, erklärte er flüsternd. »Ich hab was für dich.« Er drückte ihr ein winziges Stück Papier in die Hand. »Da wohnen Freunde von mir.«

Sie verstand die Frage, die er ihr nicht stellte, warf einen Blick auf den Zettel, der hier drin mehr war als nur ein Fitzelchen Papier: eine geschmuggelte Botschaft, die Kassiber hieß und natürlich strengstens verboten war. Sie betrachtete die Adresse, die darauf stand, prägte sie sich ein und nickte. Noch einmal streckte sie den Arm durch das Gitter, als sie plötzlich oben eine Tür donnern hörte. »Verschwinde!«, flüsterte sie ihm zu. Dann steckte sie sich den Kassiber in den Mund, kaute, schluckte und rannte gleichzeitig die Stufen hinauf. Oben stand der Eimer mit dem Wischwasser. Da musste sie hin. Die Arbeit war noch nicht erledigt. Verhielt sie sich auffällig? Würde der Erzieher etwas merken? Doch auf einmal gab der Boden unter ihr nach. Sie rutschte auf einer der seifigen Stufen aus und suchte vergeblich nach Halt. Im nächsten Moment stieß sie mit dem Kopf gegen das seitliche Gitter und schlitterte abwärts wie auf einer Rodelbahn. Ein greller Schmerz durchzuckte ihre Hand, als sie sich abzustützen versuchte. Es ging immer schneller hinab, die Eisenstäbe flogen nur so an ihr vorbei und schließlich knallte sie zum zweiten Mal mit dem Schädel gegen ein hartes Hindernis. Und dann ... wurde es dunkel um sie herum.

15

Als sie sich aufrichtete, konnte sie ihre Hände nicht bewegen. An ihrem Kopf, der ihr höllisch wehtat, flogen Lichter vorbei, Lichter, die aus Häusern kamen oder aus Laternen, und in den Lichtkegeln sah sie sogar Menschen. Richtige Menschen, keine Erzieher, keine Mädchen von *dort*. Wo war sie? Was passierte mit ihr? War das ein Traum? Das musste wohl ein Traum sein. Denn sie saß in einem Auto. Sie hielten an einer roten Ampel. Und sie trug Handschellen. Draußen schien Nacht zu sein, denn der Himmel sah schwarz aus. Wo war Tom? Hatte sie ihn nicht eben gerade geküsst? Es kam ihr fast vor, als hätte sie ihn wirklich berührt. Konnte sie nicht wenigstens weiter von ihm träumen?

Ihre rechte Hand sah dicker aus als die linke und ihr Daumen war schrecklich geschwollen; auch die anderen Finger wirkten fremd und aufgedunsen.

Wenn das hier nicht real war, wieso hatte sie dann solche Schmerzen?

Und der Holzfäller – was machte der hier? Wieso lenkte ausgerechnet er den Wagen durch ihren Traum? Du hast hier nichts zu suchen, dachte sie wütend. Aber wenn sie es aussprach, sperrte er sie womöglich in den Kofferraum.

Im Spiegel sah sie seine Augen, die sie prüfend anstarrten.

»Bist du wach?«, fragte er. »Ich fahre dich ins Krankenhaus.«

Er klang beinahe wie ein normaler Mensch, fast so, als käme er gar nicht von *dort*.

»Krankenhaus«, wiederholte Anja mit pelziger Zunge. Sie hatte Durst, furchtbaren Durst, und ihr war übel. Wieso bringt er denn ausgerechnet mich dahin?, dachte sie. Wieso nicht Gonzo?

Die Schmerzen pochten einen regelmäßigen Rhythmus. In ihrem Kopf, in ihrer Hand, in ihrem Knie. Der Schmerz klopfte schnell und unbarmherzig, wie ihr Herz. Was war passiert?

Sie konnte sich noch an den Kuss erinnern. An den Traum-Kuss, und an den Jungen, der Tom war und gleichzeitig ein Fremder. Warum hatte sich das so real angefühlt? Wieso war sie jetzt in diesem Auto? Und weshalb trug sie Handschellen? Hatte sie ein Verbrechen begangen, von dem sie nichts wusste?

Sie war so daran gewöhnt, keine Fragen zu stellen, dass sie gar nicht auf die Idee kam, den Holzfäller zu fragen.

So saß sie schweigend, verwirrt und halb betäubt vor Schmerz auf der Rückbank des Wagens und wartete einfach ab.

Im Flur der Notaufnahme humpelte sie mit gesenktem Blick an den Wartenden vorbei. Um ihren Kopf lag der Schmerz wie ein Band, das immer enger wurde. Sie trug den hässlichen

Arbeitsanzug, der noch feucht war und nach Kernseife roch. Die Handschellen kamen ihr zu eng vor, besonders die rechte Seite; die Schwellung sah aus, als hätte jemand ihre Haut aufgepumpt wie einen Luftballon.

Vielleicht wäre hier der richtige Ort, um laut um Hilfe zu schreien? Aber man würde ihr nicht glauben. Leuten in Handschellen glaubte man nicht. Oder man würde ihr Verhalten auf ihre Kopfverletzung schieben. Sie hatte die Beule noch im Auto gefühlt. Notgedrungen mit beiden Händen. Ein ziemliches Kaliber.

Kaliber? Wo kam dieser Ausdruck her? Hatte man auf sie geschossen? In welchem Krieg befand sie sich?

Der Arzt sprach nur mit dem Erzieher. Sie saß daneben, als wäre sie nur zufällig mitgekommen. Immerhin war sie ihre Handschellen los.

Der Arzt stellte merkwürdige Fragen und Anja war froh, dass nicht sie die Antworten finden musste. In ihrem Hirn waberte irgendein grauer Nebel herum und der Nebel tat weh.

»Wie lange dauerte die Bewusstlosigkeit?«, fragte der Mann im weißen Kittel.

Anja konnte sich an keine Bewusstlosigkeit erinnern. Aber der Holzfäller sagte mürrisch: »Halbe Stunde vielleicht.«

Als der Arzt nach ihr griff, zuckte sie vor ihm zurück, aber dann hielt sie doch still. Er tastete an ihr herum, an ihrer dicken Hand, für die sie sich irgendwie schämte – sie sah so entstellt aus –, an ihrer Beule und dem Knie, das pflaumenblau angelaufen war. Er fühlte ihren Puls, hörte ihr Herz ab und leuchtete ihr mit einer Sternschnuppe in ihre Augen. Jedenfalls kam es ihr wie eine Sternschnuppe vor. Die Sternschnuppe blinkte ihr direkt in den Kopf hinein. Konnte sie sich nun etwas wünschen?

Als der fremde Mann nach einer Ewigkeit doch eine Frage an sie richtete, war sie nicht darauf gefasst. »Babyspeck«, sagte sie, weil das Wort ihr gerade in den Sinn kam. Weil ihre Finger aussahen wie dicke Babyfinger?

Der Arzt nickte, als wäre er nicht sonderlich überrascht, und schrieb etwas auf.

Anja versuchte einen klaren Gedanken zu fassen. Aber die Gedanken flutschten einfach so davon wie Fische, die man eigentlich schon glaubte gefangen zu haben. »Blöde glitschige Aale«, sagte sie. Eigentlich wollte sie das mit den Fischen für sich behalten.

Aber der Arzt betrachtete sie aufmerksam, als hätte sie etwas Bedeutsames ausgesprochen. »Auf alle Fälle müssen wir sie zur Beobachtung hierbehalten. Mit einer Gehirnerschütterung ist nicht zu spaßen.«

»Wenn die Hand nicht gebrochen ist, fahren wir zurück«, brummte der Holzfäller. »Wir haben ein Krankenzimmer zum Auskurieren.«

»Nun, können Sie gewährleisten, dass sie medizinisch betreut wird? Haben Sie einen Arzt oder eine Krankenschwester in Ihrer Einrichtung?«

Herr Kossack schüttelte den Kopf. »Der Arzt kommt einmal die Woche.«

»Das reicht nicht«, stellte der Doktor fest. »Es könnten Komplikationen auftreten. Das Mädchen bleibt hier, ansonsten tragen Sie die Verantwortung. Sie sehen doch, dass sie nicht ganz bei sich ist.«

»Unsere Jugendlichen simulieren eben gern«, sagte der

Holzfäller. »Sie haben alle möglichen Tricks auf Lager. Außerdem sind sie hart im Nehmen. Ihre Kollegen wissen das eigentlich und haben bisher entsprechend gehandelt. Sie sind wohl neu hier?«

»Vertrauen Sie meinem Urteil und meiner Erfahrung nicht?«

»Hm ... Doch ... Aber ... Ich nehme das Mädel trotzdem mit.« Er erhob sich und Anja spürte seinen drohenden Blick. »Abmarsch, Jugendliche Sander!«

Sie sprang vom Stuhl und versuchte gerade zu stehen. Aber der Schwindel packte sie und warf sie auf den Boden, als hätte er einen Judotrick angewandt.

Irgendein weißer Engel schwebte über ihr, hob sie schließlich auf und trug sie davon.

Als sie erwachte, saß der Teufel an ihrem Bett. Er starrte sie mit glühenden Augen an. So ein blöder Albtraum. Wieso sollte der Holzfäller an ihrem Bett sitzen und sie anglotzen?

Sie drehte sich von ihm weg auf die Seite und der Schmerz weckte sie ganz.

Sie hörte seinen Atem und so langsam dämmerte ihr, wo sie sich befand.

Nicht *dort*. Nicht hinter Gittern. Nicht hinter Schloss und Riegel.

Deshalb also bewachte er sie. Weil sie hier eine Chance hatte, die sie *dort* nicht hatte.

Sie legte sich auf ihre Hand, damit der Schmerz nicht aufhörte und sie wach hielt.

Als eine Schwester kam, um nach ihr zu sehen, tat sie so, als ob sie tief und fest schlafe.

»Wollen Sie nicht gehen und morgen früh wiederkommen?«, fragte die Frau.

»Hab meine Vorschriften«, brummte der Erzieher.

Klang er müde? Ja, eindeutig. Er klang müde, sehr müde sogar.

Anjas Herz klopfte schneller.

»Na schön, wie Sie meinen«, sagte die Frau gleichgültig.

Anja achtete auf die Tür. Sie hörte kein Schlüsselgeräusch. Wozu sollten sie sie hier auch einschließen? Ihr Bewacher hockte ja genau neben ihr und ließ sie nicht aus den Augen. Außerdem war sie allein mit ihm. Wenn sie versuchte abzuhauen und er sie erwischte ... Er konnte sie, wenn er wollte, mit einem einzigen Hieb bewusstlos schlagen. Es würde keine Zeugen geben.

Hatte sie überhaupt eine Chance?

Sie wartete ab.

Es dauerte keine fünf Minuten, da atmete der Mann tief und gleichmäßig. Aber das musste ja nichts bedeuten, oder? Konnte sie es wagen, sich umzudrehen und ihn heimlich zu beobachten?

Zwischen ihren Schläfen begann wieder der Schmerz zu pochen.

Ganz langsam schob sie sich auf den Rücken, zögerte einen Moment, lauschte, dann drehte sie sich um. Erst nach einer Weile öffnete sie die Augen einen winzigen Spaltbreit.

Der Mann schlief. Zumindest sah es so aus. Seine Lider waren geschlossen. Seine Brust hob und senkte sich in einem gleichbleibenden Rhythmus.

Jetzt oder nie, dachte Anja. Doch sie blieb liegen.

Na komm schon, hörte sie plötzlich Gonzos Stimme in ihrem Kopf flüstern, *wenn du die Chance nicht nutzt, wirst du es dein Leben lang bereuen.*

Okay, dachte Anja. Wenn er aufwacht, sag ich einfach, dass ich auf Toilette muss.

Trotzdem zitterten ihre Beine, als sie sich aus dem Bett schob. Ihr Puls raste.

Was sie tat, kam ihr ungeheuerlich vor. Ein Fluchtversuch war das schlimmste Verbrechen in Torgau. Das allerschlimmste. Was konnten sie ihr zur Strafe antun? Sie in die Dunkelzelle sperren? Einen Moment wollte sie sich zurück in das Krankenhausbett legen. Es war warm und weich und noch war es nicht zu spät. Aber dann dachte sie an den Panther. Er würde sie beschützen, auch wenn sie in das finsterste Loch gesperrt wurde. Es blieb ihr keine andere Wahl. Sie musste es riskieren.

Sie dachte an den geschmeidigen Gang der Raubkatze, an die samtweichen krallenbesetzten Pfoten, als sie durch das Zimmer schlich. In Zeitlupe drückte sie die Klinke hinunter. Es kam ihr wie ein Wunder vor, dass die Tür sich öffnete. Sie huschte durch den Spalt, schloss die Tür, beinahe ohne ein Geräusch zu machen.

Und nun? Ein langer leerer Flur lag vor ihr. Wohin? Sie rannte einfach los. Barfuß. Im Nachthemd.

In einem gläsernen Raum saß eine Schwester und las Zeitung. Anja ließ sich auf den Boden fallen, robbte an ihr vorbei. Auf der Sturmbahn hatte sie gelernt schnell zu kriechen. Sogar durch Schlamm, wenn es gerade geregnet hatte. Hier war der Boden glatt.

Auf der Treppe raste sie abwärts. Keine Gitter, die ihr den Weg versperrten. Als sie Schritte hörte, flüchtete sie in den nächstgelegenen Korridor hinein. Sie sah Türen, Nummern.

Vor der 7 stoppte sie. Die 7 war eine Glückszahl, oder? Sie konnte ja immer noch sagen, dass sie sich geirrt habe, falls jemand wach wurde. Es war stockfinster in dem Zimmer und sie blieb wie erstarrt stehen. Ein süßlicher Dunst schlug ihr entgegen. Ein Geruch nach Krankheit oder Medizin oder beidem. An dem Schnarchen hörte sie, dass hier Männer lagen. Zitternd wartete sie ab, bis ihre Augen sich an das Dunkel gewöhnt hatten. Sie musste unbedingt ruhiger werden, klar denken und klar planen. Sie hatte nur diese *eine einzige* Chance. Sie atmete ein paarmal tief ein und aus. Sie brauchte etwas zum Anziehen, das war jetzt das Wichtigste. Schließlich konnte sie nicht im Nachthemd durch die Straßen laufen. Sechs Betten, sechs Männer, zwei von ihnen hingen am Tropf. Schliefen sie alle? Sie musste auf das Glück vertrauen. Darauf hoffen, dass das Glück, das sich ausnahmsweise zu ihr gesellt hatte, bei ihr blieb. Als sie den Schrank öffnete, spürte sie ihren Puls vom Kopf bis in ihre Fingerspitzen pochen. Als Erstes hielt sie eine Hose in der Hand, die ihr breit vorkam wie ein Zirkuszelt. Sie griff in ein anderes Fach – Unterwäsche, ein geripptes Hemd, lange Unterhosen –, sie stopfte die Sachen zurück, holte einen Pullover hervor. Selbst im Dunkeln sah sie, dass er hässlich war, egal, sie zog ihn an – und er passte. Eine Hose zu finden erwies sich als schwieriger. Aber schließlich entdeckte sie auf dem Regalbrett ganz oben eine Jeans, fast ihre Größe, sogar mit Gürtel, also perfekt. Sie achtete darauf, dass die Schnalle nicht klimperte. Von den Schuhen schnappte sie sich einfach das kleinste Paar. Zwei Strümpfe, einer blau, einer hell, na und wennschon. Das musste zum Davonlaufen genügen.

Einer der Männer drehte sich in seinem Bett und sagte etwas. Anja hielt die Luft an, aber er sprach im Schlaf und murmelte nur unverständliche Laute. Doch jeden Moment konnte einer von den Patienten erwachen oder eine Schwester erscheinen. Sie musste hier weg. Sofort.

Wie eine Traumwandlerin tappte sie an den Betten vorbei zum Fenster. Sie brauchte es nicht einmal zu öffnen. Es stand schon offen, als hätte es auf sie gewartet.

16

Anja rannte. Sie lief einfach weg, Hals über Kopf, als wäre der Teufel hinter ihr her. Und gewissermaßen war er es ja auch. Sie rannte und sah sich dabei immer wieder um. Sie konnte einfach nicht glauben, dass es plötzlich so einfach war. Verfolgte er sie noch nicht? Saß er schon in seinem Wagen und suchte die Gegend nach ihr ab? Und die Polizei? Wann kam die? *Niemand* entwich aus dem Geschlossenen Jugendwerkhof. Von Fluchtversuchen hatte sie gehört, aber von keinem einzigen, der geglückt war. Und wohin? Wohin sollte sie jetzt?

Alles tat ihr weh, ihr Knie, ihr Kopf und ihre Hand, aber das spielte jetzt keine Rolle. Sie humpelte nicht mal, sie konnte es sich nicht leisten, mit Humpeln Zeit zu verlieren. Sie lachte, als sie sich das Gesicht des Erziehers vorstellte, das er machen würde, wenn er begriff, dass sie nicht mehr da war. Abgehauen. Einfach so, einfach weg. Damit hast du wohl nicht gerechnet, du Scheißkerl, dachte sie fröhlich. Ihr kriegt mich nicht mehr. *Ihr nicht!* Sie lachte, bis sie Tränen in den Augen hatte. Oder weinte sie? Spielte das eine Rolle? Sie lief geschmeidig wie eine Raubkatze, sie fühlte, dass der Panther in ihr war, dass er sich die Freiheit nicht mehr nehmen lassen würde – *nie mehr!* Sie hätte dieses *nie mehr* gern aus sich herausgeschrien. Aber natürlich tat sie es nicht. Sie war vernünftig. Sie rettete sich selbst. Etwas Vernünftigeres als dies gab es nicht. Aber wo sollte sie jetzt hin? Ihre Füße schienen den Weg zu kennen. Sie rannten mit ihr, weiter, immer weiter. Sie überließ sich ihren Schritten, die ihr so leicht vorkamen, als würde sie schweben.

An einer Hauswand lehnte ein Fahrrad. Alt und klapprig, mit rostigem Lenker und schlammbespritztem Rahmen. Nicht abgeschlossen.

Sie zögerte keinen Moment. Es kam darauf an, dass sie schneller war als die anderen. Dass sie sich unsichtbar machte …

Sie trat wie wild in die Pedalen, fuhr ohne Licht. Benutzte Schleichwege an Feldrändern entlang und holperte über das Kopfsteinpflaster abgelegener Nebenstraßen. *Weg, weg, nichts wie weg!*

Hinaus aus der Stadt.

Erst am Rande einer Landstraße zwischen Irgendwo und Nirgendwo hielt sie inne. Keuchte, heulte, lachte. Es dämmerte bereits. Wo war sie hier? Wo sollte sie jetzt hin?

Dritter Teil # Draußen

1 Anja stand in dem langen dunklen Korridor und betrachtete sich in dem alten Spiegel mit dem wurmstichigen Rahmen. Ihr blondes Haar sah komisch aus und ihre Frisur noch seltsamer. Sie hatte sich die Haare selbst gefärbt und geschnitten. Immerhin: Die Person, die sie anschaute, kam ihr vor wie eine Fremde. Auch wenn sie einem Küken ähnelte, dem der Flaum zu Berge stand, konnte sie mit dem Ergebnis doch zufrieden sein, oder? Wahrscheinlich würde nicht einmal ihre Mutter sie wiedererkennen, jedenfalls nicht auf den ersten Blick. Auf die Straße ging sie meist mit einer großen billigen Sonnenbrille, die aussah wie aus einem Mafiafilm. Sie schminkte ihre Lippen blutrot und hoffte, dass sie so älter wirkte.

Die Klospülung rauschte und nach ein paar Augenblicken kam Frau Raabe aus dem Bad geschlurft. »Ach, Annika, du gehst noch mal los? Würdest du bitte Tütenmilch und Äpfel mitbringen? Und ja ... was brauchen wir noch ... Ein Brot, Kartoffeln, Quark, Zwiebeln, kannst du dir das merken? Und etwas Sauerkraut vielleicht. Das Geld liegt in der Kaffeebüchse, na du weißt ja Bescheid.«

»Klar, mach ich doch gern«, sagte Anja. »Bin bald wieder da.« Sie lief in die Küche, um einen Beutel und das Geld zu holen. Seit über zwei Monaten ging sie nun schon für Frau Raabe einkaufen, putzte und half ihr beim Kochen; dafür durfte sie bei ihr wohnen und bekam zu essen. Die erste Zeit nach ihrer Flucht hatte sie auf Dachböden, in Kellern und Fahrradschuppen geschlafen, nie länger als zwei Nächte im selben Quartier, aber natürlich war das zu gefährlich. Gonzos Idee, eine Ersatzoma zu finden, war ihr immer wieder dann gekommen, wenn sie alte Frauen mit schweren Einkaufsbeuteln im Schneckentempo auf der Straße laufen sah. Es gab jede Menge davon. Ein paarmal hatte sie ihr Glück versucht und ihre Hilfe angeboten, aber in den meisten Blicken entdeckte sie nichts als Misstrauen. Spätestens an der Haustür wurden ihr die Körbe und Netze aus der Hand genommen und sie wurde höflich, aber entschieden abgewimmelt, manchmal bekam sie etwas Kleingeld oder ein Brötchen, das im Konsum um die Ecke fünf Pfennig kostete. Natürlich bedankte sich Anja stets für die Almosen, die sie erhielt. Schließlich knurrte ihr Magen und außerdem wollte sie keinen Verdacht erwecken.

Frau Raabe hatte sie in einem Keller getroffen. Sie hatten sich gegenseitig fast zu Tode erschreckt und der alten Frau war ein Glas mit Kirschen aus der Hand gerutscht, aber im nächsten Moment half Anja ihr schon die Scherben und die Früchte aufzusammeln und bot ihr an, ein paar Einweckgläser nach oben in ihre Wohnung zu tragen. Frau Raabe bewirtete sie mit Kamillentee, der mit Honig gesüßt war, und ein paar Keksen, die leicht nach Medizin schmeckten, doch Anja achtete nur auf das Gesicht der Frau. Große gutmütige Augen, die sie forschend, aber keineswegs misstrauisch betrachteten. Frau Raabe war einsam und ein Glückstreffer, das erkannte Anja sofort. Trotzdem blieb sie auf der Hut, erzählte eine Geschichte über sich, von der sie hoffte, dass sie sich glaubwürdig anhörte: Sie sei achtzehn, wolle die Stadt kennenlernen, in der sie demnächst ein Studium beginnen würde. Leider gäbe es im Studentenwohnheim noch keinen freien Platz für sie und eine richtige Wohnung könne sie sich nicht leisten. Frau Raabe nickte dazu, stellte keine Fragen und überließ Anja schließlich das kleinste Zimmer ihrer Wohnung, in dem vor einigen Jahren ihre Tochter gewohnt hatte – mit einer Couch, die quietschte, wenn man sich auf sie legte, einem zerschlissenen, gemütlichen Sessel, einem zerkratzten Tisch und einem kastanienbraunen Schrank, der mit vergilbtem Zeitungspapier ausgelegt war.

Als Erstes putzte Anja ihr Fenster, damit sie den Himmel erkennen konnte. Auf der Scheibe lag eine dicke Schicht mit schwarzem Ruß. Leipzig war dreckig und stank nach Kohle und Chemie, ein schwerer Geruch, der von den Tagebauen und Kohlekraftwerken kam und der, wenn der Wind ungünstig stand, an manchen Tagen noch zunahm und sich als bitterer Geschmack auf die Zunge legte. Die Häuser waren geschwärzt vom Ruß, der über der ganzen Stadt lag. Putz und kleine Brocken rieselten nur so von den Fassaden und von den Fensterrahmen blätterte die Farbe wie vertrocknetes Laub im November. Aber für Anja war das kleine Zimmer in dieser hässlichen Stadt das Paradies – jedenfalls solange sie alles ausblendete, was hinter ihr lag, und auch das, was vor ihr lag, diese komische sogenannte Zukunft. Woher sollte sie wissen, was noch auf sie zukam? Eigentlich war alles möglich – so viel hatte sie begriffen. Sie durfte sich nicht erlauben, unvorsichtig zu sein; ein unbedachtes Wort, ein falscher Schritt und man würde sie *dorthin* zurückschaffen. Aber das wird euch nicht gelingen, dachte sie. *Niemals. Nie wieder. Nur über meine Leiche.*

Manchmal wachte sie nachts schweißgebadet auf und starrte verstört in das Licht der Nachttischlampe. Ein diffuses rotes

Licht, das sie *niemals* ausschaltete. Ihr Herz raste, bis sie begriff: Sie war nicht mehr *dort*. Danach weinte sie sich in den Schlaf zurück. Es war kein schlimmes Weinen, eher ein leichtes, erleichtertes Heulen, beinahe so schön wie ein warmer Sommerregen. Das Gewitter, das dahinter grollte, überhörte sie.

Am Tage versuchte sie, nicht *daran* zu denken. Sie schaltete jeden Gedanken an diesen Ort, jeden Erinnerungsblitz, der in ihr aufflackerte und in ihr brannte wie Säure, sofort aus. Nur Gonzo konnte sie nicht aus ihrem Kopf schieben. Manchmal vernahm sie ihr Flüstern: *Vergiss es einfach! Scheiß auf das, was sie dir angetan haben. Du bist jetzt frei. Sorg dafür, dass es so bleibt. Du schaffst das schon. Pass auf dich auf!*

Okay, antwortete Anja der Stimme. *Und du pass auf dich auf, wo immer du auch bist.* Den Anflug des schlechten Gewissens, den sie spürte wie einen Nadelstich, versuchte sie zu verdrängen. Gonzo hätte an ihrer Stelle genauso gehandelt. Und auf jeden Fall ist sie jetzt *draußen*, versuchte Anja sich zu beruhigen. Sie hat ihre Zeit dort abgesessen. Sie ist nicht mehr *dort*.

Anja weigerte sich den Namen dieses Ortes auch nur zu *denken*.

Sie fuhr mit der Straßenbahn quer durch die Stadt, stieg an der Haltestelle aus, ohne sich umzusehen, und lief mit gesenktem Kopf zielstrebig in die Straße hinein. Sie kannte den Weg, sie war ihn einmal tatsächlich gegangen und danach immer wieder neu in Gedanken. Die Häuser sahen übel aus, sogar für Leipziger Verhältnisse. Wie Ruinen kamen sie ihr vor. Viele Fenster und Türen waren einfach zugemauert, als hätten die Menschen, die hier mal gewohnt hatten, die Gebäude aufgegeben und den Ratten überlassen. Bei ihrem ersten Besuch hatte sie eine halbe Stunde auf der gegenüberliegenden Straßenseite gestanden und die Wand mit den kaputten Fenstern angestarrt. Das war also die Adresse. Toms Adresse. Hinter den abbruchreifen Fassaden, die von morschen Holzgerüsten gestützt wurden, lebten seine Freunde. Es war kein Traum gewesen, das wusste sie jetzt. Sie sah den Zettel mit der Anschrift immer noch vor sich. Sie sah Tom immer noch vor sich. Sie hatten sich geküsst – voll Glück, voll Panik – und danach war sie auf den seifigen Stufen ausgerutscht. Das Schicksal hatte ihr diesen ersten Kuss geschenkt und sie anschließend die Treppe hinuntergeschubst. Na, vielen Dank auch, dachte Anja grimmig.

Und jetzt stand sie hier herum und wusste nicht weiter. Es war warm, sie schwitzte und gleichzeitig fror sie. Hin und wieder sah sie Jugendliche in das Haus hineingehen und andere herauskommen. Punks mit Irokesenschnitt, junge Leute in Lederjacken, ganz in Schwarz gekleidete Mädchen – alles Menschen, die ihr so fremd vorkamen wie Außerirdische und die ihr irgendwie Angst machten. Sollte das etwa das Raumschiff sein, von dem Tom gesprochen hatte? Ein Teil des Daches sah verkohlt aus, als hätte es kürzlich dort gebrannt. Es war einer von diesen Orten, die sie eigentlich mied: Jederzeit konnte ein Polizeiwagen vorfahren, Uniformierte konnten in das Gebäude eindringen und die Hausbesetzer festnehmen. Anja besaß keinen Ausweis. Sie wurde gesucht. Wenn sie geschnappt wurde und sie herausbekamen, wer sie war, hatte sie nicht die geringste Chance. Sie würden sie ohne Pardon zurück in die Hölle schicken. Wieso war sie also hergekommen?

Sie sollte schleunigst von hier verschwinden. Frau Raabe

wartete sicher schon auf sie, auf Annika, die nette Studentin, und auf die Einkäufe, die sie mitbrachte. Nicht weit von hier hörte sie die Bahn quietschen, die sich in die Kurve legte – es klang wie ein warnender, gequälter Ruf. Worauf wartete sie also noch?

Aber statt zur Haltestelle zurückzugehen, lief sie über die Straße, auf die verwitterte Haustür zu. Wozu? Deshalb. Sie konnte nicht anders.

2

Eine Weile stand sie mit schnell klopfendem Herzen im Treppenhaus. Überall lag Schutt herum. Auf den Stufen mischte sich der Dreck mit leeren Flaschen und hohlen Konservendosen, in denen noch Reste vertrockneter Soße klebten. Sie wagte nicht, sich bemerkbar zu machen – nach wem hätte sie auch rufen sollen? Nach Tom? Sie wusste ja nicht mal, ob er überhaupt schon *draußen* war. Und selbst wenn ... Würde er sich wirklich hierher begeben? Vielleicht irrte sie sich ja doch, was den Ort betraf. Länger als eine Sekunde hatte sie die Adresse nicht gesehen, eher kürzer, und dann hatte sie sie aufgegessen. Irgendwie kam ihr das jetzt komisch vor und sie lachte verächtlich über sich selbst. Sie hätte ruhig noch einen zweiten Blick riskieren können. Aber dann fiel ihr das Gitter wieder ein, das Gitter, das von unten nach oben reichte, von der Hölle bis zum Himmel. Es sauste in ihr Gedächtnis wie eine Guillotine. Sie kicherte schon wieder nervös vor sich hin. Schließlich stieg sie über den Schutt hinweg, kletterte die Stufen hinauf und kam sich vor wie ein Bergsteiger, der einen unerforschten Gipfel erklimmt. Das Geländer wackelte wie verrückt, als sie es kurz anfasste. Es taugte wohl nicht zum Festhalten; es war eher eine Attrappe. Oder eine Falle für unwillkommene Gäste wie sie? Wenigstens standen die Türen hier alle offen. Auch wenn einige von ihnen keine Klinken hatten, stattdessen große Löcher, als hätte jemand die Klinken herausgerissen. Als Anja in den dunklen Flur einer Wohnung spähte, trat sie auf etwas Weiches und ihr Fuß zuckte zurück. Im ersten Moment hielt sie es für eine tote Taube. In Leipzig gab es eine Taubenplage und nicht selten sah man verendete Vögel irgendwo herumliegen. Aber es war kein Tier, was da halb verdeckt unter dem Schutt lag, sondern nur ein schaumstoffähnlicher Stoff, vielleicht die Reste eines Sofas oder Sessels – sozusagen die Eingeweide. Sie ekelte sich, als wäre sie tatsächlich auf einen Kadaver getreten, und lachte gleichzeitig. Als sie plötzlich Schritte hörte, presste sie sich die Hand auf den Mund. In ihren Schläfen begann es zu hämmern. Noch konnte sie umkehren. Noch hatte sie niemand gesehen. Aber dann würde sie es nie erfahren ... Sie würde nie erfahren, was mit Tom war. Sie stieg höher hinauf, gelangte in die nächste Etage und nahm nun auch Stimmen und Gelächter wahr. Jemand verlangte nach »Ruhe!« und die Geräusche wurden ein bisschen leiser.

Dann stand Anja vor einer geschlossenen Tür. Sie drückte die Klinke herunter. Hätte sie erst anklopfen sollen?

Aber dann befand sie sich schon mitten in einem Raum, der voller junger Leute war. Einige der Jugendlichen musterten sie neugierig, doch niemand schien sich über ihr Auftauchen zu wundern. »Mach die Tür zu, Mensch!«, sagte ein Mädchen mit wuschligen rot gefärbten Haaren. »Die Versammlung hat schon angefangen.« Anja nickte, erleichtert darüber, dass sie nur junge Gesichter sah, und folgte der Aufforderung.

Sie schaffte es sogar zu lächeln. »Zu wem gehörst denn du?«, fragte ein Punk, der ein nicht sehr sauberes Unterhemd und zerfetzte Jeans trug. Er musterte sie misstrauisch.

»Zu Tom«, antwortete Anja, ohne zu zögern, und blickte sich in der Runde um.

»Bist du seine Freundin?«

Sie stutzte einen Moment, dann nickte sie. »Ist er hier?« Sie konnte ihn nirgendwo entdecken.

»Tom hat dich schon angekündigt. Er tat ja ziemlich geheimnisvoll. Irgendwann würdest du schon auftauchen, wir sollen keine Fragen stellen und nett zu dir sein.« Er grinste.

»Aber wo ist er?«

Der Junge zuckte mit den Schultern. »Vielleicht in der Kirche.«

Anja lachte über den Witz. Aber der Punk blickte sie vollkommen ernst an.

»Verstehe«, log sie und drängte sich durch die Menge. Es gab keinen freien Sitzplatz mehr – die alten Sofas und schäbigen Matratzen waren schon alle besetzt. Anja schob sich bis zur Wand. Ihre Knie zitterten. Wenn Tom nicht da war, hatte sie hier nichts verloren. Aber einfach abhauen konnte sie jetzt auch nicht mehr. An der Wand hingen Plakate mit allen möglichen Rockgruppen und Sängern, außerdem Sprüche, Symbole und Cartoons, aber Anja achtete nicht darauf. Sie suchte nur nach einem Halt und lehnte sich gegen ein riesengroßes »A«, das in schwarzer Farbe in einen Kreis gemalt worden war.

»Also noch mal zum Vorschlag von Rico«, sagte ein Mädchen, das auf einem Hocker stand und sich immer wieder die Strähnen aus dem verschwitzten Gesicht pustete. »Kannst du noch was dazu sagen?«

»Ja, also der Name von unserer Gruppe ... Also nix mit Umwelt und Gerechtigkeit und so. Das gibt's schon zu oft«, meinte ein Junge mit Pubertätspickeln. »Wir müssen uns abheben von den anderen.«

»Genau. Wir brauchen was mit Power. Was zu uns passt eben!«, rief die Rothaarige.

»Eine Bezeichnung, die deutlich macht, wer wir sind«, ergänzte Rico.

»Vorschläge?«

»Die Rowdys!«, schrie jemand.

»Sind wir aber nicht! Jedenfalls nicht alle!«

»Im *Neuen Deutschland* schon!«

Einige lachten.

»Unruhestifter!« – »Bunter Haufen!« – »Schandflecke!« – »Chaoschampions!«

Anja lehnte an der Wand und hörte sich die Vorschläge an. Die meisten klangen seltsam und sie hatte nicht die geringste Ahnung, worum es hier eigentlich ging. Um eine Band? Um eine Gang? Um ein Spiel?

»Black Cats!«

»Nee, zu harmlos. Fliegeralarm! Ruft mein Opa manchmal.«

»Nee, was mit Frieden passt schon besser. So auf Englisch vielleicht: We are the Peacemaker.«

»Was für Macker?« – »Klingt bescheuert.« – »Langweilig.«

»Wir brauchen was Lebendiges, bisschen anarchistisch oder so.«

»Die absoluten Kings!«

»So siehst du schon aus.«

»Was meinst'n du, Mandy?«

»Hm. Was haltet ihr von Kontrollverlust?«

»Nicht schlecht, aber zu umständlich.« – »Zu viel Denken ist ungesund.«

»Wo ist eigentlich Tom?«, fragte Mandy und reckte den Hals. »Der hat doch meistens eine gute Idee!«

Anja spürte ein nervöses Kribbeln im Bauch und blickte sich erwartungsvoll um, als könnte er plötzlich doch noch auftauchen.

»Der ist wahrscheinlich schon mal die Lage checken«, sagte der Punk mit den löchrigen Hosen. »In Sachen Friedensgebet. Er wollt' mal sehen, was da eigentlich abgeht. Aber seine Freundin ist hier.« Er zeigte zu Anja hinüber.

Am liebsten wäre sie im Boden versunken, als sich all die Blicke auf sie richteten.

»Und? Hast du einen Vorschlag?«, fragte Mandy.

In Anjas Kopf wirbelten Sprüche und halbe Sätze herum. Ihr fiel Gonzo ein und das Wort, das sie zum Lachen gebracht hatte. »Sabotage«, sagte sie leise.

»Was? Du musst schon deutlicher…«

»Sabotage!«, sagte Anja etwas lauter.

Einen Moment war es still. Dann kicherten einige. »Sabotage«, wiederholte Mandy und nickte nachdenklich. »Nicht übel.«

»Passt doch wie die Faust aufs Auge«, meinte der Punk. »Das Wort hat sogar zwei A.«

»Was du nicht sagst!« Wieder erklang Gelächter.

»Na, Mensch, du Dämel, für Arnachozeichen, mein ich!«

»Und jetzt Schluss mit dem Geschwätz. Lasst uns endlich losziehen!«, rief die Rothaarige.

»Wir müssen erst abstimmen«, sagte Mandy.

»Oh Mann, das ist doch öde«, murrte ein Langhaariger in Jeanskluft.

»Nee, das ist Demokratie. Also: Wer ist für Sabotage? Flossen hoch!«

Anja hob als Letzte ihre Hand. Sie fragte sich immer noch, was hier eigentlich gespielt wurde.

»Gegenstimmen?«

»Gegenstimmen wäre auch ein guter Name«, meinte Rico.

3

Als sie die Polizisten sah, die eine Kette rund um die Kirche herum bildeten, biss sie sich auf die Lippe, um das Wimmern nicht aus ihrer Kehle entkommen zu lassen. So eine verfluchte Scheiße! Worauf ließ sie sich hier ein? Noch nie hatte sie so viele Uniformierte auf einem Haufen gesehen! Manche hatten sogar Hunde dabei. Militär-Lkws mit dem Aufdruck *Volkspolizei* parkten am Rand der Straße. Geriet sie jetzt von einem Schlamassel in den nächsten? Legte sie es darauf an, verhaftet zu werden? Riskierte sie es tatsächlich, dass man sie wieder *dorthin* schleppte? War sie der Zelle entronnen, um erneut in einer Zelle zu landen? Sie stoppte und wich einen Schritt zurück. Aber Mandy hakte sich einfach bei ihr ein und zog sie mit sich. Sie redete mit ihr, aber in Anjas Ohren rauschte es und sie verstand nur Bruchstücke von dem, was sie sagte. Was war hier eigentlich los? Sie versuchte sich zu konzentrieren. »*Für ein offenes Land mit freien Menschen!*, stand auf dem Bettlaken«, erklärte Mandy gerade. »Das kam sogar im ZDF, wie die Typen von der Stasi die Losungen runtergerissen haben. Hast du das nicht gesehen?«

Anja schüttelte den Kopf. Frau Raabe besaß keinen Fernseher. »Ich muss ... ich muss ... zurück«, stammelte sie. »Noch was einkaufen.«

Rico, der an ihrer rechten Seite lief, lachte. »Spinnst du? Hier geht gleich die Post ab! Endlich mal was los im Land und du willst Spaghetti mit Soße kaufen?«

Anja schüttelte den Kopf. »Tütenmilch, Kartoffeln, Brot ...«, zählte sie wie betäubt auf. Was noch? Irgendwas hatte sie vergessen ...

»Na, wie gut, dass das nicht dein Ernst ist.« Mandy kicherte nervös und klammerte sich an ihr fest. Anja hätte sie gern abgeschüttelt, andererseits war sie froh über die Berührung, froh, dass sie nicht allein war.

Immer mehr Leute kamen auf den Platz, manche schlenderten wie Spaziergänger, andere strömten wie Schaulustige herbei und sie alle starrten auf die Türen der Kirche.

»Sesam, öffne dich«, murmelte Mandy.

Als die Menschen endlich aus dem Gotteshaus herausströmten, hielt Anja nach Tom Ausschau. Alles, was sie wollte, war ihn sehen, ihn wiedersehen und bei ihm sein. Und dann zusammen mit ihm abhauen. Nichts wie weg von hier! Aber war Tom wirklich in der Kirche? Was wollte er da?

Mandy hatte auf dem Weg hierher die *Montagsgebete* erwähnt. Doch Anja konnte sich nichts darunter vorstellen. Tom und beten? Heute war Montag. Und morgen war Dienstag. Gab es auch Dienstagsgebete?

Gott, gib mir Kraft! Jemand hatte diese Worte in die Wand der Zelle geritzt. Anja sah die einzelnen Buchstaben vor sich und fügte sie zusammen wie ein Leseanfänger, aber der Satz beruhigte sie nicht. Sie fühlte etwas Hartes in ihrem Magen.

Die Angst. Die Angst war wieder da. Die Polizisten sahen zu allem entschlossen aus. Und die Demonstranten sahen zu allem entschlossen aus. *Demonstranten?* Was geschah hier? Anja betrachtete verwundert die aufgeregten Gesichter der anderen, Mandys nervöses Lächeln, Ricos leuchtende Augen. Die vielen Leute. Hatten sie keine Angst? Oder waren sie verrückt? Wussten sie nicht, was ihnen passieren konnte?

Für ein offenes Land mit freien Menschen? Na, träumt schön weiter. Die können noch ganz anders. Das hatten sie oft genug gesagt, bevor die Riegel zuknallten: *Wir können noch ganz anders.* Und Anja glaubte, dass das stimmte. Sie wusste, dass es stimmte. Es war mehr als nur eine Drohung, es war eine unmissverständliche Ansage, der Warnschuss vor dem richtigen Schuss. Anja biss auf ihrer Lippe herum, bis sie Blut schmeckte.

»Wenn sie den Befehl kriegen, werden sie auf uns schießen«, murmelte sie vor sich hin.

»Was?«, fragte Mandy und runzelte die Stirn. »Was hast du gesagt?«

»Du meinst, dass die uns abknallen?«, fragte Rico mit einem schrägen Grinsen, als hätte sie nur einen dummen Scherz gemacht.

Anja zuckte mit den Achseln. Was sollte sie dazu sagen. Ihr schwirrte der Kopf.

»Was ist mit dir los?« Mandy klang jetzt gereizt, aber sie sah Anja nicht an, sondern blickte angestrengt nach vorn. Vielleicht sprach sie mit sich selbst, um ihre eigene Angst zu vertreiben.

Auf dem Platz vor der Kirche standen Menschen in Gruppen herum, diskutierten erregt, rauchten, lachten sogar – als würden sie die Mauer aus Uniformen nicht sehen.

Anja stellte sich auf die Zehenspitzen und versuchte über die Reihen der Polizei hinwegzuspähen. Die Männer standen dicht an dicht und ließen keine Lücke. Selbst wenn sie Tom entdecken würde, könnte sie nicht zu ihm. Aber sie sah ihn nicht. Sollte sie aufgeben? Und gehen, bevor es zu spät war?

»Bürger! Verlassen Sie den Nikolaikirchhof!«, erklang plötzlich eine Stimme aus einem Megafon. »Bei Nichtbefolgen dieser Anweisung erfolgen polizeiliche Maßnahmen!«

Pfiffe und Buhrufe von allen Seiten waren die Antwort. Rico brach in ein keuchendes Lachen aus. Anjas Blick zuckte hinauf zu seinem Gesicht. Seine Pubertätspickel hatten sich rosig verfärbt. Jetzt geht es los, dachte sie voll Panik und sah sich immer wieder nach einem Fluchtweg um. Sie versuchte sich aus Mandys Umklammerung zu lösen, aber das Mädchen hielt sie weiter fest, als bräuchte sie eine Art Anker. Die Hunde bellten. Ein zweites Mal erklang die Stimme über den Platz. Sie kam aus einem der Fahrzeuge. Aus welchem? Und spielte das überhaupt eine Rolle?

»Hier spricht die Volkspolizei! Behindern Sie nicht unsere Maßnahmen! Wir lassen die Straße räumen!«

Das galt ihnen. Nicht den Kirchenbesuchern auf dem Platz. *Haut ab, solange ihr noch könnt!*, hieß das. *Gleich schlagen wir zu und dann habt ihr keine Chance mehr!* Anja verstand die Botschaft. Noch konnte sie das Weite suchen … Sie sah Leute, die zögernd davongingen. Eine alte Frau mit einem Einkaufsbeutel, eine Mutter mit einem kleinen Mädchen an der Hand, zwei Männer in Anzügen. Ein Junge schwang sich auf sein Rad, klingelte und fuhr davon. Wieso blieb sie stehen?

Plötzlich wurden Befehle gebrüllt, die Polizeikette rückte vor, Schreie ertönten und ein Kind heulte. Mandy schrie einen

Uniformierten an und ließ Anja dabei los. Aber jetzt war es zu spät. Anja trieb wie in einem stürmischen Meer davon. Wurde mal hierhin, mal dahin gedrängt. Sie sah Mandy um sich schlagen, als zwei Polizisten nach ihr griffen. Anja wurde mit der Menge fortgezogen. Sie konnte nichts für sie tun. Nur sehen konnte sie es: wie ihr die Arme von den Männern auf den Rücken gerissen wurden und wie sie auf den Boden sackte. Die Polizisten schleiften sie einfach mit sich. Anja hörte sich nach ihr rufen, aber in dem allgemeinen Gebrüll ging ihre Stimme unter. Sie bahnte sich einen Weg durch die Menge der wogenden Leiber. Die Ergriffenen wurden zu den Lkws geführt – da wollte sie hin. Angst spürte sie in diesem Augenblick nicht. Es war, als hätte sich die Panik mit einem Schlag auf all die Menschen verteilt. Anja dachte nicht darüber nach, was sie vorhatte oder in welcher Gefahr sie schwebte. Sie handelte instinktiv; sie wollte wissen, was geschah. Vor allem junge Leute wurden auf die Lkws geladen, einer nach dem anderen. Unwillkürlich versuchte Anja sich so weit zu nähern, dass sie sehen konnte, was passierte, aber sich fern genug zu halten, dass sie nicht auch sie noch packten.

Mandy strampelte und schlug um sich und die Männer mussten sie zu dritt auf die Ladefläche des Fahrzeugs hieven. Dann verschwand sie hinter der dunkelgrünen Plane.

Automatisch blickte Anja sich nach einem Stein um oder nach irgendetwas anderem, das sie werfen konnte. Aber auf der Straße lag nichts. Und was hätte es auch gebracht? Nichts. Gar nichts. Sie sollte sich schleunigst in Sicherheit bringen. Das war das Einzige, was sie noch tun konnte.

Dann war Rico plötzlich wieder neben ihr, mit verschwitztem Gesicht und zerrissenem Hemd. »Da vorn ist Tom!«, brüllte er in ihr Ohr. »Auf dem zweiten Lkw!« Anja starrte in die Richtung, in die er zeigte, und endlich sah sie *ihn*.

Sein schwarzes Haar hing ihm wirr ins Gesicht. Er schien zu ihr zu blicken. Erkannte er sie überhaupt? Als sie auf ihn zulief, setzte sich der Wagen in Bewegung, als wollte er ein gemeines Spiel mit ihr treiben. Tom hob langsam die Hand und winkte ihr zu.

Anja rannte ihm nach, ohne ihn aus den Augen zu lassen, prallte mit einem Uniformierten zusammen und stürzte. »Aus dem Weg!«, schrie der Polizist sie an, als wäre sie ihm absichtlich vor die Füße gefallen. Sie rappelte sich auf, und als sie den Gummiknüppel in seiner Faust bemerkte, nahm sie die Hände schützend vors Gesicht. Aber er lief weiter, direkt auf eine Menschentraube zu. Schreie schrillten durch die Luft. Anja drehte sich nicht um. Wie erstarrt sah sie den Transporter mit den Verhafteten um eine Kurve biegen. Tom hielt noch die Hand erhoben. Zwei zu einem »V« gespreizte Finger. Ein Lächeln im Gesicht. Was wollte er ihr sagen? *Wir werden siegen?*

4

Es kam ihr merkwürdig vor und ziemlich unwahrscheinlich, aber spätestens seit sie Tom gesehen hatte und seine trotzige, zuversichtliche Geste, wurde ihr klar, dass sich in der Zeit ihrer Abwesenheit *draußen* etwas verändert hatte. Die Menschen hatten sich verändert. Sie erschienen ihr nicht mehr so ängstlich, sie liefen nicht mehr so geduckt, sondern irgendwie aufrechter. *Irgendwann ist das Maß einfach voll*, hörte sie ihre Mutter sagen. Warum nicht jetzt?

Rico hatte ihr noch etwas zugerufen, als er mit dem rothaarigen Mädchen und ein paar Punks über den Platz lief, aber Anja wollte nicht mit ihnen gehen in dieses grässliche Abrisshaus. Sie sehnte sich nach der Geborgenheit ihres kleinen Zimmers, nach ein bisschen Ruhe. Als sie daran dachte, dass Tom vielleicht gerade in eine Zelle gesperrt wurde, spürte sie einen plötzlichen Kopfschmerz, der im Takt ihres hektisch klopfenden Herzens pulsierte. Sie wäre gern bei ihm gewesen und gleichzeitig war sie froh, dass sie nicht bei ihm war, sondern frei. Ein freier Mensch – wenn auch ein ziemlich verwirrter freier Mensch mit einem wunden Gefühl in Kopf und Bauch. Und, fragte sie sich, war sie wirklich *frei*?

Frau Raabe wartete auf Anja. Sie hatte sich Sorgen gemacht. Anja stammelte eine Erklärung, warum sie ohne die Einkäufe zurückkam. Aber Frau Raabe winkte nur ab. »Morgen ist ja auch noch ein Tag, Kindchen. Ich koche uns einfach eine Suppe zum Abendbrot. Magst du Tomatensuppe?«

»Ja, danke«, sagte Anja. Mehr brachte sie nicht heraus. Sie spürte, dass sie kurz davor war, in Tränen auszubrechen, und kämpfte dagegen an. Sie wollte Frau Raabe nicht noch mehr beunruhigen. Sie lächelte der alten Frau zu, aber irgendetwas von ihrer Verzweiflung musste wohl doch zu erkennen sein in ihrem Gesicht.

»Morgen sieht die Welt schon wieder ganz anders aus«, sagte Frau Raabe und tätschelte ihren Arm.

Anja versuchte ihr zu glauben, trotzdem warf sie sich nachts unruhig auf dem Sofa hin und her. Erst als es schon anfing zu dämmern, schlief sie ein. Sie träumte davon nackt in einem Käfig eingesperrt zu sein, und erwachte von ihrem rasenden Herzschlag. »Nur ein Traum«, flüsterte sie in das kleine Zimmer. »Du hast nur geträumt.« Trotzdem fühlte sie die Unruhe, wie eine Wunde, die wieder aufgerissen war. Vielleicht hatte jemand von der »Firma Horch und Guck« sie vom Kirchhof bis hierher verfolgt? Sie erhob sich und spähte aus dem Fenster auf die Straße hinab. Die Menschen auf dem Bürgersteig sahen aus wie ganz gewöhnliche Menschen. Aber das musste ja nichts bedeuten. Dort unten konnten die auffällig unauffälligen Herren von der Staatssicherheit stehen und ihr auflauern. Oder fing sie jetzt an, Gespenster zu sehen?

»Wie erkennt man einen von der Stasi in einer Gaststätte?«, hatte Gonzo sie einmal abends nach dem Einschluss flüsternd gefragt und Anja hatte mit den Schultern gezuckt und so getan, als würde sie den Witz noch nicht kennen. »Na, man ruft einfach: Ein Schnitzel für den Spitzel!« Anja lachte bei der Erinnerung kurz auf. Doch die Unruhe in ihr verschwand nicht. Im Gegenteil – ihr wurde klar, dass es noch nicht vorbei war. Sie war nicht frei. Sie saß immer noch in dem Käfig, von dem sie geträumt hatte. Wie konnte sie entkommen?

Als sie auf die Straße trat, um die Einkäufe für Frau Raabe zu erledigen, spürte sie die Angst bei jedem Schritt. Sollte sie aus Leipzig verschwinden? In dieser Stadt gab es eindeutig zu viel Polizei und höchstwahrscheinlich mehr Spitzel als Schnitzel und keinesfalls wollte sie sich noch einmal in eine solch gefährliche Situation begeben wie am gestrigen Tag. Vielleicht sollte sie versuchen ihren Cousin zu erreichen? Kilian würde ihr sicher weiterhelfen. Aber dazu musste er sich gegen seinen Vater stellen – sogar dann, wenn er ihr heimlich half. Konnte sie ihm das zumuten? Wohl kaum. Außerdem war der Versuch bei ihrer Verwandtschaft unterzukommen schon einmal gründlich schiefgegangen.

Und was war mit Tom? Sie musste doch herausfinden, was mit ihm passiert war. Mit ihm, Mandy und den anderen Verhafteten. Einfach abhauen kam jetzt nicht infrage.

Anja versuchte den Einkauf schnell hinter sich zu bringen. Als sie an der gläsernen Theke stand und das mickrige Wurstangebot betrachtete, das aus Bierschinken und Teewurst bestand, fiel ihr ein, was in ihrem Korb noch fehlte.

»Sauerkraut«, sagte sie zu der Verkäuferin. »Ich hätte gern ein Pfund Sauerkraut.«

Sie bemerkte das Sauerkraut in dem Fass in der Ecke und atmete durch den Mund. Angestrengt versuchte sie sich gegen die Erinnerung, die der Geruch heraufbeschwor, zu sperren. Aber sie sah den Zellengang plötzlich wieder so klar vor sich, als würde sie dort mit den anderen strammstehen, und sie sah die Schrauben, die auf den Boden rollten. Sie sah Gonzos Hand, Gonzos Mund, Gonzos Augen.

»Haben Sie ein Gefäß dabei?«, fragte die Verkäuferin mit sächsischem Dialekt.

»Was?« Anja schnappte nach Luft, als wäre sie gerade aus dem Meer aufgetaucht.

»Na, wie wollen Sie das Kraut sonst transportieren, junges Fräulein? Haben Sie denn keinen Becher oder wenigstens eine Tüte?« Die Frau in der geblümten Kittelschürze klang empört.

Anja schüttelte den Kopf, wandte sich ab und ging zur Kasse. Sie würde Frau Raabe einfach sagen, dass das Sauerkraut ausverkauft war.

Am Nachmittag betrat sie das Abrisshaus, ohne zu zögern. Vielleicht beobachtete sie jemand, vielleicht auch nicht. Auf die Angst, die warnend in ihr pochte, konnte sie jetzt keine Rücksicht nehmen. Mit einer grimmigen Entschlossenheit stapfte sie durch den Schutt die Treppe hinauf. Wenn sie verhaftet wurde, würde sie einfach nicht sagen, wer sie war. Sie würde nicht reden, kein Wort. Egal, was sie mit ihr anstellten. Abgesehen von Tom kannte niemand ihren richtigen Namen. Vielleicht war der Plan zu simpel, aber es war wenigstens ein Plan. Sie hörte Geräusche über sich, dumpfe Schritte und gedämpfte Stimmen. Anja überlegte, ob sie rufen und sich bemerkbar machen sollte oder besser nicht. Natürlich wollte sie nicht den Eindruck erwecken, dass sie hier klammheimlich herumschlich. Andererseits wusste sie nicht genau, wer sich dort oben aufhielt. Sie musste auf alles gefasst sein. Bei dem Gedanken, dass da vielleicht gerade eine Hausdurchsuchung stattfand, erfasste sie Panik. Als irgendwo eine Tür knallte, zuckte sie zusammen, als hätte sie ein Stein getroffen. Die Schritte kamen jetzt herunter, direkt auf sie zu. Sollte sie weglaufen? Natürlich nicht. Wer wegrannte, machte sich auf jeden Fall verdächtig. Sie blieb regungslos stehen. Selbst als sie ihn erkannte – sein Gesicht, seine Augen, sein Lächeln –, rührte sie sich nicht. Er kam mit diesem ungläubigen Staunen auf sie zu; sie sah, dass seine Lippe leicht geschwollen war – von Schlägen? – und als Nächstes spürte sie, dass er sie in die Arme nahm. Sie brauchte eine Weile, um zu glauben, dass das wirklich passierte.

»Ich dachte, ... du wärst ... im Knast«, stammelte sie schließlich. Das war eigentlich nicht das, was sie ihm sagen wollte.

»Mein Gott, Anja ... und ich dachte ... zumindest noch bis gestern, du bist tot.«

Nun ja, seine Begrüßung war auch nicht gerade besser.

»Wieso tot?«, fragte sie ein paar Minuten später. Sie saßen in einem kleinen schäbigen Zimmer, das sie noch nicht kannte, auf einem zerschlissenen muffigen Sofa, aus dem an einigen Stellen der Schaumstoff herausquoll.

Anja spürte ihn, spürte seinen Arm, der wie selbstverständlich um ihre Schultern lag, seine Hand, die vorsichtig ihren Hals streichelte. War das wirklich wahr? Saß er wirklich neben ihr? Und sie neben ihm?

»Als du *dort* die Treppe runtergesaust und mit dem Kopf an die Gitter geknallt bist, erst an das eine, dann an das andere, da dachte ich ...« Er atmete schneller. »Na zumindest, dass du schwer verletzt ... So sah es aus. Wie du dalagst ... Und als du dann nicht wiederkamst ... Das Gerücht lautete, dass du ... gestorben wärst im Krankenhaus.«

Anja schwieg. Sie wollte etwas sagen, irgendetwas, aber sie bekam keinen Ton heraus.

»Ich bin so froh, dass es dir gut geht«, flüsterte Tom. »Was ist ... Was ist passiert ... nach deinem Sturz?«

»Ich will nicht darüber reden«, sagte Anja schroff. Wieder so ein Satz, der einfach so aus ihrem Mund kam, den sie eigentlich gar nicht aussprechen wollte. »Nicht jetzt«, fügte sie hinzu. »Aber«, sagte sie in einem verwunderten Ton, »deinen Freunden hast du erzählt, dass ich komme.«

Tom nickte. »Ich konnte mir eben nicht vorstellen, dass du ...« Er schluckte. Anja spürte, dass sein Körper sich anspannte.

»Denk nicht mehr daran«, sagte sie. »Und sprich nicht mehr davon.«

»Ist gut.«

Sie schwiegen eine Weile, aber Anja mochte diese Stille

nicht. Sie wollte Toms Stimme hören, als fürchtete sie, dass er sich in dem Schweigen auflösen könnte und plötzlich wieder verschwand.

»Mein Name ist übrigens jetzt Annika«, sagte sie.

Tom grinste und zupfte an ihren blonden Strähnen. »Schon gehört. Mandy hat von dir erzählt.«

»Ist sie auch zurück?«, fragte Anja.

»Ja, sie haben uns verhört und mitten in der Nacht sind wir in eine Sporthalle gebracht worden, wir waren bestimmt so hundert Leute. Da saßen wir dann erst mal auf Turnmatten herum, war fast gemütlich im Vergleich zu ... *du weißt schon*. Für jeden gab es eine Bockwurst, ein Brötchen und Tee, also die waren wirklich bemüht um uns.« Tom lachte. »Statt langer Haft haben sie uns dann vorhin im Schnellverfahren zu Geldstrafen verurteilt wegen *Zusammenrottung*, Paragraf 217 oder so ähnlich. Na ja, und dann durften wir nach und nach wieder gehen. Aber nicht alle. Ein paar sitzen noch.«

»Und? Wie viel sollst du zahlen?«

»Dreitausend.« Tom grinste. »*Dreitausend Mark.* Ich hab nicht mal dreißig im Moment. Da besuche ich einmal in meinem Leben eine Kirche und dann so was.«

»Das können die doch nicht ernst meinen«, sagte Anja. Aber sie wusste, dass sie es konnten.

Tom zuckte mit den Schultern, als würde ihn das nicht viel angehen. »Die haben damit gedroht, dass jeder, der nicht zahlt, für zwei Jahre in den Knast kommt.«

»Das darf nicht wahr sein«, flüsterte Anja. Sollte das etwa heißen, sie würde Tom gleich wieder verlieren?

»Keine Sorge«, sagte er und zog sie enger an sich. »Sie drohen nur, weil ihnen nichts Besseres einfällt. Aber die Leute lassen sich nicht mehr einschüchtern. Das hab ich in der Kirche gemerkt und sogar in dieser miefenden Turnhalle. Es passiert endlich was, Anja. Nächsten Montag findet in der Nikolaikirche die nächste Friedensandacht statt und danach die nächste Demo.«

»Da willst du doch nicht etwa hin?«, fragte Anja erschrocken.

»Natürlich, was denkst du denn, klar will ich!« Seine Stimme klang entschlossen, beinahe zornig.

»Möchtest du unbedingt in den Knast?« Anja rückte ein Stück von ihm ab, um ihm ins Gesicht zu blicken.

Er verzog die Mundwinkel, aber es sah nicht nach einem Lächeln aus. »Ich will, dass sich was ändert«, antwortete er trotzig. »Nicht nur hier in Leipzig, auch *da* ...« Er schluckte und warf Anja einen zögernden Blick zu. »... da, wo du gewesen bist, wo ich gewesen bin ... Wir müssen was tun für die, die immer noch *dort* sind, und zwar jetzt!«

Seine Miene sah angespannt aus, beinahe hart. In seinen Augen lag ein Ausdruck, der ihr Angst machte. Egal was sie sagte, er würde sich nicht umstimmen lassen.

»Im ganzen Land muss sich was ändern, verstehst du? Nur dann haben wir eine Chance.« Er blickte auf seine Handgelenke, als wäre er gefesselt. Und Anja fiel ein, wie sie ihn kurz nach ihrer Ankunft im Durchgangsheim in Berlin das erste Mal gesehen hatte: aus einem vergitterten Fenster heraus. Ein Junge, der Handschellen trug, stieg aus einem Polizeiwagen ...

»Du willst also den Kopf hinhalten für andere? Du willst das Risiko eingehen, dass sie dich wieder in eine Zelle sperren?«

Tom schwieg eine Weile. Er blickte sie nicht an. »Du hast recht«, sagte er schließlich. »Es ist gefährlich. Wir wissen nicht, was passieren wird. Aber wenn wir einfach nichts tun, wird sich nie etwas ändern und das ist viel gefährlicher. Früher oder später finden sie dich und dann landest du wieder in *Torgau*.«

Anja erhob sich langsam und blickte auf ihn hinab wie auf einen Fremden. Es kam ihr wie ein Verrat vor, dass er das Wort einfach so aussprach, dass er ihr sogar damit drohte. Er hatte sich verändert, das wurde ihr nun klar. Er war nicht mehr der Junge aus dem Durchgangsheim. Sein Gesicht sah schmaler aus, ernster, schon fast erwachsen. Aber es war nicht nur sein Äußeres ... Er hatte sich *dort* verändert, hinter dieser haushohen stacheldrahtbesetzten Mauer an der Elbe. In seinen Augen fehlte das Leuchten, ein Ausdruck von Härte lag in ihnen, der sie erschreckte, und seine Lippen sahen schmaler aus, als würde er sie zusammenpressen. Kein Wunder, dass sie ihn *dort* nicht gleich wiedererkannt hatte. Er war ein anderer geworden. Es kam ihr vor, als würde er den schrecklichen Zorn über das, was sie ihm angetan hatten, gerade so in Schach halten. In seinem Innern tobte es, das konnte sie spüren. Und Leipzig? Wie es aussah, veränderte er sich auch hier. Er war bereit zu kämpfen, sich in Gefahr zu bringen. Wahrscheinlich erwartete er von ihr das Gleiche, aber da schätzte er sie falsch ein. Im Grunde kannte er sie nicht und sie ihn ebenso wenig.

»Tu, was du tun musst«, sagte sie leise. Ihre Stimme klang plötzlich rau, fast feindselig. Es tat ihr weh, dass sie so zu ihm sprach, aber sie konnte nicht anders. Sie machte sich Sorgen, fühlte sich hilflos und eine merkwürdig kalte Wut stieg in ihr auf. »Ihr seid doch alle Spinner. Sieh dich doch mal um, wie du hier lebst – im Müll, im Abfall. Ihr kümmert euch ja nicht mal um den Dreck, der vor euren Füßen liegt. Aber ausgerechnet du willst die Welt verändern? Na, viel Glück!« Sie ging zur Tür und wartete darauf, dass er sie zurückrufen würde, dass er ihren Namen sagte. Aber er schwieg.

Ohne ihn bin ich besser dran, dachte sie auf der Straße. Ohne ihn kann ich mich besser verstecken. Er bringt mich nur in Gefahr.

Sie rannte an den abrissreifen Häusern vorbei. Die Luft von Leipzig stank wieder einmal, ein bitterer schwerer Geruch nach Ruß und Chemie.

Und noch etwas fiel ihr auf: Sie hatten sich eben nicht mal geküsst.

5 Frau Raabe saß mit blassem, verknittertem Gesicht in der Küche, hielt eine leere, unbenutzte Tasse in den Händen und rührte sich nicht.

Anja sah sofort, dass etwas nicht stimmte.

»Alles in Ordnung?« Sie ging zu der alten Frau und nahm ihr vorsichtig die Tasse aus der Hand. »Oh, Ihre Finger sind ganz kalt, soll ich einen Tee kochen?«

Frau Raabe hob den Kopf und blickte sie verständnislos an, als wüsste sie nicht, wer sie war.

Was ist los?, dachte Anja beunruhigt. Ist etwa die Polizei hier gewesen?

»Geht es Ihnen nicht gut?« Vorsichtig berührte Anja die Schulter der Frau, klopfte ihr dann sanft den Rücken, wie um sie zu wecken. »Hatten Sie ... äh ... hatten Sie Besuch?«

Sie antwortete nicht und atmete stoßweise, als wäre sie gerade eilig die Treppe hinaufgestiegen. Anja entzündete das Gas am Herd und sah, dass das Streichholz in ihrer Hand zitterte. Sie füllte Wasser in den Topf und setzte ihn auf die Flamme.

»Ich habe gerade mit meiner Tochter gesprochen«, sagte Frau Raabe auf einmal.

»Mit Ihrer Tochter?« Anja atmete erleichtert auf. »War sie hier?«

Frau Raabe schüttelte den Kopf. »Sie ist in Bayern.«

»In Bayern?«, fragte Anja verblüfft.

»Drüben«, sagte Frau Raabe tonlos.

»Sie meinen abgehauen? In den Westen?« Anja ließ sich auf einen Stuhl fallen und betrachtete verwirrt die rot-weiße Tischdecke. »Sie haben doch erzählt, sie wäre in Ungarn. Im Urlaub.« Ihr fiel wieder ein, was sie im Radio gehört hatte. Von Grenzöffnung war da die Rede. Von Tausenden DDR-Bürgern, die nach Österreich flohen. Einfach so. Niemand stellte sich ihnen mehr in den Weg.

»Frau Hertling hat mich in ihre Wohnung geholt. Sie besitzt ein Telefon.«

Anja nickte. Frau Hertling wohnte ein Stockwerk über ihnen. »Und was hat Ihre Tochter gesagt?«

»Sie ist jetzt in Bayern«, wiederholte Frau Raabe. »Sie möchte, dass ich nachkomme und mich um meine Enkel kümmere, damit sie und mein Schwiegersohn alles erledigen können.«

»Verstehe.« Anja starrte auf die rot-weißen Karos, bis sie vor ihren Augen verschwammen. Sie verstand, dass sie bald wieder allein sein würde. Dass sie ohne Frau Raabe auskommen musste, ohne ihr Versteck, ohne das kleine Zimmer mit dem quietschenden Sofa. Aber wo sollte sie hin?

»Einen alten Baum verpflanzt man doch nicht«, sagte Frau Raabe müde.

»Nun ja«, meinte Anja, »wenn Sie der Baum sind, ist Ihre Tochter ja sozusagen ein Ast und Ihre Enkel sind die Zweige.« Was redete sie da für einen Blödsinn? »Und Ihre Tochter braucht Sie jetzt. Die Wurzel, den Stamm und das alles.« Anja fielen keine weiteren Trostworte mehr ein, aber auf dem Gesicht der Frau zeigte sich allmählich ein Lächeln. »Vielleicht hast du recht, Annika. Es spielt gar nicht so sehr eine Rolle, in welchem Land man lebt, sondern dass man die Menschen um sich hat, die man liebt. Dass man füreinander da ist, wenn es drauf ankommt, stimmt's?«

Das Wasser für den Tee kochte und Anja sprang auf, froh darüber, dass sie nicht antworten musste. Wenn es drauf ankommt, ist man sowieso allein, dachte sie.

Anja gab sich Mühe Frau Raabe bei den Vorbereitungen für ihre *Übersiedlung in die BRD* zu helfen, füllte Formulare aus, verkaufte Porzellan, Silberbesteck, eine Wanduhr und kleine Möbel im Leipziger Antiquitätenkaufhaus und suchte mit dem Finger im Atlas den zukünftigen Wohnort. »Bayern ist gar nicht so weit weg«, stellte sie verwundert fest.

»Vielleicht kannst du mich ja dann mal besuchen, Annika.«

»Ja, klar, wenn ich Rentnerin bin.« Anja lachte, aber als ihr auffiel, dass es dann zu spät sein würde, wurde sie rot. »Nein, Quatsch, ich komme, sobald ich kann. Meine Mutter hat einen Ausreiseantrag gestellt.«

Der Satz war ihr so herausgerutscht. Aber Frau Raabe schien sich über die Bemerkung nicht zu wundern. Sie seufzte nur. »Ja, die Alten lässt man ziehen, die kosten ja den Staat nur Geld. Und die Jungen, die gehen einfach. Wo soll das bloß noch hinführen?«

Anja biss auf ihrer Lippe herum. Am liebsten hätte sie alles erzählt, was ihrer Mutter und ihr zugestoßen war. Aber Frau Raabe sah müde und erschöpft aus. Sie würde es nicht begreifen und sie konnte ihr nicht helfen.

Am nächsten Montag lief Anja unruhig in ihrem Zimmer umher. Sie wollte nicht an Tom denken, doch sie dachte ununterbrochen an ihn. Was passierte dort draußen mit ihm? Am liebsten wäre sie in die nächste Straßenbahn gestiegen und in die Innenstadt gefahren. Aber sie hielt sich zurück, knabberte am Nagel ihres Daumens, nagte an ihren Fingerknöcheln und starrte aus dem Fenster auf die Straße hinab. Auffällig viele Polizeiwagen, auch Lkws, fuhren stadteinwärts. Nicht zu wissen, was geschah, empfand sie jetzt wie eine Strafe. Was tat sie hier eigentlich? Sie sperrte sich selbst ein! Doch was blieb ihr anderes übrig? Sie musste vernünftig bleiben. Wenn sie jetzt unüberlegt handelte, konnte sie in die Falle tappen und verhaftet werden. Und dann zurück nach ... – es waren ja nur ein paar Kilometer. Sie durfte nichts riskieren, nur weil Tom sich in Gefahr brachte. Es war schließlich seine Entscheidung. Und er hatte sie nicht zurückgehalten, als sie ging. Er hatte nicht mal den Versuch unternommen, sie zurückzuhalten. Wahrscheinlich lag ihm gar nichts an ihr. Schließlich hatte er sie ja sogar schon für tot gehalten.

Trotzdem kam sie sich feige vor.

Am Abend drehte sie in Frau Raabes Wohnzimmer verzweifelt den Knopf an dem alten Radio hin und her, auf der Suche nach einem Westsender. Aber aus dem Lautsprecher des museumsreifen Apparates rauschte und knisterte und pfiff es die meiste Zeit nur. Und da, wo sie am Morgen Deutschlandfunk gehört hatte, lief jetzt ein russisches Programm. Frau Raabe holte das Mensch-ärgere-dich-nicht-Spiel aus der Schublade der Kommode und stellte schon mal die Figuren auf. »Kommst du, Annika?« Gerade als Anja aufgeben wollte, bekam sie doch noch einen Sender herein. Von dem traditionellen Friedensgebet in Leipzig war die Rede, von weiträumigen Absperrungen und Polizeiketten um die Nikolaikirche, von Demonstrationen und erneuten Verhaftungen.

»Kommst du nun?«, fragte Frau Raabe. »Ich habe schon drei Mal gewürfelt.«

Einen Montag später wusste Anja, dass es nicht funktionierte. Sie konnte sich nicht länger selbst einsperren. Außerdem musste sie sich eine neue Bleibe suchen. Wo sollte sie hin? Abgesehen von den Leuten im Abrisshaus kannte sie niemanden. Frau Raabe wartete bereits auf gepacktem Koffer auf das Signal zum Aufbruch. Auch Anja hatte ihre paar Habseligkeiten schon in ihrem Secondhand-Rucksack verstaut. Einen Teil des Geldes, das sie bei den Verkäufen des Hausrats einnahm, durfte sie behalten. »Was soll ich in Bayern mit Ostmark?«, brummelte Frau Raabe. Anja kaufte sich ein paar nötige Kleidungsstücke im *Kaufhaus Konsument*, das von den Leipzigern wegen seiner fensterlosen Aluminiumfassade »Blechbüchse« genannt wurde, und in einem Antiquariat besorgte sie sich für fünfzig Pfennig das *Poesiealbum* Nr. 190 mit Lyrik von Rainer Maria Rilke. Zwar kannte sie die meisten Gedichte auswendig, aber sie bei sich zu tragen gab ihr ein Gefühl von Sicherheit. Auch wenn sie den Panther lange nicht mehr so deutlich gesehen und gespürt hatte wie *dort*, so fühlte sie ihn doch oft an ihrer Seite. Er war immer noch ihr Beschützer, ihr unsichtbarer starker Begleiter. Einmal kam es ihr vor, als würde sie sein Fell in der Herbstsonne aufleuchten sehen, und sie folgte ihm quer durch die Stadt. Vor einer Telefonzelle verschwand er plötzlich. Sie betrat die muffige Kabine, nahm den schwarzen, klebrigen Hörer in die Hand, warf Kleingeld in den Schlitz und wählte die Nummer. Vielleicht gab es etwas Neues? Etwas Neues über ihre Mutter? Doch als sie die Stimme ihrer Tante hörte, legte sie auf.

An diesem Montag ließ sie sich durch das Zentrum der Stadt treiben und wie zufällig landete sie vor der Nikolaikirche. Nun, sie war nicht die Einzige, die wie zufällig hierherkam. Der Platz war voller Menschen. Anja kämpfte sich durch die Menge. Vor der Kirche standen Schilder, sie las: *Nikolaikirche – offen für alle*, und einen Moment später einen Zettel an der Tür: *Wegen Überfüllung geschlossen. Bitte haben Sie Verständnis!* Auf einem mit Hand beschriebenen Plakat wurde *Freiheit für die Inhaftierten* gefordert. Anja überflog nervös die aufgeführten Namen. Tom war nicht darunter, auch Mandy nicht, falls sie denn wirklich Mandy hieß. Gut, nun weißt du es, sagte eine Stimme in ihrem Kopf, jetzt kannst du wieder verschwinden. Eine Frau, die Anja noch nie in ihrem Leben gesehen hatte, legte ihr den Arm um die Schulter. »Schau dir das an! Es werden immer mehr!« Anja nahm den Dunst von Schweiß und Zigarettenqualm wahr, der von der Fremden ausging. Glocken läuteten plötzlich und Menschen strömten aus der Kirche auf den ohnehin schon überfüllten Platz. Anja entzog sich der Umarmung und die Frau suchte sich eine andere Schulter. Ein paar Leute begannen jetzt zu singen, irgendein Kirchenlied, das Anja nichts sagte, aber dann wurde ein neuer Song angestimmt: »*We Shall Overcome!*« Ja, klar, den kannte sie, ihre Mutter hatte die Joan-Baez-Schallplatte so oft gehört, dass Anja den Text sogar im Schlaf hätte wiedergeben können. Aus den Kehlen der Leute schallte es über den Platz und es kam wie von selbst, dass sie mitsang und dass sie plötzlich zu ihnen gehörte, zu all diesen wildfremden Menschen. »*We shall overcome some day! Oh deep in my heart, I do believe: we shall overcome some day!*« Im Unterschied zu den meisten Leuten sang sie auch die zweite und dritte Strophe noch mit. »*We are not afraid today?*«, fragte sie sich selbst verblüfft. Wieso? Wieso hatte sie hier in dieser Masse keine Angst mehr? Die Polizeiketten in den Seitenstraßen waren nicht zu übersehen. Sie konnten jederzeit gegen die Demonstranten vorrücken. Aber statt Furcht spürte sie nur einen Kitzel der Gefahr, der ihren Trotz heraufbeschwor. Okay, dann kommt doch! Los, kommt doch, wenn ihr euch traut! »Wir bleiben hier!«, riefen ein paar Leute plötzlich, als könnten sie Anjas Gedanken lesen. »Wir bleiben hier! Wir bleiben hier!« Anja begriff, dass das eine Drohung war. Wir lassen uns nicht mehr vertreiben! »Wir bleiben hier!« Und als wäre die Losung ein Startschuss zum Losgehen, setzte sich die Menge in Bewegung. Anja überließ sich ihr wie der Strömung eines Flusses. Sie fühlte sich merkwürdig geborgen inmitten dieser schiebenden, drängelnden Leiber. »Freiheit! Freiheit! Freiheit!«, rief sie mit den anderen und »Gorbi! Gorbi! Gorbi!«. Indessen liefen sie auf der Straße und immer noch stießen Menschen zu ihnen. »Demokratie! Jetzt oder nie!« Autos blieben stehen, eine Straßenbahn kam nicht weiter. Einige der Passagiere stiegen aus und reihten sich ein. »Völker, hört die Signale!«, ertönte das nächste Lied. »Auf zum letzten Gefecht! Die Internationale erkämpft das Menschenrecht!« Welche Völker? Wieso letztes Gefecht? Wer genau war die *Internationale*? Na, egal. »*Erkämpft das Menschenrecht!*«, wurde besonders laut gerufen und Anja grölte einfach mit. Diesmal kannte sie den Wortlaut aus dem Musikunterricht. Außerdem war es eines von den Liedern, für die Gonzo mit Arrest bestraft worden war. *Gonzo, wenn du wüsstest! Wenn du jetzt hier wärst!*

6

Tom staunte nicht schlecht, als sie mit ihrem Rucksack, zwei vollgestopften Beuteln und der roten Nachttischlampe, dem Abschiedsgeschenk von Frau Raabe, plötzlich vor ihm stand.

»Ich brauche ein Dach über dem Kopf«, sagte sie schroff. Er sollte sich gar nicht erst einbilden, dass sie seinetwegen hergekommen war.

Er runzelte die Stirn, dann nickte er ihr zu. »Das Dach ist zwar ziemlich löchrig, aber Räume gibt es genug.«

Sie war froh, dass er sie nicht spöttisch angrinste oder gar den Versuch unternahm, sie zu umarmen. »Was für ein Zimmer möchtest du?«, fragte er. »Die Luxussuite ist leider schon vergeben.«

»Das dachte ich mir«, sagte Anja. »Was ich brauch ist ...« Sie zögerte einen Moment. Konnte sie ihm wirklich trauen? Er war der Einzige hier, der wusste, wer sie war, woher sie kam und dass sie polizeilich gesucht wurde. Aber wenn sie ihm nicht vertraute, wem dann? »Ich brauche ein Versteck.«

Er nickte ihr zu und streckte die Hand nach ihr aus, als wollte er sie führen, und als sie nicht reagierte, zog er den Arm beinahe erschrocken zurück. »Komm!«, sagte er rau und lief los, eine Treppe hinauf und einen Gang entlang, in dem heruntergerissene Tapete und Bretter herumlagen. Am Ende des Flurs wurde der Boden auf einmal schwarz, eine riesige Lücke klaffte da. Hier musste es gebrannt haben. Anja konnte auf den Schutt in dem Raum unter ihr sehen, ihr wurde bei dem Anblick schwindlig und sie stöhnte leise. Wo brachte er sie hin? Tom nahm eines von den langen breiten Brettern und legte es einfach über das Loch im Boden. Er ging voraus, drehte sich fragend nach ihr um, und als sie zögerte, streckte er wieder die Hand aus. Diesmal nahm sie sie. Als sie auf der anderen Seite angelangt waren, ließ er sie los, zog das Brett herüber und lehnte es an die Wand. Anja glaubte ihren Augen nicht zu trauen. Hinter der rußigen Tür war tatsächlich noch ein Zimmer: mit einem Kachelofen, einer Matratze, sogar einen alten Schrank gab es und ein paar Bücher in einem Regal. »Es ist meins, aber du kannst es haben«, sagte Tom.

»Es ist deins?«

»Jetzt nicht mehr.«

»Bist du sicher? Wieso ...?«

»Du kannst hier wohnen«, unterbrach er sie. »Du brauchst es nötiger als ich. Der Ofen funktioniert. Er qualmt nur etwas. Im Eimer da sind Holz und Kohlen.«

»Danke.« Irgendwie hoffte sie jetzt doch, dass er sie in die Arme nahm. Aber er blickte an ihr vorbei und zog eine Schublade auf. »Hier findest du eine Taschenlampe, Streichhölzer, Kerzen ... Meinst du, du kommst klar?«

Anja nickte.

»Wenn du was brauchst, weißt du ja, wo du uns findest. Sei vorsichtig, wenn du über den Abgrund gehst. Es ist gefährlich.« Er musterte sie besorgt.

»Ich bin Abgründe gewöhnt«, sagte Anja und lächelte ihn an.

Sein Gesicht blieb ernst. Er nickte nur. »Wenn ich weg bin, kannst du das Brett einfach einziehen. Kein Fremder wird denken, dass hinter dem verkohlten Loch noch etwas kommt.«

»Ey, ey, Käpt'n!« Natürlich fühlte sie sich nicht im Geringsten so fröhlich, wie sie tat, aber das musste er ja nicht wissen.

Mittlerweile war es Oktober geworden und in Anjas Zimmer lag eine klamme Kälte. Während sie den Ofen heizte, der meist mehr qualmte als wärmte, dachte sie an die letzte Montagsdemo. Immer mehr Leute kamen und immer aufmüpfiger wurden ihre Botschaften – trotz des Polizeiaufgebots und der Verhaftungen. »Hier spricht die Volkspolizei!«, rief ein Uniformträger durch das Megafon. »Und hier spricht das Volk!«, lautete prompt die Antwort. »Wir sind das Volk!«, rief ein Einzelner. Und plötzlich riefen es alle Umstehenden: »Wir sind das Volk! Wir sind das Volk!« Es war ein Wunder, es fühlte sich wie ein Wunder an, wie etwas, das gar nicht sein konnte. Anja staunte über das, was geschah, als wäre ein UFO vor ihren Füßen gelandet und E. T. persönlich ausgestiegen. Die Leute schienen immer weniger Angst zu haben. Wenn die Polizeiketten auf sie zurückten, riefen sie: »Schämt euch! Schämt euch!«, und: »Keine Gewalt! Keine Gewalt!« Auch Anja fühlte sich in der Menge merkwürdig sicher. Die Menschen hielten zusammen, sie ließen sich nichts mehr gefallen. Und sie war eine von ihnen. Warum sollte ausgerechnet sie von den Uniformierten herausgegriffen werden? Natürlich konnte das passieren, wenn sie Pech hatte, aber es fühlte sich anders an – wirkliche Gefahr kannte Anja nur zu gut. Die Euphorie beim Schreien, Singen, Klatschen und Fäusteschwingen überwog. Anja war mit Tom, Mandy, Rico und den anderen losgezogen. Tom hatte ihr anfangs verwunderte Blicke zugeworfen, aber keine Fragen gestellt. Anja wusste, dass sie sich merkwürdig verhielt. Einerseits bekam sie immer noch Panik, wenn sie die finster dreinblickenden Polizisten sah und die an den Häuserecken herumstehenden Stasileute in Zivil, die meist an ihren Handgelenktäschchen leicht zu erkennen waren. Was trugen sie nur immer mit sich herum? Abhörgeräte? Walkie-Talkies? Waffen? Handschellen? Fotoapparate? Andererseits fühlte sie sich von der Welle aus Mut und Erregung getragen. Sie waren kein kleines Grüppchen mehr, sie waren Tausende!

Die Angst kam erst später, nachts, wenn sie schlaflos auf der Matratze lag oder wenn sie von Gittern, Stacheldraht und dunklen leeren Räumen träumte. Obwohl das Zimmer in der Nacht schnell auskühlte, wachte sie schweißnass auf. Einmal befand sie sich wieder im Arrest, es fühlte sich so *echt* an. Sie hörte das Geräusch der Riegel, das Klirren des Schlüssels und sprang aus dem Bett, um Meldung zu machen. Sie stand kerzengerade in der Dunkelheit mit pochendem Herzen und erst allmählich begriff sie, dass niemand die Tür aufreißen würde, dass sie allein war. Sie fragte sich, ob es Tom ähnlich ging, aber natürlich sprach sie mit ihm nicht darüber. Sie verbot es sich und ihm die Erinnerungen heraufzubeschwören. Sie wollte vergessen, was geschehen war, möglichst schnell. Wieso gab es keinen Zaubertrank, der Quälendes aus dem Gedächtnis löschte? Aber in ihr normales Leben konnte sie sowieso nicht zurück, solange sie von der Polizei gesucht wurde und solange sie nicht wusste, wo ihre Mutter war und wie es ihr ging.

Im Ofen brannte jetzt das Holz und sie streckte dem Feuer

ihre Hände entgegen. Die Hitze tat ihr gut, die Flammen kamen ihr beinahe lebendig vor.

»Kann ich irgendwas für dich tun?«, hörte sie auf einmal Toms Stimme.

Sie hob den Kopf und blickte ihm entgegen. Er sah sie unsicher an und hielt das Brett, das er als Steg benutzt hatte, so eng umklammert, als müsste er sich daran festhalten.

»Ja«, sagte sie langsam und erhob sich. »Du kannst jemanden für mich anrufen.«

Wieso war sie nicht schon früher auf diese Idee gekommen?

Sie standen zu zweit in der Telefonzelle, Tom hielt den Hörer, während Anja die Nummer wählte. Als sie leise die Stimme ihrer Tante vernahm, griff sie nach Toms Arm und schob sich so dicht an den Hörer heran, dass sie seinen Atem auf der Wange spürte, als er redete. »Könnte ich bitte Kilian sprechen?«

»Wer ist denn da?«, fragte ihre Tante.

»Ein Freund, ein Freund aus der Schule.«

Ihre Tante schwieg einen Moment. Offenbar wartete sie auf den Namen.

»Es geht um Mathe«, schwatzte Tom drauflos. »So eine schwierige Hausaufgabe. Ich komm da einfach nicht weiter.«

»Mathe? Na, ob Kilian da helfen kann ... Kleinen Moment ...«

»Ist gut.«

Sie lauschten stumm und blinzelten einander zu, als wären sie zwei Ganoven, die irgendeinen geheimen Plan ausheckten.

»Hallo?«

Anja riss Tom den Hörer aus der Hand. »Kilian? Kilian, bist du's?«

»Wer spricht denn ... *Anja*? Bist du das etwa?«

»Ja, aber sag bitte deinen Eltern nichts.«

»Schon okay. Warte mal kurz ...«

Anja hörte, dass eine Tür zuschlug.

»Anja, endlich! Geht's dir gut? Ich hab mir solche Sorgen ...«

»Was ist mit meiner Mutter?«, unterbrach sie ihn.

»Sie ist raus, Anja! Sie ist wieder frei und sie sucht dich!«

»Mein Gott ... Gott sei Dank! Sie ist raus?«, stammelte Anja. Ihr Herz pochte wie wild. »Wirklich? Wie geht es ihr? Hast du sie gesehen?«

»Ja, sie war hier. Es geht ihr so weit ... Nun ja, sie macht sich schreckliche Sorgen um dich! Sie war bei uns, meine Mutter hat ihr alles erzählt. Na ja, und dann fing ein riesiger Streit an. Deine Mutter hat meinen Vater angebrüllt und er sie; ich hab noch nie zwei Leute so schreien hören. Und tja, das war's dann. Sie ist, ohne sich zu verabschieden, wieder gegangen. Wo steckst du, Anja?«

»In Leipzig. Aber kannst du mir sagen, wo ich meine Mutter finden kann?«

»Tut mir leid. Sie ... sie hat den Kontakt abgebrochen. Ich weiß nicht, wo sie ist. Aber gib mir deine Adresse. Vielleicht meldet sie sich ja noch mal.«

»Okay, danke. Die Straße heißt ...«

Tom schlug plötzlich mit seiner Faust auf die Gabel des Apparates.

»Bist du verrückt?«, kreischte Anja ihn an.

»Nein, aber du!«, schrie er. »Wenn du unbedingt gefasst werden willst, telefonier nur weiter!« Tom stürmte aus der Telefonzelle und rannte davon.

Anja sah ihm nach. Er überquerte die Straße und blickte sich nicht nach ihr um. Wie konnte er nur! Wieso hatte er das getan? Und warum rannte er einfach weg? Vielleicht hatte er ja recht, vielleicht wurde das Telefon von der Stasi abgehört – aber musste er deswegen gleich so grob reagieren?

Anja wählte die Nummer noch einmal, aber bevor noch jemand abnehmen konnte, legte sie den Hörer auf. Es hatte ja doch keinen Zweck. Kilian wusste nicht, wo ihre Mutter sich aufhielt. Aber sie war draußen! Warum konnte sie sich nicht so richtig über die gute Nachricht freuen? Doch, sie freute sich ja, ihr fiel ein Stein vom Herzen, ein extrem großer und schwerer Stein sogar, aber gleichzeitig fühlte sie sich traurig und allein gelassen. Tom rannte weg.

Wieso?

7

»Schießbefehl?«

Wer hatte das gesagt? Das Wort schwirrte durch den Raum und eine atemlose Stille entstand. Aus dem offenen Ofen fiel ein roter Feuerschein auf die Wände und die Gesichter, als würden sie in einer Höhle hocken. Ein paar Kerzen brannten und Wachs tropfte auf die Dielen. Die Raucher steckten sich eine Zigarette an der nächsten an.

Anja blickte zu Tom hinüber, der an der Wand lehnte; er hielt die Arme vor dem Körper verschränkt und schüttelte verärgert den Kopf.

»Quatsch, die wollen doch nur Panik machen!«, stieß er wütend hervor. »Die wollen, dass die Demos aufhören. Das einzige Mittel, das sie noch haben, das Ganze zu stoppen, ist

Angst zu schüren! Angst vor einer *chinesischen Lösung.* Vor einem Massaker wie in China. Aber wenn ihr mich fragt, ist das Panikmache.«

»Ja, vielleicht, aber mein kleiner Bruder wurde heute früh nach Hause geschickt«, erzählte Rico. Er hockte vor dem Ofen, stocherte mit einem Schürhaken in der Glut herum und legte Holz und Kohlen nach. »Die Schule fällt aus und die Kinder sollen heute nicht draußen spielen, weil was Schlimmes passieren wird, hat die Lehrerin jedenfalls behauptet.«

»Tut mir leid, Leute, ich muss jetzt los, ich soll meine Tochter bis spätestens fünfzehn Uhr aus der Kinderkrippe abholen!« Ein pummliges Mädchen, das Anja in dem Abrisshaus noch nie gesehen hatte, drängte sich plötzlich eilig zur Tür.

»Irgendwie scheinen alle 'ne Heidenangst zu haben, dass es heute knallt«, sagte Mandy und seufzte. Sie hockte sich zu Rico und streckte ihre Hände dem Feuer entgegen. »Meine Schwester arbeitet im St.-Georg-Krankenhaus. Sie hat mir erzählt, dass die Ärzte alle Bereitschaft haben. Etliche Blutkonserven wurden geliefert und zusätzliche Betten vorbereitet. Die stellen sich auf alle Fälle auf viele Verletzte ein, Tom. Ich weiß nicht, ob das nur Panikmache ist oder was dahintersteckt, aber wir müssen uns entscheiden, und zwar jetzt!«

»Jetzt oder nie! Demokratie!«, rief ein Punk in den Raum.

»Genau«, sagte Tom. »Wer Angst hat, kann ja hierbleiben.« Er sah Anja an. Meinte er sie? Automatisch schüttelte sie den Kopf. Angst hatten doch hier alle, dass heute etwas Furchtbares passierte. Und sie würden einfach trotzdem gehen.

»Na ja, ich nehme mir jedenfalls einen Regenschirm mit«, erklärte Mandy. »Ich will nicht wieder nass werden!« Sie lachte trotzig.

Vorgestern, am 7. Oktober, war Mandy bei der Demo von dem Strahl eines Wasserwerfers getroffen worden und Rico wurde von einem Schlag mit dem Gummiknüppel an der Stirn verletzt. Trotzdem kamen sie in aufgekratzter Stimmung zurück. »Unsere Republik, sie lebe hoch, hoch, hoch!«, rief Rico. Und Mandy stimmte kichernd das SED-Lied an: »Die Partei, die Partei, die hat immer recht … Weiter weiß ich nicht«, gab sie zu. »Na, mehr musst du ja auch nicht wissen«, meinte Rico.

Anja hatte sich am vierzigsten Geburtstag der DDR in dem Zimmer hinter der verkohlten Tür verkrochen und an ihre Mutter gedacht. Wann würden sie sich endlich wiedersehen? Wieso fuhr sie nicht einfach nach Hause? Vielleicht wartete ihre Mutter dort auf sie? Anja hatte damit angefangen, ihren Rucksack zu packen. Aber als sie fertig war, kippte sie ihn wieder aus. Vor dem Hauptbahnhof standen zurzeit jede Menge Polizisten. Und wahrscheinlich war es auch keine besonders gute Idee in die Wohnung zurückzukehren, die bestimmt immer noch überwacht wurde. Mal abgesehen davon, dass sie sich nicht vorstellen konnte, dass ihre Mutter dort tatenlos herumhockte und Löcher in die Luft starrte.

Jetzt stand Anja mit den anderen in der Straßenbahn und sah, ohne wirklich etwas wahrzunehmen, die Häuser der Stadt an sich vorbeiziehen. Würde heute tatsächlich etwas Schlimmes passieren? Und was sollte das sein? Die werden doch nicht schießen, oder? Anja konnte es sich nicht vorstellen. Aber sie wusste, dass auch das geschah, was sie sich nicht vorstellen konnte.

Es kam ihr vor, als gäbe es einen Abgrund unter ihren Füßen, und das Einzige, was sie vor dem Absturz bewahrte, war ein schmaler Steg der Hoffnung, auf dem sie balancierte. Würde er halten?

Auf dem Weg zur Nikolaikirche alberten die anderen diesmal besonders viel herum. »Sabotage zulassen!«, brüllte Rico in der Straßenbahn. »Verbote verbieten! Alle Macht für niemand!«

Einige Passagiere schüttelten die Köpfe, andere lachten. Die Bahn war voll besetzt: Junge und Alte, Frauen und Männer, Studenten, Leute aus den Büros und Arbeiter. Manche redeten leise miteinander. Ein ernster, besorgter Ausdruck lag in den meisten Gesichtern.

»Jetzt zuckeln wir mit der Straßenbahn zur Revolution«, meinte Mandy. »Nur mit einem Schirm bewaffnet.«

»Na, hoffentlich ist der auch feuerfest«, spottete Rico.

»Ich bin ja schon froh, wenn er wasserdicht ist.«

Tom und Anja schwiegen. Sie standen stumm nebeneinander. Einmal, als die Bahn sich in die Kurve legte, lehnte sich Anja Halt suchend an ihn. Er sah ihr in die Augen. Sein Blick kam ihr noch dunkler vor als sonst. Einen Moment spürte sie seine Hand, die sie stützte. »Alles klar?«

Anja nickte. »Alles klar.« Sie beugte sich zu ihm, als müsste sie ihm ein Geheimnis verraten. Nur welches? Was sollte sie sagen? »Jetzt oder nie!«, flüsterte sie in sein Ohr. Sie lächelten sich zu.

»Jedenfalls sind wir nicht die Einzigen«, stellte Mandy lapidar fest.

Die Straßen und Plätze waren voller Menschen und immer noch strömten Leute hinzu. Wo kamen die nur alle her? Es herrschte eine merkwürdige angespannte Stille.

Die Ruhe vor dem Sturm, dachte Anja.

Eine Nebenstraße, durch die sie gehen wollten, wurde durch eine Polizeikette versperrt. Die Uniformierten trugen Helme, hielten Schlagstöcke in den Händen und Schilde, die aussahen wie große, unhandliche Tabletts. Mandy ging auf sie zu, als wollte sie die Kette allein durchbrechen, und dann redete sie auf die Männer ein. »Jungs, wollt ihr uns wirklich was tun? Das wollt ihr doch nicht, oder?« Anja lief ihr nach, hakte sich bei ihr ein und zerrte sie weg. »Komm, lass mal lieber«, murmelte sie.

»Ich hab doch nur gefragt«, entgegnete Mandy in gespielt erstauntem Ton, ließ sich aber von Anja weiterziehen. »Und die Typen antworten nicht mal, die gucken so durch uns hindurch, als wären wir unsichtbar«, beschwerte sie sich.

»Sie sprechen nicht mit dir, weil sie es nicht dürfen«, sagte Anja. »Glaub mal nicht, dass die freiwillig hier sind. Wahrscheinlich haben die genauso viel Schiss wie du und ich.«

»Vielleicht sogar noch mehr«, meinte Tom, der jetzt dicht neben Anja lief. »Schließlich stehen sie auf der falschen Seite. Und vielleicht müssen sie gleich gegen ihre Schwestern und Brüder und gegen ihre Kumpels aus dem Fußballverein vorrücken.«

»Und für Befehlsverweigerung kommt man nach Schwedt in den Militärknast«, sagte Rico. »Also die sitzen echt in der Patsche.«

»Mir kommen gleich die Tränen«, spottete Mandy. »Hast du schon vergessen, dass die dir letztens eins übergebraten haben?«

»Nö«, antwortete Rico. »Mir brummt immer noch der Schädel. Aber trotzdem, Bullen sind auch nur Menschen.«

»Und Menschen sind Tiere«, ergänzte Mandy.

»Beleidige die Tiere nicht«, sagte Anja und lachte grimmig gegen das mulmige Gefühl in ihrem Bauch an.

Sprechchöre schallten ihnen entgegen, als sie sich der Nikolaikirche näherten.

Die Masse der Menschen war nicht zu überschauen. Anja bemerkte eine Taube, die über ihrem Kopf flog. Für sie war heute kein Platz zum Körnerpicken. Wieder musste Anja an ein wogendes Meer denken, doch diesmal war es schwarz, wie vor einem Sturm. Die Straßen waren erfüllt von rhythmischen Rufen: »Wir bleiben hier!« – »Gorbi! Gorbi!« – »Wir sind das Volk! Wir sind das Volk!« Die Menschen klangen noch entschlossener als bei den letzten Demos – trotz der Bedrohung, die so deutlich in der Luft lag wie der Leipziger Smog.

Anja versuchte zu begreifen, was hier geschah; es erschien ihr so unglaublich, so unwirklich. All diese Leute waren gekommen, trotz ihrer Angst?

»Jetzt erst recht!«, rief ein Einzelner. Anja konnte ihn in der Menge nicht ausmachen, aber sie fühlte sich mit ihm verbunden, als hätte er die Frage in ihrem Kopf absichtlich beantwortet. *Jetzt erst recht!*

Als die Masse sich in Bewegung setzte, griff Anja nach Toms Arm, als müsste er sie vor dem Ertrinken retten. In seinem Gesicht bemerkte sie das gleiche ungläubige Staunen, das auch sie fühlte. *Passierte das wirklich?*

»Demokratie – jetzt oder nie!«, hörte Anja eine Stimme neben sich. Es war Toms Stimme. Auch Anja rief die Sprüche nun mit. »Keine Gewalt! Keine Gewalt!« Und immer wieder: »Wir sind das Volk! Wir sind das Volk!«

Die Volkspolizei reagierte nicht, ihre Megafone blieben stumm. Hin und wieder bellte ein Hund. Mandy hatte ihren Regenschirm aufgespannt und sang: »So ein Tag, so wunderschön wie heute!« Rico lachte. »So ein Tag, der dürfte nie vergehn!«, stimmte er mit ein.

Die Leute nahmen die ganze Breite der Straße ein. Vor ihnen und hinter ihnen, einfach überall: Menschen! Der Strom trug Anja mit sich. Die Straße schien unter ihren Füßen zu pulsieren, wie etwas Lebendiges. Anja fühlte sich leicht benommen und wusste nach einer Weile nicht mehr, wo sie sich überhaupt befanden. Die Stadt schien sich von einem Moment auf den anderen verwandelt zu haben. Sie war nicht wiederzuerkennen. Klar, da war die Universität, dieses grässliche Hochhaus, daneben das Gewandhaus und dort vorn die Oper.

Anja erkannte die Gebäude wieder, aber sie erschienen ihr kleiner als vorher, sie wirkten irgendwie unecht, wie Spielzeughäuser, die man hin und her schieben konnte. Und sie schienen Platz zu machen für die Flut von Menschen, die in Richtung Hauptbahnhof strömten, als wollten sie alle gleichzeitig verreisen.

Anja ließ Tom los, um mit den anderen zwischen den Rufen rhythmisch zu klatschen. Doch Tom legte den Arm um sie und zog sie an sich. »Zum ersten Mal schwimmen wir mit dem Strom und nicht gegen ihn«, sagte er und lächelte. Sein Gesicht war plötzlich so dicht an ihrem, dass Anja das Klatschen vergaß. Sie wollte ihm widersprechen, ihm sagen, dass sie ja alle gemeinsam gegen den Strom schwammen, aber sie konnte es nicht. Für Worte war zwischen ihnen kein Platz mehr in diesem Augenblick. Sie fühlte seine Nähe wie einen Schmerz und endlich küsste er sie. Es war ein kurzer fester Kuss, für mehr blieb ihnen hier keine Zeit. Sie schmeckte das Salz auf seinen Lippen, als wäre er tatsächlich im Meer geschwommen. Bei den nächsten Schritten kam es Anja so vor, als würde sie ein Stück über der Erde schweben oder als liefe sie statt auf der Straße auf den rutschigen, nassen Planken eines schwankenden Schiffs. So war das also. Sie fühlte sich ein bisschen schwindlig, beinahe wie seekrank, aber sie wollte *mehr* davon. Doch Tom rief schon wieder den Jetzt-oder-nie-Spruch. Als würde diese Demokratie schon kommen, wenn man laut genug nach ihr verlangte.

Vor dem Hauptbahnhof geriet der Zug ins Stocken. Anja stellte sich auf die Zehenspitzen und reckte den Hals, konnte aber nichts erkennen. Rico ging in die Hocke und Mandy kletterte auf seine Schultern. Beim Aufrichten schwankten sie bedenklich hin und her, aber dann fing sich Rico.

»Scheiße«, sagte Mandy. »Da vorn ist Polizei. Die laufen auf uns zu!«

»Dann müssen sie verrückt sein«, meinte Tom gelassen.

An der Spitze des Zuges wurde eine neue Losung gerufen, die langsam wie eine Welle zu ihnen herüberschwappte: »Schließt euch an! Schließt euch an!«

»Keine schlechte Idee«, meinte Rico und lachte. »Wenn die sich auch noch anschließen, sind wir bald vollzählig.«

»Und was passiert da vorn?«, fragte Anja.

»Nicht viel. Die marschieren jetzt nicht mehr ... Die stehen da rum, wie bestellt und nicht abgeholt. Und ... warte mal ... Das gibt's ja wohl nicht ... Sieht aus ... Ja, sie ziehen ...«

»Ihre Waffen?«, fragte Anja.

»Nö, sie ziehen sich zurück! Die hauen ab! Sie machen den Weg frei!«

Anja atmete auf.

»Na ja, dümmer, als die Polizei erlaubt, sollte die Polizei auch nicht sein«, meinte Rico.

Der Strom der Menschen bewegte sich langsam weiter. Niemand hatte sich vom Anblick der Polizeiketten, die jetzt am Rand der Straße standen, vertreiben lassen. »Schließt euch an! Schließt euch an!«, wurde den Uniformierten zugerufen. Es klang jetzt fast fröhlich – wie auf einem Fußballplatz nach dem Abpfiff. Die gegnerische Mannschaft hatte verloren, und zwar haushoch.

Weiße Kerzen wurden verteilt und Tom nahm sich eine, zündete sie aber nicht an.

Mitten in dem Tumult steckte eine Straßenbahn fest. Die Passagiere hatten das Fahrzeug schon lange verlassen. Nur eine Frau stand da noch im erleuchteten Abteil. Sie hielt ein Plakat über ihren Kopf. Anjas Herz begann bei ihrem Anblick dumpf zu wummern. Die Luft vor ihren Augen flimmerte plötzlich.

»Hey, guckt euch die an!«, hörte sie Mandy wie aus weiter Ferne sagen. »Die demonstriert da ganz allein vor sich hin.«

»Quatsch«, antwortete Rico. »Die sucht jemanden. Siehst du nicht, was auf dem Schild steht?«

VERMISST: ANJA (15 Jahre)

8 Das Licht in der Bahn kam ihr viel zu hell vor. Sie schloss die Augen, als ihre Mutter sie umarmte. »Mein Gott, Anja, du … du bist es … du bist es wirklich … endlich …«

Anja weinte nicht. Sie fühlte sich plötzlich erschöpft und

müde und ihr Kopf war so heiß, als hätte sie mit einem Schlag Fieber bekommen, aber sie weinte nicht. Sie spürte die Arme, die sie fest umschlangen, vernahm die Stimme ihrer Mutter, ihr verzweifeltes, beglücktes Gestammel, und hörte sich selbst etwas Wirres sagen: »Wo warst du denn nur so lange?« Was fragte sie da bloß für einen Unsinn? Aber ihre Mutter schien ihre Worte ohnehin nicht wahrzunehmen. Sie schluchzte jetzt, zitterte und heulte. Sie konnte gar nicht damit aufhören. Anja wartete einfach ab. Vielleicht war das ja doch nur ein Traum. Sie wollte sich lieber nicht zu früh freuen. Vielleicht spielte ihr Hirn ihr mal wieder einen Streich. Schließlich hatte sie auch den Panther in der Zelle für echt gehalten. Und irgendwie war er ja auch wirklich bei ihr gewesen. Sie hatte ihn atmen gehört, sein warmes Fell gespürt und das Schlagen seines Herzens. Und plötzlich sah sie ihn noch einmal deutlich vor sich. Er lief mit geschmeidig starken Schritten auf den Dschungel zu, drehte sich zu ihr um, blickte sie ein letztes Mal aus seinen klaren gelben Augen an und dann verschwand er, sprang mit einem einzigen Satz in das Grün des Dickichts.

Anja hob die Lider, als würde sie aus einem Traum erwachen. Sie hörte die Stimme ihrer Mutter und begriff erst allmählich, was sie sagte. Irgendwie war von Kilian die Rede, einem Telefongespräch, von Leipzig und davon, dass ihre Mutter erst durch die Stadt gewandert sei und dann stundenlang in der Bahn gewartet habe. Anja sagte nichts dazu. Erstaunt betrachtete sie die Massen, die sich draußen hinter der Fensterscheibe vorbeischoben. Sie sah Mandy, die ihr mit ihrem Schirm zuwinkte. Dann erst fiel ihr ein, dass sie nicht allein gekommen war.

»Das ist Tom«, sagte Anja schließlich und löste sich vorsichtig von ihrer Mutter. Tom lehnte an einer Haltestange und lächelte verlegen. »Hallo«, sagte er leise und räusperte sich.

»Er ist mein ...« Sie machte eine unbestimmte Geste und sah ihn fragend an. Es kam ihr immer noch komisch vor, was sie sagte. Sie hörte sich selbst sprechen, als wäre sie eine Fremde.

Er nickte, kam auf sie beide zu und reichte ihrer Mutter die Hand. »Ich bin Anjas Freund«, sagte er ein wenig unbeholfen.

Ein paar Minuten später zogen sie im Strom der Menschen mit. Anja hielt sich an ihrer Mutter fest, als könnte sie plötzlich wieder verschwinden. Sie liefen schweigend inmitten der johlenden, klatschenden Menge. Anja wollte etwas sagen, wollte sagen, dass sie jetzt, in diesem Augenblick, glücklich war, aber sie konnte nichts herausbringen.

Tom zündete die Kerze an und reichte sie Anja. Einen Moment sah sie seine Augen aufleuchten. *Wir sind entkommen*, schien dieser Blick zu sagen, oder auch: *Es wird alles anders werden.*

Nachbemerkung

Anjas Geschichte ist eine ausgedachte und die handelnden Personen wurden frei erfunden. Durchgangsheime, Jugendwerkhöfe und der Geschlossene Jugendwerkhof in Torgau existierten allerdings tatsächlich in der DDR. Sie waren Einrichtungen der Jugendhilfe und dienten besonders dazu unangepasste Kinder und Jugendliche auf Biegen und Brechen umzuerziehen.

In der DDR war Erziehung vor allem auch Angelegenheit des Staates. Alle Bürger sollten »vollwertige Mitglieder der sozialistischen Gesellschaft« werden. Dafür wollte man Kinder und Jugendliche zu »allseitig entwickelten sozialistischen Persönlichkeiten« erziehen. Um diese ideologischen Ziele durchzusetzen, schuf die Sozialistische Einheitspartei Deutschlands (SED) ein ganzes System von Bestimmungen, Verordnungen und Gesetzen. Diejenigen, die sich nicht anpassen wollten oder konnten, versuchte man in Spezialheimen der Jugendhilfe, zu denen die Jugendwerkhöfe gehörten, zu disziplinieren.

Der Geschlossene Jugendwerkhof Torgau existierte von 1964 bis 1989 und war dem Ministerium für Volksbildung und der Ministerin Margot Honecker direkt unterstellt. Häufige Einweisungsgründe waren Entweichungen aus den sogenannten offenen Jugendwerkhöfen, aber auch Widerstand gegen die staatlichen Erziehungsmaßnahmen, Schul- und Arbeitsbummelei und Verstöße gegen die werkhofseigene Hausordnung.

Das Gebäude des GJWH Torgau war wie ein Gefängnis eingerichtet und gesichert. Durch Freiheitsentzug, Isolation, Zwang, Drill und Strafen sollten die 14- bis 18-Jährigen zu »sozialistischen Persönlichkeiten« erzogen werden. Es gab kein juristisches Verfahren und keinen richterlichen Beschluss zur Einweisung. Die Minderjährigen und ihre Eltern konnten sich nicht gegen die staatlichen Maßnahmen wehren.

Zu den »beliebtesten« Strafen der Erzieher gegen ihre »Zöglinge« gehörten Zwangssport bis zur Erschöpfung, stundenlange Reinigungsarbeiten und tagelanger Arrest. Oft wurde die ganze Gruppe bestraft, wenn ein Jugendlicher die Hausordnung verletzte oder im Sport oder bei der Arbeit nicht die geforderten Leistungen erfüllte. Dies wiederum führte zur »Selbsterziehung« der Jugendlichen untereinander, nicht selten wurden besonders nachts Einzelne verprügelt und gequält, ohne dass die für die Aufsicht verantwortlichen Erwachsenen einschritten. Auch kam es immer wieder zu gewalttätigen Übergriffen seitens der Erzieher; nach Aussagen von Zeitzeugen erfolgten Schläge mit der Faust, dem Gummiknüppel und dem Schlüsselbund noch bis zum Herbst 1989. Viele der jungen Menschen hielten den permanenten Druck nicht aus, verletzten sich selbst, schluckten Schrauben und Nägel oder versuchten sich umzubringen. Einigen gelang der Suizid leider.

Zu DDR-Zeiten war die Erziehungsanstalt in Torgau ein Tabuthema. Jugendliche, die entlassen wurden, mussten unterschreiben, dass sie nicht über die Vorgänge im Geschlossenen Jugendwerkhof sprachen; außerdem wurden sie gezwungen auch nach der Entlassung Berichte über ihre weitere Entwicklung an den Direktor zu schreiben. Bei »Verfehlungen« drohte ihnen eine erneute Einweisung nach Torgau.

Nach dem Rücktritt von Margot Honecker und der DDR-Regierung am 7. November 1989 begann die Auflösung des Geschlossenen Jugendwerkhofs. Am 17. November 1989 fand die letzte Entlassung statt.

Die Zellentrakte wurden 1996 von einem privaten Investor zu Wohnungen umgebaut. Erhalten geblieben sind die Dunkelzellen im Keller.

Heute befindet sich in dem Gebäude eine Erinnerungs- und Begegnungsstätte – als Anlaufpunkt für die Betroffenen, aber auch um mit Ausstellungen, Veranstaltungen und Zeitzeugengesprächen die Öffentlichkeit, insbesondere auch Schüler, über die Geschehnisse der Vergangenheit zu informieren.

Viele der ehemaligen Insassen leiden noch heute an posttraumatischen Belastungsstörungen.

Dieses Buch stützt sich in erster Linie auf Berichte von Zeitzeugen und soll dazu beitragen, dass nicht vergessen wird, was *dort* geschah.

Kurze Chronik der Friedlichen Revolution in der DDR 1989/90

1989

4. September
Erste Montagsdemonstration in Leipzig für Reise- und Meinungsfreiheit

9./10. September
Die Bürgerbewegung »Neues Forum« veröffentlicht ihren Gründungsaufruf mit Forderungen nach Reformen und einem demokratischen Dialog in der Öffentlichkeit. 200 000 Menschen unterschreiben.

11. September
Ungarn öffnet seine Grenze zu Österreich. 15 000 DDR-Bürger fliehen innerhalb von drei Tagen in den Westen.
Nach dem Friedensgebet in der Leipziger Nikolaikirche verprügelt und verhaftet die Polizei zahlreiche Teilnehmer.

12. September
Gründung der Bürgerbewegung »Demokratie Jetzt«. In einem Aufruf wendet sie sich offen gegen den »real existierenden Staatssozialismus« und gegen das Machtmonopol der SED.

18. September
Nach einem Friedensgebet kommt es in Leipzig erneut zu Festnahmen.

25. September
Montagsdemo in Leipzig mit ca. 8000 Teilnehmern

2. Oktober
Montagsdemo in Leipzig mit ca. 10 000 Teilnehmern

7. Oktober
Während des 40. Jahrestages der DDR kommt es in 18 Orten (u. a. in Berlin, Plauen, Leipzig, Potsdam, Dresden, Karl-Marx-Stadt) zu Demonstrationen. Sicherheitskräfte gehen äußerst brutal gegen die Demonstranten vor. Es gibt Hunderte von Festnahmen.

9. Oktober
Montagsdemonstration in Leipzig mit fast 70 000 Teilnehmern. Die Polizei kapituliert vor der Masse und greift nicht ein. Nicht nur Leipziger feiern das Datum später als den »Tag der Entscheidung«. In den Folgetagen gibt es zahlreiche Demonstrationen in verschiedenen Städten.

16. Oktober
Montagsdemonstration in Leipzig mit ca. 120 000 Teilnehmern

18. Oktober
Erich Honecker, Chef der SED, tritt zurück.

4. November
Über 500 000 Menschen demonstrieren auf dem Berliner Alexanderplatz für demokratische Reformen.

7. November
»Volksbildungsminister« Margot Honecker und die DDR-Regierung treten zurück.
Nach einer telefonischen Anweisung aus dem Ministerium für Volksbildung beginnt die Auflösung des Geschlossenen Jugendwerkhofs in Torgau. Die Jugendlichen werden in ihre Stammjugendwerkhöfe zurückgebracht.

9. November
Fall der Mauer in Berlin

17. November
Der letzte Insasse wird aus dem GJWH Torgau entlassen.

1990

15. Januar
Die Stasi-Zentrale in Berlin wird von Demonstranten gestürmt. Auch in anderen Städten kam es bereits zu Besetzungen von U-Haft-Anstalten und anderen Dienststellen der Staatssicherheit. Damit begann die Auflösung der Geheimdienstbehörde.

18. März
Erste demokratische Wahlen in der DDR

3. Oktober
Beitritt der DDR zur Bundesrepublik. Deutschland ist ein wiedervereinigtes Land.

Glossar

Aktuelle Kamera
Nachrichtensendung des DDR-Fernsehens

Antifaschistischer Schutzwall
Offizielle Bezeichnung der Mauer in der DDR

Ausreiseantrag
Antrag, den DDR-Bürger stellten, die (meist in den Westen) auswandern wollten

Bambina
Ost-Variante der Kinder-Schokolade

Broiler
Brathähnchen

Brüder, zur Sonne, zur Freiheit
Bekanntes Arbeiterlied

»Chinesische Lösung«
Benannt nach den im Juni 1989 in China blutig niedergeschlagenen Protesten gegen die Regierung. Die Demonstranten des Wendeherbstes 89 fürchteten eine ähnliche Katastrophe in der DDR.

Durchgangsheim (D-Heim)
Vorübergehende Unterbringung von Kindern und Jugendlichen, die in Heime oder Jugendwerkhöfe eingewiesen werden sollten. D-Heime waren mit vergitterten Fenstern und Arrestzellen »ausgestattet«.

Eingabe
Beschwerdebrief an Politiker und Behörden

Entweichung
Flucht

ESP und PA
Einführung in die sozialistische Produktion und Produktive Arbeit, Schulfach, Produktionsunterricht in Theorie und Praxis

Exquisit
Läden mit überteuerten Luxusartikeln

Feldpostausgabe
Kleine Broschüren mit Erzählungen und Gedichten, die im I. und II. Weltkrieg an Soldaten an die Front verschickt wurden

FDJ
Freie Deutsche Jugend, einzige Jugendorganisation in der DDR. Jugendliche, die nicht in die FDJ eintreten wollten bzw. austraten, bekamen oft Probleme in der Schule.

Geschlossener Jugendwerkhof (GJWH)
Existierte in Torgau von 1964 bis 1989. Im Gegensatz zum sogenannten Offenen Jugendwerkhof wurden die Jugendlichen rund um die Uhr eingesperrt und überwacht. Disziplinierungsanstalt, in der die minderjährigen Insassen mit übermäßigem Sport, Arbeit, Demütigungen, Drill und harten Strafen umerzogen werden sollten.

Glasnost und Perestroika
Russisch für: Öffentlichkeit bzw. Offenheit und Umbau bzw. Umgestaltung. Begriffe aus der Reformbewegung Gorbatschows

Gorbatschow, Michail
Russischer Politiker, der Reformen und Demokratisierung in der Sowjetunion einleitete.

HO (Handelsorganisation)
Läden für Lebensmittel, auch Kaufhäuser

Honecker, Erich
Staatsoberhaupt der DDR, Generalsekretär des Zentralkomitees der SED, Staatsratsvorsitzender

Honecker, Margot
»Minister« für Volksbildung der DDR, u. a. verantwortlich für den GJWH Torgau

(Die) Internationale
International bekanntes Kampflied, in dem das »Heer der Sklaven« aufgerufen wird, sich selbst »aus dem Elend zu erlösen«

Intershop
Läden, in denen man nur mit »Westgeld« einkaufen konnte

Jugendwerkhof
Spezialheim für aufsässige (»schwer erziehbare«) Jugendliche

Kassiber
Schriftliche Nachricht, die heimlich unter Gefangenen ausgetauscht wird

Kollektiv
Gruppe, Team, Gemeinschaft

Konsum
Laden für Lebensmittel und Waren des täglichen Bedarfs

Das Magazin
Beliebte Illustrierte in der DDR

Mahnwache
Friedlicher öffentlicher Protest

Mauer
1961 von der DDR erbaute Grenze zwischen Ost- und Westberlin. DDR-Grenzer hatten den Befehl, Fluchten zu verhindern. Dafür war der DDR jedes Mittel recht; zahlreiche Menschen wurden verhaftet, verletzt und erschossen. 1989 fiel die Mauer durch den Mut derjenigen, die für Freiheit und Demokratie demonstrierten.

Montagsdemonstrationen
Im Herbst 89 begannen die Menschen zunächst in Leipzig, später auch in anderen Städten, auf die Straße zu gehen und ihr Recht auf Reise-, Meinungs- und Pressefreiheit, freie Wahlen, Demokratie und Menschenrechte einzufordern. Dies geschah jeweils montags, nach den Friedensgebeten (z. B. in der Nikolaikirche).

Montagsgebete
Friedensgebete, die montags stattfanden. Mischung aus Protest, politischem Austausch und Gottesdienst in der Kirche

Mosaik
Beliebter Comic für Kinder

Neues Deutschland
Tageszeitung der SED

Neues Leben
Jugendmagazin

Nichtsozialistisches Ausland
Offizieller Begriff für westliche Länder

Pionier
Schüler der 1. bis 7. Klasse waren fast alle Mitglied der sozialistischen Pionierorganisation. Es gab Jungpioniere (1. bis 3. Klasse, blaues Halstuch) und Thälmannpioniere (4. bis 7. Klasse, rotes Halstuch). Austritte waren unerwünscht und mit Nachteilen für das Kind verbunden.

SED
Sozialistische Einheitspartei Deutschlands. Die SED war nicht die einzige, aber die einzig mächtige Partei in der DDR. Die SED wurde 1989 vom Volk entmachtet. Sie hat sich aber nicht aufgelöst, sondern in »PDS« (Partei des demokratischen Sozialismus) umbenannt. Heute heißt sie »Die Linke«.

Sozialismus
Politische Weltanschauung von der Diktatur des Proletariats. Durch die Abschaffung der Ausbeutung des Menschen durch den Menschen sollte eine gerechtere Gesellschaftsordnung entstehen. Allerdings klafften Anspruch und Wirklichkeit weit auseinander. Anstelle der Marktwirtschaft trat die Planwirtschaft und anstatt des Privateigentums an Produktionsmitteln (also an Firmen, Geschäften etc.) gab es das sogenannte Volkseigentum, das allerdings dem Staat gehörte (und nicht dem Volk). In der DDR bestimmte auch nicht die Arbeiterklasse, sondern eine einzelne Partei (SED) über das Leben aller.

Staatsbürgerkunde
Schulfach in der DDR, in dem die Schüler gemäß der sozialistischen Weltanschauung unterrichtet wurden und zu »sozialistischen Persönlichkeiten« erzogen werden sollten

Staatssicherheit
»Stasi«. Geheimpolizei der SED, die das Volk überwachte und bespitzelte und Kritiker der DDR verfolgte, verhörte und verhaftete. Die Stasi sah sich selbst als »Schild und Schwert der Partei«.

Wanzen
Abhörgeräte, die von der Stasi heimlich (z. B.) in Wohnungen eingebaut wurden.

Danksagung

Ganz besonders danke ich Stefan Lauter und Kerstin Kuzia für ihre Geduld meine tausend Fragen zu beantworten und für das Vertrauen.

Für die Unterstützung meiner Arbeit danke ich weiterhin den Mitarbeiterinnen der Erinnerungs- und Begegnungsstätte im ehemaligen Geschlossenen Jugendwerkhof Torgau, insbesondere Juliane Thieme.

Ich danke Timo Leucht, Ulrike Poppe sowie allen sonstigen Zeitzeugen für ihre Bereitschaft mir von ihren Erinnerungen zu erzählen.

Außerdem danke ich Dr. Ilko-Sascha Kowalczuk, Gudrun Weber, Laura Hottenrott, Uwe Schwabe und allen anderen, die mich durch konstruktive Hinweise unterstützt haben oder mir Infomaterial, Bücher, Film- und Fernsehmitschnitte zur Verfügung stellten. Die Verwendung des Liedtextes »Mauern« erfolgte mit freundlicher Genehmigung von Kathrin Begoin und ist ihrer CD »So wie ich bin II« entnommen.

Herzlichen Dank auch an den Cecilie Dressler Verlag, an alle Mitarbeiterinnen und Mitarbeiter.

KLIRREND KALTES
NIEMANDSLAND

OETINGER TASCHENBUCH

Marita de Sterck
Zuletzt die Hunde
256 Seiten | ab 14 Jahren
ISBN 978-3-8415-0125-7

Dezember 1917. Mitten im Krieg verlässt der behütete Notarssohn Victor das Elternhaus, um seinen Hund Django zu suchen. Die Außenwelt trifft ihn wie ein Schlag. Sie gleicht einem Albtraum, denn Krieg und Hunger haben das Land fest im Griff. Um zu überleben, essen die Menschen sogar Hunde. Victor ist fest entschlossen, Django zu retten. Es ist der Beginn einer verzweifelten Suche und einer Reise, die Victors Welt in ein neues Licht tauchen wird.

www.oetinger-taschenbuch.de

OETINGER TASCHENBUCH

EIN MEISTERWERK

Guus Kuijer
Das Buch von allen Dingen
96 Seiten | ab 10 Jahren
ISBN 978-3-8415-0041-0

Thomas kann Dinge sehen, die andere nicht sehen können. Er sieht tropische Fische, die in den Grachten schwimmen, die Schönheit von Elisa mit ihrem Bein aus Leder und sogar Herrn Jesus, der Thomas anbietet, ihn einfach nur Jesus zu nennen. Vor manchen Dingen würde Thomas allerdings am liebsten die Augen verschließen. Aber er nimmt sich vor, dass er keine Angst mehr haben will.

www.oetinger-taschenbuch.de